상어의 도시 2

Unter Haien

상어의 도시 2

초판 1쇄 발행 2014년 7월 2일
초판 6쇄 발행 2017년 11월 27일

지은이 넬레 노이하우스 | **옮긴이** 서유리
펴낸이 신경렬
펴낸곳 (주)더난콘텐츠그룹

기획편집부 송상미 · 박귀영 · 김순란 · 현미나 · 조은애 | **디자인** 박현정
마케팅 장현기 · 정우연 · 정혜민 | **관리** 김태희 | **제작** 유수경

출판등록 2011년 6월 2일 제2011-000158호
주소 04043 서울특별시 마포구 양화로 12길 16, 더난빌딩 7층
전화 (02)325-2525 | **팩스** (02)325-9007
이메일 book@ibookroad.com | **홈페이지** http://www.ibookroad.com
ISBN 979-11-85051-59-8 03850
　　　979-11-85051-60-4 (세트)

상어의
도시 2

Unter Haien

넬레 노이하우스 지음

서유리 옮김

북로드

3
부

Unter Haien

신크로트론과 관련된 소동 이후 세인트존은 캘리포니아로 떠나 여러 주 동안 자리를 비웠다. 공식적인 출장 이유는 LA에 있는 LMI 서부지사의 구조조정이지만 알렉스는 실상을 짐작하고 있었다. 일이 잠잠해지고 알렉스가 다시 마음을 가라앉힐 때까지 레비가 세인트존을 그리로 보낸 것이다. 세르지오도 8월에 잠시 뉴욕을 떠나 있었는데, 알렉스는 그가 청혼에 대한 대답을 재촉하지 않아서 다행이라고 생각했다. 세르지오로부터 만나자는 말이 없었다. 알렉스는 세르지오를 만난다는 생각만 해도 두드러기가 날 정도였다.

올리버는 알렉스가 세르지오 소유의 집에서 사는 것을 더는 두고 볼 수 없어서 10월 15일부터 알렉스가 머물 다른 집을 알아봐주었다. 그가 보아둔 로프트는 트라이베카에 있는 복합단지 안에 자리했는데, 경비직원들이 상주하고 CCTV가 설치되어 보안이 잘되는 곳이었다. 복합단지 안에는 다양한 거주시설과 사무실, 영화사가 입주해 있었다. 알렉스는 출구가 두 곳인 지하 주차장이 가장 마음에 들었다. 만약 세르지오가 여전히 그녀에게 미행을 붙이고 있다면 감시자들을 비교적 손쉽게 따돌릴 수 있을 것 같았다.

알렉스는 지난 몇 달간 여러 차례 닉 코스티디스에게 전화를 걸고 싶은 마음이 들었지만 그럴 용기가 나지 않았다. 다만 그에게 조문 편지를 보냈는데, 시장은 미리 인쇄된 감사 편지에 직접 사인을 해서 보내주었다.

8월에는 금융계 전체가 휴가를 떠난 듯했다. 주식 시장은 매년 여름이면 그렇듯 별다른 변화가 없었다. 알렉스는 조용한 틈을 타서 새로운 딜을 준비했다. 9월에는 월스트리트에 돌연 주식 거래가 대폭 늘었는데, LMI는 알렉스 덕분에 최고의 수익을 올렸다.

10월 1일에 알렉스는 LMI 빌딩 로비에서 세인트존과 마주쳤다. 그는 몸이 한결 홀쭉해지고 편안해 보였다.

"알렉스 팀장, 우리 이제 그만 평화협정을 맺자구. 내가 멍청한 실수를 저질렀고 그 대가를 단단히 치렀어."

세인트존이 다가와 호의적으로 말했다. 알렉스는 여전히 그를 믿지 않았지만 전략적인 이유로 그가 내민 손을 잡았다.

"평화협정 발효?" 세인트존이 물었다.

"발효." 알렉스가 대답했다.

레비가 알렉스에게 전화를 걸어 토요일 아침에 사무실로 오라는 말을 한 지 얼마 지나지 않아 오후에 세르지오가 그녀에게 전화를 건 것은 별로 놀랍지도 않았다. 그들은 세인트존이 다시 뉴욕에 나타난 것 때문에 혹시 알렉스가 사표를 낼까봐 조마조마한 것이 분명했다. 그들의 속셈이 너무나 빤히 보여서 알렉스는 짜증이 날 지경이었다. 세르지오한테 지옥에나 떨어지고 이제 가만히 좀 내버려두라고 말하고 싶은 생각이 굴뚝같았지만 그럴 수가 없었다. 알렉스는 세르지오의 끈질긴 재촉에 마지못해 다가오는 금요일에 파크 애비뉴에 있는 그의 아파트에서 함께 저녁 식사를 하기로 약속했다.

*

세르지오의 피부는 갈색으로 그을렸고 파란 눈은 반짝거렸다. 총격으로 입은 부상과 아들의 죽음 따위는 이제 흔적도 없이 지나간 듯했다. 하지만 알렉스는 세르지오를 알게 된 이후 처음으로 그의 빛나는 외모에 설레지 않았다. 그의 근사한 외모는 고대 조각상처럼 차갑고 공허하다는 것을 이제야 깨달았다. 그는 미소 짓고 있었지만 눈빛은 그렇지 않았다. 교양 있고 매력적인 외모는 무자비하고 잔인한 본성을 가린 덧칠에 불과했다. 매력적인 낯짝 뒤에는 도덕성이라고는 찾아볼 수 없는 냉혹하고 잔인한 자, 자신의 현실 외에는 그 어떤 현실도 인정하지 않는 자의 맨 얼굴이 숨어 있었다. 알렉스가 세르지오를 쳐다본 순간 그동안 두 사람 사이에는 순전히 육체적인 끌림 이상은 존재하지 않았다는 것을 깨달았다.

두 사람은 커다란 응접실 안으로 들어갔다. 응접실 한가운데는 두 사람이 식사를 할 수 있는 식탁이 차려져 있었다. 여러 가지 요리가 연이어 나오는 식사를 하면서 알렉스는 온 힘을 다해 오랜만에 세르지오를 만나게 되어 기쁘다는 연기를 했다. 마음 같아서는 그의 얼굴에 침을 뱉고 살인자라고 소리치고 싶었다. 그리고 한없이 길게 느껴지는 저녁 시간이 어서 끝나기만을 기다렸지만 시간은 고통스러울 정도로 느리게 흘러갔다. 마침내 디저트까지 끝나자 세르지오는 알렉스를 또 다른 응접실로 안내했다.

"당신한테 줄 조그만 선물을 준비했어. 열어봐. 분명히 마음에 들 거야."

그는 미소를 지으며 작은 보석 상자를 내밀었다. 알렉스는 그 상자를 열자 그대로 굳어버렸다. 검은색 비단 위에 다이아몬드로 장식한 백금 목걸이가 들어 있었다. 하지만 알렉스는 절대 이런 선물을 받을 수 없었다. 만약 이 목걸이를 받는다면 세르지오에게 매수되었다는 느낌을 떨치지 못할 것이 분명했다. 침묵의 대가인 은화 30냥이었다 (예수를 은화 30냥에 판 가룟 유다의 비유-옮긴이 주). 세르지오가 목걸이를 꺼내 알렉스의 목에 둘러주었다. 차가운 쇠붙이가 살갗에 닿자 소름이 돋았다.

"정말 아름다워. 정말 잘 어울릴 줄 알고 있었어."

그는 흡족한 미소를 지었다.

"이 목걸이는 받을 수 없어요. 너무 비싼 거네요."

알렉스는 사양했다.

"받아도 돼. 당신은 충분히 받을 자격이 있어. 내가 아는 가장 아름다운 여인에게 어울리는 가장 아름다운 보석이지."

세르지오는 알렉스를 향해 몸을 숙이고 입을 맞추었다.

"세르지오, 저는……."

마음이 점점 불편해지는 알렉스가 입을 열었지만 그는 알렉스의 입술에 검지를 대고 미소를 지었다.

"작년에는 사업상 좀 힘들었지만 이제 모든 문제가 해결됐어. 그리고 이제 내 인생을 바꿀 시점이 왔다는 결론에 이르게 됐어."

알렉스는 오싹했다. 닉 코스티디스와 데이비드 주커먼, 콜롬비아 마약 마피아의 총격 사건이 떠올랐다. 그렇다. 세르지오는 자신의 문제들을 해결했다. 자신만의 방식으로.

"나는 당신이 여기서 같이 살면 좋겠어. 나와 함께. 나는 콘스탄치아한테 이혼 서류를 보낼 거야. 그러고 나면 우린 곧 결혼할 수 있어."

알렉스는 세르지오가 결혼 이야기는 다시 꺼내지 않기를 바랐는데 이제는 어떻게 반응을 해야 할지 난감했다. 세르지오는 알렉스의 무릎 위에 올린 손을 허벅지를 따라 더듬거리더니 그녀의 고개를 뒤로 젖히고 키스를 했다.

"사랑해. 몇 주 동안 당신이 너무나 보고 싶고 그리웠어."

세르지오가 중얼거렸다. 알렉스는 세르지오의 초대에 응한 자신을 저주했다. 세르지오의 선물도 받기 싫었고, 그의 손길이 닿는 것도 참을 수가 없었다. 얼음장처럼 차가운 살인자와 결혼한다는 상상만으로도 경악스러웠다.

"50년 뒤에도 화제가 되는 그런 결혼식을 할 생각이야. 그러고는 스텔라 마리스를 타고 신혼여행을 떠나는 거지. 당신하고 나 단 둘이서. 당신이 원하는 만큼 오래. 정말 근사하겠지?"

그의 손이 알렉스의 블라우스 아래로 미끄러져 들어갔고, 그의 숨소리가 거칠어졌다. 알렉스는 그가 발기된 것을 알고 혐오감이 들었다. 하지만 이런 상황에서는 게임에 응하는 것 말고는 다른 방법이 없지 않은가?

"당장 내일이라도 결혼하면 좋겠어요."

당장 눈물이 쏟아질 것 같은 마음을 꾹 참고 알렉스는 이렇게 거짓말을 하며 세르지오의 키스에 응했다.

"예전부터 파크 애비뉴에 사는 것을 꿈꿔왔어요! 트레버와 매들렌이 뭐라고 할지 정말 기대돼요! 당신이 롱아일랜드에 집을 사면 난 당장이라도 LMI에 사표를 던질 수 있겠죠."

세르지오는 멈칫했다.

"원하면 그렇게 해. 당신이 원하는 대로 뭐든지 하게 해줄게."

그가 쉰 목소리로 말했다.

*

알렉스는 11시 정각에 빈센트 레비의 사무실에 나타났다. 지난밤 그녀는 내내 세르지오와 함께 있었다. 그가 자는 동안 여러 번 살인 충동을 느꼈지만 행복한 척 연기를 해야 했다. 오늘 아침에도 같이 식사를 하며 그는 절대 실현되지 않을 두 사람의 미래에 대한 계획을 세웠다. 알렉스는 세르지오가 하는 말들이 진심인지, 아니면 어떤 어두운 계획이 숨어 있는지 알 수 없었지만 아무것도 모르는 척했다.

레비 회장은 알렉스를 소파 쪽으로 안내하고 커피를 마시겠냐고 물었지만 사양했다. 레비 회장이 입을 열었다.

"알렉스 팀장, 세인트존에 관해 얘기를 나누고 싶군요."

그는 다리를 꼬고 어떤 반응을 기다렸지만 알렉스는 그럴 생각이 없었다. 이런 대화는 이미 너무 늦었다. 적어도 3개월 전에 했어야 하는 이야기였지만 당시에는 너무 비겁했던 모양이다. 알렉스가 아무런 반응을 보이지 않자 레비가 다시 말을 이었다.

"그러니까 말입니다. 세인트존은 지난 몇 달간 반성을 많이 하고 정신을 차렸어요. 팀장의 책상을 뒤진 건 정말 잘못된 행동이었습니다. 그런 행동에 대해 나는 몹시 화가 났고 세인트존한테도 분명히 경고를 했죠. 그 일을 계기로 교훈을 얻었으리라 생각합니다. 자신이 얻은 정보를 이용해서 이득을 취하려다가 큰 손해를 봤으니까요."

'거짓말'하고 알렉스는 속으로 생각했다. 세인트존은 한푼도 손해 보지 않았다. 그의 돈이 아니기 때문이다. 하지만 이번 게임도 일단 모르는 척 함께 해야 했다.

"세인트존은 낯선 투자회사를 통해 자기…… 음…… 개인 투자에 이용했기 때문에 LMI는 아무 손해가 없었습니다."

이것 역시 거짓말이었다.

"회장님, 전 세인트존 이사가 이런 행동을 한 게 처음이 아니라고 생각해요. 회장님의 지시대로 전 어떤 거래가 성사되기 전에 늘 세인트존 이사한테 보고를 했어요. 모든 법규에 위반되는데도 말이죠. LMI의 명예는 아직은 훼손되지 않았지만, 세인트존 이사가 부당 내부자 거래로 자칫 회사에 누를 끼칠까봐 심히 걱정돼요."

알렉스가 몸을 앞으로 숙이며 말했다.

"음, 그렇죠. 물론 아주 심각한 일이고, 세인트존에게 분명히 경고를 했어요. 다시는 그런 부당한 방법으로 법에 저촉되는 짓을 하지 말라고 말입니다."

레비는 당혹감을 감추지 못했다. 레비가 지금 벌이고 있는 삼류 희극에 정말 심각한 배후가 없었다면 알렉스는 하마터면 웃음을 터트릴 뻔했다. 그는 대체 알렉스를 얼마나 멍청하게 보는 것일까?

"저는 앞으로는 세인트존 이사하고는 같이 일하고 싶지 않습니다. 세인트존 이사는 제 신뢰를 저버렸고, 그분 때문에 제가 증권거래위원회의 조사 대상이 되고 싶은 생각은 추호도 없어요. 전 앞으로 절대 세인트존 이사에게 어떤 정보도 넘겨주지 않을 거예요. 세인트존 이사가 앞으로 제 방에 들어오는 것을 금지해주실 것을 요청합니다."

알렉스가 단호하게 말했다. 사무실 안은 시원했지만 레비의 이마에 엷게 땀이 맺혔다. 알렉스가 그를 궁지에 몰아넣었다. 레비와 세르지오는 알렉스와 세인트존 모두 필요했다.

"알렉스 팀장이 배신감을 느낀다는 건 충분히 알아요. 그리고 화가 나고 상처를 받았다는 것도 이해합니다. 그래서 이제 앞으로 발전적인 해결 방법을 찾으려는 겁니다."

레비는 목소리를 가다듬고 억지스러운 미소를 지었다.

"세인트존 이사와 같이할 수 없습니다! 전 다른 회사에서 같이 일하자는 제의도 많이 받았지만 다 거절했어요. 전 LMI를 좋아하고 여기서 일하는 게 좋기 때문이죠. 하지만 그런 일이 또 한 번 일어나면 그 자리에서 당장 사표를 낼 수밖에 없을 것 같아요."

알렉스는 강조하듯 고개를 저으며 말했다.

"진정하세요, 알렉스 팀장! 다시는 그런 일이 없을 겁니다. 내가 장담하지요."

"세인트존 이사가 회사를 떠난다는 말씀인가요?"

"세인트존은 우리 회사 임원입니다. 만약 그를 해고한다면 회사 내부적으로 큰 동요가 일어나고 온갖 억측이 무성할 겁니다."

의자에 앉아 있는 레비는 안절부절못했다.

"만약 회장님이라면 몰래 회장님 책상을 뒤지고 다니는 사람과 같이 일하고 싶으시겠어요?"

알렉스는 레비가 얼마나 마음이 불편한지 엿볼 수 있었다.

"지금부터 당장 알렉스 팀장은 내 직속으로 일하게 됩니다. 앞으로 세인트존과 업무를 같이 할 일은 없을 겁니다."

"하지만 세인트존 이사는 제가 진행하는 거래를 보이콧 하려고 할 거예요. 이미 저한테 그렇게 하겠다고 협박도 했어요. 이래 가지고 어떻게 회사를 위해서 거래를 성사시킬 수 있겠어요, 안 그런가요?"

알렉스는 회장을 냉랭하게 쳐다보며 말했다. 레비는 어떻게든 세인트존이 회사에 계속 남아 있는 것을 정당화하기 위해 애를 썼다. 세인트존이 아무리 이사회 임원이라고 해도 회사 고객의 주식을 가지고 부당 내부자 거래를 했다는 사실 하나만으로 당장 해고를 하고 고발하는 것이 마땅한 일이었지만 알렉스는 레비가 그럴 수 없다는 것을 너무나 잘 알았다.

"제가 회사의 정보 흐름을 더는 신뢰할 수 없기 때문에 앞으로 차이니즈 월 규정을 아주 엄격히 지키고, 거래 성사가 공개적으로 발표되기 전까지는 정보를 혼자 가지고 있을 겁니다."

"알렉스 팀장 말이 맞아요. 그렇게 하는 것이 좋겠군요. 세인트존에게 M&A 부서의 일에 대해 너무 많은 것을 알게 한 것이 내 실수였던 것 같습니다. 이제 나 말고는 아무에게도 정보를 미리 알려주지 마세요."

레비는 몸을 앞으로 숙이며 말했다. 그의 눈에는 공포 같은 것이 깃들어 있었다. 알렉스는 그를 예리한 눈빛으로 쳐다보더니 자리에서 일어났다.

"회장님, 저는 이번 일과 관련해서 별로 느낌이 좋지 않아요. 저를 대신할 적합한 후임자를 찾으실 때까지만 여기 있겠습니다."

알렉스는 레비가 곧장 세르지오와 지금의 대화에 대해 상의할 것이라고 생각했다. 그녀는 이미 어제 세르지오에게 LMI에 사표를 내고 싶다고 말했다. 앞뒤가 완벽하게 맞아떨어졌다. 그리고 실제로 새로운 직장을 구하는 것은 별 문제가 되지 않았다. 그녀는 최근에도 퍼스트 보스턴의 카터 링우드 사장과 흥미로운 대화를 나누었는데, 그는 대화 중에 그녀에게 같이 일해보자는 제안을 했다.

"알렉스 팀장이 화난 것은 충분히 이해합니다. 하지만 그렇다고 너무 성급한 결론을 내지는 마세요. 우리는 알렉스 팀장의 성과에 아주 만족하고 있고, 더 높은 연봉으로 새로운 계약을 체결할 생각도 있어요. 한번 생각해보세요." 레비도 자리에서 일어났다.

"저는 돈이 중요한 게 아닙니다. 지금도 충분히 많이 벌고 있어요. 지금 하는 일도 마음에 들고요. 하지만 제 일을 하다가 감옥에 가고 싶은 생각은 없어요." 알렉스가 분명히 말했다.

"알렉스 팀장이 만족할 만한 조치를 취하죠. 그럼 되겠죠?" 레비가 약속했다.

"알겠습니다."

알렉스는 회장과 악수를 하고 사무실에서 나왔다. 문이 닫히자마자 레비는 책상 앞 의자에 털썩 앉았다. 세인트존의 목을 비틀어버리고 싶었다. 모든 것이 순조롭게 잘 진행되고 있었는데 그자가 초짜처럼 행동했고 게다가 정신력까지 무너져버렸다. 만약 세인트존이 알렉스한테 사무실을 뒤졌다는 말만 하지 않았더라도 그런 일은 일어나지 않았을 것이다. 모두가 그의 탐욕과 인정받지 못할까 두려워하는 병적인 불안감 때문이었다. 세인트존 정도의 지위에 있는 사람이라면 자신을 좀 더 잘 통제하고 절대로 시기심이나 자만심 같은 속된 감정에 지배당하면 안 되었다. 하지만 그는 알렉스가 점점 더 주목받는 상황을 받아들이지 못했다.

레비는 전화기를 들고 세르지오의 번호를 누르면서 한숨을 쉬었다. 그는 3개월이나 지난 일이라 지금쯤은 알렉스의 분노가 누그러진 줄 알았지만 그렇지 않았다. 만일 알렉스가 스스로 말한 대로 정말 LMI를 떠난다면 이제 더는 고수익을 올릴 수 없을 것이다. 알렉스만큼 유능한 인재를 찾는 것은 매우 어렵거나 불가능했다.

세르지오가 직접 전화를 받았다.

"알렉스가 뭔가 낌새를 챈 것이 아닌가 우려됩니다. 세인트존의 퇴사를 요구하고 있어요. 그렇지 않으면 LMI를 떠나겠다고 강하게 말했습니다." 레비가 말했다.

"알고 있습니다. 그냥 가만히 계세요. 알렉스 이름으로 계좌를 개설했는데, 적당한 기회에 그런 사실을 알려주면 됩니다. 그렇게 되면 알렉스가 아주 순한 양이 될 거라고 기대하셔도 좋습니다."

세르지오가 아무렇지 않게 말했다.

"잘 모르겠습니다. 알렉스는 쉽게 위축될 여자가 아니라서. 게다가 보통내기가 아니에요."

그 점은 세르지오도 알았다. 그는 엷은 미소를 지었다. 그는 여전히 알렉스의 속을 알 수 없었지만 어젯밤에는 그녀가 진실하다는 느낌이 들었다. 알렉스는 목걸이를 마음에 들어 했고 앞으로 파크 애비뉴에 살게 될 것이라는 말에 정말 좋아했다. 두 사람은 정말 열정적으로 잠자리를 가졌고 함께 미래에 대한 계획을 세웠다. 그리고 알렉스는 세인트존을 믿지 못하겠다고 하면서 그 사람 때문에 LMI에서 나오고 싶다는 말도 했다. 그리고 그래시 맨션에 초대되어 간 일과, 시장에 대한 테러 때문에 정말 충격을 받았다는 말도 했다. 알렉스가 그에게 이렇게 솔직하게 모든 이야기를 털어놓은 적이 없었다.

"알렉스는 이성적으로 행동할 겁니다. 걱정할 필요 없어요."

세르지오는 자신의 사업 파트너를 안심시켰다.

"당신 말이 맞기를 바랄 뿐입니다."

레비는 세르지오의 낙관주의를 별로 납득할 수 없었다.

"내 말이 맞을 겁니다. 늘 그렇듯 말입니다. 걱정 마세요. 내가 알렉스를 완전히 꽉 잡고 있어요." 세르지오가 자신만만하게 말했다.

*

알렉스는 몇 시간 동안이나 책상에 앉아 있었지만 아무것도 하지 못하고 결국 사무실에서 나왔다. 세르지오의 태도와 그녀가 알아낸 여러 가지 사실이 너무나 신경이 쓰였다. 레비가 세인트존을 해고할 생각이 없는 것은 분명했다. 세인트존은 결국 그들을 대신해서 궂은 일을 도맡아 처리해주는 사람이기 때문이었다. 게다가 그는 너무 많은 것을 알고 있었다. 하지만 알렉스 역시 그들이 고안해낸 검은 돈 시스템에서 막대한 비중을 차지하고 결코 포기할 수 없는 구성요소였다. 그렇기 때문에 세르지오와 레비는 알렉스가 LMI를 떠나는 것을 허용하지 않을 것이다. 알렉스는 어젯밤에 세르지오가 다시 한 번 청혼을 한 것이 일부는 진심일 수도 있지만, 결혼을 통해 자신을 LMI에 묶어두려는 속셈이라는 것을 확신했다. 알렉스가 만약 세르지오가 두렵지 않다고 하면 그것은 거짓말이다. 알렉스는 세르지오가 무서웠다. 알렉스는 한숨을 쉬고 눈을 감았다.

알렉스는 어젯밤에 닉 코스티디스에게 전화를 해보기로 마음먹었다. 그와 이야기를 해야만 했다. 자신이 알아낸 여러 가지 새로운 사실을 앞으로 어떻게 이용하면 좋을지 알려줄 유일한 인물이 바로 그였다. 알렉스는 공중전화 부스에서 그가 예전에 알려준 번호로 전화를 걸었다. 프랭크 코헨이라는 이름의 남자가 전화를 받았다.

"안녕하세요, 저는 알렉스 존트하임이라고 합니다. 코스티디스 시장님과 통화를 하고 싶습니다. 중요한 일이에요."

"시장님께선 지금 전화를 받으실 수 없습니다."

"저는 지난 6월에 그래시 맨션에 손님으로 참석했던 사람이에요. 시장님께서 절 아십니다." 프랭크는 망설였다. "제 말씀 좀 들어보세요. 지금 좋은 시점이 아니라는 건 저도 잘 알아요. 하지만 제가 테러 배후를 추적하는 데 도움을 드릴 수 있어요."

알렉스가 집요하게 말했다.

"시장님께선 지금 그 사건에 대한 말씀을 하실 수 있는 상태가 아닙니다. 그 점은 아마 충분히 이해하실 수 있겠죠?"

"물론이죠. 그러면 언제 시장님과 통화를 할 수 있을까요?"

"제가 도와 드릴 방법이 없습니다. 미안합니다. 몇 주 후에 다시 전화를 걸어보세요."

'몇 주라니! 이 사람이 지금 농담하나?' 어쨌든 알렉스는 고맙다고 말하고 전화를 끊었다. 코스티디스의 가족이 브루클린에 있는 성 이그나티우스 수도원 묘지에 안장되어 있다는 것을 어디선가 얼핏 읽은 기억이 떠올랐다. 오늘은 이미 늦었지만 내일 오전에 그곳에 가보기로 결심했다. 운이 좋으면 그곳에서 코스티디스를 만날지도 모른다는 생각이 들었다.

*

성 이그나티우스 수도원은 오랜 역사를 지녔다. 뉴욕 도심과 비교하면 중세시대 같은 느낌을 풍겼다. 높이 자란 오래된 나무들과 수도원을 둘러싼 담장에 무성한 담쟁이넝쿨 때문에 마치 사극의 배경처럼 보였다.

알렉스는 택시를 타고 맨해튼에서 브루클린으로 갔다. 택시 안에서 창문으로 여러 번 뒤를 돌아보았으나 미행을 하는 듯한 차량은 없었다. 10월 초의 공기는 차가웠고 바다 위에 드리운 짙은 안개는 묘지를 더욱 음산하고 으스스하게 만들었다. 알렉스는 천천히 무덤 사이를 거닐었다. 느슨한 석판의 틈 사이에 잡초가 자라고 있었다. 100년에 걸쳐 무더위와 결빙이 반복되다보니 여러 군데가 불룩 튀어나오기도 하고 깨져 있기도 했다. 알렉스는 바람과 날씨에 글씨가 바랜 비석을 지나갔다. 대리석으로 만든 천사들이 녹청으로 뒤덮인 채 멍한 눈으로 먼 곳을 응시했다. 인생무상을 느끼게 하는 분위기에 답답해지기도 했지만 그래도 묘지는 쉼이 없는 도시 한가운데 자리 잡은 고요하고 이국적이며 매혹적인 오아시스였다.

묘지에는 알렉스 혼자 있는 듯했다. 그녀는 메리와 크리스토퍼의 묘가 어디에 있는지 몰랐기 때문에 정처 없이 묘 사이를 어슬렁거리다가 마침내 코스티디스를 발견했다. 그는 고개를 푹 숙이고 등이 굽은 채 벤치에 앉아 있었는데 너무 외롭고 불행해 보여서 알렉스의 심장이 연민으로 죄어왔다. 어떻게 이런 남자한테 자기의 문제를 들고 와서 귀찮게 할 생각을 할 수 있을까? 그리고 슬픔에 잠긴 그를 방해할 권리가 과연 있을까? 코스티디스에게 진짜로 도움을 주기에는 알렉스가 너무 늦게 왔다.

알렉스가 망설이다가 돌아가려는 찰나 교회 종이 울리기 시작했다. 코스티디스가 고개를 들었다. 그때 두 사람의 시선이 마주쳤다. 알렉스는 그를 향해 다가갔다. 그녀의 시선이 묘를 향했다. 비석에 새겨진 이름들을 보자 이 묘 안에 코스티디스의 온 가족이 안장되어 있다는 것을 알았다. 그의 부모, 형제, 그리고 이제 그의 아내와 아들까지. 알렉스는 그의 고통을 느낄 수 있을 것 같았다. 손을 모으고 어릴 적에 배워 기억나는 유일한 기도문인 '주기도문'을 외우면서 눈물을 억눌렀다. 끔찍한 테러가 일어나기 12시간 전만 해도 알렉스는 이 두 사람을 보았다. 얼마나 끔찍하고 허무한가! 세르지오의 명령 때문에 그들은 죽어야 했다. 알렉스는 몸을 천천히 돌려 2년 전 저녁에 시티 플라자 호텔에서 처음 만났던 코스티디스의 검은 눈동자를 들여다보았다. 당시 그는 알렉스에게 경고를 했다. 하지만 알렉스는 그 말을 듣지 않았다. 알렉스는 그의 뚫어질 듯 생생한 눈빛과 웃음만 기억하다가 지금 경직되고 희미한 그의 얼굴을 보자 충격을 받았다. 그는 몇 달 사이에 몇 년은 늙어 보였다. 알렉스는 갑자기 무슨 용건으로 이곳을 찾아왔는지 잊어버리고 아무 말 없이 그의 옆 벤치에 앉았다. 나무 벤치가 안개의 습기 때문에 반짝거렸다. 종소리는 멈추었고 안개가 자욱해서 흐릿하게 보이는 교회에서 이곳 묘지까지 오르간 소리가 조용히 흘러나왔다.

"나는 세 달째 거의 매일 여기 이렇게 앉아 있어요. 몇 시간씩 말입니다. 내가 마침내 울 수 있는 순간을 기다리고 있지요. 너무 아프지만 지금은 다 내 탓이라는 것 말고는 아무런 감정이 없어요. 그리고 끔찍한 장면이 자꾸 꿈에 나타나서 잠을 잘 수가 없지요."

한참 만에 코스티디스가 조용한 목소리로 말했다. 그는 예전보다 희끗해진 머리카락을 손으로 쓸어 넘겼다. "크리스토퍼의 차가 시동이 안 걸려서 내 차를 타고 가라고 했어요. 그래서 내 차를 타고 갔는데, 이젠 죽었어요."

알렉스는 사실 잘 알지도 못하는 이 남자가 이런 이야기를 해주어 감동했다. 코스티디스가 이야기를 하고 싶고, 또 숨이 막혀 죽지 않으려면 이야기를 해야만 한다는 것을 느꼈다. 코스티디스는 잠시 허공을 응시했다. "울고 싶은데, 그럴 수가 없군요. 내 안에 모든 것이 죽어버렸거든요. 그냥 계속 이런 질문만 떠올라요. 왜? 왜 하필이면 메리? 왜 하필이면 우리 아들? 왜 하필이면 아들의 약혼녀까지? 이 사람들은 아무 잘못이 없어요. 내가…… 내가…… 아, 내 잘못이에요. 경고를 귀담아듣지 않은 내 탓이지요. 내가 세르지오를 쫓아다니는 것 말고는 안중에도 없었기 때문이에요. 메리가 그만 하라고 매번 부탁을, 아니 그렇게 사정을 했는데도."

그는 말을 멈추었다. 알렉스는 코스티디스가 훌쩍이며 숨을 들이

쉬는 것을 들었다. "내가 어떻게 살아갈 수 있겠어요? 내가 한 잘못을 과연 어떻게 돌이킬 수 있을까요?"

"시장님이 잘못한 건 아무것도 없어요. 잘못을 저지른 사람은 바로 세르지오죠."

"아니요. 난 그자의 죄를 입증하겠다는 욕심에 미친 듯이 사로잡혀 있었어요. 내가 그자를 자극하지 말았어야 했는데."

코스티디스는 고개를 저으며 말했다. 그의 얼굴은 일그러졌다. "세르지오가 지금 감옥에 있다고 해서 뭐가 달라지겠어요? 인맥을 동원해서 얼마 지나지 않아 감옥에서 나왔을 것이고, 아무것도 변하지 않았을 겁니다. 하지만 내가 그자를 그렇게 추적하고 공개적으로 공격하지 않았다면 아내와 아들은 아직 살아 있었겠지요."

코스티디스는 양손으로 얼굴을 가리고 말했다. 알렉스는 그가 무슨 소리를 하는지 알아듣기 힘들었다. "나는 오만하고 미쳐 있었어요. 난 절대 아무 일도 일어나지 않을 거라 믿었어요. 하지만 그건 착각이었어요. 마치 하느님이 내 오만방자함을 벌주려고 그러셨다는 생각이 듭니다."

"그렇지 않아요. 시장님은 그저 세르지오에 대한 진실을 말할 용기가 있었을 뿐이에요. 그래서 시장님은 그자에게 위험인물이 된 거죠. 하지만 아주 용감한 행동이셨어요." 알렉스가 조용히 말했다.

"용감하다고요? 그건 용감한 짓이 아니라 멍청한 짓이었어요."

그의 목소리는 씁쓸했다.

"시장님은 예전에 제게 세르지오를 조심하라고 경고해주신 적이 있었죠. 전 그때 시장님의 말씀을 믿지 않았어요. 하지만 이제는 그 말씀이 옳았다는 걸 알게 됐어요." 알렉스가 말했다.

그는 충혈된 눈으로 알렉스를 바라보았다.

"아무도 그자를 잡을 수가 없어요. 양심의 가책을 느끼지 못하고 잔혹하기 때문에 더 강한 자입니다."

"아뇨, 잡을 수 있어요. 그자를 잡아넣을 몇 가지 증거를 제가 잡았어요." 알렉스가 말했다.

"내가 몇 달 전에 이런 얘기를 들었다면 아주 좋아했을 겁니다. 하지만 이제는 관심 없어요. 그런다고 해서 내 가족이 다시 살아 돌아오는 것도 아니니까요." 코스티디스는 한숨을 내쉬며 말했다.

알렉스는 아무 말도 하지 않았다. 그의 심정을 이해할 수 있었다.

"그런데 여긴 왜 왔지요?"

코스티디스가 알렉스를 쳐다보며 물었다. 알렉스는 그의 눈 속에서 괴로움과 자책감, 근심, 고통을 느낄 수 있었다. 마음 같아서는 그를 꼭 안아주고 위로를 해주고 싶었다.

"전 시장님의 부인을 잘 알지는 못하지만, 그분을 상당히 존경했어요. 그리고 전 시장님도 좋아해요. 시장님께서 이렇게 고통스러워하시는 모습이 정말 마음이 아파요."

알렉스가 나오려는 눈물을 애써 참으며 속삭였다. 알렉스의 볼에 눈물이 주르륵 흘러내렸다. 알렉스는 코스티디스의 입술이 떨리는 것을 보았다.

"이상하군요. 내가 친구라고 생각하는 모든 사람 중에서 그런 말을 해주는 사람은 아무도 없었어요. 그저 빈말만 들었지요. 인생은 계속된다, 시간이 약이다. 그러고는 내가 마치 나병 환자라도 되는 듯이 나한테 거리를 두었어요. 똑똑히 느낄 수 있었지요. 나는 대화를 할 사람이 꼭 필요했는데 말입니다."

그는 알렉스가 섬뜩해할 정도로 절망적인 눈빛으로 쳐다보며 말했다.

"대부분의 사람들은 죽음과 직면하는 것을 두려워해요. 죽음과 슬픔에 대처하는 것은 상당히 힘든 일이죠." 알렉스가 말했다.

"하지만 알렉스 양은 나를 잘 알지도 못하면서 이곳으로 찾아와서 나하고 얘기 나누는 것을 두려워하지 않았잖아요."

"저는 시골에서 자랐어요. 시골에서는 삶과 죽음의 순환을 당연하게 받아들이죠. 하지만 이곳에서는 마치 죽음이란 건 없다는 듯 침묵을 해요. 하지만 죽음을 받아들이고 애도하고 계속 살아나가는 방법을 배워야 해요." 알렉스가 대답했다.

"어렵기는 해도 나도 죽음은 받아들일 수는 있어요. 하지만 내 탓이라는 생각이……." 코스티디스는 더 말을 잇지 못했다.

"가족이 죽은 것이 시장님 탓이라고 계속 생각하는 한 가족의 죽음을 절대 극복하실 수 없어요."

"무슨 뜻이죠?" 코스티디스는 놀란 표정으로 쳐다보았다.

"제가 너무 직설적으로 말씀드려서 죄송합니다. 하지만 제가 보기에 시장님은 아예 극복을 하시겠다는 생각이 없어 보여요. 자책감으로 계속 스스로를 갈기갈기 찢어버리면서 자기 자신으로부터 도망만 다니실 뿐이에요."

코스티디스는 한동안 아무 말도 하지 않았다. 알렉스는 너무 주제 넘은 말을 한 것 같아 걱정이 되었다. "세르지오는 시장님이 자신을 무력화시키려고 한다고 생각했기 때문에 시장님을 죽이려고 했어요. 시장님은 자만이 아니라 확신에 차서 그렇게 하신 거잖아요. 시장님은 옳은 일을 한다는 신념이 있었어요. 이것이 잘못된 일인가요? 시장님이 아니라 시장님의 가족이 사고를 당한 것은 불행한 사건들이 비극적으로 얽혀서 일어난 일이에요. 만약 시장님과 운전기사나 또 다른 사람들이 차에 탔다면 그분들이 죽었겠죠."

코스티디스는 알렉스를 뚫어지게 쳐다보았고 알렉스도 그의 눈을 쳐다보았다. "제가 10살이었을 때 할아버지께서 말을 선물해주셨어요. 제가 직접 키우고 타고 다니면서 이 세상에서 제일 사랑했어요. 정말 훌륭한 말이었고 저의 전부였지요. 그런데 몇 년 뒤에 천둥 번개가 치던 날이었는데, 할아버지께서 저를 부르시더니 말을 마구간에 넣으라고 하셨어요. 하지만 전 마침 재미있는 책을 보던 중이라 할아버지 말씀을 안 들었지요. 천둥 번개는 사실 별게 아니니까요. 그래서 말을 그냥 밖에 뒀어요."

알렉스가 조용한 목소리로 말했다. 코스티디스는 알렉스에게 시선을 고정시켰다. 알렉스가 계속해서 말을 이었다. "다음날 아침에 말을 타려고 밖으로 나갔는데 말이 사라지고 없더군요. 저는 울타리를 친 목초지 안을 다 찾아다니다가 결국 말을 찾았죠. 말은 죽어 있었어요. 벼락에 맞은 거지요. 저는 너무 슬퍼서 제정신이 아니었어요. 심하게 자책을 했지요. 할아버지 말씀대로 마구간에 넣지 않아서 말이 죽었기 때문에 순전히 제 탓이라고 생각했어요. 다른 말도 아니고 하필이면 내 말이 죽었어요. 죄책감이 너무나 커서 그때 죽고 싶다는 생각을 했어요. 저는 시간을 되돌려서 잘못을 바로잡고 싶은 생각이 간절했지만 그럴 수가 없었어요."

알렉스는 끔찍했던 나날들에 대한 기억들을 떠올리며 한숨을 내쉬었다. "저는 정말 심하게 자책을 했어요. 말은 아무 잘못이 없었으니까요. 하지만 그때 처음으로 인생에는 바꿀 수 없는 일들이 많이 일어난다는 사실을 깨달았어요. 조금 운명론적으로 들리실지는 모르겠지만 실제로 그래요. 제 친구의 아버지는 쓰러지는 나무에 맞아 돌아가셨고, 제 남동생은 등굣길에 화물차에 치여 죽었어요. 그리고 중학교 때 친구는 15살 때 백혈병으로 세상을 떠났어요. 시장님 가족의 죽음과 마찬가지로 이런 죽음도 무의미하지 않아요? 대체 누구 탓인가요? 죽음이 갑자기 찾아오는데 꼭 누구 탓이어야 하나요?"

코스티디스의 얼굴은 움찔거렸고 알렉스는 그의 눈빛에서 작은 희망의 반짝임을 발견했다. 알렉스는 아직도 화상의 흔적이 남아 있는 그의 손을 덥석 잡았다. "시장님 잘못이 아니에요. 그리고 사모님도 시장님이 여기 이렇게 앉아서 자책하며 괴로워하시는 것을 절대 원하시지 않을 겁니다."

알렉스의 볼에는 눈물이 흘러내렸다.

"그래요. 내가 그러길 원하지 않을 겁니다. 메리는…… 하느님을 신실하게 믿었고 늘 성경에서 위안을 찾았어요."

코스티디스의 목소리는 약간 쉬어 있었다. 알렉스는 코스티디스가 전율하는 것을 느꼈다.

"주는 나의 목자시니 내게 부족함이 없도다. 그가 나를 푸른 풀밭에 누이시며 쉴 만한 물 가로 인도하시는도다. 내 영혼을 소생시키시고 자기 이름을 위하여 의의 길로 인도하시는도다. 내가 사망의 음침한 골짜기로 다닐지라도 해를 두려워하지 않을 것은 주께서 나와 함께하심이라. 주의 지팡이와 막대기가 나를 안위하시나이다. 주께서 내 원수의 목전에서 내게 상을 차려주시고 기름을 내 머리에 부으셨으니 내 잔이 넘치나이다. 내 평생에 선하심과 인자하심이 반드시 나를 따르리니 내가 여호와의 집에 영원히 살리로다."

코스티디스가 속삭였다. 이 성경 말씀을 들으니 알렉스는 갑자기 눈물이 왈칵 흘러내렸다. "시편 23장. 메리가 가장 좋아하는 성경 구절이었지요. 나는 이 말씀을 계속 반복해서 읊으면서 메리가 이 말씀의 어떤 점에 위안을 받았는지 이해하려고 애쓰고 있어요."

그는 말을 더 잇지 못하고 알렉스의 손을 꽉 움켜쥐었다. "오 하느님, 메리가 너무 보고 싶습니다! 전 우리에게 수없이 많은 시간이 남아 있다고 생각했는데 이제 메리는 가고 함께할 시간은 없습니다!"

코스티디스가 불쑥 탄식하며 말했다.

코스티디스는 알렉스가 눈물을 흘리는 것을 보고 알렉스가 그가 겪고 있는 고통에 진심으로 마음 아파 한다는 것을 느꼈다. 그는 이제 혼자가 아니라 누군가 자신의 고통을 이해해준다고 느꼈는지 갑자기 내면의 슬픔의 둑이 터져버렸다. 갑자기 오래 참았던 눈물이 하염없이 흘러내렸다. 알렉스가 앞에 있어도 창피하지 않았다. 두려움을 모르던 강한 남자 닉 코스티디스는 자신의 약하고 낙심한 모습을 보이는 것을 주저하지 않았다. 알렉스는 이렇게 펑펑 우는 사람을 처음 보았다. 절망감에 사로잡힌 한 인간의 깊은 울부짖음이었다. 알렉스도 같이 따라 울 수밖에 없었다. 알렉스는 예기치 않게 자신에게 마음을 터놓은 남자를 꼭 안아주었다.

"오 하느님, 왜 제게 이런 시련을 주십니까? 왜 제가 가장 사랑하는 것을 빼앗아가셨나요?"

그는 고통스럽게 울부짖었다. 그는 벤치에서 미끄러져 내려와 무릎을 꿇고 얼굴을 알렉스의 무릎에 파묻고 하염없이 눈물을 흘렸다. 알렉스는 그냥 잡아주고 머리를 쓰다듬어주면서 코스티디스가 후련하게 마음껏 울도록 내버려두었다. 코스티디스의 깊은 절망감에 알렉스는 충격을 받았지만 동시에 자신의 진짜 감정을 드러낼 수 있는 이 남자에 대해 경외심을 느꼈다. 지금껏 그녀가 만난 남자 중에서 이렇듯 완전 무장 해제된 감정 표출을 하는 사람은 없었다. 사람들은 체면 때문에 아무렇지 않은 얼굴 뒤로 자신의 감정을 숨기기에 급급했다. 하지만 어떤 사람을 사랑스럽고 인간적으로 보이게 하는 것은 바로 그 약한 부분이었다.

30분 가까이 지나서야 코스티디스는 서서히 울음을 멈추면서 훌쩍거렸다. 마치 위로와 보호가 필요한 어린아이처럼 그는 알렉스한테 꼭 안겼고, 알렉스는 이해한다는 듯 그의 손과 머리카락을 쓰다듬어주었다.

　　"다 좋아질 거예요. 다시 좋아질 겁니다." 알렉스가 중얼거렸다.

　　"정말 그럴까요?"

　　코스티디스는 알렉스를 쳐다보기 위해 눈물이 범벅된 얼굴을 들었다. 그의 눈은 붉게 충혈되어 있었다.

　　"네, 틀림없이 그럴 거예요. 모든 상처는 치유되고, 함께했던 아름다운 기억만 남을 거예요. 망각이 아닌 이해가 자리 잡을 겁니다."

　　알렉스는 고개를 끄덕이며 말했다.

　　"어떻게 그렇게 확신하지요?"

　　코스티디스는 여전히 알렉스 앞에 무릎을 꿇고 있었고 알렉스는 그의 손을 꼭 잡고 있었다.

　　"원래 그러니까요. 저도 이미 그런 경험을 해봤어요."

　　코스티디스는 다시 얼굴을 알렉스의 무릎에 기대고 덜덜 떨면서 숨을 들이마셨다.

　　"이런 모습을 보여줘서 미안하군요." 코스티디스가 중얼거렸다.

　　"미안해하실 필요 없어요. 제가 아주 조금이라도 시장님에게 도움이 됐다면 좋겠어요. 누군가가 내 얘기를 들어주고 나를 이해해주면 좋은 그런 시기가 있잖아요." 알렉스가 부드럽게 말했다.

　　"정말인가요? 나를 이해해요?"

　　코스티디스가 다시 알렉스를 쳐다보았다.

　　"그런 것 같아요."

　　알렉스는 그의 고통스럽고 절망적인 얼굴을 물끄러미 쳐다보았다.

그러고는 손을 뻗어 눈물에 젖고 면도를 하지 않은 그의 볼을 쓰다듬었다. 두 사람 사이에 신뢰감이 형성되었다는 것을 두 사람 모두 느꼈다.

"위로가 필요하고 얘기할 사람이 필요하면 제가 언제든지 곁에 있어줄게요. 그리고 혹시 제가 다른 사람한테 말을 옮길 거란 걱정은 안 하셔도 돼요." 알렉스가 말했다.

"고마워요. 정말 고마워요."

코스티디스는 엷은 미소를 짓더니 힘겹게 일어났다.

"천만에요." 알렉스가 중얼거렸다.

두 사람은 한동안 말없이 나란히 앉았다. 알렉스는 문득 여전히 그의 손을 잡고 있다는 것을 깨닫고 당황하며 손을 놓았다.

"저는…… 저는 이제 그만 가봐야겠어요. 이제 괜찮으신 거죠?"

"네, 한결 좋아졌어요." 코스티디스가 대답했다.

알렉스는 그가 예전의 에너지를 아주 미약하게나마 되찾았다는 생각이 들었다. 알렉스가 떠나기 전에 코스티디스는 다시 그녀의 손을 잡았다.

"알렉스 양, 여기에 온 진짜 이유가 뭐지요?"

알렉스는 코스티디스를 쳐다보더니 자리에서 일어났다. 코스티디스는 이제 세르지오에 함께 맞설 동맹군이 아니었다. 알렉스는 그 사실을 이해하고 대답했다.

"그건 이제 중요하지 않아요."

*

알렉스는 생각에 잠긴 채 묘지 안의 꼬불꼬불한 길을 거닐었다. 빽

빽한 구름 사이로 이따금 햇살이 비추었고, 따뜻한 햇살이 안개를 녹였다. 교회 예배가 끝나고 몇몇 사람이 가족의 묘를 찾아갔다. 알렉스는 여전히 코스티디스가 예기치 않게 그녀에게 보인 신뢰에 대해 얼떨떨했고, 그에 대해 깊은 호감을 느꼈다. 그는 그녀의 생각과 달리 강하고 무자비한 사람이 아니라 전혀 다른 사람이었다.

알렉스는 무심코 모퉁이를 돌아가다가 어떤 남자와 부딪칠 뻔했다. 알렉스는 미안하다고 중얼거리며 그의 얼굴을 보다가 소스라치게 놀랐다. 절대 잊을 수 없는 차갑고 노란 눈동자였다. 세르지오의 생일날 보았던 바로 그 남자였다. 데이비드 주커먼을 죽인 바로 그자. 이자가 이곳에 나타난 이유는 단 하나밖에 없었다. 몇 주 전에 실패한 바로 그 일을 하기 위해 온 것이 분명했다. 코스티디스를 죽이라고 세르지오가 이곳으로 보냈을 것이다. 알렉스는 자신이 이곳에 있었다는 사실이 세르지오의 귀에 들어간다는 데 대한 걱정을 단 1초도 하지 않았다. 킬러가 그의 목숨을 노리고 있다는 사실을 모르는 채 가족묘지 앞 벤치에 앉아 있을 코스티디스에 대한 걱정만 앞섰다. 하지만 다행히 노란 눈의 남자는 코스티디스가 정확히 어디에 있는지 모르는 듯했다. 그는 눈에 띄지 않도록 조심스럽게 묘지 안을 두리번거리며 돌아다녔다.

알렉스는 쿵쾅거리는 가슴으로 조금 전까지 코스티디스가 앉아 있던 벤치로 뛰어갔다. 하지만 그는 보이지 않았다. 공포심에 사로잡힌 알렉스는 뛰어다니며 그를 찾았다. 마침내 고개를 죽이고 손을 코트 주머니에 넣고 교회를 향해 걸어가는 그를 발견했다. 바로 그 순간 노란 눈동자의 남자도 코스티디스를 발견했다. 그는 큰 나무 뒤에 숨어 총을 꺼내 겨누었다. 알렉스는 묘 사이를 가로질러 달렸다. 사람들이 어리둥절한 눈으로 쳐다보는 눈길에도 아랑곳하지 않았다.

"시장님! 조심해요!"

알렉스의 목에서 쉿소리가 나왔다. 코스티디스가 놀라서 뒤돌아보는 순간 숨 가쁘게 달려온 알렉스는 그대로 몸을 날려 그를 덮쳐 함께 바닥에 쓰러졌다. 코스티디스를 겨냥했던 총탄은 바로 뒤에 있는 비석을 맞혔다. 비석이 깨지면서 두 동강이 났다.

"이게…… 이게…… 뭐요?"

코스티디스가 얼떨떨하게 물었다. 알렉스는 총을 쏜 남자를 찾기 위해 조심스럽게 머리를 들었다. 남자는 사라지고 없었다. 알렉스는 갑자기 긴장감이 확 풀리면서 울기 시작했다. 주위에 있던 사람들이 호기심 어린 눈으로 가까이 다가와서 쳐다보았다.

"누가 나한테 총을 쐈군. 맞죠?" 코스티디스가 속삭였다.

"네."

알렉스는 몸을 일으켜 세우고 훌쩍이며 눈물을 닦았다. 코스티디스도 몸을 일으켜 세웠다. 그는 창백했지만 놀랍게도 차분한 모습이었다.

"내 목숨을 구해줬군요."

그는 알렉스의 손을 잡았다. 알렉스는 그의 목을 끌어안고 어깨에 얼굴을 묻었다.

"저놈을 제가 우연히도 알아봤어요. 세르지오 집에서 봤어요. 세르지오 생일 파티에서 길을 헤매다가 마주쳤죠."

알렉스의 목소리가 심하게 떨렸다. 다리가 사시나무 떨 듯 후들거려서 어딘가 앉아야 했다. 코스티디스는 알렉스 옆에 쭈그리고 앉아 걱정스러운 눈길로 쳐다보았다.

"……제가 그때 헤매다가 문이 덜 닫힌 서재에서 저는…… 저는…… 저는…… 저놈이 세르지오한테 하는 말을 들었어요. '그놈을 해치웠습니다. 주커먼은 이제 입도 벙긋하지 못하게 됐어요.' 저놈이 데이비드 주커먼을 죽였고 조금 전에는 시장님도 죽이려고 했어요!"

"같은 사람이 확실해요?" 코스티디스가 유심히 쳐다보며 물었다.

"네, 확실해요. 저놈 얼굴은 절대 잊지 못할 거예요. 세르지오가 데리고 있는 킬러예요. 세상에! 정말 끔찍하네요!"

알렉스는 하염없이 눈물을 흘렸다. 이번에는 코스티디스가 위로를 해주었다.

"진정해요, 알렉스 양. 다른 곳으로 갑시다."

그는 알렉스의 손을 잡고 부드럽게 일으켜 세워주었다.

"그 남자가 또 나타나면 어떡하죠?"

"그러지 않을 겁니다."

코스티디스 스스로도 자신의 침착함에 놀랐다. 알렉스가 공포에 사로잡힌 모습을 보고 그는 문득 정신이 들었고, 갑자기 정말 몇 달 만에 다시 명확하게 생각을 할 수 있었다. 오늘 아침까지만 해도 고통과 끔찍한 죄책감에서 벗어나기 위해 죽고 싶은 생각밖에 없었다. 그는 고통과 죄책감 말고는 다시는 어떤 감정도 들지 않을 줄 알았다. 하지만 그것은 착각이었다. 방금 전에는 두려움의 감정을 강하게 느꼈고, 이제는 목숨을 걸고 자신을 구해준 알렉스를 걱정하는 감정이 들었다.

이들은 비밀 옆문을 통해 수도원 교회 안으로 들어갔다. 알렉스는 두꺼운 벽으로 둘러싸인 교회 안에 있어도 몹시 불안했다. 총을 든 괴한이 다시 나타날 것만 같아 자꾸 뒤를 돌아보았다. 코스티디스는 알렉스의 손을 꼭 잡았고, 알렉스는 멍하니 그가 이끄는 대로 걸어갔다. 두 사람은 교회에서 빠져나와 초록색 잔디밭이 있는 회랑으로 나갔다. 코스티디스는 복잡한 수도원의 구조를 놀랄 정도로 잘 알았다.

10분 정도 걸어가자 요새같이 생긴 수도원 건물 2층에 도착했다. 코스티디스는 어떤 문 앞에 멈춰 서서 노크를 했다.

"들어오세요!"

안에서 목소리가 들리자 코스티디스가 문을 열었다.

흰색으로 회칠을 한 방 높은 천장에는 짙은 색 참나무 대들보가 있었고, 방 안은 간소하게 꾸며져 있었다. 목재로 만든 커다란 책상 외에는 천장까지 닿는 책장밖에 없었고, 벽에는 나무 십자가와 교황 요한 바오로 2세의 사진 액자만 걸려 있었다. 책상 앞에는 호리호리한 백발의 예수회 신부가 앉아 있었다. 그는 알렉스와 코스티디스가 사무실 안으로 들어오자 의아한 눈빛으로 고개를 들었다.

"코스티디스! 정말 반가운 얼굴이 찾아왔군!"

신부가 반갑게 인사를 했고 얼굴에는 환한 미소가 번졌다.

"안녕하세요, 신부님." 코스티디스가 인사를 했다.

"요즘 어떻게 지냈나?"

신부는 코스티디스의 손을 잡아주면서 애정 가득한 눈길로 쳐다보았다. 알렉스는 신부가 얼핏 보았을 때보다 나이가 훨씬 많아 보였지만 지금까지 이 신부처럼 온화하고 현명한 눈빛을 본 적이 없었다.

"조금씩 좋아지고 있습니다. 고맙습니다." 코스티디스가 말했다.

"주님의 섭리를 우리가 다 헤아릴 수는 없지."

"네, 힘들지만 저는 이겨낼 겁니다."

"우리는 늘 자네를 위해 기도하고 있다네."

"네, 알고 있습니다. 감사합니다."

그때 문득 코스티디스는 자신이 혼자가 아니라는 것을 깨달았다.

"신부님, 이 사람은 알렉스 존트하임입니다. 메리하고 저의…… 친구입니다. 알렉스 양, 이분은 케빈 오셔너시 신부님이에요."

"만나서 반갑습니다."

케빈 신부가 알렉스에게 손을 내밀었다. 그의 힘찬 악수에 알렉스는 놀랐다.

"케빈 신부님과는 오래전부터 아는 사이지요. 내가 어렸을 때 이 교회에서 복사도 했어요." 코스티디스가 설명했다.

"어서 앉으세요."

신부가 앉으라고 손짓했다. 여전히 무릎에 힘이 풀려 있는 알렉스는 고맙다는 미소를 지으며 나무 의자에 앉았는데 의자는 보이는 것만큼이나 불편했다.

"조금 전 묘지에서 누군가 제게 총을 쐈어요."

코스티디스가 마침내 용건을 꺼내자 신부의 얼굴이 창백해졌다.

"총을 쐈다고? 우리 묘지에서?"

신부는 성호를 그었다. 코스티디스는 신부에게 있었던 일을 간단하게 설명한 후 전화기를 들고 번호를 눌렀다. 여전히 온몸을 떠는 알렉스는 코스티디스의 목소리가 예전의 단호하고 에너지 넘치던 것과 비슷해졌다는 생각이 들었다. 그는 어제 알렉스에게 예의바르지만 단호하게 대했던 프랭크 코헨과 통화를 했고 똑같은 이야기를 반복했다. 그는 통화를 마치고 알렉스를 향해 몸을 돌렸다.

"좀 어때요?"

그는 진심으로 걱정스러운 얼굴로 물으며 알렉스의 손을 잡았다.

"제가 시장님께 여쭈고 싶은 질문이에요. 누군가 시장님을 겨냥하고 총을 쐈잖아요."

알렉스는 억지로 미소를 지어보려고 했지만 마음대로 되지 않았다. 코스티디스는 친절한 얼굴로 알렉스를 쳐다보았다. 이제 그의 눈에서 절망감은 찾아볼 수 없었다.

"알렉스 양에게 고마운 게 정말 많아요. 오늘 내 삶을 되찾아주었고 목숨까지 구해줬어요. 오늘 아침까지만 해도 죽고 싶다는 생각만 가득했는데 이젠 내가 아직 살고 싶다는 미련이 조금 남아 있다는 것을 깨달았어요."

코스티디스가 조용히 말했다. 대화를 가만히 듣고 있던 케빈 신부가 목소리를 가다듬었다.

"코스티디스, 내가 어떻게든 자네를 도와줄 일이 있을까?"

알렉스를 쳐다보던 코스티디스는 고개를 돌렸다.

"아니요. 괜찮습니다. 하필 여기서 이런 일이 벌어져서 죄송합니다. 곧 경찰이 출동할 겁니다."

신부는 손사래를 쳤다.

"아무도 안 다쳤으니 됐네. 누구의 소행인지 알고 있나?"

코스티디스의 얼굴은 어두워졌고 그는 힘겹게 침을 삼켰다. 알렉스는 여전히 잡고 있던 손에 살짝 힘을 주었다.

"폭탄으로 절 죽이려 했던 자들의 소행인 것 같습니다."

코스티디스가 힘겨운 목소리로 말했다.

*

30분 후 평소 고요했던 수도원 묘지는 사람들로 북적였다. 경찰은 총을 쏜 괴한의 흔적을 찾아서 사방을 샅샅이 뒤졌다. 흰색 작업복을 입은 감식반 요원들이 총알이 박힌 비석을 조사했다. 총알은 소음기가 장착된 저격용 총에서 발사된 것이었다. 경찰들은 나무 주위를 기어 다니면서 신발 자국을 찾아다녔고, 묘지에 온 사람들을 상대로 조사를 벌였다. 코스티디스는 알렉스에게 시청에서 달려온 보좌관을 소개해주었다. 알렉스는 어제 통화를 했을 때 그가 훨씬 나이가 많고 비호감일 것이라고 생각했다. 하지만 실제로 프랭크는 알렉스의 또 래였고, 진지하고 가느다란 얼굴에 짙은 색 짧은 머리카락을 가진 남 자였다. 그의 두꺼운 안경알 너머로는 그녀가 이제 익숙한 표정이 보 였다. 그는 두려워하고 있었다.

"시장님, 전 경찰에게 그 남자를 제가 어떻게 아는지 말을 못 하겠 어요." 알렉스가 나직이 말했다. 코스티디스는 알렉스를 쳐다보았다.

"그럴 만한 이유가 있어요. 저는 경찰과 얘기를 하기 전에 우선 시 장님께 먼저 모든 말씀을 드리고 싶어요. 부탁드립니다."

"알겠어요. 경찰에는 그냥 우연히 묘지에 왔다고 해두죠. 알았죠?"

알렉스는 안도감에 고개를 끄덕였다. 그는 알렉스의 어깨에 팔을 둘렀다.

"이리 오세요. 내 집무실로 갑시다. 여기는 이제 어차피 우리가 더 할 일이 없어요."

알렉스는 시청에 처음 발을 디뎠다. 그리고 뉴욕시장의 커다란 집 무실 안을 감탄하며 둘러보았다. 지난 몇 시간 동안 코스티디스가 원 래 어떤 사람인지 까맣게 잊고 있었다. 그녀는 영향력이 막강한 인사 를 많이 알고 있었지만, 그들도 피가 흐르는 심장과 감정이 있다는 것을 보여준 사람은 코스티디스가 처음이었다. 프랭크가 커피를 끓 였고 피자를 배달시켰다. 알렉스는 한 입도 넘길 수 없을 것 같았는 데 갑자기 엄청난 허기를 느꼈다. 알렉스는 커피 두 잔을 마시고 프 로슈토 피자 반 판을 먹고 나니 기분이 한결 좋아졌다.

마침내 알렉스는 이야기를 시작했다. 그녀는 시장과 프랭크에게 자신이 LMI에서 하는 일에 대해 간략하게 설명하고 세르지오에 대해서도 이야기를 꺼냈다. 두 사람에게 지금까지 누구에게도 털어놓지 않았던 말을 술술 하는 자신을 보면서 알렉스는 놀랐다. 마치 고해성사를 하는 것 같았다. 실제로 고해성사를 한 것만큼이나 마음이 가벼워지고 후련했다. 그녀는 지난해 세르지오의 생일 파티에서 엿들은 내용과, 세르지오와 함께 있을 때 당한 충격 사건, 브루클린에 있는 창고 건물, 그리고 세르지오가 레비 회장과 한통속이 되어 그녀가 제공한 정보를 바탕으로 부당한 거래를 일삼고 있다는 이야기를 모두 전했다. 또 그랜드 케이맨에 있는 비밀 계좌도 폭로했다. 두 남자는 점점 경악한 표정으로 귀를 기울였다. 코스티디스는 몸을 앞으로 숙이고 팔꿈치를 무릎에 받치고 알렉스를 뚫어지게 쳐다보았다.

"시장님, 어떻게 생각하세요? 드 랜시, 매킨타이어, 화이트워터, 로드즈, 호프만 상원의원, 심지어 제롬 하딩까지."

프랭크가 먼저 입을 열었다.

"믿을 수가 없어. 만약 정말 사실이라면……."

코스티디스는 등을 뒤로 기대고 손으로 머리를 쓸어 올렸다. 프랭크 코헨은 흥분해서 자리에서 벌떡 일어났다.

"우리가 생각했던 것보다 늪이 훨씬 깊습니다!"

코스티디스는 갑자기 무척 피곤하고 지쳐 보였다.

"이제야 왜 세르지오한테 매번 당했는지 알겠어. 레이먼드를 통해 내 일거수일투족을 알고 있었던 거지. 그리고 세르지오는 무슨 짓을 저지르든지 간에 확실하게 비호를 받은 거고."

코스티디스가 조용한 목소리로 말했다.

"모조리 잡아들이면 되겠네요. 마침내 늪을 말려버릴 절호의 기회입니다. 시장님! 시장님은 바로 이걸 위해 싸워오셨잖습니까!"

프랭크의 눈이 반짝거렸다. 코스티디스는 자리에서 일어나 창가로

다가가더니 생각에 잠겨 밖을 내다보았다.

"아니야." 그가 한참 후에 입을 열었다.

"네?"

예상하지 못한 그의 대답에 알렉스는 의아했다. 코스티디스가 몸을 돌려 알렉스와 눈을 맞추었다.

"나는 그럴 수가 없네. 세르지오는 우리가 어디서 정보를 얻었는지 알게 될 걸세." 그는 고개를 저으며 말했다.

"그자가 어떻게 알게 된다는 겁니까?" 프랭크가 흥분하며 물었다.

"그렇게 하셔야 합니다, 시장님. 프랭크 말이 맞아요. 이 도시를 더러운 부정부패에서 구해내셔야 해요." 알렉스도 옆에서 거들었다.

"아니, 내가 책임질 수 없는 일입니다." 코스티디스가 재차 말했다.

"하지만……." 알렉스가 다시 입을 열었다.

그러자 코스티디스가 말을 자르며 말했다.

"나는 알렉스 양한테 무슨 일이 일어나는 걸 바라지 않아요. 세르지오의 지시로 이미 수많은 사람이 목숨을 잃었어요. 그리고 오늘만 해도 날 또 죽이려고 했죠. 만약 알렉스 양이 내게 그런 정보를 전해 줬다는 사실을 알게 되면 알렉스 양도 죽이려고 할 겁니다. 그런데 그건…… 그건 내가 정말 원하지 않는 일이에요."

그는 숨을 깊이 들이마시고 어깨를 쫙 폈다. "그리고 난 이제 그만 시장 직에서 물러날까 생각하고 있어요."

*

넬슨 반 미렌은 시카고 오헤어 공항을 출발해서 뉴욕 라과디아 공항으로 가는 TWA 항공 1등석 자리에 편안히 앉았다. 주말에 업무상

시카고에 머물렀지만 대화가 만족스럽지 않게 끝났다. 3일 동안 헛수고를 했다고 생각하니 짜증이 밀려왔다. 게다가 이번 일정 때문에 맏손자의 생일 파티에도 참석하지 못했다. 비행기 안에 다른 승객들이 탑승하는 동안 그는 대기실에서 가져온 신문을 펼쳤다. 머리기사가 곧바로 눈에 들어왔다. 그는 굵은 글씨로 인쇄된 제목 아래에 있는 몽타주 사진을 보고는 그대로 얼어버렸다.

코스티디스 시장을 노린 총격 사건

일요일 오전, 브루클린에 있는 성 이그나티우스 수도원 내에 있는 공동묘지에서 또다시 닉 코스티디스 뉴욕시장을 겨냥한 총격 사건이 발생했다. 부인과 아들이 끔찍한 테러로 사망한지 세 달 만이다. 여러 목격자에 따르면 약 100미터 떨어진 거리에서 한 남성이 저격용 총으로 코스티디스를 향해 총을 발사한 것으로 알려지고 있다. 다행히 주위에 있던 한 사람이 침착한 대응 덕분에 시장의 목숨을 구할 수 있었다. 총을 쏜 남자는 도주했지만 경찰은 목격자들의 진술을 토대로 범인의 몽타주를 작성했다.

넬슨의 얼굴이 창백해졌다. 심장이 미친 듯이 뛰고 식은땀이 났다. 총을 쏜 남자의 몽타주는 그가 너무나 잘 아는 자와 똑같았다. 의심할 여지 없이 '나폴리인'이라는 별명의 나탈레 토리니오였다. 넬슨은 눈을 감았다. 머리에 두근거리는 맥박이 전해졌다. 그는 나폴리인이 마음 놓고 시장을 습격하도록 세르지오가 일부러 자신을 금요일에 시카고로 보냈다는 것을 깨달았다. 세르지오가 지난여름에 시장의 테러 사건과 아무런 관련이 없다고 한 말은 거짓말이었다. 그는 어렴풋이 짐작은 했지만 그래도 세르지오를 믿었었다. 가장 오래된 친구한테 거짓말을 듣고 뒤통수를 맞았다는 생각은 평생 처음 겪는 큰 실망이었다.

*

세르지오는 웨스트체스터 본가의 집사가 사무실로 전화를 걸어 콘스탄치아가 커다란 트렁크 4개와 작은 가방 몇 개를 들고 이른 새벽에 택시를 타고 말도 없이 어디론가 가버렸다고 전했을 때 이를 곧이듣지 않았다. 그래서 오늘 일정상 힘든 일이지만 아들들을 웨스트체스터의 집으로 오라고 지시하고, 그도 무슨 일인지 파악하기 위해 헬리콥터를 타고 집으로 날아갔다.

세르지오는 그가 가장 믿는 심복인 나탈레가 어제 일을 그르친 것 때문에 기분이 심히 언짢은 상태였다. 코스티디스가 늘 경호원들에게 둘러싸여 있어서 지난 몇 주간은 그에게 접근할 기회가 없었다. 심지어 5번가에서 열린 대규모 퍼레이드에서도 해치울 기회가 쉽게 오지 않았다. 그러다가 나탈레가 수도원 묘지 생각을 해냈다. 코스티디스가 경호원 없이 가족 묘지에 간다는 사실을 알아냈기 때문이었다. 아무 문제가 없어 보이는 일이었는데, 그가 그토록 신임한 나탈레가 임무에 실패한 데다가 사람들의 눈에 띄고 말았다. 세르지오는 이것까지는 어떻게든 참을 수 있었다. 그런데 나탈레는 묘지에서 알렉스가 코스티디스와 함께 있는 것을 보았다고 했다. 세르지오는 수십 번도 넘게 알렉스의 집과 휴대전화 번호를 눌렀지만 알렉스는 받지 않았다. 결국 부하들을 알렉스의 집으로 보냈다. 부하들은 알렉스가 집에 없다는 사실을 확인했다. 알렉스는 오후 6시가 되어서야 집으로 돌아왔는데, 파란색 혼다 자동차를 타는 남자가 집으로 바래주었다고 했다. 세르지오는 이런 보고를 듣고는 미칠 듯이 화가 났다.

웨스트체스터에 있는 저택 책상 위에는 세르지오 앞으로 콘스탄치아가 남긴 편지가 있었다. 그는 봉투를 확 뜯어버리고 편지를 읽어 내려갔다.

세르지오, 나는 오늘 당신을 떠나. 이런 결정을 내리는 것이 쉽지 않았지만 체사레가 죽은 이후에 지금처럼 계속 이렇게 살 수는 없다는 생각이 들었어. 이제 아들들도 나를 필요로 하지 않고 당신도 내가 언제 필요했는지조차 모르겠지만 이제는 당연히 내가 필요하지 않겠지. 나는 이 집과 외로움을 더 견딜 수가 없어. 그래서 이제 떠나.

콘스탄치아.

세르지오는 말없이 손에 든 편지를 내려다보았다. 그는 엄청난 분노에 휩싸였다. 콘스탄치아가 대체 왜 그랬을까? 안개가 자욱한 한밤중에 짐을 챙기고 택시를 불러서 아무 말도 없이 사라져버렸다. 그는 화가 나서 편지를 구겨버리고 쓰레기통에 던져버렸다. 그의 두 아들과 실비오는 난처한 얼굴로 책상 앞에 서 있었다. 세르지오는 화가 잔뜩 난 얼굴로 커다란 방 안을 왔다 갔다 했다.

"어떻게 이럴 수가 있어? 어떻게 나한테 이럴 수 있냐고? 내가 보통 여자들이 바라는 모든 걸 다 해줬는데? 원하는 건 뭐든지 다 사줬는데? 하인이 수십 명에다가 차만 해도 세 대야!"

그는 고래고래 소리를 지르며 몸을 돌렸다.

"어머니는 지난 몇 년간 많이 힘들어하셨어요. 그리고 체사레가 죽은 후에는……." 도메니코가 조심스럽게 말을 꺼냈다.

"불행했다고? 하! 네 엄마가 체사레를 그렇게 만들어버린 거야! 무용지물에 과잉보호 받은 배은망덕한 녀석으로! 게다가 비겁하고 멍청하기까지!" 세르지오가 그의 말을 끊으며 말했다.

세르지오는 누구든 걸리기만 하면 직접 손으로 모가지를 비틀어 버릴 것같이 살벌한 상태라 그를 너무나 잘 아는 세 사람은 아무 말도 하지 않았다.

"도메니코. 지금 당장 이 집에서 일하는 사람은 몽땅 집합시켜. 지금 당장. 어디로 갔는지 알아야겠어. 신문 톱기사에, 마누라까지 날……."

세르지오는 소리를 지르다가 멈추었다. '날 떠났다고.' 그는 이 말을 끝내 잇지 못했다. 콘스탄치아가 어떻게 그에게 이런 식으로 상처를 줄 수 있을까? 콘스탄치아와 이혼을 하려는 것은 사실이었지만 부인이 이런 식으로 도망치는 것은 그의 자존심이 허락하지 않았다.

"다 집합시켜! 지금 당장!"

그는 둘째 아들에게 버럭 소리를 질렀다. 아들은 아버지를 불편한 눈빛으로 쳐다보더니 밖으로 나갔다.

"어떻게 나한테 이럴 수가 있냐고?"

세르지오는 재차 이렇게 소리지르며 우리에 갇힌 맹수처럼 다시 방 안을 왔다 갔다 했다. "어떻게 나한테 이런 망신을 줄 수 있어!"

"하지만 아버지, 어머니가 아버지에게 망신을 주신 게 아니에요. 어머니가 가출하셨다는 것은 우리 말고 아는 사람은 아무도 없어요."

마시모가 아버지를 달래보려고 했다.

"이제 곧 모두가 알게 되겠지! 모두 날 조롱거리로 삼을 거야!"

세르지오가 소리를 질렀다.

"그렇지 않을 겁니다."

"입 닥쳐!"

세르지오는 아들에게 쏘아붙였다. 그의 얼굴은 분노 때문에 창백해졌다. "네 엄마는 내 부하들 앞에서 날 멍청이로 만들었어. 절대 용서하지 않겠어! 세르지오 비탈리가 마누라한테 버림을 받다니! 정말 말도 안 돼!"

사실 그가 이렇게 화가 난 이유는 부인 때문이 아니었다. 세르지오가 이렇게 불같이 화를 내는 이유는 음흉한 알렉스가 자신을 속였다는 사실 때문이었다. 알렉스는 그에게 롱아일랜드에 있는 매들렌 부부를 만나러 간다면서 몰래 코스티디스를 만나러 간 것이다!

"실비오." 한참 후 세르지오가 침착한 목소리로 불렀다.

"자네는 콘스탄치아가 다시 집으로 돌아오도록 손을 써봐. 어떤 수단 방법을 동원하든지 상관하지 않겠네. 하지만 이 일에 대해 신문에 단 한 줄이라도 기사가 나면 자넨 모가지야! 알아듣겠나?"

실비오는 침착하게 고개를 끄덕였다. 그는 광분한 보스에 오랜 시간 잘 단련되어 있었다.

"잠깐! 루카한테 전화를 걸어. 특별 임무가 있어."

세르지오의 얼굴에 잔인한 미소가 번졌다. 실비오는 고개를 끄덕이고 밖으로 나갔다.

"아버지, 어떻게 하실 생각이에요? 어머니 말이에요."

마시모가 걱정스럽게 물었다.

"아무 생각 없어. 그저 이 집에 돌아오기를 바랄 뿐이야."

세르지오는 경멸적인 손짓을 하더니 위스키를 가져오기 위해 바 쪽으로 향했다.

"그렇다면 특별 임무는 무슨 말씀이세요?"

"그건 네 엄마랑은 상관없는 일이야."

그는 위스키를 단번에 마셔버렸다.

'빌어먹을 알렉스한테 본때를 보여줘야지! 결혼해서 함께 살기만

간절히 바라는 척을 하더니 몰래 내 원수와 만나고 다녀?'

*

알렉스는 3시 무렵 모든 짐을 꾸렸다. 그녀가 함께한 모든 짐이 22 개의 이삿짐 상자에 담겼다. 어퍼 웨스트사이드에 사는 여자치고는 단출하다고 알렉스는 속으로 생각했다. 이 집에 들어올 때 가구며 그림이며 카펫까지 모든 것이 이미 갖추어져 있었다. 그녀는 별 미련 없이 집 안을 둘러보았다. 이 집에서 떠오르는 좋은 기억은 없다. 오히려 안 좋은 기억만 많다. 이제 집을 옮기고 세르지오로부터 벗어나겠다는 생각은 너무 순진할 수도 있지만 그래도 집을 옮기면 더는 세르지오와 엮이지 않을 수 있다.

알렉스는 시계를 들여다보았다. 3시 반에 이사업체 사람들이 올 예정이었다. 알렉스는 마지막으로 테라스로 나가 담배에 불을 붙이고 센트럴파크 쪽을 내려다보았다. 지난 일요일에 일어났던 일들이 새록새록 떠올랐다. 알렉스의 신변 안전을 고려해서 그녀가 전해준 정보를 이용하지 않겠다고 결심한 코스티디스에게 깊은 감동을 받았다. 알렉스는 코스티디스가 부인과 아들을 죽인 살인범에게 복수를 할 수 있다면 무슨 짓이든 할 줄 알았다. 하지만 폭탄 테러와 묘지에서의 총격 사건은 그가 복수극을 펼쳤을 때 어떤 후유증이 일어날지 다시 생각하게 되는 계기가 되었다. 월요일 늦은 오후 코스티디스가 알렉스에게 전화를 걸어 그렇게 말했다. 그는 알렉스의 안부를 묻고 15분가량 통화를 했지만, 알렉스가 일요일에 털어놓은 사실들에 대해서는 아무 말도 하지 않았다.

그 순간 초인종이 울렸다. 이삿짐센터에서 예정보다 일찍 온 모양이지만 오히려 잘됐다는 생각이 들었다. 알렉스는 집 안을 가로질러 성큼성큼 걸어가서 문을 열었다. 그리고 알렉스는 그 자리에서 굳어 버렸다. 콘스탄치아가 문 앞에 서 있었다.

"이렇게 불쑥 들이닥쳐서 미안하군요. 잠깐 들어가도 될까요?"

콘스탄치아가 말했다.

"네…… 네, 물론이죠."

알렉스는 의아하면서도 동시에 당황스러웠다. 설마 세르지오가 진짜로 부인에게 이혼을 요구한 것일까? 부인이 난동을 피우기 위해서 찾아온 것일까? 콘스탄치아는 입구에 멈춰 서서 이삿짐 상자들을 쳐다보았다.

"이사 가려는 것 같네요."

"네, 이사 갈 예정입니다." 알렉스는 초조하게 미소를 지었다.

"왜죠? 집이 이렇게 좋은데요!"

알렉스는 세르지오의 부인을 단 한 번밖에 보지 못했다. 그것도 6개월쯤 전이었다. 부인은 그새 많이 늙어 있었다. 입 주위에 주름이 깊게 자리 잡았고 갈색 눈 아래 눈물주머니가 불룩 튀어나왔다. 지금 상당히 불행하다는 표정이 그대로 드러났다. 그녀는 아들을 잃었다. 알렉스는 세르지오가 이렇게 힘든 시기에 부인에게 위로가 되어주었으리라고 생각하지 않았다.

"이 집이 부인 남편 것이라고 말씀드려도 놀라지 않으시겠죠. 하지만 전 이제 더는 그분을 보고 싶지 않기 때문에 이사 가려고 합니다."

알렉스가 입을 열었다.

"남편을 떠나요?" 콘스탄치아는 의아한 듯 눈썹을 치켜 올렸다.

"그럴 생각이에요."

"그렇다면 세르지오는 한날한시에 부인과 애인한테 버림을 받았군요. 자존심이 엄청 상하겠는걸."

콘스탄치아가 재미있다는 듯 심술궂은 미소를 지었다.

"부인도 남편을…… 버리셨다고요?"

알렉스가 믿을 수 없다는 듯이 물었다.

"그래요."

콘스탄치아는 고개를 끄덕이며 알렉스를 예리한 눈초리로 보았다.

"이리 오세요. 테라스로 나가요."

알렉스는 혹시 도청 장치가 숨겨져 있을지도 모른다는 생각이 들어 함께 테라스로 나갔다. 콘스탄치아는 라탄 의자에 앉아 알렉스를 쳐다보았다. 그녀는 잠시 아무 말 없이 용건을 어떻게 말해야 할지 고민하는 것 같았다.

"난 어렸을 때부터 세르지오를 알았어요. 우리는 리틀 이탈리아에서 자랐는데 거기서는 서로가 서로를 잘 알았죠. 세르지오의 아버지는 세르지오가 7살이었을 때 기숙사 학교에 보냈어요. 형 알도가 경쟁 관계에 있는 집단한테 살해당한 직후였어요."

콘스탄치아가 결국 입을 열었다. 알렉스는 놀랐다. 세르지오는 형이 병 때문에 죽었다고 말했기 때문이다. 하지만 이제는 세르지오가 진실을 말해주지 않은 것이 그리 놀랍지도 않았다.

"세르지오는 아버지가 돌아가시고 나서야 다시 뉴욕으로 돌아왔어요. 아버지인 이그나치오 비탈리는 제노바파의 1인자로 다른 사람의 눈엣가시여서 정말 처참하게 살해당했죠. 그분이 돌아가시자 내 친정아버지가 후계자가 되었어요. 난 그때는 뉴욕 내 거대 계파 사이의 세세한 권력 구조를 잘 몰랐죠. 친구 결혼식에서 세르지오를 다시 만났는데, 그때 내가 한눈에 반해버렸고 얼마 후 결혼했어요. 난 사랑에 눈과 귀가 멀어서 친정아버지의 경고에도 귀를 기울이지 않았어요. 하지만 얼마 지나지 않아 세르지오가 날 사랑하지 않는다는 걸 깨달았죠."

콘스탄치아는 세르지오에게 당한 모욕과 굴욕이 떠오르자 표정이 굳어졌다. "내가 임신했을 때 세르지오는 멀버리 스트리트에 있는 술집 여자랑 바람을 폈어요. 착한 이탈리아 부인들이 그렇듯 난 그때 아무 말도 하지 않았어요. 세르지오는 부와 권력을 쌓는 데 혈안이 돼서 내가 뭘 하는지는 관심도 없었어요. 세르지오가 나하고 결혼한 유일한 이유는 내가 카를로 감비노의 딸이라는 거였죠."

콘스탄치아는 알렉스를 유심히 쳐다보았다. "세르지오가 뉴욕에서 가장 큰 마피아 가족 출신이라는 게 별로 놀랍지는 않죠?"

"아버지가 예전에 유명한 킬러였다고 들었어요."

알렉스가 조심스럽게 말했다.

"쳇!"

콘스탄치아는 콧방귀를 꼈다. "그분은 그냥 단순한 킬러가 아니었어요. 럭키 루치아노와 더치 슐츠 밑에 있었던 무시무시한 행동대장이었고 나중에 그 사람들을 직접 죽이기도 했죠. 하지만 이건 누구나 다 아는 얘기고. 다들 오래 전에 죽었죠. 세르지오는 처음으로 100만 달러를 벌어서 웨스트체스터의 지금 있는 집을 샀어요. 나는 가족하고 친구들과 그렇게 멀리 떨어져서 사는 게 힘들었어요. 하지만 세르지오는 계속해서 멀버리 스트리트에 사는 게 이제 자기 품격에 맞지 않는다고 했죠. 그러더니 파크 애비뉴에 집을 사서 아주 가끔만 내가 사는 집으로 찾아오더군요. 남편은 원래부터 배려라고는 눈곱만큼도 없는 이기주의자였고 우리 결혼은 그저 서류상에 지나지 않았죠. 세르지오는 자신이 원하는 건 반드시 했고, 나는 결혼 첫날부터 세르지오가 젊고 예쁜 여자를 절대 마다하지 않을 사람이란 걸 깨달았어요."

알렉스는 얼굴이 빨개졌지만 콘스탄치아는 눈치 채지 못한 듯했다. "세월이 흘렀고 아들들이 자라서 집을 떠났어요. 체사레만 제외하고. 세르지오는 늘 체사레를 못마땅해했어요. 그 애는 형들하고 달랐거든요. 약하고 그리 똑똑하지도 못했고. 체사레는 곤란한 상황에 처하는 경우가 많았어요. 무슨 사고라도 치면 아버지가 또 광분할까봐 늘 불안해하며 살았죠."

콘스탄치아는 깊은 한숨을 내쉬며 말했다. 그녀는 슬픈 미소를 지었고 커다란 눈에는 눈물이 맺혀 반짝거렸다. "작년 세르지오의 생일 파티 때였는데, 당신도 기억할 거예요. 세르지오가 체사레를 집에서 내쫓았는데 그 애는 다시 돌아오지 않았어요. 가끔 나한테 전화하기는 했는데, 난 그 애가 어디에 살고 무얼 하고 지내는지 몰라서 너무나 걱정이 됐죠. 남편은 그 애 얘기만 꺼내도 길길이 화를 내곤 했죠. 생일 파티가 끝나고 며칠 후에 난 데이비드 주커먼이 총에 맞아 살해됐다는 사실을 알게 됐어요. 주커먼 부부는 우리 큰아들하고 친한 사이라서 우리 집에도 자주 놀러왔는데, 난 세르지오가 주커먼을 죽였다는 걸 금세 눈치 챘죠."

알렉스는 숨을 참았다.

"그러고 나서 세르지오가 총격을 당했죠. 마시모가 나한테 전화를 걸어서 세르지오가 다쳤다는 소식을 전했을 때 난 안 놀랐어요. 난 불안하거나 두렵지 않았죠. 오히려 웃었어요. 하느님이 날 용서해줄지 모르겠지만, 난 그 때 아주 잠깐 동안 세르지오가 차라리 죽어버렸으면 좋겠다고 생각했어요."

콘스탄치아는 어색한 미소를 짓다가 이내 얼굴이 어두워졌다. "같은 날 밤 체사레가 체포됐어요. 아들이…… 아들이 죽었단 소식을 듣고 나는 거의 돌아버릴 지경이 되었죠. 난 분명 세르지오가 아들의 죽음과 관련이 있다고 생각했어요. 세르지오가 며칠 후에 집으로 돌아왔을 때 내가 그렇다고 말하기도 했죠. 나는 남편한테 온갖 욕설을 퍼부었어요. 수년간 내 안에 쌓인 한이 터져 나온 셈이죠. 그리고 바로 그것이 내가 억눌렀던 진실이라는 걸 알게 됐어요."

알렉스는 콘스탄치아의 눈물을 보았다. 이 여자가 지금 어떤 감정인지 공감이 되었다. 알렉스도 비슷한 감정이었기 때문이다.

"그날 난 내가 세르지오를 증오한다는 걸 깨달았어요. 세르지오가 죽어버리기 바랐어요. 그래요. 난 이미 그때 남편을 떠나기로 결심한 거죠. 하지만 용기가 없었어요. 그런데 코스티디스 시장을 겨냥한 테러가 있었다는 소식을 들었어요. 그 테러 때문에 불쌍한 부인과 아들이 죽었다고요. 나는 세르지오가 코스티디스 시장을 얼마나 증오했는지 알고 있었어요. 세르지오가 나한테는 한 번도 사업 얘기는 안 했지만 같이 산 세월이 30년 넘다보니 척 보면 척이죠."

콘스탄치아는 어깨를 으쓱했다. "세르지오는 자기한테 방해가 되는 사람은 죽이라고 지시하죠. 나는 어렸을 때부터 사람들이 죽는 데 익숙해져 있어요. 85살에 침대에 곱게 누워 맞이하는 그런 죽음은 아니지만. 우리 아버지가 마피아였고 우리 오빠들과 삼촌들도 마피아였죠. 하지만 남편은 가장 잔인하고 무정한 마피아, 심지어 럭키 루치아노나 알 카포네보다 더해요. 남편이 범죄자라는 걸 나는 알아요. 그동안 내 아들들 때문에 모든 걸 참고 견뎌왔지만 체사레가 죽은 뒤에는 더는 그럴 수가 없었어요. 그동안 쏟은 모든 폭력과 피와 죽음을 이제는 내 양심이 허락하지 않아요."

알렉스는 두려움에 몸서리를 쳤다. 얼굴에 핏기가 싹 가시며 백짓장처럼 하얘졌다.

"세르지오가 자기 아들을 죽였다고요?"

너무 놀란 알렉스가 속삭이며 물었다.

"그래요. 물론 자기 손으로 죽인 건 아니죠. 그렇게 할 사람도 아니고. 그런 걸 대신해줄 부하들이 있으니까. 하지만 나는 세르지오 짓인 걸 알아요. 남편은 체사레가 감옥에서 겁을 집어먹고 진실을 다 불까 봐 두려웠던 거죠. 내 아들은 주커면과 차에 치여 죽은 것으로 꾸며진 LMI 직원과 똑같은 이유로 살해당한 거죠."

콘스탄치아는 고개를 끄덕이며 말했다. 알렉스는 힘겹게 침을 삼켰다.

"길버트 셰너헌 말이에요?"

"그 이름이 맞는 거 같군요. 그 사람의 아내는 큰 소리로 사실을 떠벌리고 다녔죠. 그냥 입을 다무는 게 좋았을 텐데. 지금 정신병원에 감금되어 있어요. 가장 중증인 정신병 환자가 들어간다는 고무벽으로 된 방에 말이죠."

알렉스는 입술이 바짝 마르면서 경악을 금치 못했다. 올리버의 말이 맞았다. 길버트 셰너헌은 그 게임을 더는 같이 하지 않고 하차하려고 했기 때문에 살해당했다. 알렉스는 갑자기 으슬으슬 추웠다.

"왜 저한테 이런 얘기를 해주시는 건가요?"

알렉스가 속삭이듯 물었다. 콘스탄치아는 알렉스를 쳐다보았다.

"난 당신한테 경고도 하고, 또 부탁이 있어서 찾아왔어요. 나는 일요일 저녁에 우연히 대화를 엿들었어요. 세르지오 밑에서 일하는 킬러인 나탈레 토리니오가 당신이 코스티디스 시장과 함께 수도원 공동묘지에 있는 걸 봤다고 말하더군요."

알렉스는 의자 팔걸이를 꽉 움켜쥐었다. 엄습하는 공포를 통제하려고 애썼다. 나탈레 토리니오. 노란 눈동자의 남자.

"알렉스 씨, 세르지오는 이미 너무나 많은 사람들에게 고통을 안겨주고 나쁜 짓을 저질렀어요. 내가 그 사람의 차가운 심장에 칼이라도 찌를 용기가 있으면 좋았겠지만 그러기에는 난 너무 비겁한 사람이에요. 난 이제 누군가가 그 사람을 잡아넣으면 좋겠어요. 나는 죽은 내 아들과, 그리고 그 괴물이 나와 우리 가족한테 한 짓에 대해 복수하고 싶어요."

콘스탄치아는 몸을 앞으로 숙여 알렉스의 손을 잡았다. 그리고 목소리를 낮추어 말을 이었다. "나하고 손을 잡은 사람이 있어요. 하지만 우리 두 사람의 힘만으로는 할 수 없어요. 물론 지금 우리가 세르지오에 대해 알고 있는 사실만으로도 파멸시킬 수는 있지만. 나는 힘도 있고 두려움도 모르는 대담한 사람이 필요해요. 내가 하려는 일을 도와줄 사람 말이에요. 내가 그냥 곧장 경찰이나 검찰을 찾아갈 수는 없어요. 세르지오가 금방 알고, 내 입을 막으려고 할 거예요."

콘스탄치아는 잠시 멈칫하더니 다시 말했다. "알렉스, 당신은 거물을 많이 알고 있잖아요. 시장님하고도 잘 알고. 당신이 날 도와줄 수 있어요!"

알렉스는 자리에서 벌떡 일어나 어쩔 줄 몰라 하며 팔짱을 꼈다. 콘스탄치아는 그녀에게 도움을 요청하기 위해 찾아온 것이다. 하필이면 그녀! 알렉스는 너무 놀랐고 공포감에 사로잡혔다. 세르지오는 자기 아들도 죽인 사람이다. 하물며 알렉스쯤이야 한 치의 망설임도 없이 죽이고도 남을 것이다! 그녀는 어쩌다가 이런 살벌한 일에 연루가 되었을까? 그 빌어먹을 야망, 교만한 허영심, 상류사회에 들어가고 싶다는 끝없는 욕망 때문이었다! 유명해지고 싶고 성공하고 싶었다. 그런데 지금 어떻게 되었는가? 범죄자의 애인으로 전락하고 말았다. 예전에 올리버가 그녀를 비난했던 그대로였다. 힘들게 다닌

대학도 직장도 모두 헛수고였다! 다른 사람들은 이제 슬슬 성공가도를 달리기 시작하는 37살에 그녀의 미래가 끝이 나버렸다. 세르지오는 절대로 그녀를 가만두지 않을 것이 뻔했다. 알렉스는 두려움에 눈물이 터졌다. 그리고 자신을 기대감에 가득 차서 쳐다보고 있는 콘스탄치아를 향해 몸을 돌렸다.

"제가 도와 드리지 못할 것 같네요, 부인."

알렉스는 감정을 억누르며 말했다. 코스티디스의 말이 떠올랐다.

'내가 몇 달 전에 이런 얘기를 들었다면 아주 좋아했을 겁니다. 하지만 이제는 관심 없어요. 그런다고 해서 내 가족이 다시 살아 돌아오는 것도 아니니까요.'

그렇다. 코스티디스도 도움을 줄 수 없을 것이다. 콘스탄치아는 자리에서 일어났다.

"내가 억지로 강요할 생각은 없어요. 언제든지 나하고 통화할 수 있는 전화번호를 주고 갈게요."

콘스탄치아는 가방을 뒤지더니 메모지를 꺼내 주고 나갔다.

콘스탄치아가 나가자 알렉스는 훌쩍이며 바닥에 주저앉아 양손으로 얼굴을 가렸다. 그녀의 미래와 인생이 돌이킬 수 없이 망가져버렸다는 것은 뼈아픈 사실이었다.

＊

세르지오는 말없이 펜트하우스에 우두커니 서서 루카가 1시간 전에 전화로 전해준 사실을 제 눈으로 확인했다. 알렉스는 이 집에서 나갔다. 옷장은 텅 비었고, 냉장고 전원은 꺼졌으며, 모든 책이며 CD도 사라졌다. 화장실은 마치 호텔 화장실처럼 텅 비어 있었다. 세르지오는 속이 쓰렸다. 그는 엄청난 실망감에 휩싸였다. 알렉스가 그를 얼마나 감쪽같이 속였는지 깨닫자 손끝이 부들부들 떨렸다. 알렉스는 지난 며칠 동안 그의 앞에서 연극을 했을 뿐이다. 그녀와 진짜 결혼하려고 계획을 세웠던 그는 멍청이처럼 놀아났다!

알렉스가 콘스탄치아와 같은 날에 그를 떠난 것은 운명의 아이러니였다. 그런데 그는 이제 알렉스도 어디에 있는지 알 수 없었다. 미행을 붙이지 않았기 때문이다. 그는 정말로 알렉스를 믿으려고 했는데 이런 꼴을 당하다니! 이런 식의 이별은 그에게 참을 수 없는 모욕인 동시에 허무감을 안겨주었다. 그는 당장 알렉스한테 전화를 걸어야겠다는 충동이 일어났지만 다행히 이성으로 자제했다. 그는 거칠게 숨을 쉬었고 잠깐 눈을 감았다. 알렉스는 지난 일요일에 매들렌 부부의 집이 있는 롱아일랜드에 간다고 했지만 거짓말이었다. 나탈레의 말이 맞았다. 알렉스는 브루클린 공동묘지에서 그 빌어먹을 코스티디스와 만났다. 그리고 코스티디스가 총에 맞는 것을 막아준 사람도 바로 알렉스였다. 그 빌어먹을 놈이 아직도 살아 있는 것이 하필이면 알렉스 덕분이었다.

"이제 어떻게 할까요?" 루카가 조심스럽게 물었다.

"아무것도 없네. 집 안에 있는 마이크하고 카메라를 다 떼고 리모델링을 하게. 그리고 알렉스 여권 이리 줘. 내가 직접 전해주지."

세르지오가 겉으로 아무렇지 않게 말했다. 그는 주먹을 불끈 쥐었다. 실망은 차가운 분노로 바뀌었다. 알렉스는 결코 숨을 수 없었다. 곧 있으면 알렉스가 어디로 숨어들었는지 알아낼 것이고, 그러면 알렉스한테 직접 해명을 요구할 것이다.

*

프랭크 코헨이 시장 집무실에 들어선 때가 8시 15분이었다. 코스티디스는 책상 앞에 앉아 요즘에 자주 그렇듯이 죽은 부인의 사진이 들어 있는 사진 액자를 뚫어지게 처다보았다.

"자네는 벌써 퇴근한 줄 알았는데."

"사회복지 개혁에 관한 언론 브리핑을 다시 살펴봤습니다. 그리고 내일 시장님께서 노숙자협회에서 나오는 폴 이니스한 씨와 접견하실 때 필요한 논점 몇 가지를 메모해놓았습니다." 프랭크가 말했다.

"알았네. 내일 아침에 읽어보도록 하지. 됐지?"

코스티디스는 독서용 안경을 벗고 피곤한 눈을 비볐다.

"네, 알겠습니다."

"내일은 어떤 일정이 잡혀 있지?"

"9시에 폴 이니스한 씨와 약속이 있습니다. 노숙자협회에서 예정된 근로봉사에 대해 이의를 제기했어요. 그 후에 오만에서 온 대표단과의 만남이 예정되어 있습니다. 10시에서 약 1시까지입니다. 그다음에는 WNBC 루시 맥밀런 기자와 약속이 되어 있습니다. 스테이튼 아일랜드의 쓰레기 매립과 관련된 말씀을 나누시게 될 겁니다. WNBC는 이와 관련된 방송을 내보낼 예정입니다. 오후 3시에는 퀸즈에서 약속이 있습니다. 새로운 보육원을 시찰하실 겁니다. 오후 5시에는 지난 8월 모닝사이드 하이츠에서 불이 난 집에서 아이들을 구해낸 소방 공무원들에 대한 공로패 수여식이 예정되어 있습니다."

프랭크는 시장을 처다보았다. 코스티디스는 지쳐 보였다. 당연히 지칠 만했다. 가족의 장례식 이후 그는 목숨을 건 듯 일에 매달렸다. 아침부터 밤까지 스케줄이 빡빡하게 이어졌다. 그는 경찰과 보안직원들의 경호를 받으며 도시를 휘젓고 다녔다. 일부 직원들은 슬슬 불만을 토로하기 시작했다. 시장은 다른 직원들이 일하는 것 말고도 다른 생활이 있다는 것을 잊은 듯했기 때문이다. 프랭크는 시장이 이런 식으로 얼마나 더 견딜 수 있을지 의문이었다. 그는 사람이 감당하기 힘들 정도로 스케줄을 꽉 채웠지만 그를 말릴 사람이 없었다. 프랭크는 시장이 외롭고, 다른 잡생각을 하지 않기 위해서 그런다는 것을 알았다. 그는 대중 앞에서는 그런 감정을 드러내지 않았고 겉으로는 이제 전과 별다르지 않게 보였지만 사람들이 보지 않는 곳에서는 종종 무너지곤 했다. 프랭크는 시장이 멍하니 허공을 응시하거나 부인의 사진을 들여다보는 모습을 여러 번 보았다.

"알렉스 존트하임이 들려준 얘기에 대해 다시 한 번 생각해보셨습니까?" 프랭크가 조심스럽게 물었다.

"사실 요즘 내 머릿속에는 온통 그 생각밖에는 없네. 알렉스가 언급했던 사람들과 만나 대화를 할 때마다 알렉스가 들려준 얘기가 떠오르면서 그 사람들이 얼마나 거짓되고 음흉한 사람들인지 새삼스레 깨닫게 되지.…… 뉴욕에 늘 부정부패가 만연해 있었는지 모르지만 나는 경찰청장은 물론이고 검사까지 세르지오 같은 범죄자한테 매수를 당했다는 사실을 도무지 믿을 수가 없네." 코스티디스가 한참 후에 입을 열었다.

"뭔가 할 수 있는 일이 있을지도 모르겠습니다. 그 얘기가 얼마나 사실이라고 생각하십니까?" 프랭크가 물었다.

"사실일 가능성이 상당히 높지. 알렉스가 뭐 하러 그런 얘기를 지어내겠나?"

"그렇다면 더 망설이시면 안 됩니다. 이런 정보를 검찰에 전달을 해야 합니다. 이제 시장님은 마침내 세르지오가 지금까지 저지른 일에 대해 추궁하고 책임을 물으실 기회가 생긴 겁니다."

프랭크는 코스티디스의 맞은편에 앉으며 말했다.

"프랭크, 내가 저번에도 한번 얘기를 했잖나. 내가 미친 사람처럼 그자를 뒤쫓고 다녀서 내 가족이 결국 목숨을 잃었네. 그리고 나에게 또다시 총격을 가해서 끝까지 날 죽일 생각이라는 걸 분명하게 보여 줬지. 세르지오는 날 해치려고 눈이 벌건 자야. 나는 날 도와준 여자의 목숨까지 위험에 빠트릴 생각이 없네."

코스티디스는 이상할 정도로 차분하게 말했다.

"알렉스 씨도 분명한 생각을 갖고 해준 얘기입니다. 시장님께서 무슨 조치를 취하도록 하기 위해서 그런 정보를 알려준 겁니다."

"빌어먹을! 나는 매일 밤 몇 시간만이라도 잠을 청하려고 수면제를 먹고 있네! 나는 그런 끔찍한 기억을 잊으려고 일에 몰두하려고 하지. 내 마음은 분노와 복수심으로 가득 차 있지만 내가 어떻게 또 죄책감 느낄 짓을 할 수 있겠나? 알렉스가 그런 정보를 갖고 있다는 걸 그자가 알게 되면 알렉스 죽이는 걸 망설일 거라고 생각하나?"

코스티디스의 목소리가 날카로워졌다.

"알렉스는 그자의 애인이었거나 여전히 애인인 여자입니다. 우리한테 솔직했다고 확신하실 수 있나요?" 프랭크가 대꾸했다.

코스티디스는 숨을 깊이 들이마셨다.

"나도 그런 생각은 이미 해봤네. 하지만 왠지 모르겠지만 알렉스의 말은 진실이라는 생각이 드네. 그렇지 않다면 뭐 하러 날 찾아서 공동묘지까지 왔겠나? 그리고 또 뭐 하러 목숨을 걸고 날 구해줬겠나? 알렉스가 얼마든지 총알을 맞을 수 있는 상황이었어!"

"어쩌면 시장님께서 바로 그렇게 생각하시도록 미리 그렇게 짜고 연기했을 수도 있죠."

"프랭크, 자네는 의심이 상당히 많군."

"시장님한테 배운 겁니다. 뭔가를 믿기 전에 모든 걸 수백 번 확인하고 질문했던 분이 바로 시장님입니다. 그리고 시장님의 그런 의심이 옳았던 적이 상당히 많았죠." 프랭크가 엷은 미소를 지어 보였다.

"그래, 난 사람을 보는 눈이 있다고 생각했는데 사실은 그렇지 않았지. 난 레이먼드가 정말 나를 배신할 줄은 꿈에도 몰랐네."

코스티디스는 한숨을 내쉬었다.

"알렉스 씨와 다시 한 번 말씀을 나눠보시는 게 좋겠습니다. 그리고 서면 증거를 요구해야 합니다." 프랭크가 제안했다.

"그래, 봐서 그러도록 하지."

코스티디스는 등을 뒤로 기댔다. 프랭크 코헨은 자리에서 일어났다. 그는 시장이 이런 얘기를 더 하고 싶지 않다는 것을 눈치 챘다. 그는 문 앞에 거의 다다랐을 때 다시 한 번 뒤돌아보았다.

"아, 그리고 시장님?"

"또 무슨 할 얘기가 남았나?"

"오늘 식사는 하셨습니까?"

코스티디스는 짧게 미소를 짓더니 고개를 끄덕였다.

"아침에 도넛을 먹은 것 같아. 이제 그만 나가보게. 잘 자게."

"안녕히 계십시오, 시장님. 내일 뵙겠습니다."

코스티디스는 보좌관이 문을 닫고 나갈 때까지 기다렸다가 책상 서랍을 열고 지난달 치 〈피플 매거진〉을 꺼냈다. 그는 알렉스 존트하임의 기사가 실린 부분을 펼쳐서 사진을 뚫어지게 쳐다보았다. 그는 생각에 잠긴 미소를 짓다가 아침에 몬탁 해변에서 말을 타던 알렉스를 만났던 기억이 났다. 그는 문득 알렉스의 말이 진실이라는 확신이 생겼다.

*

화요일 아침, 알렉스는 빈센트 레비 회장과 마이클 프리드먼, 휴 와인버그와의 회의를 마쳤다. 세 임원은 알렉스가 최근에 성사시킨 딜에 대해 감탄을 금치 못했다. LMI가 텍사스의 컴퓨터 제조업체인 위트너스 컴퓨터사를 대신해서 데이터베이스사와 인수 협상을 맡게 되어 큰 수익이 예상되기 때문이었다. 이 거래는 이미 성공한 것이나 진배없다. 다음 주에 세부 사항을 논의하기 위해 위트너스와 데이터 베이스 측 인사들과 여러 차례의 만남이 예정되었기 때문이다.

알렉스는 회의를 마치고 자기 책상으로 돌아와서 노트북 컴퓨터 화면을 멍하니 쳐다보았다. 그녀는 회의에 참석하기 전에 퍼스트 보스턴사의 카터 링우드와 통화를 했다. 이때 링우드에게 슬쩍 정보를 흘렸다. 퍼스트 보스턴사는 이번 인수전에서 LMI의 경쟁사였다. 그 런데 알렉스는 경쟁사에 LMI의 제안 금액을 넌지시 알려준 것이다. 이것은 엄연히 배임 행위로서, 레비가 이 사실을 알면 알렉스를 해고 하는 것은 물론 당연히 고발도 할 것이다.

알렉스는 한숨을 쉬면서 손으로 턱을 받쳤다. 링우드는 알렉스가 흘린 정보를 활용해서 자기 고객에게 유리하게 이용할 것이 분명했 다. LMI는 한마디로 보기 좋게 물먹게 될 것이다. 알렉스는 상관이 없 었다. 그녀는 어차피 이번 달 안으로 LMI에 사표를 던지고 이 도시를 떠날 생각이었다. 시카고나 샌프란시스코, 유럽, 아니면 동아시아로 도 갈 수 있었다. M&A 전문가는 어디서나 환영받는 인재였다.

알렉스는 지금 몇 층 위의 사무실에서 어떤 일이 벌어지고 있을지 생각하며 씁쓸한 미소를 지었다. 레비는 곧장 세인트존에게 위트너 스 인수에 관해 알렸을 것이고, 세인트존은 또 곧바로 위트너스 주식을 대량 매수할 것이다. 그리고 위트너스가 데이터베이스를 인수한다는 사실이 공식적으로 발표되면 위트너스의 주가가 치솟기를 바랄 것이다. 그런데 인수 전쟁에서 불쑥 소프트랜드 코퍼레이션이란 이름의 백기사가 나타나면 세인트존의 표정이 어떨지 궁금했다.

알렉스가 이런 생각에 푹 빠져 있을 때 외선 전화벨이 울렸다.

"알렉스 존트하임입니다." 그녀가 전화를 받았다.

"안녕하세요, 알렉스 양. 닉 코스티디스입니다."

"시장님! 잘 지내셨어요? 요즘 통 소식이 없어서 혹시 무슨 일이 있으신가 걱정하고 있었어요."

알렉스는 예기치 않은 전화에 반가웠고 심장이 두근거렸다.

"아니에요! 미안합니다. 최근에 내가 좀 많이 바빴어요. 그리고 생각을 좀 하느라 그랬어요."

"그러셨군요."

그는 잠시 머뭇거렸다.

"혹시 오늘 저녁에 함께 식사 어떤가요?"

알렉스는 침을 꿀꺽 삼켰다. 그녀는 오늘 아무 계획이 없었다. 그러니 응해도 되지 않을까?

"좋아요. 언제 어디서 만날까요?"

"허드슨 트리베카 챔버스 스트리트 모퉁이에 작은 그리스 레스토랑이 있어요. 이름이 '알렉시스 소르바스'예요. 작은 골목 안에 숨어 있어요."

"잘 찾아갈게요." 알렉스가 대답했다.

"9시 어때요?"

"네, 좋아요."

알렉스는 전화를 끊고 생각에 잠겨 아랫입술을 깨물었다. 코스티디스가 생각을 바꾼 것일까? 그의 목소리는 예전으로 거의 돌아왔지만 알렉스는 이제 그의 말이 거슬리게 들리지 않았다. 세르지오 때문에 생긴 코스티디스에 대한 선입견이 그래시 맨션에서 대화를 나눈 뒤부터 바뀌었다. 그리고 어느 일요일 묘지에서 그의 인간적인 모습을 본 이후 처음에 그에게 느꼈던 반감이 어느새 깊은 존경과 호감으로 변했다. 세르지오가 자신이 이익을 얻을 정보를 입수했다면 누가 위험에 처하든지 말든지 안중에도 없고 한 치의 망설임도 없었을 것이다. 반면에 코스티디스는 알렉스의 안전을 걱정해서 복수를 포기했다. 정말 믿을 수 없는 일이었다.

이때 노크하는 소리가 들리더니 마크가 들어왔다.

"좀 전에 데이터베이스의 분기 매출표를 입수했습니다. 한번 검토해보시겠어요?"

"나중에요. 고마워요."

마크는 책상 위에 파일을 올려놓고 다시 나가려는데 알렉스가 불러 세웠다. 마크는 자리에 앉아 알렉스가 무슨 말을 할지 기다리며 쳐다보았다. 알렉스는 조금 망설였다. 마크와는 지난 몇 달 사이에 정말 친해졌다.

"오늘 저녁에 코스티디스 시장님하고 만날 예정이에요."

알렉스는 결국 입을 열었다.

"그렇군요."

"우리가 보스턴에 갔던 이후로 그 생각이 내 머릿속을 떠나지 않아요. 난 우리가 알아낸 사실을 시장님한테 알려 드려야겠다고 결심했어요."

"그게 정말 좋은 생각일까요?"

"잘 모르겠어요. 하지만 그냥 이대로 있을 수는 없어요. 난 세르지오를 너무나 잘 알아요. 정말 덜덜 떨리도록 두려워요. 그 남자는 무슨 짓이든 서슴지 않을 사람이에요."

알렉스는 한숨을 쉬었다. 갑자기 눈물이 나는 것을 겨우 참았다.

"젠장, 마크! 나는 생각보다 이 일에 훨씬 깊이 발을 담갔어요! 이젠 옳고 그름이나 상처받은 자존심이나 깨진 신뢰 같은 차원의 문제가 아니에요. 내 목숨이 걸린 일이라고요! 내가 진실을 안다는 걸 세르지오가 눈치 채면 난 죽은 목숨이나 다름이 없어요! 난 세르지오가 길버트 셰너헌을 죽이라고 지시한 걸 알아요. 셰너헌이 일에서 손 떼려고 했다는 이유로 말이죠." 알렉스는 입술을 깨물었다.

"이런 세상에! 올리버한테도 얘기했어요?"

마크는 경악을 금치 못했다.

"올리버는 어차피 계속 그랬을 것이라 의심하고 있었어요. 우리가 배터리 파크에서 처음 만났을 때부터 그렇게 암시를 해줬잖아요. 난 그때 올리버가 하는 말을 듣고 LMI를 떠났어야 했는데."

알렉스가 힘없이 대답했다. 사무실 안에는 정적이 흘렀고 딜링룸에서 나는 소음만 두꺼운 유리창을 뚫고 약하게 들려왔다.

"나는 사표를 낼 생각이에요. 내가 하고 싶었던 말이 이거예요. 그리고 마크 씨가 한 모든 일에 대해 고맙다는 말을 하고 싶었어요. 특히 날 잘 따라주고 늘 믿음을 줘서 고마워요." 알렉스가 말했다.

"당연한 일인데요 뭐. 지금까지 제가 모신 최고의 상사님이었어요. 새 직장에서 부하직원이 필요하면 언제든지 제게 연락을 주세요."

마크의 얼굴에는 슬픈 미소가 스쳤다.

"물론이죠."

알렉스는 힘겹게 미소를 지어 보였다. 두 사람은 서로를 쳐다보았다. 알렉스는 마크에게 카터 링우드와 나눈 이야기에 대해 털어놓을까 생각했다. 마크도 사실을 알 자격이 있었다. 마크도 알렉스와 마찬가지로 열심히 위트너스 인수에 매달렸기 때문이었다. 결국 알렉스는 큰 결심을 하고 자신이 한 일을 솔직히 말했다.

"음, 팀장님께서 알아서 하신 일이라 믿어요. 하지만 탄로 나면 팀장님은 무사하지 못할 겁니다."

마크는 그다지 충격을 받지 않는 눈치였다.

"당연히 그렇겠죠. 아직도 그게 옳은 일이었는지는 모르지만 어쨌든 그렇게 했어요." 알렉스는 고개를 끄덕이며 말했다.

"팀장님은 세르지오와 레비, 세인트존에게 한방 먹이려고 거래를 무산시키시려는 거죠?"

알렉스는 또다시 고개를 끄덕였다. 그러자 마크는 책상 넘어 몸을 숙여 알렉스의 손을 덥석 잡았다.

"무슨 일이 일어나든지 간에 전 팀장님 편에 서겠어요. 저도 이 회사를 너무 오래 다닌 것 같아요. 사표를 낼까 생각해봐야겠어요."

"고마워요, 마크. 하지만 너무 성급한 결정은 내리지 말아요. 난 지금 상당히 곤란한 처지지만 마크 씨는 아니잖아요. 마크 씨한테는 아직 미래가 있어요."

"그렇다면 이 회사에는 이제 M&A 부서가 없겠죠. 어쩌다보니 적응이 됐어요. 오늘 밤에 저한테 어떻게 됐는지 전화로 알려주시겠어요?" 그는 미소를 지으며 자리에서 일어났다.

"물론이죠." 알렉스도 미소를 지었다.

마크가 사무실을 나가자 알렉스는 한숨을 쉬며 눈을 감았다. 이제 그녀에게 야망 같은 것은 남아 있지 않았다. 문득 조용하고 평범한 생을 사는 소박한 가족의 삶이 그리웠다. 정원이 딸린 작은 집에 자신을 사랑해주는 남편과 함께.

＊

알렉스는 지금 살고 있는 건물 뒷문으로 나왔다. 금발머리는 야구 모자로 감추고, 낡은 가죽 재킷과 청바지를 입고 묵직한 닥터마틴 신발을 신었다. 평소에 그녀를 아는 사람이 한눈에 알아볼 수 없는 옷차림이었다. 알렉스는 마당에 있는 쓰레기통을 지나 옆 건물로 들어갔다. 올리버는 알렉스를 위해 가능한 모든 도피로를 찾아놓았다. 알렉스는 세르지오 부하들의 눈에 띄지 않으려고 일부러 길을 돌아서 다녔다. 알렉스는 LMI 건물 앞에서 그녀를 기다리는 미행자들이 있다는 것을 일찌감치 알아차렸다. 대부분 낯이 익은 자들이었다. 세르지오는 알렉스가 어디에 사는지 아직 알아내지 못한 듯했다.

알렉스는 활기가 넘치는 머레이 스트리트로 나왔다. 이곳에는 레스토랑이 쭉 늘어서 있다. 부유한 주민들이 이곳에 몰려들기 시작한 이후 거의 매일 새로운 가게나 레스토랑, 부티크가 문을 열었다. 아직 9시가 되지 않은 시간이었지만 인도는 사람들로 북적였다. 올해의 인디언 서머는 평소와 달리 따뜻해서 여름 날씨와 별다르지 않았고, 가게 주인들은 탁자와 의자를 길거리에 내놓았다. 알렉스는 브로드웨이를 따라 조금 걸어가다가 챔버스 스트리트 쪽으로 들어갔다. 마침내 작은 골목길에서 코스티디스가 알려준, 눈에 잘 띄지 않는 작은 레스토랑을 발견했다. 레스토랑 안으로 들어가자 그리스 민속음악이 조용히 흘러나왔고, 벽에는 진짜처럼 보이는 플라스틱 포도넝쿨들이 천장까지 장식되어 있었다. 구석구석에는 값싼 모조 고대 석상들이 서 있었는데, 아크로폴리스와 환하게 빛나는 흰색 집들이 들어선 푸른 지중해 사진들이 가게 주인의 향수를 엿보게 해주었다. 대부분의 테이블은 아직 비어 있었다. 웨이터가 구석에 있는 테이블로 안내해주었다. 그는 얼룩덜룩한 식탁보 위에 있던 너저분한 부스러기들을 얼른 쓸어버렸다. 알렉스는 화이트 와인 한 잔을 주문했다. 9시가 조금 넘자 두 명의 남자가 레스토랑으로 들어와 조심스러운 눈길로 주위를 둘러보았다. 그리고 조금 후에 코스티디스가 들어왔다. 그는 알렉스를 향해 미소를 지었고, 테이블로 다가오기 전에 요리사와 몇 마디 말을 주고받았다.

"안녕하세요, 알렉스."

"안녕하세요, 시장님."

알렉스는 어색한 미소를 지었다. 심장이 몹시 두근거렸다.

"배고프죠? 애피타이저로 사가나키(페타 치즈를 올리브기름이나 버터에 튀긴 음식-옮긴이 주)를 먹고 그 다음에는 수블라키(여러 조각의 고기와 그릴 된 채소를 곁들인 그리스 요리-옮긴이 주)를 먹읍시다."

그는 윙크를 하며 살짝 미소를 지었다. "르 서크만큼은 못할지 모르지만 콘스탄티노스의 수블라키는 뉴욕 최고예요."

"저는 어떤 요리인지 잘 모르겠지만, 어쨌든 시장님 말씀을 믿어드릴게요."

두 사람은 잠시 서로 말없이 쳐다보았다. 알렉스는 코스티디스가 상당히 피곤하고 지쳐 보인다고 생각했다. 게다가 얼굴도 수척해 보였다. 머리카락은 평소보다 길었고, 면도하는 것을 깜빡했는지 볼에 푸르스름하게 수염이 자라 있었다.

"그리스어 할 줄 알아요?"

알렉스가 어색한 분위기를 깨려고 물었다.

"조금요. 우리 어머니는 영어를 잘 못하셨죠. 내가 그리스에 가면 당연히 나를 외국인으로 알겠지만, 콘스탄티노스는 내가 그리스어로 말을 걸어주면 아주 좋아해요."

"시장님은 가톨릭 신자 아니세요? 그런데 그리스에서는 보통……."

"그리스정교죠. 그런데 우리 부모님은 정교 신도가 아니었어요. 그래서 내가 뭘 하든 상관없으셨죠. 우리 동네에 길거리의 아이들을 돌보는 젊은 신부가 계셨어요. 케빈 신부님이죠. 알렉스 양도 만나봤죠? 신부님은 내게 읽어보라고 책도 주시고 날 성당으로 데리고 갔어요. 그리고 난 그곳에서 복사로 있었어요. 그냥 어렸을 때 가톨릭 신앙의 선과 악에 대한 간단한 교리가 마음에 들었던 것 같은데, 그러다보니 평생 이렇게 살고 있군요."

그는 손을 깍지 끼고 턱을 받쳤다. 처음으로 이렇게 가까이서 자세히 보니 알렉스는 그의 눈동자가 검은색이 아니라 짙은 갈색이라는 것을 알아차렸다. 아름답고 표정이 풍부한 눈에서는 따뜻함과 약간의 멜랑콜리함도 엿보였다. "난 모든 사람의 인생에서 그 사람의 캐릭터가 영원히 굳어지는 어떤 특정한 시기가 있다고 생각해요. 나의 경우에는 신부님을 통해 신앙의 세계를 알게 되고 교육을 받게 된 시기였어요. 선과 악, 흑과 백, 이것이 40년 동안 내가 세상을 바라보던 시각이었어요. 하지만 이제 그것이 완전히 맞지는 않다는 것을 깨닫게 됐네요. 흑과 백 말고도 다른 색깔도 있다는 사실을."

코스티디스가 생각에 잠겨 말했다. 웨이터는 토마토를 올려 구운 염소치즈, 오이 그리고 아주 매운 고추를 가져다주었다. 두 사람은 와인 잔으로 건배를 하고 말없이 애피타이저를 먹었다.

"시장님, 요즘 괜찮으세요?"

접시를 비운 알렉스가 조심스럽게 물었다. 그의 얼굴에는 그림자가 드리웠다. 그리고 웨이터가 빈 접시를 치워줄 때까지 기다렸다.

"아니요, 안 좋아요. 난 하루 종일 일에만 몰두해요. 그러면 잠깐은 메리와 크리스토퍼 생각을 잊기도 하죠. 하지만 저녁에 퇴근해서 집으로 들어오면 마치 내 앞에 낭떠러지가 펼쳐지는 것 같아요. 메리는 늘 집에 있었으니까, 한결같이 30년 동안."

그는 한숨을 내쉬었다. 그의 눈빛은 공허하고 허망했다. 알렉스는 그의 깊은 내면 어디선가 거친 포효가 나오려고 한다는 것을 느꼈다. 지난번에 묘지에서 고통과 절망에 대해 마침내 시원하게 털어놓았던 것같이.

"요즘도 메리한테 이런저런 걸 물어보고 상의해야지 생각했다가 문득 메리가 이제 이 세상 사람이 아니란 걸 깨닫곤 해요. 정말 끔찍한 일이죠."

알렉스는 동정심이 가득한 눈으로 그를 쳐다보았다. 마음 같아서는 그의 손을 잡고 위로의 말을 해주고 싶었지만 이런 공개적인 장소에서, 게다가 바로 옆 테이블에 경호원들이 앉아 있는데 그럴 수가 없었다.

"사람들은 마치 나를 두려워하는 것처럼 행동해요. 내가 친구라고 생각했던 사람들이 나한테 거리를 두고 있죠. 아무도 나하고 메리에 대해 얘기할 용기를 내지 못하고, 그렇기 때문에 이젠 날 초대하지도 않아요. 내가 아마도 식사 자리에서 눈물을 터트리는 민망한 상황을 연출할까봐 걱정이 되는 것이겠지요."

그는 어쩔 줄 몰라 고개를 저으며 말했다.

"그런 분들은 진정한 친구가 아니죠. 저는 시장님께서 지금 여기서 눈물을 흘린다고 해도 전혀 민망할 것 같지 않아요."

알렉스가 말했다. 코스티디스는 알렉스를 쳐다보았다. 알렉스는 그가 아주 잠깐은 진짜로 눈물을 흘리는 것이 아닐까 하는 생각이 들었다.

"나도 압니다. 그리고 믿을지는 모르겠지만 내게 큰 위로가 되어 주고 있어요. 우리가 아직 서로를 잘 알지도 못하는데 이상하기는 하지만 알렉스 양 앞에서는 내가 연기를 할 필요가 없다는 생각이 드는 군요."

그의 목소리는 조금 잠겼다. 코스티디스는 와인을 한 모금 마셨다. 두 사람은 한동안 아무 말도 하지 않았지만 어색한 침묵은 아니었다.

"정말 시장 직을 내려놓으실 생각이세요?" 알렉스가 물었다.

"모르겠어요. 내가 하는 모든 일이 이제 아무 의미가 없다는 생각이 드네요. 하지만 다른 한편으로 생각해보면 유권자들이 내게 임무를 맡겨주셨어요. 중요하고 막대한 임무죠. 나는 유권자들에게 약속을 했고 유권자들은 날 믿고 있어요. 그런데 어떻게 그냥 때려치울 수 있겠어요?" 그는 희미한 미소를 지었다.

"제가 계좌 사본을 가져왔어요. 오늘 저를 보자고 하신 본래 목적이 이것이 아닌가 해서요." 알렉스가 불쑥 말했다.

코스티디스의 얼굴에서 미소가 싹 사라졌다.

"알렉스 양은 여전히 날 못 믿는군요. 하긴 그렇게 생각하는 것이 당연한지도 모르죠. 내가 어쨌든 알렉스 양을 통해서 세르지오에 대한 정보를 알아내려고 했던 건 사실이었으니까요. 매들렌 부부의 집에서 크리스마스 파티를 했을 때. 그런데……"

그는 말을 끊었다. 알렉스는 그의 시선을 느끼며 다시 심장이 두근두근 뛰기 시작했다. 예전에 랜드 엔드 하우스에서처럼 유심히 쳐다보는 집요한 눈빛이었다. "……그런데 알렉스 양이 매들렌 부부와 친분이 있다는 얘기를 들었고, 그렇다면 진짜로 세르지오 편에 선 여자는 아니라는 생각이 들었어요. 주말을 트레버와 매들렌과 함께 보내면서 말입니다. 내가 응접실로 들어갔을 때 알렉스 양이 내게 거부감을 갖고 있다는 걸 알았죠."

"시장님은 저를 불안하게 만드셨어요."

"그래서 나한테 그렇게 화가 났던 거군요. 그렇죠?"

그는 미소를 지었다.

"저는 오랫동안 진실을 직시하고 싶지 않았는데 시장님께서 그러 도록 강요하셨으니까요. 그래서 화가 나 있었어요."

알렉스가 순순히 시인했다. 그러고는 몸을 돌려 오후에 은행 금고 에서 찾아온 서류를 가죽 재킷 안주머니에서 꺼내 코스티디스에게 내밀었다. 코스티디스는 서류를 물끄러미 쳐다보며 망설이더니 결국 독서용 안경을 끼고 무표정하게 읽어 내려갔다.

"말도 안 돼. 매킨타이어…… 그리고 여기 건설국의 앨런 밀크우 드, 제롬 하딩. 돈 받아 처먹은 이런 나쁜 놈들."

그는 한참 후에 중얼거리며 말했다.

"혹시 시장님도 뇌물 제의를 받으신 적 있나요?"

"여러 번 있었죠. 어디 돈뿐이겠어요. 건축 허가를 내주면 시에 유 치원을 지어주겠다는 제의도 있었고, 고소를 취하하면 경찰관 유족 에게 기부금을 내겠다는 제의도 받았어요. 뉴욕에서는 그런 일이 다 반사로 일어나죠."

코스티디스가 고개를 들고 한숨을 쉬었다. "나는 늘 거부했어요. 하지만 아주 어려운 일이에요. 때로는 유혹이 너무나 크거든요. 우리 시는 새로운 학교나 유치원을 지을 돈이 없는데 원래 허가받은 것보 다 3층 더 높인다고 해서 이의를 제기할 사람이 어디 있겠어요. 그 대 신에 할렘이나 브롱크스 지역에 100명이 넘는 아이들이 최신식 유 치원에 다닐 수 있게 된다면 말이죠. 내가 하는 일에 내 자신이 걸림 돌이 되는 경우가 많았죠."

"이런 계좌 사본을 가지고 뭐 해볼 수 있는 일이 있을까요?"

알렉스가 궁금해하며 물었다.

"만약 진짜라면 당연히 그럴 수 있죠. 내가 검사로 재직했을 때 이런 자료를 손에 넣게 되었다면 그야말로 만세를 불렀을 겁니다. 이것은 빙산의 일각이 아니에요. 빙산 전체가 한꺼번에 드러난 겁니다."

코스티디스는 의미심장한 미소를 지으며 종이를 넘겼다.

"그렇다면 이 자료를 검찰에 넘겨주는 게 어떨까요?"

"알렉스 양! 이건 폭탄이나 다름없어요! 그저 신문 머리기사에 몇 줄 실리고 말 일이 아니에요. 여기 등장하는 이름과 금액이 알려지면 뉴욕의 거물들이 휘청거리게 될 것이고, 그자들은 뇌물수수 혐의를 순순히 인정하지 않을 거요. 장기간에 걸쳐 소송이 벌어지겠죠. 명예훼손으로 고발도 이어지겠고, 어쩌면 죽는 사람도 생길 수 있어요. 나는 그런 일을 많이 봐왔죠. 1970년대, 1980년대에 마피아, 그리고 나중에는 월스트리트 사람들 말입니다."

그는 들고 있던 종이를 내리고 알렉스를 뚫어지게 쳐다보며 말했다. 그리고 자기 접시를 물끄러미 응시하더니 포크로 음식을 이리저리 휘젓고는 다시 고개를 들었다. "나는 이것이 얼마나 힘들고, 똑똑한 변호사들의 도움을 받아야 할 일인지 너무나 잘 알아요."

"하지만 부정부패를 저질렀고 탈세를 한 검사와 판사, 주지사는 그 사실이 알려지는 것만으로도 끝장이 아닌가요?"

"맞아요. 그런데 권력욕에 사로잡힌 자들이 궁지에 몰리면 무슨 짓을 할지 압니까?"

이때 웨이터가 메인 메뉴를 가지고 오자 코스티디스는 말을 멈추었다. 두 사람은 테이블 위에 음식이 차려질 때까지 기다렸다.

"저는 그런 사람들은 사실 어찌 되든 상관없어요. 세르지오 때문에 그러는 거죠." 알렉스는 목소리를 낮추었다.

"상처 난 자존심 때문에 개인적으로 복수를 하려는 거예요?"

"아니에요! 그 남자는 자기가 가는 길에 걸리적거리는 사람은 모조리 죽여버리는 사람이에요! 전 똑똑히 알고 있어요! 데이비드 주커먼이 더는 진술을 하지 못하게 처리했다는 말을 제 귀로 똑똑히 들었어요!"

코스티디스는 알렉스를 물끄러미 쳐다보더니 포크를 놓았다.

"좋아요. 어떻게 진행될지 설명해 드리죠. 내가 검찰이나 FBI에 자료를 넘깁니다. 그러면 조사를 벌이고 사실이란 것을 확인하겠죠. 세르지오는 일단 체포되겠지만 온갖 연줄과 인맥을 동원해 보석금을 내고 풀려날 가능성이 높아요. 그리고 소송이 진행되면 알렉스 양이 피고에게 불리한 결정적 증인이 될 겁니다."

그가 사무적인 목소리로 말했다. 알렉스는 초조하게 침을 꿀꺽 삼켰다. "우리는 세르지오를 잡을 수 있는 증거를 충분히 확보했다고 믿은 적이 많았어요. 그런데 매번 증인들이 번복을 하면서 어려움을 겪었죠. 어떤 증인은 밤새 기억상실증에 걸리기도 하고, 또 어떤 증인은 흔적도 없이 사라졌어요. 어떤 때는 증인이 쓰레기장이나 강에서 발견되기도 했고. 세르지오는 무자비합니다. 평생 신분을 숨긴 채 오지 작은 마을에서 언제 들킬지 몰라 불안에 떨며 여생을 보내고 싶은 건가요?"

코스티디스는 고개를 저으며 계속해서 말을 이었다. "예전 같으면 나는 그자를 잡기 위해서 모든 방법을 동원했을 겁니다. 하지만 이제는 그게 과연 한 사람의 목숨을 걸 정도로 중요한 일인지 의문이 드는군요."

알렉스는 바짝 말라버린 입술에 침을 발랐다.

"그러면 시장님이 제 입장이라면 어떻게 하시겠어요? 전 계속 이렇게 살 수는 없어요. 그자가 무섭기는 하지만 그래도 지금까지 저지른 죄의 정당한 대가를 치르게 하고 싶어요."

그녀가 속삭이듯 말했다. 코스티디스는 알렉스를 뚫어지게 쳐다보았다.

"알렉스 양은 용기가 있는 사람이에요. 그 점은 내가 정말 높이 삽니다."

"제가 그런가요?"

"네, 용감하고 아주 똑똑해요."

"아니요, 그렇지 않아요. 제가 똑똑했다면 그자한테 속아 넘어가지 않았겠죠."

"세르지오한테는 어떤 여자라도 넘어갔을 겁니다. 잘생겼고 매력적이고, 게다가 엄청난 부자죠. 그놈은 여자의 마음을 사로잡는 법을 잘 알고 있어요." 코스티디스가 말했다.

"그건 그렇죠. 정말 잘 알고 있죠. 한번은 저와 저녁 식사를 하기 위해서 윈도즈 온 더 월드를 통째로 빌린 적도 있어요. 모든 직원과 밴드도 말이죠." 알렉스는 씁쓸하게 웃었다.

"그자를 사랑했나요?"

코스티디스가 갑자기 물었다. 알렉스는 망설였다. 지극히 개인적인 질문에 놀라고 당황스러웠다.

"아니요, 사랑은 아니었어요. 저는 그렇게 영향력이 크고 유명한 사람이 제 비위를 맞춰주고 잘 보이려고 애쓰는 모습에 우쭐했고 깊은 인상을 받았어요. 저는 힘있고 유명한 사람들처럼 상류층 인사가 되겠다는 야망이 있었어요. 그래서 세르지오를 통해 그 목표를 이룰 수 있다고 생각했죠. 그런데 전 그저 세르지오의 더러운 짓거리의 일부에 지나지 않았어요." 알렉스가 천천히 대답했다.

"아직 연락은 하고 지내요?"

"제가 아직 그자하고 자는지 궁금하신 거죠?"

"아니요, 그게…… 그게 궁금한 건 아니었어요."

코스티디스는 얼굴이 살짝 빨개졌다.

"마지막으로 봤을 때 그자가 청혼을 했어요. 절 놓치면 더는 큰돈을 벌 사업을 못 할 거라고 생각해서 그랬겠죠. 저는 세르지오가 빌려준 집에서도 나왔어요. 친구의 이름을 빌려서 다른 집을 구해서 이사했죠. 지금도 그자가 제가 사는 곳을 알아낼까 싶어 무서워요. 그래서 지하철을 탈 때도 세 번씩 환승을 하고, 뒷문을 통해 들어갔다 나왔다 해요. 세르지오는 제가 시장님과 함께 묘지에 있었다는 걸 알고 있어요. 시장님을 향해 총을 쏜 괴한이 절 알아봤거든요."

알렉스의 얼굴이 굳어버렸다.

"이런, 알렉스! 세르지오가 그렇게 말했어요?"

코스티디스는 놀란 눈으로 알렉스를 쳐다보았다.

"세르지오의 부인이 제게 경고를 해주기 위해서 일부러 찾아왔었어요. 그 부인도 남편 곁을 떠났죠. 그자가 아들을 죽였다고 믿는 것 같았어요."

"세르지오의 부인이 찾아왔다?"

코스티디스가 믿기지 않는다는 듯이 되물었다.

"네. 그 부인은 남편을 증오하고 복수를 생각하고 있어요. 그리고 시장님하고도 만나고 싶어 했어요."

"알렉스 양은 지금 큰 위험에 처해 있어요."

"알아요. 하지만 제가 사업상 쓸모가 있을 때까지는 절 어찌진 못할 거예요. 하지만 쓸모가 없어지면……."

알렉스는 말을 끝맺지 못했다.

"신변 보호를 위해 경호원을 붙여 드릴 수도 있어요. 지금 어디 살고 있죠?" 코스티디스가 제안하며 물었다.

"리드 스트리트요. 여기 근처죠. 경호원은 제게 큰 도움이 되지 않을 거예요. 전 어차피 세르지오가 많은 지분을 가진 회사에서 일을 하고 있으니까요."

알렉스는 위장이 꽉 막힌 것 같았지만 어느새 식어버린 차가운 고기꼬치를 먹었다.

웨이터가 접시를 치우러 왔지만 코스티디스는 지금까지 음식에 거의 손도 대지 않았다. 그는 멍하니 빵 한 조각을 만지작거렸다.

"내가 왜 그 정보들을 다른 사람에게 전하지 않으려고 하는지 압니까?"

코스티디스가 잠긴 목소리로 물었다. 알렉스는 의아한 눈으로 그를 쳐다보더니 고개를 저었다.

"나는 그자가 알렉스 양을 해칠까봐 두려워요."

10시 반쯤 레스토랑에서 나왔을 때 레스토랑은 손님으로 가득했다. 경호원 4명이 길모퉁이에서 기다리고 있었다.

"집으로 태워다 드리는 게 좋지 않겠어요?" 코스티디스가 물었다.

알렉스는 그의 눈빛에서 그가 진심으로 걱정하고 있다는 것을 알 수 있었다.

"아니에요. 괜찮아요. 브로드웨이를 따라 걸어가면 10분 정도밖에 걸리지 않아요."

"그래요?"

"네. 저만 아는 길이 있어요."

"너무 걱정되는군요."

"제가 지금 제대로 궁지에 몰려 있는 거죠, 그렇죠?"

코스티디스는 알렉스를 진지한 눈빛으로 쳐다보았다.

"그런 것 같아 걱정스러워요."

알렉스는 재킷 주머니에 손을 찔러 넣었다. 날씨는 별로 춥지 않았지만 오들오들 떨었다.

"제가 회사에 사표를 내고 뉴욕을 떠나면 정보를 검찰에 넘겨주실 건가요?"

"그럴 예정인가요?

"선택의 여지가 별로 없어요."

알렉스는 눈물이 날 것같이 목이 조여 왔다. 막막한 상황이 너무 힘들었다.

"알렉스 양의 말이 맞을지도 모르겠군요. 나도 모든 것을 다 때려치우고 떠날 생각을 했으니까. 내가 그런다고 해도 뭐라 할 사람은 없겠죠. 그리고 그 후에 난 어떻든 상관없다고 생각했죠."

코스티디스가 한숨을 쉬었다.

"제가 만약 그런다면 절 비겁하다고 생각하실까요?"

알렉스가 물었다.

"아니요, 그건 비겁한 게 아닙니다. 지금까지 쭉 일어난 사건들을 생각하면 그러는 편이 오히려 현명하죠."

두 사람은 흐릿한 가로등 아래 서서 서로를 말없이 바라보다가 알렉스가 시선을 돌렸다.

"이제 그만 가봐야겠어요. 오늘 저녁 정말 감사했어요."

"오히려 내가 감사하죠."

코스티디스는 손을 내밀었고 알렉스는 손을 잡았다. 그의 손은 따뜻하고 단단했다. 알렉스는 코스티디스가 울었을 때 안아주었던 기억이 떠올랐다. 지금 잠시 더 그의 곁에 있고 싶은 생각이 간절했다. 알렉스는 누구든지 상관이 없었지만 지금 이 사람이 하필이면 뉴욕 시장이 아니었다면 그렇게 하기가 훨씬 쉬웠을 것이다.

"집에 들어가면 전화 주세요. 무사히 집에 들어갔다는 걸 확인해야 안심이 될 것 같군요." 코스티디스가 조용히 말했다.

"네, 그럴게요."

알렉스는 손을 놓았지만 그는 갈 생각을 하지 않았다. 그러자 알렉스는 갑자기 그의 목을 끌어안고 그의 거친 볼에 얼굴을 바짝 붙였다. 코스티디스도 알렉스를 안아주면서 서로 위로의 포옹을 한 채 서 있다가 레스토랑에서 사람들이 나오자 몸을 뗐다.

"조심해요. 알렉스 양."

코스티디스가 속삭였다. 알렉스는 말없이 고개를 끄덕이더니 몸을 돌려 고개를 숙인 채 발걸음을 옮겼다.

　전화 통화를 마친 빈센트 레비 회장의 얼굴이 어두웠다. LMI의 임원들은 회장이 통화 내용을 전할지 여부를 기다리고 있었다. 비가 추적추적 내리는 12월의 오후 임원회의 중에 전화가 걸려 와서 회의가 중단되었기 때문이다. 레비는 모인 사람들을 휙 쳐다보더니 자리에서 일어나 커다란 창가 앞으로 다가갔다. 내리는 비 때문에 창밖으로 보이는 풍경이 달라 보였다. 멀리 베라차노 내로우 다리가 희미하게 보일 뿐이었다. 자유의여신상도 평소보다 멀리 느껴졌다. 커다란 회의실에는 완전히 정적이 흘렀고 빈센트 레비는 마침내 다시 몸을 돌렸다.

　"여러분, 저는 조금 전에 위트너스 컴퓨터사가 데이터베이스사를 인수하는 데 실패했다는 소식을 들었습니다. 데이터베이스는 소프트랜드 코퍼레이션과 우호적 인수에 합의했습니다. 퍼스트 보스턴이 이 일을 맡았고, 우리는 탈락했습니다." 그는 목소리를 가다듬었다.

회의에 모인 참석자들은 한동안 회장을 멍하니 쳐다보기만 했다. 컴퓨터 제조 분야에서 가장 규모가 큰 인수 딜이자 20억 달러 규모에 이르는 초대형 거래가 성공을 눈앞에 두고 있었기 때문이다. M&A 부서는 몇 주 전부터 거의 이 건에만 매달렸다. 세인트존이 찬물을 끼얹은 듯한 분위기를 깨고 입을 열었다.

"그 빌어먹을 년이 다 망쳤어. 당장 모가지를 비틀어버리겠어!"

그는 소리를 지르며 책상을 주먹으로 세게 내리쳐서 유리잔과 병들이 쨍그랑거렸다.

"세인트존, 그게 무슨 말이오?"

휴 와인버그가 의아한 표정으로 물었다.

"말 그대롭니다! 이미 다된 밥이나 마찬가지였는데, 그년이 멍청하게도 마무리를 제대로 못 했어요!"

세인트존은 얼굴이 빨갛게 달아오르고 이마에는 땀이 맺혔다.

"세인트존, 그만 진정하게! 데이터베이스의 주주들이 위트너스가 주도한 소프트랜드 코퍼레이션의 인수 제안을 받아들인 것을 알렉스의 책임으로 돌리면 안 되지!" 레비가 끼어들었다.

"제장!"

세인트존은 자리를 박차고 일어나 경멸적인 웃음을 터트렸다. "몇 번 큰 거래를 성공시켰다고 해서 다들 눈이 머셨군요! 하지만 알렉스가 올해 컴퓨터 업계에서 가장 중요한 딜을 망쳤어요!"

"그건 사실이 아닙니다. 알렉스 팀장은 최선을 다했어요. 알렉스가 낸 제안서는 훌륭했어요. 데이터베이스의 주식을 40달러에 인수할 예정이었고……." 마이클 프리드먼이 반박했다.

"그 빌어먹을 제안서가 얼마나 훌륭했는지는 아무 관심이 없어요! 시장을 제대로 파악하지도 못하는데 우리가 뭐 하러 알렉스한테 그렇게 큰돈을 줍니까?"

세인트존이 그의 말을 거칠게 자르며 소리 질렀다.

"그건 아주 부당한 비난이오, 세인트존. 알렉스 팀장은 지금까지 우리 회사를 위해서 상당히 큰 거래를 많이 성사시켰소. 한 번 실패했다고 그렇게 혹평을 하면 안 돼요!"

세인트존의 직설적인 표현에 놀란 존 쿠와이가 말했다.

"나를 따라오게, 세인트존."

레비는 세인트존에게 은밀한 눈빛을 보냈다. 레비는 왜 세인트존이 유독 그토록 거친 반응을 보이는지 알았다. 알렉스가 그에게 예정된 인수 계획을 이야기한 뒤 MPM은 지난 몇 주 사이에 위트너스 주식을 대규모로 사들였다. 그리고 예정대로 주가도 치솟았다.

레비는 흥분한 세인트존을 회의실에서 끌고나와 옆방으로 들어가서 문을 잠갔다.

"회장님, 우린 망했어요! 잭이랑 내가 위트너스 주식을 주당 38달러에 대량으로 사들였어요. 젠장! 이제 딜이 실패했으니 그 값으론 절대 팔 수 없게 됐다고요!" 세인트존이 흥분하며 소리쳤다.

"진정하게, 세인트존. 주당 몇 달러 떨어진 것 정도는 우리가 감수할 수 있네." 레비가 달래며 말했다.

"그렇지 못해요! 저는 빌어먹을 1억 달러를 투자했지 뭡니까!"

세인트존의 얼굴에는 땀이 주르륵 흘러내렸다.

"뭐? 자네 미쳤나?"

레비는 어안이 벙벙해서 세인트존을 쳐다보며 하얗게 질렸다.

"정말 확실한 거래였어요! 인수가 발표되고 나면 최소한 주가가 30포인트는 올랐을 겁니다. 와인버그가 그렇게 전망했으니까!"

세인트존은 온몸이 덜덜 떨렸다. 얼굴이 빨개졌다가 창백해졌다를 반복했다. "1억 달러를 LMI를 통해 조달했어요."

"설마 농담이겠지? 어쩌다가 그런 짓을 했나? 우리는 1천만 달러나 1,500만 달러 정도 얘기했는데, 1억 달러라니…… 그건 말도 안 되는 짓이야!"

이제 세인트존이 금방 한 말이 무엇을 의미하는지 깨달은 레비도 식은땀이 흐르기 시작했다.

"하지만 그렇다니까요! 빌어먹을, 도무지 믿을 수가 없어요!"

세인트존이 고래고래 소리를 질렀다.

"그 주식을 당장 처분해야 해."

레비는 이렇게 말하며 가능한 이성을 잃지 않으려고 애썼다. "서부 쪽에 있는 우리 직원한테 전화하게. 그쪽 주식 시장은 아직 개장을 안 했으니까. 무슨 수를 써서라도 팔아치우라고 해!"

세인트존은 오래 망설이지 않고 전화기 앞에 앉았다. 세인트존이 전화를 하는 동안 레비는 이마에 주름이 잔뜩 잡힌 채 방 안을 오락가락 했다.

"PSE에서는 위트너스가 31달러에 거래되고 OTC 시장에서는 30.9달러에 거래되고 있대요. 쿤스가 가능한 많이 팔아치우려고 노력하겠지만 전망이 별로 좋지는 않아요."

잠시 후 세인트존이 기어들어가는 목소리로 말했다. 레비는 속수무책으로 고개를 저었다. 세인트존의 무절제함으로 인해 이제 회사는 팔기 힘든 주식 쪼가리 더미 위에 올라앉았고, 그 주가는 이제 바닥까지 곤두박질 칠 일만 남아 있었다.

"세르지오에게 연락을 해봐야겠어. 이건 재앙이야."

레비가 중얼거렸다.

"그냥 재앙이 아니에요. 이건 핵폭탄이에요. MPM은 이제 망했어요." 세인트존은 어두운 목소리로 말하며 다른 전화번호를 눌렀다.

"어떻게 나한테 사전에 말도 없이 그런 짓을 할 수가 있나?"

레비의 머릿속에서는 그야말로 공포 시나리오가 스쳐 지나갔다. 그는 이번 파동의 핵심 인물로 지목받아 증권거래위원회의 조사를 받고, 신문 머리기사에 이름이 대문짝만 하게 실리고, 회사는 파산 위기에 처한 모습 따위가 눈앞에 스쳤다.

"침착하세요! 어쩌면 가능한 손해를 덜 보고 빠져나올 방법이 있을지도 모르겠어요." 세인트존이 말했다.

"그게 무슨 소린가?"

"아직까지는 데이터베이스 주주들의 결정에 대해서는 아무도 모르잖아요. 저는 이런 팁을 받으면 좋아할 사람을 몇 명 압니다. 그 사람들한테 위트너스 주식을 팔면 될 것 같은데."

"안 돼! 절대 그런 짓은 하지 마! LMI 직원이 이미 1억 달러의 손실을 본 주식을 다른 사람에게 전가한다는 것은 말도 안 돼! 그런 사실이 발각되면 우리는 정말 망해. 아무도 우리하고는 거래하지 않으려고 할 테니까."

레비가 날카롭게 말했다. 그는 방에서 나와 세르지오에게 전화를 하기 위해 서둘러 사무실로 걸어갔다.

*

세르지오 비탈리가 사무실에 도착했을 때는 7시 반이었다.

"대체 무슨 일입니까?"

세르지오는 세인트존과 레비가 굳은 얼굴로 회의 탁자에 앉아 있는 것을 보고 기분 나쁜 말투로 물었다. 세인트존 앞에는 전화기 4대가 있었고, 그 옆에는 담배꽁초가 수북한 재떨이가 있었다.

"위트너스 거래가 불발됐습니다." 레비가 어두운 목소리로 말했다.

"그래서요?" 세르지오는 두 남자를 번갈아 쳐다보았다.

"우리는 거래가 성사될 것이라고 굳게 믿었습니다. 세인트존이 MPM을 통해 위트너스에 1억 달러를 투자했죠. 데이터베이스가 소프트랜드 코퍼레이션에 인수되고 위트너스의 인수 제안을 거절했다는 소식을 알려지자 주가가 지금까지 13달러나 떨어졌어요. 1억 달러는 LMI에서 마련한 자금이었습니다. 우린 이제 끝났어요."

레비가 말했다.

"좀 전에 겨우 15만 주를 31달러에 팔았는데 그게 전부예요."

세인트존이 이렇게 말하고 몸을 돌렸다. 그의 얼굴은 창백했고 목소리는 부자연스러웠다.

"내일 아침 일찍 위트너스 주가가 30달러 이하에서 시작되면 우리는 망한 겁니다. 그런데 실제로 그럴 것 같습니다. 심지어 내 생각에는 내일 아침에 위트너스가 아예 거래가 안 될 것 같다는 생각도 들어요. 아무도 위트너스 주식을 사지 않으려고 할 겁니다."

레비가 멍하니 말했다.

"어떻게 그런 일이 일어났죠?"

서서히 사건의 심각성을 깨달은 세르지오가 물었다.

"그 멍청한 년이 다 망쳐버렸어요." 세인트존이 말했다.

"누구 얘기요?" 세르지오는 레비를 쳐다보았다.

"알렉스 존트하임 말입니다. 하지만 알렉스 팀장 잘못은 아닙니다. 좋은 제안서를 제출했고 모든 일이 순조로웠어요. 변호사들도 그에 합의를 했는데 갑자기 백기사가 나타나서 더 좋은 조건을 제시했어요. 거래를 하다보면 이런 일도 일어나기 마련이죠. 다만 세인트존이 그렇게 많이 사들인 게 멍청한 짓이죠." 레비가 대답했다.

"두 번이나 그런 멍청한 짓을! 얼마 전에는 또 무슨 일이었더라?"

세르지오는 세인트존을 향해 몸을 돌리고는 말했다. 세인트존은 그를 매서운 눈초리로 쳐다보았다.

"신크로트론요." 세인트존이 이를 부드득 갈며 말했다.

"우리가 할 수 있는 일이 뭡니까? 가만히 넋 놓고 앉아서 내일 아침 증시가 개장할 때까지 기다릴 수는 없잖습니까?"

세르지오가 물었다.

"이제 더 할 수 있는 일이 없어요. 우리는 이제 아무도 사지 않을 어마어마한 주식 쪼가리 더미에 앉았어요. MPM은 내일 아침 일찍 어떻게든 1억 달러를 조달해야 합니다. LMI의 재정 상태는 좋지만 그만한 돈을 그냥 날려버릴 수는 없죠."

레비는 그에게 물잔 가득 위스키를 따라주며 말했다.

"랭에게 다른 주식을 매도하라고 하세요. 잡히는 대로 아무거나!"

세르지오가 말했다.

"우리는 이미 모든 걸 계산해봤어요. MPM이 지금 소유하고 있는 걸 다 팔아치운다고 해도 최대 5,000만 달러입니다. 내일 아침 MPM은 자기자본비율 요건 위반으로 지급불능 상태가 될 겁니다."

레비는 고개를 저으며 말했다.

"그게 뭔 말씀입니까? 좀 더 알아듣기 쉽게 설명해주세요."

세르지오가 짜증난 말투로 말했다.

"그건 MPM이 파산한다는 뜻이에요." 레비가 언짢게 말했다.

"내가 지분을 가진 회사가 파산한 적은 한 번도 없어요! 알렉스보고 당장 여기로 오라고 하세요. 프리드먼, 와인버그, 피츠제럴드도."

세르지오가 간신히 억누른 목소리로 말했다.

"그건 안 돼요. 그 사람들은 MPM이 우리 소유라는 사실을 모르고 있잖습니까. 그래서 이 사람들은 아까 세인트존이 왜 그토록 폭발했는지도 이해를 못 했어요. 그저 수익이 큰 거래를 다른 회사가 낚아챘다고 생각하고 있을 뿐입니다."

레비가 그의 기억을 상기시켜주며 설명했다.

세르지오는 의자에 앉아 골똘히 생각해보았다. 그렇게 되면 MPM과 시스타프렌즈의 배후에 누가 있는지 어쩔 수 없이 알려질 수밖에 없었다. 모든 신문에 그의 이름이 파산한 회사와 관련되어 등장할 것이다. 그뿐만이 아니다. LMI의 회장인 레비와 감독이사인 세르지오가 함께 브로커 회사를 통해 비밀 내부 정보를 가지고 거래를 해왔다는 사실이 언론에 알려지면 끝장이었다. 그렇게 되면 그의 사업 전반에 걸쳐 예측할 수 없는 결과가 빚어질 것이 분명했다. 세르지오는 자신의 사업 파트너들이 유동성과 관련된 부정적인 기사에 얼마나 민감한 반응을 보이는지 알고 있었다. 게다가 유가증권법 위반으로 법정에 서게 될 경우 더 끔찍한 결과가 초래될 것이 틀림없었다. 절대 그런 상황이 오면 안 된다!

이때 그는 불쑥 좋은 생각이 떠올랐다. MPM의 소유주인 시스타프렌즈가 그와 레비 소유가 아니라 다른 사람의 소유라면 이번 일과 관련해서 이들의 이름이 언급될 일이 없었다.

"난 내 사무실에 가 있을게요. 유럽이나 동아시아에서 손을 쓸 만한 방법이 있는지 알아볼게요."

세인트존은 언짢은 얼굴로 문을 향해 걸어갔다.

"알았네. 하지만 회사 내에 있게. 다시 부를 일이 있을지도 모르니까." 레비가 말했다.

"알겠습니다, 회장님."

세인트존은 담배를 눌러 끄고 밖으로 나갔다. 세르지오는 세인트존이 완전히 나갈 때까지 기다렸다.

"레비 회장, 합자회사의 소유주를 변경하는 일이 가능합니까?"

그가 천천히 입을 열며 물었다.

"공식적으로는 그럴 수 없어요. 하지만 어쩌면……."

레비가 대답했다. 그는 질문의 요지를 깨달았다. 그러자 얼굴에는 희망의 미소가 번졌다. 그리고 무기력한 모습에서 얼른 벗어나 서둘러 전화번호를 눌렀다.

"모너헌? 빈센트 레비네. 지금 당장 내 사무실로 오게. 그래…… 고맙네." 그의 목소리는 늘 그렇듯 사무적이었다.

"모너헌한테 어떤 일을 시킬 생각이오?" 세르지오가 물었다.

"그 사람의 부하직원들이 MPM의 자료를 변경할 수 있는지 말해줄 겁니다. 만약 가능하다면 우리는 내일 아침 MPM이 파산을 해도 걱정을 하지 않아도 되는 거지요."

레비는 이렇게 말하며 미소를 지었다. 그러나 그는 이내 미소가 사라지면서 생각에 잠겨 목을 긁적거렸다. "음, 그런데……. 소유주가 있긴 있어야 하잖습니까."

레비는 아랫입술을 깨물더니 말했다.

"당연하죠. 누군가의 이름을 올려야죠. 바로 세인트존 말입니다."

세르지오는 차가운 미소를 지었다. 빈센트 레비는 그를 뚫어지게 쳐다보더니 천천히 고개를 끄덕였다. "세인트존도 이제 그만 없어줘야겠어요. 이제 우리에게 불필요한 존재가 되어버렸으니까."

세르지오가 말했다.

"하지만 세인트존은 너무 많은 걸 알아요! 계좌도 사람도 다 알고, 또……." 레비가 우려를 표시했다.

"그런 걱정은 하지 마세요. MPM의 소유주 이름을 변경하는 데만 신경 쓰시고 시스타프렌즈가 상업등기부등본에서 사라지도록 해주세요. 나머지는 내가 처리하죠." 세르지오가 말을 끊으며 말했다.

빈센트 레비는 고개를 끄덕였다. 이것은 의심의 여지없이 최고의 해결책이었다. 모든 잘못을 세인트존한테 덮어씌우고 이번 일에서 발을 빼면 되는 일이었다. 세르지오는 몸을 돌려 방 건너편으로 가서 실비오 바키오키한테 전화를 걸었다.

"부하 둘을 데리고 LMI로 오게. 자네들한테 맡길 임무가 있네. 그리고 등록되지 않은 무기를 구해오도록 해."

"알겠습니다, 보스."

어느새 헨리 모너헌이 왔다. 레비는 모너헌에게 어떤 일을 해야 하는지 설명했다. LMI의 보안책임자인 모너헌은 무표정하게 귀 기울여 듣더니 시계를 보았다.

"제가 할 수 있는 건 처리하겠습니다. 사업자등록청 중앙컴퓨터에 침입해서 정보를 수정할 수 있습니다. 하지만 상업등기부등본 출력본이 있으면 손 쓸 방법이 없습니다."

"그러면 할 수 없는 것이고. 만약 조사가 이루어진다면 최신 자료를 출력하지, 예전 출력물을 사용하지는 않을 걸세."

세르지오가 끼어들어 말했다.

"알겠습니다. 전 이만 작업에 착수하겠습니다. 그럼 이따 뵙겠습니다." 모너헌이 말하고 자리를 떴다.

"휴, 하마터면 큰일이 날 뻔 했어요. 세인트존이 왜 그런 짓을 했는지 모르겠군요." 빈센트 레비는 넥타이를 조금 풀며 말했다.

"나는 이해할 수 있어요. 최근에 자기가 저지른 실수를 만회하려고 했겠죠. 그자는 알렉스가 승승장구하는 것을 시기하고 있으니까 말입니다." 세르지오가 말했다.

"나도 그런 인상을 받았어요. 실망한 애인의 질투심 같은 거라 할까?" 레비가 말했다. 세르지오는 몸을 돌렸다.

"방금 뭐라고 하셨죠?"

"내가 당신의 말을 제대로 이해한 게 맞다면 두 사람 사이에는 뭔가 관계가 있었어요. 두 사람은 프랭클린앤마이어스에서도 동료 사이였으니까요." 레비는 잔에 위스키를 더 따르며 말했다.

그러자 세르지오의 얼굴에 피가 쏠렸다. 그는 레비가 움찔하며 깜짝 놀랄 정도로 세게 주먹으로 책상을 내리쳤다.

'알렉스와 세인트존! 아, 어떻게 내가 이렇게 멍청할 수 있지?'

"모르고 계셨어요?" 레비가 의아한 듯 물었다.

"몰랐어요. 하지만 그렇다고 해도 상관없어요!"

세르지오가 이를 부드득 갈며 말했다. 그때 세르지오의 휴대전화 벨이 울렸다. 마음 같아서는 너무 화가 나서 창문에 던져버리고 싶었다. 루카의 전화였다.

"보스, 저희는 지금 펜트하우스를 정리하고 있는 중입니다."

"그래서 뭐 어쩌라고? 설마 청소기가 어디 있는지 물어보려고 전화했나?"

"뭔가 찾아냈습니다. 텔레비전이 있던 장 뒤에 계좌번호를 출력한 인쇄물이 있었어요."

루카가 개의치 않고 계속 말했다.

"계좌 인쇄물?"

"올해 7월 레비앤빌러즈의 계좌 인쇄물입니다. 그리고 브루스 웰링턴이라는 이름이 적혀 있습니다." 루카가 보고했다.

세르지오는 순간 몸이 얼어붙고 머리카락이 쭈뼛 섰다. 브루스 웰

링턴은 뉴욕 시의회 의장으로, 세르지오의 뇌물 리스트에서도 중요한 인물이었다. 어떻게 그런 계좌 정보가 담긴 인쇄물이 알렉스의 집에 있는 것일까? 비밀 계좌의 인쇄본을 가진 사람은 아무도 없었다. 심지어 레비나 세르지오도 마찬가지였다. 지금까지는 그의 '친구'들에게 굳이 자신이 베푸는 '호의'를 상기시킬 필요까지는 없었다. 그것은 위험천만한 짓일 뿐이다.

"내가 직접 봐야겠네. 당장 갖고 와."

세르지오가 목이 타는 목소리로 말했다. 그는 전화를 끊고 멍하니 앞만 쳐다보았다. 이런 정보에 접근할 수 있는 사람은 세인트존뿐이었다. 세인트존과 알렉스가 서로 한통속이면서 겉으로만 서로 싫어하는 척 연기를 했던 것일까?

"무슨 일입니까?"

MPM과 관련된 문제가 해결된 기미가 보이자, 위스키 몇 잔을 마시고 다시 기분이 좋아진 레비가 물었다.

"알렉스 존트하임의 집에 레비앤빌러즈 은행의 계좌 사본이 발견됐다고 합니다." 세르지오는 레비를 쳐다보지 않고 말했다.

"뭐요? 있을 수 없는 일이에요! 산 넘어 산이군요!"

레비의 얼굴은 사색이 됐다.

"두 사람이 한통속인지도 모릅니다." 세르지오가 중얼거렸다.

그는 두 사람이 어떤 관계가 있는지 모든 가능성을 엮어보려고 했다. 하지만 아무리 생각해도 앞뒤가 맞지 않았다. 알렉스는 코스티디스와 연락을 하는 사이였다. 루카가 발견한 계좌 사본은 7월분이었다. 알렉스가 그 사이에 그 시장 놈한테 말을 한 것일까? 아니, 불가능했다! 코스티디스가 만약 알았다면 절대 가만있지 않고 사방팔방에 떠벌리고 다녔을 것이 분명했다.

"나도 위스키 좀 주세요!"

세르지오는 목이 탔다. 레비가 그에게 잔을 건넸다. 세르지오는 손이 덜덜 떨리고 이마에 식은땀이 나는 자신에게 화가 났다.

*

재커리 세인트존은 11시 무렵에 빈센트 레비의 사무실에 나타났다. 그의 얼굴은 좌절감으로 가득했다.

"몇 주 더 팔아치웠어요. 하지만 그게 다예요."

그는 이렇게 말하며 의자에 털썩 앉았다.

"MPM은 내일 파산할 걸세." 레비가 말했다.

"그럴 것 같네요."

세인트존이 어두운 목소리로 말하더니 다시 눈을 들고 쳐다보았다. "별일은 없겠죠, 그렇죠?"

"그렇겠지."

세르지오가 자리에서 일어났다. 속에서는 분노가 화산처럼 이글이글 끓었지만 위스키를 연거푸 세 잔을 마시고 나니 어느 정도 진정이 되었다.

"아무 일도 없을 걸세. 조사 조금 받고, 몇 명 구속되고……. 한 2, 3년 감옥에 갔다오는 것 말고는 세인트존 자네한테 별일 없을 걸세."

"뭐라고요? 제가 무슨 관련이 있다는 거죠?"

세인트존은 믿을 수 없다는 표정으로 세르지오를 쳐다보았다. 세르지오는 냉소적인 미소를 지었다.

"조금 전에 컴퓨터에서 세인트존 자네하고 존트하임이 MPM이라는 작은 브로커 회사의 공동 소유주라는 사실을 확인했네."

세인트존은 자세를 고쳐 앉았다.

"지금 농담하는 거죠?" 그가 쉰 목소리로 말했다.

"절대 그렇지 않아. 하지만 세인트존 자네가 처신을 잘하고 입을 다물면 자네를 그냥 내버려두지는 않겠네. 이 모든 소동이 끝나고 잠 잠해지면 두둑히 챙겨주지. 나이 40에 명예퇴직이라니, 정말 근사한 일 아닌가?"

"아니요."

지금 일이 어떻게 돌아가고 있는지 서서히 깨달은 세인트존이 중 얼거리듯 말했다. 지금 세르지오와 레비는 모든 죄를 그에게 덮어씌 우고 매몰차게 제거하려는 것이었다. 알렉스가 어찌 되는지는 상관 없었다.

"정신 똑바로 차리게, 세인트존. 2년은 금방 지나가."

"아니요! 그리 되면 난 월스트리트에서 끝장이에요."

세인트존은 자리에서 벌떡 일어나 충혈된 눈으로 두 남자를 거친 눈빛으로 쳐다보았다. 머리가 헝클어지고 불안한 눈빛의 그는 흡사 미친 사람처럼 보였다.

"당신들이 날 설득해서 이런 빌어먹을 일에 끌어들여 이런 꼴을 당하게 하다니!"

"자네도 짭짤하게 뒷돈을 챙겼잖나." 레비가 쌀쌀맞게 말했다.

"당신들은 날 이용했어! 당신들한테는 그저 게임 같은 것에 불과 하겠지, 그냥 빌어먹을 체스게임 같은! 그리고 이제 왕을 구하기 위 해서 졸을 죽이려고 해?"

세인트존이 소리치더니 갑자기 날카로운 웃음을 터트렸다. "정말 머리 잘 굴리셨네요! 하지만 저는 빼주세요!"

"세인트존, 혹시 이거 본 적 있나?"

세르지오는 루카가 알렉스의 집에서 찾은 종이를 내밀었다. 세인트존은 종이를 힐끗 쳐다보더니 어깨를 으쓱했다.

"아니요, 본 적 없어요." 세인트존이 퉁명스럽게 대답했다.

"이게 알렉스 존트하임의 집에 있었네."

세인트존의 눈이 증오심으로 반짝거렸다.

"알렉스, 이 야비한 나쁜 년."

세인트존은 화가 나서 이를 갈며 으르렁거렸다.

"알렉스가 어떻게 레비앤빌러즈 은행 계좌 사본을 손에 넣게 됐는지 설명해줄 수 있겠나?"

"난 몰라요. 난 그년하고 아무 관련이 없어요. 그 음흉한 뱀 같은 년이 날 바보 멍청이로 만들어버렸어요! 그년이 우리 회사에 나타난 이후로 난 멍청이 취급을 받았다고요." 세인트존이 잽싸게 대답했다.

"혹시 우리 몰래 알렉스하고 한통속이 되어 이런 짓을 꾸민 것 아닌가?"

안 그래도 넋이 나가고 말문이 막혔던 세인트존은 더 흥분했다.

"절대 아니에요! 난 그년을 증오한다니까요!"

"알았네."

세르지오는 종이를 접어 집어넣었다. 세인트존은 의자에 앉아 얼굴을 손으로 가렸다. 값비싼 양복은 땀에 흠뻑 젖었고, 그는 금단 증상을 보이는 알코올 중독자처럼 덜덜 떨었다.

"이제 아무도 나랑 얘기를 하지 않으려 할 겁니다. 사람들은 나한테 손가락질을 할 것이고 나를 보고 수군거리겠죠. 난 왕따가 될 겁니다." 세인트존이 몽롱하게 말했다.

"자기 연민 같은 건 집어치우게! 자네가 멍청한 짓을 저질러서 이런 상황이 벌어진 것을 잊지 말게!" 레비가 쏘아붙였다.

"아니요! 그년이 날 이렇게 하도록 유도했어요! 그리고 당신들은 날 내버려뒀잖아요! 그런데 이제 날더러 희생양이 되라고 하다니! 난 못 해요!"

세인트존이 소리를 버럭 질렀다. 그는 쫓기는 듯한 표정이었고, 눈동자는 불안하게 흔들렸다. 그는 계속 머리를 흔들어 댔다.

"잘 생각해보게. 그런다고 해서 세상이 망하는 것도 아니니까. 카리브 해변에서 야자수 아래 예쁜 여자를 끼고 앉아서 있는 돈을 다 쓰려면 몇 살이 될지 생각하다보면 이런 것쯤은 금방 잊게 될 거야."

세르지오가 동정하는 듯한 미소를 지었지만 눈빛은 강철처럼 강하고 차가웠다. 세인트존은 세르지오를 말없이 쳐다보다 무슨 말을 하려고 입을 열다가 생각을 바꾸었는지 어깨만 으쓱했다. 그의 얼굴은 색소 결핍증 환자처럼 창백해졌고 눈은 붉게 충혈되었다.

"알았어요. 알았어요. 알았다고요."

세인트존이 조용히 중얼거리더니 그는 몸을 돌려 고개를 푹 숙이고 사무실에서 나갔다.

세르지오는 창가 앞으로 다가가 어느새 밤이 된 창밖을 내다보았다. 알렉스는 무슨 일을 벌이고 있는 것일까? 그는 세인트존이 알렉스와 한통속이 아니라는 말을 믿었다. 알렉스를 향한 세인트존의 증오는 진심이었다. 알렉스는 다른 방법으로 비밀 계좌 사본을 입수했고 뒷조사를 하다가 진실을 알게 되었을 것이다. 어떻게 그는 알렉스를 이렇게 과소평가했을까? 세르지오의 머릿속은 복잡했다. 혹시 세르지오 스스로 알렉스한테 어떤 정보를 흘린 것은 아닐까? 생각의 조각들이 이어졌다가 잡기도 전에 다시 흩어져버렸다.

"조지타운에서 계좌 입출금 내역이 인쇄된 적이 있는지 확인할 방법이 있습니까?" 세르지오가 레비를 향해 몸을 돌리며 물었다.

"잘 모릅니다. 모너헌한테 물어봐야 할 것 같군요."

"그럼 물어보세요. 전화 걸어보세요."

세르지오는 다시 자리에 앉았다. 레비가 보안 책임자와 전화 연결이 되기까지는 한참 걸렸다. 그는 세르지오가 전화 통화 내용을 들을 수 있도록 스피커를 켰다.

"상업등기부등본 내용을 수정했습니다. 소유주는 재커리 조지 세인트존, 그리고……." 모너헌이 말했다.

"알았어, 알았네."

레비는 그의 말을 자르고 그들에게 새로 불어닥친 새로운 재앙에 대한 설명을 했다.

"거래 내역을 출력하기 위해 외부에서 들어오는 게 가능한가?"

"이론적으로는 그렇습니다. 똑똑한 해커라면 서버에 접속을 할 수 있겠지만 만약 누가 침입을 한 경우에는 저희가 알아차리겠죠. 하지만 저희는 아주 엄격한 보안 조치를 적용하고 있습니다."

모너헌이 대답했다.

"혹시 7월 6일에 누가 레비앤빌러즈 서버에 침입했는지 알아낼 수 있겠나?"

"한번 해보겠습니다. 해보고 다시 연락드리겠습니다."

통화를 마치고 세르지오는 침묵에 잠겼다. 세인트존이 저지른 일에 대해서는 말끔한 해결책을 생각해냈기 때문에 이제 신경이 쓰이지 않았다. 그보다는 알렉스가 알아낸 것이 무엇인지 밝히는 일이 시급했다. 당장 알렉스를 만나보아야 했다. 하지만 그는 알렉스가 지금 어디에 있는지, 어디 사는지도 아직 몰랐다. 그가 알아낸 것이라고는 알렉스가 2주 전에 다시 그 망할 기자놈과 만났다는 사실뿐이었다. 세르지오의 입술에 잔혹한 미소가 번졌다. 올리버 스케릿의 주소는 알고 있었다. 이제 그 남자의 집을 방문할 때가 온 듯했다.

*

올리버의 휴대전화 벨이 올리자 그들은 움찔하며 놀랐다. 올리버는 곧장 전화를 받았다.

"어이, 친구. 내가 뭐 좀 알아냈어. 월스트리트에서 뭔가 조짐이 심상찮아."

저스틴이었다. 알렉스는 몸을 앞으로 숙였다. 지난번에 올리버와 마크, 알렉스는 저스틴에게 전화를 걸어 위트너스의 일에 MPM이 관련되어 있는지 알아보라고 부탁했다. 그들은 2시간째 올리버 집 건너편에 있는 이탈리아 간이음식점에 앉아 긴장한 채 저스틴의 전화가 오기를 기다렸다. 세 사람은 저녁 내내 앞으로 어떻게 처신하고 알렉스가 어떻게 해야 할지 머리를 맞대고 고민했다. 올리버는 알렉스에게 휴대전화를 넘겨주었다.

"MPM이 지난 6주 동안 위트너스 컴퓨터의 주식 260만 주를 사들였어요. 주당 평균 38달러죠."

저스틴이 말했다. 알렉스는 머릿속으로 얼른 계산을 해보았다. 세인트존이 1천만 달러 정도 사들일 것이라고 짐작했는데, 그보다 10배가 넘는 액수를 투자한 모양이었다. "그리고 저번에 말씀하셨듯이 거래는 성사되지 않았고, 위트너스의 주가는 지난 몇 시간 사이에 급락했죠. 장 마감 때는 29.3달러로 떨어졌는데, 즉 MPM이 지금까지 3천만 달러를 손해 봤다는 의미죠. 앞으로는 더 많이 잃겠죠."

올리버와 마크는 알렉스를 쳐다보았다.

"내일은 아무도 위트너스 주식을 거들떠도 안 볼 거예요. 주가는 바닥을 모르고 곤두박질 칠 것이고. 늦어도 내일 아침 일찍에 MPM은 어떻게든 자금을 조달해야 할 거예요. 하지만 감당할 수 없을걸요. 1억 달러는 절대 조달할 수 없는 금액이에요."

"그러면 어떻게 되는 거죠?"

"파산이죠. 증권거래위원회에서 조사에 나설 것이고요. 그리고 MPM 배후에 누가 있는지 알아내겠죠."

알렉스가 천천히 답했다.

"레비, 그리고 세르지오……."

"그렇죠. 그 사람들이 그런 무리수를 두었다는 게 믿어지지 않네요. 투자은행 회장인 레비가 이런 일로 10년간 감옥행이라니."

알렉스는 고개를 끄덕이며 말했다.

"그걸 막으려고 그자들이 어떤 방법을 동원할까요?"

"별로 없어요. 음, 소유주의 이름을 바꾸면 몰라도."

이때 알렉스는 문득 자신도 모르게 무언가 자기에게 불리한 일이 벌어지고 있을 것이라는 확신이 생겼다. 세인트존은 위트너스 건이 무산된 책임을 전적으로 알렉스에게 돌릴 것이고, 세르지오 역시 알렉스의 편이 아니다. 그래서 지금의 형국은 최소 2대1로 알렉스에게 불리한 상황이다. 알렉스가 불법 거래에 대해 얼마나 알고 있는지 아무도 모르기 때문에 그들이 생각해낼 수 있는 최고의 해결책은 그녀에게 모든 잘못을 덮어씌우는 것이다. 그렇게 되면 알렉스는 부당 내부자 거래 혐의를 피해갈 수 없다.

"내가 한번 알아볼게요."

저스틴이 말하고 전화를 끊었다. 알렉스는 마크와 올리버에게 저스틴이 했던 말을 그대로 전해주었다. 두 남자가 상의를 하는 사이 알렉스는 골똘히 생각을 해보았다. 그리고 몸을 곧게 세우고 앉았다.

"세인트존 이사하고 얘기를 해봐야겠어. 지금 당장."

알렉스가 대뜸 말했다.

"왜요? 신크로트론 건 이후로 팀장님을 끔찍하게 증오하고 있잖아요!" 마크가 말했다.

"세인트존 이사가 얼마나 나쁜 놈인지는 몰라도 어쨌든 그도 당하게 될 거예요. 난 세인트존 이사가 그렇게 많이 사들일 줄은 몰랐어요."

알렉스는 자리에서 일어나며 말했다.

"알았어. 하지만 혼자 가면 안 돼. 우리가 같이 갈게."

올리버가 고개를 끄덕이며 말했다. 그리고 웨이터를 불러 계산을 했다. 이들은 함께 식당에서 나왔다.

"집에서 자동차 열쇠 갖고 나올게."

올리버가 말했다. 이들은 길을 건너갔고, 올리버가 집 안으로 들어갔다 오는 동안 알렉스와 마크는 기다렸다.

"세인트존 이사는 화가 나서 제정신이 아닐 거예요. 세인트존 이사하고 얘기를 해보겠다는 생각이 과연 좋은 건지 모르겠네요. 그래서 뭐 어쩌시려고요?" 마크가 말했다.

"난 세인트존 이사가 500만 달러나 1천만 달러 정도만 사들일 줄 알았어요. 그런데 1억 달러라니……."

알렉스는 검은 리무진이 길을 올라오는 것을 보고 말을 끝맺지 못했다.

"왜 그래요?" 마크가 물었다.

"안으로 들어가요, 빨리!"

알렉스는 마크를 끌고 현관 안으로 들어갔다. 리무진은 바로 문 앞에 멈춰 섰다.

"왜 그래요?"

마크는 무슨 일인지 모르지만 알렉스를 따라 계단을 올라갔다. 문 앞에서 올리버와 마주쳤다.

"세르지오가 왔어!"

알렉스가 다급하게 말했다. 올리버는 재빨리 다시 집 문을 열었고, 세 사람은 집 안으로 피신했다. 몇 초 후 누군가 현관에서 마구 벨을 눌러댔다. 세 사람은 어쩔 줄 몰라 하며 서로를 쳐다보았다.

"당장 문 열어요!"

누군가 소리치더니 주먹으로 문을 쾅쾅 치는 소리가 들렸다.

"경찰입니다! 당장 문을 열지 않으면 부수고 들어갑니다!"

"젠장, 우리 이제 어떡하지?" 겁을 먹은 마크가 말했다.

"나를 쫓고 있는 거야. 혹시 다른 데로 빠져나갈 방법이 있을까?"

두 남자가 두려워하는 것을 보고 알렉스는 냉정을 되찾으며 속삭였다.

"발코니에서 바로 옆에 있는 창고 지붕으로 내려갈 수 있어. 하지만 최소 2미터는 뛰어내려야 해." 올리버가 초조하게 말했다.

"상관없어. 내가 여기 있는 걸 알면 날 죽일 거야. 그리고 자기도 마찬가지고."

마크는 얼굴이 새하얗게 질렸다. 문을 두드리는 소리가 더욱 거세졌다. 알렉스는 거실로 달려가 발코니 문을 열었다.

"알렉스! 어쩌려고 그래? 알렉스!"

알렉스가 철제 난간 위로 다리를 올리자 올리버가 팔을 붙잡으며 말렸다.

"난 두 사람을 위험에 빠트리고 싶지 않아. 조심해. 연락할게!"

알렉스는 올리버가 무슨 말을 더 하기도 전에 발코니 난간에서 2

미터 아래 있는 창고 지붕으로 뛰어내리고는 어둠 속으로 그림자처럼 사라졌다.

*

세르지오는 올리버 스케릿의 아파트 문이 있는 복도 앞에서 캐시미어코트 주머니에 손을 깊숙이 찔러 넣고 서 있었다. 그는 이 문 뒤에 알렉스가 그놈하고 같이 있다고 확신했다. 닫힌 문 사이로 냄새가 나는 듯했다. 아르만도와 프레디는 보스의 명령을 기다리며 쳐다보았다. 벨을 누르고 노크를 해도 집 안에서는 아무런 반응이 없었다.

"문을 부셔! 이 빌어먹을 집 안으로 들어가야겠어."

세르지오가 명령을 내렸다. 그때 문이 열리고 안경을 쓴 짙은 색 머리카락의 남자가 불쾌하게 쳐다보며 나왔다. 세르지오는 그의 부하들이 이 남자와 알렉스가 함께 있는 모습을 찍은 숱한 사진들을 통해서 얼굴을 알아보았다. 그리고 비디오테이프 때문에 두 사람이 섹스를 할 때 어떤 모습인지도 알았다. 그는 끓어오르는 분노를 힘겹게 억누르고 올리버가 무슨 말을 하기도 전에 그를 옆으로 밀치고 안으로 들어갔다. 생각보다 크기는 했지만 파크 애비뉴에 있는 방 하나보다도 작았다.

"이보세요! 이게 무슨 짓입니까? 왜 남의 집에 함부로 들어오는 거죠? 누구세요?" 올리버가 뒤쫓아오며 말했다.

"어디 있어?"

세르지오는 부엌은 물론 온 방과 화장실 문도 열었다. 그는 험악하게 생긴 땅딸막한 부하를 거칠게 옆으로 밀치고 침실 문을 열어젖혔다. 세르지오는 알렉스가 놀라서 눈을 뜨고 침대에 누워 있으리라 기대했다. 분노로 피가 거꾸로 솟을 지경이었다. 걸리기만 하면 최소 3주 동안은 밖에 돌아다니지 못할 정도로 두들겨 패줄 생각이었다. 하지만 침대 위에는 아무도 없었다. 세르지오는 말없이 침실로 걸어가 장롱을 모두 활짝 열었고 침대 아래를 살펴보기 위해 무릎을 꿇기까지 했다. 하지만 알렉스의 흔적은 어디에도 없었다. 설마 착각을 한 것일까?

"이 망할 년 어디 갔어?"

세르지오는 이를 부득부득 갈면서 거실로 갔다. 부하들이 마크와 올리버를 붙잡고 있었다. 세르지오는 올리버의 머리카락을 움켜쥐고 머리를 거칠게 들어올렸다.

"대체 어디 갔어?"

"누굴 찾으시는 겁니까?" 올리버가 켁켁 하며 물었다.

"알렉스 존트하임." 세르지오의 눈빛에는 살기가 느껴졌다.

"알렉스 존트하임이 왜 여기 있다고 생각하세요?"

"저번에 네 놈한테 준 교훈으로는 부족했나?"

세르지오의 분노가 폭발했다. 그는 주먹으로 올리버의 얼굴을 때려 코에서 피가 솟아나오고 안경이 깨진 것을 보자 잔인한 만족감을 느꼈다.

"알렉스는 몇 달 전에 오고 안 왔어요. 어디에 있는지 몰라요."

올리버가 우물우물 말했다. 세르지오는 올리버를 잠시 뚫어지게 쳐다보았다.

"거짓말이면 넌 죽어!"

몇 분 지나지 않아 소동이 끝나고 올리버와 마크는 창문이 없는 화장실 안에 갇혀버렸다. 올리버는 숨을 거칠게 몰아쉬면서 욕조 가장자리에 앉았고 마크는 바닥에 주저앉았다. 마크는 두려움에 온몸을 덜덜 떨었다. 그는 원래 폭력은 질색인 사람이었다.

"뭐 저런 자식이 다 있어?"

마크가 중얼거렸다. 올리버의 휴대전화 벨이 다시 울렸다. 그는 힘겹게 재킷 주머니를 뒤져 휴대전화를 찾았다.

"내가 상업등기부등본을 열람해봤어. 어떤 회사가 MPM의 소유주였던 것 기억하지? 그 시스타 어쩌고 하는 회사 말이야."

저스틴이 흥분한 목소리로 말했다.

"물론이지. 우리가 그 자료를 출력하기도 했잖아."

올리버는 고개를 끄덕이다가 코가 너무 아파 얼굴을 찌푸렸다.

"그런데 이제는 MPM이 알렉스하고 재커리 세인트존이 소유주로 되어 있어."

"이런 망할!"

올리버는 아픈 손목을 비비며 그것이 무슨 뜻인지 이해해보려고 노력했다. 어쨌든 알렉스는 큰 위험에 처해 있다. 그런데 알렉스는 지금 그 사실을 모르고 있다.

＊

알렉스가 건물 담장에 몸을 숨기며 애비뉴 오브더 아메리칸 쪽으로 걸어갈 때 심장이 마구 뛰었다. 도시의 거리 어디선가 경찰 사이렌이 울렸지만 거리는 인적도 없이 텅 비어 있었다. 그녀는 웨스트 휴스턴 스트리트에 이르러서야 택시를 세워 탈 수 있었다.

"배터리 파크시티로 가주세요."

택시 기사가 출발을 하자 알렉스는 안도감에 등을 뒤로 기대고 앉았다. 세르지오가 올리버와 마크에게 아무 짓도 하지 않았기를 바랄 뿐이었다! 택시가 맨해튼의 남쪽 방향으로 달리는 동안 여러 가지 생각이 꼬리에 꼬리를 물었다. 아직도 세인트존이 그렇게 어마어마한 양의 주식을 사들일 정도로 멍청한 짓을 했다는 것이 믿어지지 않았다. 설사 딜이 성사되었다고 해도 그렇게 갑자기 많은 주식을 사들이면 증권거래위원회의 시선을 피할 수 없을 것이다. 그런데 그때 문득 증권거래위원회와 뉴욕증권거래소의 간부 중에도 세르지오의 뇌물 리스트에 오른 사람이 있다는 사실이 떠올랐다. 그래서 그냥 아무 일도 없다는 듯 지나갔을 가능성이 높다.

15분 후 알렉스는 세인트존의 펜트하우스가 있는 건물 앞에 도착했다. 그녀는 택시 기사에게 잠시 기다려달라고 부탁하고 집 앞에 가서 초인종을 눌렀지만 인기척이 전혀 없었다. 그녀는 다섯 번 정도 더 초인종을 누른 후, 다시 택시를 타고 금융가로 가달라고 했다. 어쩌면 세인트존은 아직 사무실에 있을지도 모른다. 알렉스는 얼굴을 찌푸렸다. 무슨 말을 해야 할지 몰랐지만, 내일 아침에 자신이 세인트존과 엮여서 늑대들의 먹잇감이 되는 것을 가만히 앉아서 당할 수는 없었다. 어쩌면 레비와 세르지오에 대항해서 무슨 수를 써야 할 시간이 왔다고 세인트존을 설득할 수도 있었다. 그들은 알렉스와 세인트존을 희생양으로 삼아 제거하는 것쯤은 눈도 깜짝 안 할 위인이었다. 알렉스는 바로 그런 것을 막고 싶었다.

알렉스는 월스트리트 모퉁이 브로드웨이쯤에서 내려 LMI 빌딩이 있는 곳까지 길을 따라 걸어갔다. 주출입구는 이 시간에는 잠겨 있었다. 알렉스는 출입증을 사용하는 것을 망설였다. 출입증을 사용하면 중앙컴퓨터에 모든 기록이 남기 때문이었다. 알렉스는 시계를 들여다보았다. 어느새 새벽 2시 반이 넘었다. 알렉스는 더 기다릴 수가 없었다. 알렉스는 출입증을 사용해 택배용 출입구를 열고 문 뒤에 멈춰 섰다. 야간 당직 경비원이 마침 어슬렁거리며 화장실을 향해 걸어갔기 때문이다. 알렉스는 아무에게도 눈에 띄지 않게 로비로 뛰어가서 문이 열려 있는 계단 입구에 도착했다. 엘리베이터를 이용할 수는 없었다. 보안요원들이 즉시 그녀를 발견할 것이기 때문이다. 알렉스는 아직 체력이 튼튼하다는 것을 다행이라고 생각하면서도, 10층과 14층 계단에서 잠시 쉬었다 가야 했다. 계단 입구에서 임원들이 사용하는 층을 잇는 방화문을 열면서 알렉스는 긴장해서 몸이 떨렸다. 세인트존의 사무실은 왼쪽에서 네 번째인데 문틈 사이로 가느다란 빛줄기가 새어나왔다. 그는 정말로 아직 사무실에 남아 있었다. 알렉스는 숨을 깊이 들이마시고 노크를 하고 안으로 들어갔다. 그때 어둑한 책상 램프 불빛에 어렴풋이 비치는 무언가를 보고 알렉스는 그 자리에서 얼어버렸다. 마음 같아서는 도망을 치고 소리를 지르고 싶었지만 알렉스는 꼼짝 못 하고 그대로 서 있었다.

*

"이런, 전화를 안 받아!"

올리버가 소리쳤다. 벌써 10번이나 음성사서함으로 넘어갔다. "우리가 뭐든 해야 돼."

그는 아픈 팔을 문지르며 저스틴이 알아낸 사실을 알리기 위해 어떻게, 그리고 어디서 알렉스를 찾아낼지 골똘히 생각해보았다. 내일 아침 MPM은 파산 예정이었고, LMI의 상무이사 세인트존과 M&A 팀장 알렉스가 함께 몰래 회사를 운영하면서 내부 정보를 이용해서 막대한 이익을 챙겼다고 알려지면 언론이 득달같이 달려들 것이 뻔했다. 설사 법정에서 알렉스가 MPM과 아무런 관련이 없다는 판결이

난다고 해도 월스트리트에서 그녀의 생은 영원히 끝장이 날 것이 뻔했다. 세르지오 비탈리를 직접 만나보니 그자에 대해 들어 알고 있던 것이 사실임을 몸소 확인할 수 있었다. 파란 눈에 깃들어 있던 차가운 기운을 떠올리면 아직도 소름이 끼쳤다.

"이 문은 절대 못 열어. 안쪽으로 열리는 문이거든."

마크가 힘없이 말했다. 올리버는 자기들이 갇힌 화장실 문의 경첩을 뜯어낼 수 있는 도구를 찾기 위해 선반장을 뒤졌다. 문이 망가지는 것은 상관없었다. 무슨 수를 써서라도 알렉스에게 경고를 해주어야 했다. 지금 당장.

＊

세인트존은 책상 앞 의자에 죽은 채 앉아 있었다. 알렉스가 지금껏 본 가장 끔찍한 광경이었다. 얼굴 반이 날아가 없었고, 남아 있는 눈 하나는 크게 뜨고 그녀를 비난하듯 쳐다보는 것 같았다. 벌어진 입에서는 피가 흘러나왔고, 아래로 축 처진 왼손에는 총이 들려 있었다. 뒤쪽 벽에는 온통 핏자국으로 가득했으며, 환한 색깔의 카펫 역시 마찬가지였다.

알렉스는 무릎에 힘이 풀리고 속이 뒤틀리며 울렁거렸다. 링우드에게 귀띔해준 팁으로 인해 알렉스는 재앙을 초래하고 말았다. 세인트존과 레비, 그리고 세르지오에게 단지 한방 먹이려고 했던 것뿐인데 세인트존을 죽음으로 내몰고 말았다! 세인트존은 거래가 이미 성사된 것이나 마찬가지라고 생각하고 위트너스 주식을 대규모로 사들였다가 어제저녁에 거래가 무산되었다는 소식을 듣고는 죽음 말고는 다른 피난처를 찾지 못한 모양이었다.

알렉스는 엄습하는 공포를 억누르고 혐오감과 참담함을 극복하며 놀랄 정도로 아무것도 없이 깨끗한 책상 위를 살펴보았다. 평소에 온갖 노란 포스트잇과 쪽지로 가득한 유리 상판이 마치 거울처럼 깨끗했다. 세인트존은 유서를 남기지 않았는데, 알렉스는 그가 늘 신주단지 모시듯 들고 다니는 서류 가방이 없다는 것을 알아차렸다. 알렉스의 눈은 컴퓨터로 향했다. 노란색 대기 모드 불빛이 깜빡였다. 알렉스는 애써 죽은 사람을 외면하고 마우스를 움직이기 위해 죽은 세인트존 위로 몸을 숙였다. 컴퓨터에서 윙 소리가 나면서 잠시 뒤 화면에 구름 배경이 등장했다. 알렉스는 숨을 참았다. 오른쪽 화면 상단에 'E' 표시가 있는 것으로 보아 읽지 않은 메일이 있음을 알았다. 알렉스는 아이콘을 눌러 이메일 프로그램을 열었다.

새로운 메일이 4개가 도착했습니다.

알렉스는 '편지받기'를 누르고 메일을 다운받은 뒤 얼른 이메일을 열어 읽기 시작했다. 4통의 이메일은 각각 샌프란시스코에 있는 브로커와, 리버사이드/로스앤젤레스 변호사 사무실, 그리고 뉴욕 여행사 두 곳에서 온 것이었다. 알렉스는 나중에 찬찬히 읽어보기 위해 인쇄를 눌렀다. 그런 다음에 '발송 예정 임시보관함'과 '보낸편지함'을 살펴보았다.

"빙고." 알렉스가 중얼거렸다.

세인트존은 밤에 3통의 이메일을 썼고 그중에서 1통만 발송했다. 알렉스는 캘리포니아 세이빙스앤론의 켄 마추모 앞으로 보낸 첫 번째 메일을 열어보았다. 세인트존이 쓴 이메일을 읽으면서 알렉스의 눈은 점점 커졌다.

안녕하세요 켄, 조금 전에 그쪽 은행에 있는 내 계좌로 5천만 달러를 송금했습니다. 내일 아침 일찍 이 돈을 스위스 취리히에 있는 뤼틀리앤하트만 은행 계좌번호 A/CH/334677810으로 송금해주세요. 저는 오늘 밤중으로 이 도시를 떠나야 합니다. 다시 연락드리겠습니다.

세인트존.

"말도 안 돼."

알렉스가 멍하니 속삭였다. 자기 머리에 총을 쏠 예정인 사람이 쓴 편지 같지 않았다. 그는 레비와 세르지오가 자기 뒤통수를 치고 있다는 것을 눈치 채고 캘리포니아 세이빙스앤론에 있는 계좌로 돈을 옮기기 위해 5천만 달러라는 거액을 빼돌린 것일까? 역시 똑똑한 사람이었다. 세르지오와 레비는 세인트존의 충성심을 과대평가한 것이 분명했다.

두 번째 편지는 제네바에 있는 세실 도브레에게 쓴 것이었다.

세실, 오늘이 여기서 보내게 될 마지막 밤이야. 나는 내일 제네바에 정오쯤 도착할 예정이야. 우리는 곧 엄청난 부자가 될 거야!

사랑을 담아, 재커리 세인트존.

세인트존은 제네바로 도망칠 생각이었다. 가방 안에 5천만 달러를 챙겨서. 나쁘지 않은 생각이었다. 세 번째 이메일은 LA에 있는 존 스터게스라는 변호사 앞으로 쓴 것이었다. 그는 첨부한 파일을 약속했던 대로 지체 없이 뉴욕 검찰에 전해달라고 부탁했다.

알렉스는 모든 이메일을 출력했다. 스위스항공사는 존 팔리노와 세실 도브레 앞으로 제네바행 티켓이 예약되었다는 확인 메일을 보내주었고, 에어캐나다항공사는 세인트존 앞으로 밴쿠버행 비행기가 예약된 것을 확인해주었다.

세인트존이 받은 세 번째 이메일이 가장 흥미로웠다. 존 스터게스 변호사는 3장짜리 문서를 보내주었는데, 그 문서는 세인트존이 레비와 세르지오를 위해 자행한 불법 거래를 모두 시인하는 내용으로, 모든 내역과 자세한 금액까지 적혀 있었다. 이 문서를 들이대면 세인트존을 희생시키려고 했던 자들을 파멸로 내몰 수 있었다.

알렉스는 서서히 모든 정황을 이해했고, 무슨 일이 일어났는지 분명하게 깨달았다. 알렉스는 이 모든 것이 무엇을 의미하는지 깨닫자 등골이 오싹해졌다. 겉으로 보이는 것과 달리 세인트존은 결코 절망감에 사로잡혀 스스로 총을 쏜 것이 아니었다. 자신의 미래를 위해 이런 계획을 세운 사람이 스스로 자기 머리에 38구경 권총을 들이대고 쏠 리가 없었다. 몇 시간 후면 세인트존은 5천만 달러를 가지고 유유히 사라질 예정이었다. 세인트존은 1억 달러의 빚과 파산한 투자은행을 남겼고, 동시에 뉴욕 검찰에 자백서를 보냄으로써 엄청난 소용돌이를 일으켰을 것이다. 하지만 누군가 이런 계획의 실행을 막았다. 사람의 목숨 따위는 별로 중요하게 생각하지 않는 누군가였다. 그 누군가는 바로 세르지오라는 것을 알렉스는 단 1초도 의심하지 않았다. 그는 이제 불편해지고 위험해진 공범을 자살로 위장해서 제거한 것이다. 자살 위장은 사람들이 보기에 상당히 그럴듯해 보였다. 세인트존 같은 처지가 된 남자라면 감옥행보다는 자살을 택하는 것이 오히려 나아 보이기 때문이다.

알렉스는 문득 자신이 아직 시체 옆에 서 있다는 사실을 깨달았다. 알렉스는 부들부들 떨리는 손으로 출력한 문서를 주섬주섬 모았다. 그리고 문득 어떤 생각이 떠올라 모든 이메일을 체크하고 휴지통에 보낸 뒤 휴지통을 비웠다. 심장이 미친 듯이 뛰었다. 만약 세르지오가 이 사실을 알면 알렉스는 세인트존처럼 죽은 목숨이었다.

알렉스는 몸을 돌리다가 세인트존의 시신이 걸쳐 있는 회전의자를 건드렸다. 알렉스는 너무 놀라 손에 들고 있던 종이를 떨어트렸다. 알렉스는 종이를 줍기 위해 몸을 숙였다. 그러다가 바퀴 달린 서랍장 옆에 무언가 떨어져 있는 것을 보았다. 휴대전화기였다. 알렉스는 혈흔이 가득한 바닥에 무릎을 꿇고 그것을 집었다. 그리고 얼른 재킷 안주머니에 넣고 사무실을 재빨리 빠져나왔다. 알렉스가 복도를 따라 뛰어 계단으로 향하는 방화문 앞에 거의 도착하자 엘리베이터가 올라오는 소리가 들렸다. 엘리베이터에 빨간 불이 반짝거렸다. 누군가 올라오고 있었다. 알렉스는 두려움에 식은땀이 났다. 공포에 사로잡힌 알렉스는 주위를 두리번거리다가 여자 화장실 문을 열고 안으로 숨었다. 작은 문틈 사이로 엘리베이터에서 누가 내리는지 지켜보았다. 세르지오와 LMI 보안책임자인 헨리 모너헌이었다. 알렉스는 심장이 멎어버릴 것만 같았다.

*

"컴퓨터가 켜져 있습니다." 헨리 모너헌이 말했다.

"내 부하들이 컴퓨터를 끄는 것을 깜빡한 모양이군."

세르지오가 말했다.

"네, 그런 모양입니다. 하지만……. 모니터가 켜져 있고 프린터가 아직 따뜻합니다. 누군가 15분쯤 전에 컴퓨터를 만진 게 분명합니다. 그렇지 않다면 화면보호기가 작동되거나 컴퓨터가 절전 모드로 전환됐을 겁니다." 모너헌은 고개를 저으며 말했다.

세르지오는 덥수룩하고 길게 늘어트린 콧수염을 한 땅딸막한 남자가 마우스를 이리저리 밀면서 화면을 응시하는 모습을 굳은 표정으로 지켜보았다.

"누군가 모든 이메일을 삭제했습니다. 모두 삭제되고 아무것도 남아 있지 않습니다." 모너헌이 잠시 후 말했다.

새벽 4시에 두 남자가 세인트존의 시신이 있는 사무실로 찾아온 이유는 세인트존의 자동응답기에 남겨진 메시지 때문이었다. 존 스터게스라는 이름의 변호사가 약속했던 대로 진술서를 완성해서 세인트존에게 이메일로 보냈다는 메시지를 남겼다. 어쩌면 별로 중요하지 않은 내용일 수도 있지만 그렇지 않을 수도 있었다. 세인트존이 세르지오로부터 자신이 알렉스와 함께 MPM의 소유주로 등록되었다는 소식을 들은 이후 10시 반쯤 캘리포니아에서 전화가 왔다. 그리고 45분 뒤인 11시 15분쯤에 세인트존은 죽었다. 그가 45분 동안 사무실에서 무슨 일을 했는지 아는 사람은 아무도 없다. 모너헌은 '진술'이라는 단어가 위협적이라고 생각했고 세르지오도 같은 생각이었다. 세인트존이 변호사한테 전화를 걸어 자신이 처한 난처한 상황을 털어놓은 것일까? 그런데 이제 존 스터게스가 보낸 메일이 누군지 모르는 제3자의 손에 들어간 듯 보였다. 모너헌은 컴퓨터 전원을 껐다.

"조금 있으면 누가 들어왔었는지 확인할 수 있습니다. 감시 카메라 테이프만 확인해보면 되니까요. 아직 건물 안에 있을 가능성도 있으니 더 큰 피해를 야기하기 전에 잡을 수 있을지도 모르겠습니다."

*

알렉스는 여자 화장실 바닥에 쭈그리고 앉아 타일 벽에 등을 기댄 채 숨소리조차 죽여야 했다. 세인트존의 사무실로 들어간 세르지오와 모너헌이 세인트존의 시체를 보고도 놀라지 않는 것은 세르지오가 저지른 짓이라는 명백한 증거였다. 알렉스는 자신이 지금 어떤 위험에 처해 있는지 깨닫자 어질어질해졌다. 두 남자는 세인트존의 사무실에 5분가량 머문 후 다시 복도로 나왔다. 알렉스는 엘리베이터가 올라오는 소리를 들었다.

"루카, 내가 다시 전화할 때까지 여기 위에 남아 있어. 모든 방을 샅샅이 뒤져. 건물 안에 누군가 몰래 침입했을 가능성이 있어."

익숙한 세르지오의 목소리가 들렸다.

알렉스는 몸이 굳어버렸다. 어떻게 이 건물에서 몰래 빠져나갈 수 있을까? 알렉스는 기어서 화장실 칸막이 안으로 들어가 문을 잠그고 화장실 변기 뚜껑 위에 웅크리고 앉았다. 빠져나갈 방법이 없었다. 세르지오의 부하들이 그녀를 발견할 것이고 그렇게 되면 찍소리도 못하고 죽을 것이 분명했다. 파도 같은 공포가 엄습했다. 세르지오 비탈리를 만나지 말았어야 했다고 이미 수천 번도 넘게 되뇌었다.

*

처음에는 모니터에 흐릿한 장면밖에 보이지 않았지만 서서히 엘리베이터가 있는 복도와 30층에 있는 안내 데스크가 선명하게 보이기 시작했다. 시간은 왼쪽 하단에 표시되었다. 세르지오는 LMI 빌딩의 보안본부가 자리하고 있는 지하층 벽에 달린 모니터 화면을 무표정하게 쳐다보았다. 그는 나흘째 넬슨으로부터 아무런 소식도 듣지 못해 신경이 날카로워져 있었다. 넬슨은 몇 주 전 시카고에서 돌아온 이후 변한 듯했다. 이제는 넬슨이 부인을 통해 세르지오의 전화를 피하는 듯한 느낌마저 들었다. 물론 세르지오는 넬슨이 진짜 아프다는 것은 알았지만, 가장 의리 있고 가장 오래된 동지조차 더는 믿지 못하게 되었다. 이 때문에 그는 실비오에게 부하 두 명을 롱아일랜드로 보내 감시하라는 지시를 내렸다. 이뿐만이 아니라 아직까지도 콘스탄치아를 찾지 못한 것에 몹시 화가 나 있었다. 그런데 이제 세인트존으로 인해 생각지도 못한 문제까지 일어났고, 알렉스가 비밀 계좌에 대해 알고 있다는 의심마저 생겼다! MPM을 희생시키는 것은 별로 마음이 아프지 않았다. 당장 내일이라도 새로운 유령회사를 만들어서 아무런 문제 없이 기존의 사업을 계속 이어나갈 수 있었다. 그리고 세인트존이 하던 일을 대체할 만한 사람도 어렵지 않게 찾을 수 있다. 문제는 알렉스였다. 세르지오는 자신이 마치 질투심에 사로잡힌 애인처럼 밤에 기자놈의 집에 쳐들어간 것이 굴욕스럽게 느껴져 화가 났다. 세르지오는 알렉스 때문에 사람들 앞에서 망신당한 것 같아 알렉스를 증오했다.

세르지오는 아랫입술을 깨물며 생각에 잠겼다. 왜 하필 지금 이런 일들이 벌어지는 것일까? 내일 중요한 일정들이 잡혀 있었다. 금요일에는 코스타리카로 날아가 오르테가를 만날 예정이었다. 그리고 3주 후인 크리스마스 전 토요일 저녁에 세인트 레지스에서 자선 갈라에 참석해서 몇몇 토크쇼에 출연하고 인터뷰를 할 예정이었다. 마음 같아서는 모든 일정을 취소하고 싶었지만 자선 갈라를 취소하면 부정적인 여론이 형성되고 사람들이 의문을 품게 되어 그럴 수도 없었다.

*

알렉스는 화장실 문을 조심스럽게 열고 복도를 살짝 내다보았다. 세르지오가 30층에서 보초를 서고 있으라고 지시를 내린 두 명 중에 한 명이 모든 사무실을 샅샅이 뒤졌지만, 루카는 바로 문 앞에 서서 지루한 듯 담배를 피워댔다. 다른 남자가 이따금 루카에게 뭐라고 말을 했지만 알렉스는 알아들을 수 없었다. 이들은 아직 화장실 안을 살펴볼 생각은 못 했지만 곧 이곳도 뒤지게 될 것이 분명했다. 알렉스는 두려움에 덜덜 떨면서도 골똘히 생각을 해보았다. 세르지오와 모너헌은 누군가 건물 안에 있다는 것을 예감했지만 누가 어디에 숨어 있는지 몰랐다. 그나마 다행이었다. 알렉스는 이메일을 출력한 종이를 접어서 청바지 허리춤에 끼어 넣었다. 어떻게든 몰래 여기서 빠져나가야 했다. 커다란 화장실 안을 둘러보았지만 빠져나갈 만한 다른 길은 없었다. 세르지오가 화장실 안에 있는 알렉스를 발견하면 어떻게 처리할지는 뻔했다.

*

"11시 3분."

헨리 모너헌이 중얼거렸다. 세 남자가 복도를 걸어가다가 세인트 존의 사무실 안으로 사라졌다. 남자들은 20분 후 다시 나왔고 다들 손에 가방 몇 개씩 들고 있었다. 지시받은 대로 책상 위에 있는 모든 물건을 챙겨 나왔지만 아마도 컴퓨터를 확인하는 것을 잊은 모양이었다. 자정 직전에 세르지오와 레비가 엘리베이터로 가는 모습이 나왔다. 다음 녹화된 시간은 3시 16분이었다. 화면에 야구 모자를 눌러

쓰고 짙은 색 후드재킷을 입고 계단을 통해 복도로 나와 두리번거리는 사람이 등장했다. 세르지오와 모너헌은 모니터를 뚫어지게 쳐다보았다.

"알렉스."

세르지오는 단조로운 목소리로 말하더니 저도 모르게 주먹을 불끈 쥐었다. 마치 누가 등 뒤에서 칼을 꽂은 심정이었다. 자기가 했던 말이 조롱의 웃음이 되어 귓가에 울렸다. '걱정 마세요. 알렉스는 내가 꽉 잡고 있어요……'

그야말로 엿 같은 상황이었다. 알렉스는 비밀 계좌의 존재도 알고 있고 세인트존의 컴퓨터에서 그 빌어먹을 이메일도 출력해서 가지고 있다. 알렉스는 그보다 한발 앞서 있다. 그녀를 붙잡지 않으면 모든 자료를 들고 코스티디스를 찾아갈 것이 분명했다.

"17분 동안 사무실 안에 머물렀습니다. 간발의 차로 우리와 맞닥뜨리지 않은 겁니다."

모너헌은 담배에 불을 붙이고 하얀 연기를 공기 중으로 내뿜었다. 그는 계속해서 모니터를 주시했다. 알렉스는 멈춰 서서 주위를 두리번거리더니 왼쪽으로 몸을 돌렸다.

"아직 여기 있어요."

모너헌은 피식 웃었다. 알렉스가 화면에 사라지고 몇 초 후 바로 모너헌과 세르지오의 모습이 나타났다. 세르지오는 휴대전화를 집어 들었다. 루카의 전화번호를 누르는 그의 목소리는 덤덤했다.

"내가 죽여버리고 말겠어. 내 손으로 직접! 망할 년."

*

헨리 모너헌은 여자 화장실 문을 벌컥 열고 전원 스위치를 켰다. 화장실 안은 금세 밝은 형광등 불빛으로 채워졌다. 두 남자가 8개의 칸막이를 샅샅이 뒤지는 동안 세르지오는 음흉한 표정으로 복도에서 기다렸다. 화장실 칸막이 하나가 잠겨 있었다. 모너헌이 문 밑으로 들여다보기 위해 허리를 굽혔다. 하지만 칸막이 안은 비어 있었다. 천장을 올려다보았다. 그는 분노가 끓어올랐다. 알렉스 존트하임이 그들을 제대로 갖고 놀고 있었다! 알렉스는 변기 위로 올라가 천장 패널을 떼고 달아난 것이다. 평소에 어느 정도 운동을 한 사람이라면 난방관과 환기관을 통해 다른 곳으로 달아나는 것은 그리 어려운 일이 아니었다. 누군가를 이곳으로 부르는 것은 소용이 없었다. 에어컨 통로를 통해 알렉스가 이미 다른 층으로 갔을 가능성이 높기 때문이었다. 모너헌은 몸을 돌려 밖으로 나갔다.

"없나?" 세르지오가 물었다.

"천장을 뚫고 도망쳤습니다. 하지만 곧 잡을 수 있어요."

"어떻게? 이제 곧 4시 반이야! 난 사람들에게 시체 근처에 있는 모습으로 발견되고 싶은 생각은 없네."

세르지오의 눈은 얼음장이 되었다. 모너헌은 화가 나서 담배를 질경질경 씹다가 갑자기 미소를 지었다.

"회장님께서는 지금 당장 댁으로 가시는 게 좋겠습니다. 이 문제를 해결할 수 있는 정말 좋은 생각이 떠올랐어요."

"무슨 생각 말인가?"

"전 이제 경찰에 전화를 할 겁니다. 그 전에 카메라 테이프를 편집하겠습니다. 그러면 존트하임이 3시 16분과 3시 33분 사이에 세인트존을 총으로 쏴 죽였다는 증거가 됩니다."

모너헌이 유쾌하게 말했다. 세르지오는 땅딸막한 남자를 물끄러미 쳐다보더니 천천히 고개를 끄덕였다.

"훌륭해. 그렇게 하지. 알렉스는 우리한테만 쫓기는 게 아니라 곧 경찰에게도 쫓기는 신세가 되겠군. 이런 소란 속에서 아무도 MPM의 파산 같은 건 안중에도 없을 걸세." 세르지오가 중얼거렸다.

*

6시 14분, 뉴욕 경찰에 LMI 투자회사에서 시체가 발견되었다는 신고가 접수되었다. 몇 분 지나지 않아 경찰이 현장으로 출동했고, 6시 45분에는 건물 전체가 경찰관과 수사관으로 북적였다. 그들은 LMI 상무이사였던 재커리 세인트존의 처참한 시신을 확인하고, 감시 카메라 테이프를 살펴보다가 오전 3시 16분에 세인트존의 사무실에 들어갔다가 15분 후에 나온 사람이 있다는 사실을 확인했다.

"이 여자가 누군지 혹시 집히는 데 있습니까?"

존 먼로 형사가 회사 보안책임자에게 물었다.

"확실하지는 않습니다. 하지만 우리 회사 M&A부서에서 근무하는 알렉스 팀장 같아 보입니다." 모너헌은 머리를 긁적거렸다.

존 먼로 형사는 메모를 했다. 그는 키가 크고 붉은 얼굴에 숱이 많은 적금발색 머리카락을 가진 남자였다. 14년째 뉴욕경찰청 강력범죄 전담 수사반에서 근무해오면서 시체를 수도 없이 보아왔다. 빌딩 꼭대기 층 사무실을 사용하는 피해자는 손에 아직 무기를 들고 있어서 얼핏 보기에 자살한 듯 보였다. 그 여자가 총을 쏜 후 자살로 위장하기 위해 시체의 손에 무기를 쥐어주었을 가능성이 있을까?

어느새 LMI의 레비 회장도 현장에 나왔다. 레비는 경악을 금치 못했지만 침착함을 잃지 않았다. 감시 카메라에 찍힌 사람이 누군지 바로 알아보고 확인해주었다.

"맞아요. 알렉스 존트하임이 맞습니다."

레비는 너무 놀라서 할 말을 잃었다. 그것은 연기가 아니라 사실이었다. 그는 실제로 무슨 일이 벌어졌는지 몰랐다.

"알렉스 씨가 밤에 사무실에 남아 있던 적이 자주 있었습니까?"

형사가 물었다.

"네, 종종 그랬어요. 어제 중요한 거래와 관련해서 문제가 좀 있어서 알렉스 팀장이 사무실에 오래 남았을 가능성이 있습니다."

"알겠습니다. 전화를 좀 써도 될까요?"

먼로 형사는 전화기를 향해 손을 뻗었다. 그는 알렉스 존트하임에 대한 수배 지시를 내리고 다시 모너헌을 향해 몸을 돌렸다.

"혹시 알렉스의 사진 갖고 계십니까?"

"찾아 드리겠습니다. 그리고 건물을 수색하는 게 좋을 것 같군요. 아직 이 건물 안에 있을 수 있으니까요."

먼로 형사는 그에게 언짢은 눈빛을 보내더니 대화를 마쳤다.

"더 일찍 말씀해주시지 그러셨습니까."

형사는 툴툴거리며 얼른 다른 경찰관들이 있는 밖으로 나갔다.

'내가 왜?'

헨리 모너헌은 속으로 중얼거렸다. 세르지오는 반드시 경찰보다 먼저 알렉스를 찾아내라고 엄명을 내렸었다.

*

알렉스는 경찰의 등장에 놀랐다. 모든 통로와 복도가 경찰과 LMI 보안요원으로 가득해서 도주하는 것이 불가능해 보였다. 그녀는 30층 사무실 위에 있는 난방관에 웅크리고 앉아 이런 상황에서 빠져나갈 기회만 기다렸다. 휴대전화 배터리는 이미 방전되어 올리버나 마크한테 연락할 방법이 없었다. 알렉스는 지치고 무섭고 배가 고팠지만 지금은 절대 실수를 해서는 안 되었다. 어느새 7시 반이 되었다. 알렉스는 이미 2시간째 먼지가 쌓인 난방관 통로 안을 기어 다닌 것이다. 알렉스는 손으로 더듬거리며 앞으로 기어가다가 갑자기 아래쪽에서 목소리가 들렸다. 조심스럽게 천장 패널을 살짝 옆으로 밀어 틈새를 통해 사무실을 내려다보았다. 빈센트 레비가 보였다. 알렉스의 심장이 덜컥 내려앉았다.

"……도무지 뭐가 뭔지 모르겠군! 지금 대체 무슨 일이 벌어지고 있는 건가?"

"……알렉스가 감시 카메라에 찍혔습니다."

보이지 않는 다른 남자의 목소리였다. 알렉스는 목소리로 미루어 보아 헨리 모너헌일 것이라 짐작했다.

"알렉스가 세인트존의 사무실에 들어가 컴퓨터에서 이메일을 삭제했는데, 어떤 중요한 내용인지 모릅니다."

'그건 그렇지.' 하고 알렉스는 속으로 생각했다.

"세인트존을 죽인 자가 알렉스인 건 분명한가?" 레비가 물었다.

"모르겠습니다. 하지만 경찰이 그렇게 혐의를 두고 있으니 무슨 수를 써서라도 찾으려고 하겠죠. 하지만 세르지오 회장님이 먼저 알렉스를 찾고 싶어 하십니다. 일단 경찰이 어떻게 하는지 지켜보고 우리가 알렉스를 찾으면 됩니다."

알렉스는 두려움에 목이 죄어왔다. 그녀는 함정에 빠져 있었다. 여기서 나가는 순간 곧바로 세르지오에게 붙잡힐 것이 분명했다.

"세상에! 정말 끔찍한 일이군. 회사가 입을 막대한 피해는 어쩌고! 우리 회사에서 시체가 발견되질 않나, 게다가 살인범이 우리 회사 팀장이라니!" 레비가 탄식했다.

"회장님, 진정하십시오. 제가 모든 상황을 잘 주시하고 있습니다. 9시에 딜링룸에 모든 직원을 소집하시고 세인트존이 방에서 알렉스 팀장에게 총에 맞아 사망한 사실을 알리십시오. 몹시 충격을 받은 모습을 보이셔야 합니다." 모너헌이 무뚝뚝하게 말했다.

"정말 끔찍한 일이군. 정말 끔찍해."

"정신 똑바로 차리셔야 합니다. 회장님한테는 아무 피해가 없을 겁니다. 스토리는 아주 완벽합니다. 언론에서 득달같이 덤벼들 겁니다. 세인트존과 알렉스는 두 사람이 공동으로 세운 MPM이라는 깜찍한 회사를 통해 불법 거래를 해왔는데, 세인트존이 최근에 실수를 하는 바람에 파산 직전에 몰리자 두 사람이 다투다가 결국 알렉스가 총으로 쏴버린 겁니다." 모너헌이 말했다.

알렉스는 자기 귀를 의심했다. 세인트존과 함께 불법으로 사업을 벌여왔다고?

"하지만 경찰이 나한테 질문하면……."

레비는 울먹거리는 목소리로 입을 열었다. 알렉스는 자기가 어떻게 이런 남자에게 존경심을 느꼈을까 의문이었다. 레비 회장의 줏대 없는 모습과 비겁함은 그야말로 충격적이었다.

"당연히 질문을 하겠죠. 회장님께서는 생각을 하시는 척을 하다가 안 그래도 최근에 두 사람이 뭔가 뒤에서 몰래 일을 벌이는 건 아닌지 의심을 했었다고 말씀하시면 됩니다. 어제 그 거래가 무산된 후 세인트존과 알렉스가 자신들이 해오던 짓이 발각될 위기에 처한 겁니다. 그래서 두 사람은 다투게 되었고 결국 알렉스가 세인트존을 죽인 겁니다. 정말 완벽하지 않습니까?"

모너헌이 짜증스럽다는 듯 LMI 회장의 말을 끊어버리고 말했다.

알렉스도 그의 말에 동의할 수밖에 없었다. 이야기가 정말 그럴듯했다. 알렉스와 세인트존이 한통속이 되어 내부 정보를 이용해 불법 거래를 일삼았고, 1억 달러대의 손실과 그에 따른 다툼과 살인이라는 그럴듯한 스토리가 완성되었다. 그렇게 되면 알렉스는 살인뿐만이 아니라 내부자 거래, 사기, 횡령을 비롯한 여러 가지 범죄 혐의로 수배를 받게 될 것이다. 어쨌든 그렇게 되면 레비와 세르지오는 아무렇지 않게 빠져나갈 수 있었다.

"저희는 다시 나가봐야 합니다." 모너헌이 말했다.

"통장 출력 건은 어떻게 됐나? 뭐 좀 알아냈나?" 레비가 물었다.

"조지타운에 있는 제 부하들이 열심히 작업 중입니다."

모너헌이 대답했다.

알렉스는 두 사람이 레비의 사무실에서 나갈 때까지 기다렸다가 천장 패널을 옆으로 밀어내고 내려왔다. 이 건물에서 몰래 빠져나가지 못한다면 끝장이었다. 체사레와 마찬가지로 감옥에 들어가면 하루도 살아남지 못할 것이다. 8시 반이 조금 안 된 시각이었다. 알렉스는 재빨리 전화기를 들어 마크의 직통번호를 눌렀다. 덜덜 떨리는 손으로 마크가 전화 받기를 기다리다가 다시 내려놓으려는 찰나 마크가 받았다.

"마크!" 알렉스가 조심스럽게 속삭였다.

"팀장님! 어디세요? 밤새 연락하려고 했어요. LMI에도 찾아갔는데

제 출입증으로는 문을 열 수가 없었어요. 지금 여기는 팀장님이 세인트존을 총으로 쏴 죽였다는 소문이 파다해요!"

마크는 알렉스와 통화가 되자 안도하며 목소리를 낮추어 말했다.

"절대 사실이 아니에요. 내 말 잘 들으세요, 마크."

알렉스는 지난밤의 일과 조금 전에 엿들은 내용을 전해주었다. "모든 것을 감추기 위해 나한테 살인죄를 덮어씌우려고 해요. 그리고 내가 저들을 매장시켜버릴 증거를 손에 쥐었다는 걸 알고 있어요."

"저들이 팀장님과 세인트존을 MPM의 공동 소유자로 만들어버렸어요. 저스틴이 그걸 알아냈어요. 그런데 지금 어디 계세요?"

"아직 30층이에요. 여기서 빠져나가서 시장님한테 가야 해요."

알렉스는 시장이 자신의 말을 믿어주기를 바랐지만 확신할 수는 없었다.

"제가 어떻게 도와 드릴까요?"

"도와줄 것 없어요. 지금 하던 일을 멈추고 당장 자리에서 일어나 이 건물에서 빠져나가요." 잠시 생각을 해보던 알렉스가 말했다.

"하지만……."

"내가 하라는 대로 해주세요, 마크. 부탁이에요. 난 여기서 어떻게 든 빠져나갈게요." 알렉스가 속삭이며 말했다.

"알았어요. 올리버와 제가 팀장님을 어디서 픽업 할까요? 제가 올리버한테 전화를 할게요." 마크는 망설이다 대답했다.

알렉스는 입술을 깨물었다. 도움을 받고 싶은 마음은 간절했지만 이번 일에 마크와 올리버를 더 깊이 끌어들이는 것은 무책임한 짓이 었다. 어느새 알렉스 스스로도 감당 못 할 만큼 일이 커져버렸다.

"아니요. 절대 그러지 말아요. 혼자서 어떻게 해볼게요."

알렉스가 황급히 말렸다.

"팀장님, 제발 제가 도울 수 있게 해주세요." 마크가 애원했다.

"안 돼요. 당장 자리에서 일어나 사무실에서 나가요. 지금 당장. 가능한 빨리 다시 연락할게요." 알렉스는 단호하게 말했다.

알렉스는 전화기를 내려놓으면서 이미 마크한테 너무 늦은 타이밍이 아니기를 바랐다. 알렉스는 잠시 눈을 감고 모든 상황을 차근차근 정리해보았다. 지금 자신은 세인트존과 함께 MPM의 공동 소유주로 등록되어 있다. 세인트존은 지난밤 MPM의 모든 돈을 인출해서 5천만 달러를 자신의 개인 계좌로 이체시켰다. 알렉스는 눈을 떴다. 레비의 책상 위에 있던 컴퓨터 화면에 시선이 고정되었다. 불현듯 좋은 생각이 떠올랐다. 알렉스는 의미심장한 미소를 지으며 책상 앞에 앉아 자판과 마우스를 끌어당기며 세르지오와 레비가 더욱더 화가 나게 만들 작업을 했다.

*

"마크 애쉬턴 씨?"

두 남자가 마크를 향해 다가왔을 때, 그는 여전히 손에 전화기를 들고 있었다. 순간 마크의 심장은 덜컹 내려앉았고 천천히 고개를 끄덕이는 마크의 입술은 바짝 말랐다.

"뉴욕경찰청 소속 존 먼로 형사입니다."

키가 큰 남자가 경찰 신분증을 들이밀었다. "이쪽은 컨널리 형사입니다. 몇 가지 질문이 있습니다."

두 남자가 세르지오의 부하가 아니라 경찰이라는 사실에 마크는 안도했다. 마크는 등 뒤에서 동료들의 호기심 가득한 눈길을 느꼈다. 어젯밤에 일어난 사건을 화제로 웅성웅성하던 커다란 사무실에는 갑자기 정적이 흘렀다.

"귀하가 알렉스 존트하임 씨의 가까운 부하직원으로 알고 있습니다. 마지막으로 통화를 한 것이 언제였습니까?"

빨간 머리 경찰관이 말을 이었다.

"저는…… 음…… 에…… 그게 그러니까……. 어제 오후였던 것 같습니다."

마크의 머릿속은 혼란스러웠고 손바닥은 땀으로 흥건했다. 아무런 마음의 준비가 없었던 터라 그냥 떠오르는 대로 대답을 하면서도 자신이 왜 경찰한테 거짓말을 하는지 알 수 없었다. 게다가 거짓말을 능숙하게 잘하는 편이 아니라 두 형사도 미심쩍은 표정을 지었다.

"확실합니까?" 빨간 머리 형사가 수상쩍어하며 물었다.

"저는…… 저는 자세히 기억이 안 납니다. 제가 지금 워낙 경황이 없어서요." 마크가 더듬거리며 말했다.

"경찰서에 가서 얘길 계속하는 게 좋겠군요." 먼로 형사가 말했다.

"제가 왜……."

마크는 입을 열다가 다른 두 남자가 다가오는 것을 보고 입을 다물었다. LMI의 보안 책임자인 뚱뚱한 헨리 모너헌과 낯선 사람이었다. 마크는 본능적으로 그들에게서 위험을 감지하고 경찰서로 가는 것이 훨씬 낫겠다는 생각이 들었다.

"안녕하십니까, 마크 씨. 레비 회장님께서 잠깐 보자고 하십니다."

어느새 가까이 다가온 모너헌이 인사하며 말을 했지만 돼지처럼 작고 가는 눈에서 새어나는 눈빛은 결코 호의적인 눈빛은 아니었다.

"저는…… 음…… 형사님께서……."

마크는 내심 두려움에 덜덜 떨었다. 경찰이 당장 그의 손에 수갑을 채워서 연행해 가기를 속으로 빌었다. 하지만 그런 일은 일어나지 않았다.

"금방이면 됩니다. 그동안 알렉스 팀장의 다른 동료와 부하직원들을 상대로 조사를 하시는 것이 좋겠습니다."

모너헌은 두 경찰관에게 친근한 척하는 거짓 미소를 지어 보였다. 먼로 형사는 잠시 생각을 하더니 어깨를 으쓱했다.

"알겠습니다. 서둘러주세요. 저희는 시간이 많지 않습니다."

마크의 이마에는 땀이 송골송골 맺혔다. 자리에서 벌떡 일어나 도망가면서 도와달라고 소리 지르고 싶은 충동을 느꼈다.

"마크 씨, 같이 가시죠."

모너헌의 말에 마크는 뻣뻣하게 자리에서 일어났다. 마크는 양쪽에서 모너헌과 다른 남자의 에스코트를 받으며 무릎에 힘이 풀린 채 사무실에서 나갔다. 등 뒤에서 자신을 쳐다보는 수십 개의 눈길을 느낄 수 있었다.

모너헌의 친절한 태도는 엘리베이터 문이 닫히자마자 온데간데없이 사라졌다. 그의 표정이 위협적으로 바뀌었다.

"엘리베이터가 내려가는데요." 마크가 당황하며 말했다.

"이봐, 뚱보. 회장님이 널 보자고 한 게 아니야. 내가 알고 싶은 게 몇 가지 있어." 모너헌이 으르렁거리며 말했다.

엘리베이터는 가파른 속도로 건물 지하 2층으로 내려갔다. 마크는 머릿속에 수천 가지 생각이 스쳐 지나갔다. 알렉스 팀장은 어디 있을까? 혹시 붙잡힌 것일까? 이제는 오직 적나라한 두려움만 엄습했다. 두 남자는 마크를 완전히 텅 빈 작은 방으로 끌고 갔다. 벽과 천장은 유성페인트로 칠해져 있었다. 천장에 달린 긴 형광등은 불쾌할 정도로 눈이 부셨고 견딜 수 없이 더웠다. 모너헌은 육중한 철문을 닫고 몸을 돌리더니 마크의 멱살을 잡았다.

"알렉스 어디 있나?"

"전…… 전 몰라요." 마크가 속삭였다.

"마지막으로 얘기한 게 언제였어?"

얼굴에 여드름 자국이 선명한 짙은 머리카락의 남자가 물었다.

"어제요. 오늘은 못 봤어요."

"거짓말은 그만두시지. 넌 오늘 새벽 3시 57분에 네 출입증으로 출입문을 열려고 했어. 바로 직전에 알렉스가 같은 방법으로 건물 안으로 들어왔지. 알렉스 출입증으로는 출입이 가능했지만 넌 들어오지 못했어. 오늘 새벽에 무슨 일로 왔지? 넌 알렉스가 여기 있는 걸 알고 있었어, 그렇지?"

모너헌이 거칠게 말을 끊어버리고 추궁했다. 마크는 침묵했다. 식은땀이 나고 어질어질해졌다.

"뚱보, 어서 말해. 아니면 기억이 다시 나도록 내가 도와줄까?"

모너헌이 짜증스럽다는 듯 소리질렀다. 모너헌은 그 빌어먹을 여자를 찾을 수 있는 시간이 점점 지체되는 것 같아 속으로 부글부글 끓고 있었다.

"저는 좁은 공간에 있으면 폐쇄공포증을 느껴요. 제대로 생각을 할 수가 없어요." 마크는 입이 타들어갔다.

"그러니까 어서 말해. 묻는 말에 제대로 말하면 곧바로 다시 네 자리로 보내줄 테니까." 모너헌의 목소리는 얼음처럼 차가웠다.

"저는 팀장님이 어디에 있는지 정말 몰라요." 마크가 중얼거렸다.

이때 주먹이 마크의 배를 향해 날아왔다. 마크는 비틀거리며 안경을 바닥에 떨어뜨렸다. 마크는 점점 두려움에 사로잡혀 차가운 바닥을 손으로 더듬거렸다. 그러자 모너헌은 다시 그의 멱살을 잡고 머리를 몇 번 벽에 박았다. 마크의 코가 부러졌고 입에서는 피 맛이 났다.

"어서 말해!"

모너헌이 소리쳤다. 마크는 죽음의 공포에 휩싸였다. 알렉스 팀장은 전에 이자들은 아무것도 두려울 게 없는 사람들이라고 이야기한 적이 있다. 이들이 세인트존을 죽였다. 이들은 마크가 죽든 말든 안중에도 없었다. 마크는 몇 번 더 맞은 뒤 더는 버티지 못했다.

"좀 전에 전화가 왔어요. 아직 이 건물 안에 있어요. 하지만 어떻게든 코스티디스를 찾아가겠다고……."

"그 봐. 진작 그럴 것이지."

모너헌이 마크를 놓아주었다. 마크는 인생에서 가장 비참한 순간이었다. 자신이 죽을 것이 두려워 적에게 고자질하고 말았다. 그는 정말 형편없는 비겁자였다.

"이제 가도 됩니까?" 마크가 애원하는 눈길로 쳐다보았다.

"미쳤나? 그 여자를 찾을 때까지 여기 있어. 넌 우리가 그 여자를 빨리 찾도록 기도나 해. 안 그러면 여기 아주 오래 있어야 할 테니까."

모너헌의 목소리는 조롱으로 가득했다.

두 남자가 나간 후 육중한 철제문이 덜컹거리며 닫혔다. 마크는 열쇠가 돌아가는 소리를 들었다. 그는 바닥에 주저앉아 눈물을 터뜨렸다. 만약 저들이 알렉스를 찾게 된다면 다 그의 탓이었다. 그는 이런 협박에 단번에 무너져버린 못 말리는 비겁한 겁쟁이였다.

*

알렉스가 레비의 사무실에서 조심스럽게 나왔을 때 복도는 텅 비어 있었다. 알렉스는 더 기다릴 수가 없었다. LMI 보안직원과 경찰은 건물 전체를 샅샅이 뒤지는 중이었다. 알렉스를 찾는 것은 시간문제였다. 알렉스는 빠른 걸음으로 계단을 향해 걸어가서 다행히 방화문이 열려 있는 것을 확인했다. 그리고 전속력으로 계단을 뛰어 내려가면서 아무도 마주치지 않기를 기도했다. 숨이 턱까지 차오른 채 1층에 도착했지만 유리문이 닫혀 있었다. 알렉스는 잠시 망설이며 사람들이 북적거리는 로비를 쳐다보다가 문득 유리문을 사이에 두고 서 있는 안전요원을 발견했다. 알렉스는 재빨리 몸을 돌려 지하실로 뛰어 내려가 지하 주차장으로 가는 철문을 밀고 몸을 숙인 채 주차 차량 사이를 지나갔다. 차고 자동문에 가까이 다가간 순간 덜커덩거리는 소리와 함께 문이 열렸다. 알렉스의 심장이 마구 뛰고 얼굴에는 식은땀이 흘렀다. 알렉스는 벽에 바짝 붙어 섰다. 마침 은색 리무진이 바로 옆을 스쳐 지나갔다. 알렉스는 망설이지 않고 뛰어가서 닫히는 차고 문 사이로 몸을 던져 출구 급경사 쪽으로 달려 마침내 거리로 빠져나왔다. 알렉스는 내리는 비에 몸이 금세 흠뻑 젖어버렸지만 어쨌든 건물에서 빠져나오는 데 성공했다. 몇 미터 떨어지지 않은 건물 주출입구 앞에는 사이렌을 울려대는 여러 대의 경찰차가 인파에 둘러싸여 있었다. 시신을 운반하는 병원차도 눈에 들어왔다. 알렉스는 몸을 돌려 월스트리트를 따라 브로드웨이를 향해 걸어갔다. 다행히 아무도 보지 못했다.

*

"또 위스키입니까? 이제 그만 하시죠."

세르지오가 못마땅한 표정으로 레비의 사무실로 들어오며 말했다. 세르지오는 WNBC 스튜디오에서 데이비드 백스터와 예정되어 있던 인터뷰를 취소했다. 모너헌이 이제 그만 이번 일에서 발을 빼라는 말은 맞는 말이지만 그의 훌륭한 계획에는 치명적인 약점이 있었다. 알렉스가 여전히 붙잡히지 않았다는 점이다. 그리고 레비는 현재 상황을 잘 감당하지 못하고 있었다.

"말이 쉽죠! 우리 회사는 지금 난리가 났어요! 건물에는 경찰들로 득실거리고, 게다가 증권거래위원회와 검찰에서 잭 랭을 구속했어요." 레비가 쏘아붙였다.

"나도 압니다. 내가 태런스한테 직접 전화를 했습니다."

세르지오는 어깨를 으쓱했다.

"뭘 어떻게 했다고요? 지금 제 정신입니까?"

안 그래도 창백한 레비의 얼굴은 한층 더 창백해졌다.

"여기저기 들쑤시고 다니는 것보다 확실한 팁을 주는 게 낫다 싶어서 그렇게 했어요. 우리한테는 지금 당장 알렉스를 찾는 게 훨씬 급한 일이니까."

빈센트 레비의 눈알이 튀어나올 듯 보였다. 레비는 위스키 한 잔을 더 비웠지만 손은 여전히 덜덜 떨렸다. 레비는 조금 전 딜링룸에서 LMI의 전 직원이 모인 가운데 세인트존이 살해당했다는 소식을 전하고 오는 길이었다. 직원들의 반응이 격렬했는데, 그 때문에 그는 더 불안해졌다. 레비 자신도 어떻게 된 영문인지 잘 몰랐다. 반면에 세르지오는 평소와 다름없는 모습을 보였다. 그의 얼굴에서는 어떠한 감정의 변화도 느낄 수 없었다. 이때 노크 소리가 나자 레비는 소스라치게 놀랐다. 루카 디 바레세였다.

"저희가 좀 전에 알렉스의 부하직원에게서 자백을 받아냈습니다. 그자는 알렉스가 아직 건물 안에 있고, 또 여기서 나가는 대로 곧장 시장한테 갈 예정이라고 했습니다."

"그럼 당장 사람을 시청으로 보내. 출입구마다 두 명씩 세워두고,

다른 사람은 차를 타고 시청 주변을 살피도록 해."

세르지오는 빠르게 결정을 내렸다.

"알겠습니다, 보스." 루카는 고개를 끄덕이고 다시 밖으로 나갔다.

"알렉스가 또 무슨 재앙을 불러오기 전에 반드시 찾아야 해."

세르지오의 얼굴은 어두웠다.

"재앙은 이미 발생했잖소. 세인트존은 어떻게 그렇게 멍청한 짓을 했는지." 레비가 멍하니 말했다.

"세인트존은 어차피 너무 뻔뻔해졌어요. 앞으로는 이 모든 일을 다른 식으로 해야겠습니다."

"이제 '앞으로'는 없어요! 세인트존은 죽었고 알렉스……."

레비가 날카롭게 받아쳤다.

'……도 곧 있으면 죽겠지'하고 세르지오는 속으로 음흉하게 생각했다. 조만간 알렉스도 잡게 될 것이다. 그의 부하들이 시청에 쫙 깔렸고, 경찰 무전기를 도청하고 있기 때문에 경찰이 알렉스를 찾았는지 여부도 금방 알 수 있었다. 알렉스는 빠져나갈 구멍이 없었지만 시간이 흐를수록 세르지오의 분노도 점점 커졌다. 그때 레비의 전화벨이 울렸다. 모너헌이었다.

"조금 전에 조지타운에 있는 제 동료로부터 연락이 왔습니다. LMI와 모든 지점의 컴퓨터 시스템을 살펴보았다고 합니다. 그런데 실제로 7월 6일에 비밀 자료를 열어본 기록이 남아 있다고 합니다. 하지만 해커의 소행은 아닌 것 같다고 합니다. 비밀 자료를 본 자는 접근 권한이 있었다고 하니까요."

그는 잠시 말을 멈추었다.

"그게 무슨 뜻인가?" 레비가 초조하게 물었다.

"자료를 본 자는 접근 권한이 있거나 얻은 사람입니다. 그렇지만 레비앤빌러즈의 시스템에 그날 과부하가 걸린 것으로 보아 패스워드를 해킹하는 프로그램이 사용된 것 같습니다."

"세인트존, 이런 나쁜 새끼." 세르지오가 중얼거렸다.

"이 자료는 외부 서버로부터 총 14번이나 열람됐습니다."

"14번?" 레비는 침을 꿀꺽 삼켰다.

"마지막으로 열람을 한 건 어젯밤 9시 반경입니다."

"훌륭하군." 세르지오는 레비와 눈빛을 주고받았다.

"대체 누가 그랬을까요? 접근 권한이 있는 사람은 단 세 명뿐이잖아요. 모너헌과 폭스, 나. 나는 제외해도 좋습니다. 난 그런 일에 대해서는 전혀 아는 바가 없으니까." 레비는 고개를 저었다.

"나도 잘은 모르지만 모너헌이 '외부' 컴퓨터라고 하지 않았습니까? 난 컴퓨터에 대해서는 문외한이기는 하지만, 그렇다면 그것은 폭스도 아니고 모너헌도 아니고, 누군가 외부에서 침입했다는 뜻 아닙니까? 그런데 난 당신이 예전에 회사 컴퓨터 시스템이 절대 안전하다고 말했던 기억이 똑똑히 나는군요."

"그리고 나도 당신이 알렉스를 꽉 잡고 있다는 말을 똑똑히 기억합니다."

레비가 맞받아쳤다. 세르지오는 화난 눈초리로 레비를 노려보았다. 1대 0으로 레비의 승리였다.

＊

닉 코스티디스가 보건국 당국자들과 회의를 하고 있을 때 프랭크 코헨이 노크를 하고 들어왔다. 늘 침착했던 프랭크의 얼굴은 흥분한 듯했다. 그는 시장에게 잠시 밖으로 나와달라는 신호를 보냈다. 코스티디스는 회의 참석자들에게 양해를 구하고 자리에서 일어났다.

"무슨 일인가?" 문 밖으로 나온 코스티디스가 물었다.

"이거 한번 보세요. 지금 텔레비전에서 어떤 투자은행가가 살해됐다는 보도가 나오고 있어요. 그런데 그 범인이 바로 알렉스 존트하임인 것 같다고 합니다."

"뭐라고?" 코스티디스는 귀를 의심했다.

"그렇다니까요. 그리고 알렉스는 사라졌어요. 경찰과 FBI가 찾고 있어요." 프랭크가 고개를 끄덕이며 말했다.

코스티디스는 말없이 몸을 돌려 사무실 안으로 들어갔다. 프랭크는 그를 뒤따라 사무실 안으로 들어가서 텔레비전을 켰다. 월스트리트의 고층빌딩 앞에 선 한 여기자가 나왔다.

……보안직원들이 LMI 상무이사인 재커리 세인트존 씨가 총에 맞은 채 책상에 앉아 있는 것을 발견했습니다. 경찰 대변인은 세인트존 살해 용의자인 M&A 부서 팀장 알렉산드라 존트하임의 소재가 아직 파악되지 않았다고 밝혔습니다. 세인트존과 존트하임은 함께 유령회사를 설립하고 내부 정보를 이용해서 수백만 달러의 부당 이익을 챙겨왔던 것으로 전해지고 있습니다. 어제 존트하임이 담당하던 위트너스 컴퓨터가 데이터베이스사를 인수하는 데 실패하자 유령회사도 파산 위기에 몰렸습니다. WNBC 뉴스 모이라 로버츠였습니다. 스튜디오 다시 나와 주세요…….

기자 뒤로는 바람에 휘날리는 노란색 폴리스라인이 보였다. 출입구 앞에는 여러 대의 경찰차가 서 있었다.

"말도 안 돼."

넋이 나간 코스티디스가 중얼거렸다. 프랭크는 그저 눈썹을 치켜 뜨고 어깨를 으쓱했다.

"아니야, 알렉스가 누굴 총을 쏴 죽였을 리가 없어. 난 믿을 수가 없어. 그리고 알렉스가 무슨 불법 거래를 했을 리가 없어. 만약 그랬다면 나한테……."

코스티디스는 고개를 저으며 말하다가 멈추고 책상 뒤에 있는 작은 금고로 걸어가 금고를 열었다. 그리고 알렉스가 '알렉시스 소르바스'에서 만났을 때 건네준 서류들을 꺼내고 재빨리 거래 내역을 훑어보았다.

"이게 뭡니까?" 궁금한 눈빛으로 프랭크가 물었다.

"이건 케이맨 제도에 있는 그 은행의 거래 내역일세. 알렉스가 몇 주 전에 나한테 줬어."

"저한테는 그런 말씀 전혀 안 하셨잖습니까?"

프랭크는 시장에게 섭섭한 눈빛을 보냈다. 코스티디스는 개의치 않았다.

"여기 봐. 재커리 세인트존. 암호명 골드핑거. 세인트존은 분명히 부당한 거래를 해왔어."

코스티디스가 프랭크에게 종이 한 장을 내밀며 말했다.

"만약 알렉스도 같이 했다면요?"

"그렇다면 알렉스가 왜 나한테 이런 자료를 줬겠나?"

코스티디스는 프랭크에게 서류를 통째로 주었다. "여기 나온 이름을 쭉 읽어보게. 여기 존 드 랜시, 그리고 여기 폴 매킨타이어……."

프랭크는 고개를 저으며 쭉 읽어 내려갔다.

"전 도무지 이해할 수가 없어요. 알렉스가 살인 사건과 아무런 관련이 없다면 왜 사라진 걸까요?"

코스티디스는 숨을 깊이 들이마시더니 어깨를 으쓱했다.

*

알렉스는 빠른 걸음으로 브로드웨이를 따라 걸어갔다. 바람이 많
이 불고 비가 내리는 날씨라 다들 제 갈 길을 가기에 바빴고 아무도
야구 모자를 눌러쓰고 청바지를 입은 알렉스를 신경 쓰지 않았다. 새
벽에 일어난 일들을 생각하면 가능한 빨리 이 도시에서 도망치는 것
말고는 다른 방법이 없었다. 집에 가서 옷을 갈아입거나 차를 가져올
시간도 없었다. 코스티디스에게 세인트존의 컴퓨터에서 출력한 자료
를 전달할 수만 있다면 그는 분명히 믿어줄 것이다. 시청까지 8블록
을 걸어가는 데 20분이나 걸리는데 알렉스는 택시를 세울 엄두가 나
지 않았다. 알렉스는 잠시 뒤에 파크 로우를 가로질러 시청 공원에
들어서자 온몸이 비에 흠뻑 젖었지만 안도감에 무릎에 힘이 풀렸다.
이제 몇 백 미터만 가면 안전할 것이라는 생각이 들었다. 알렉스는
시청 주출입구로 향하는 길로 들어섰다. 계단 앞에 거의 다다랐을 때
어떤 남자가 길을 막았다.

"실례합니다." 남자는 말을 걸었고 알렉스는 남자를 쳐다보았다.

"저기, 길 좀 여쭙겠습니다. 혹시 여기서……."

남자는 손에 시내 지도를 들고 있었다. 알렉스는 그 남자 너머로
시청 출입구 앞에 짙은 머리 색깔의 남자가 서 있는 것을 보았다. 어
디선가 본 얼굴이었다. 그 남자는 휴대전화 번호를 누르면서 눈에 띄
지 않으려 애쓰며 알렉스 쪽을 자꾸 흘끗흘끗 쳐다보았기 때문에 오
히려 더 눈에 띄었다.

'젠장.' 하고 알렉스는 생각했다.

"……엠파이어스테이트 빌딩으로 가려면 어떻게 가야 하나요?"

"죄송합니다. 저도 외지인입니다."

알렉스는 주위를 두리번거리다가 이리로 곧장 다가오는 또 다른 남자를 발견했다. 이 남자는 빠른 발걸음으로 오면서 역시 귀에 휴대전화를 대고 있었다. 당황스러운 표정을 짓는 젊은 여행객을 앞에 두고 알렉스는 몸을 홱 돌려 장미 넝쿨을 뛰어넘어갔다. 휴대전화를 든 두 남자가 뒤쫓아 왔다. 알렉스는 사력을 다해 비에 흠뻑 젖어 첨벙거리는 잔디밭 위를 뛰어갔다. 그냥 보통 길이었다면 훨씬 빨리 달렸을 것이다. 알렉스는 뒤도 돌아보지 않고 무작정 달리며 미끄러지거나 넘어지지 않으려고 온 신경을 집중했다. 넘어지면 그야말로 끝장이었다. 알렉스는 법원 건물을 지나 폴리 스퀘어 방향으로 뛰었다. 알렉스는 제이콥 K. 야비츠 연방 건물과 미국 국제무역법원을 지날 때 행인들의 의아한 눈초리에도 개의치 않았다. 슬쩍 뒤돌아보니 추적자들이 생각보다 훨씬 가까이 와 있었다. 뉴욕지방법원과 민사법원 앞에는 일본 관광객 무리가 쏟아지는 비에도 아랑곳하지 않고 우비를 입고 카메라를 들고 서 있었다. 알렉스는 속도를 늦추지 않고 관광객 무리 속으로 뛰어들었다가 어떤 남자와 부딪쳐 그를 쓰러뜨렸다. 그러자 관광객들이 흥분해서 우산과 주먹을 휘둘러 댔고, 그 바람에 알렉스의 추적자들은 멈칫할 수밖에 없었다. 덕분에 알렉스는 조금 시간을 벌고 센터 스트리트를 건넜다. 알렉스가 옆도 살피지 않고 무작정 차도로 뛰어들어 뉴욕주청사 앞에서 화이트 스트리트로 들어가자 지나가던 차들이 끽 소리를 내며 멈춰 섰다. 알렉스는 서서히 힘이 빠지고 숨이 차올랐지만 백스터 스트리트와 베이어드 스트리트 교차점에 이르자 콜럼버스 공원이 바로 눈에 들어왔다.

이때 갑자기 알렉스 가까이 짙은 색 차량이 멈춰 서고, 세 남자가 뛰어나왔다. 알렉스는 황급히 주위를 둘러보았다. 앞에는 남자 세 명이 음흉한 얼굴로 길을 막아섰고 뒤에는 그녀를 쫓아오는 남자 두 명이 숨을 헐떡거리며 화이트 스트리트를 따라 뛰어왔다.

"멈춰요!"

짙은 색 차량에서 내린 남자가 막아서려는 듯 팔을 벌리고 다가왔다. 마침 은색 닷지 차량이 화이트 스트리트에서 백스터 스트리트로 방향을 튼 순간 한 자전거 배달원이 그 차를 피하려다가 그만 아스팔트 위로 넘어지면서 자전거가 알렉스 바로 앞에 떨어졌다. 알렉스는 1초도 망설이지 않고 자전거를 일으켜 세우고 올라탔다. 한 남자가 알렉스의 팔을 움켜잡았다. 겁에 질린 알렉스는 온 힘을 다해 그의 급소를 힘껏 걷어찼다. 그는 비명을 지르며 팔을 놓았다. 알렉스는 콜럼버스 공원으로 들어가 죽을힘을 다해 페달을 밟느라 폐가 터질 것만 같았다. 그리고 얼마 뒤 차이나타운 한가운데 이르렀다. 그곳은 비에도 아랑곳하지 않고 사람들로 북적였다. 알렉스는 길모퉁이에 자전거를 세우고 가판대와 중국 음식점이 즐비한 복잡한 골목 안으로 사라졌다.

*

"그 여자가 우리를 따돌렸습니다."

실비오 바키오키는 보스에게 이렇게 보고하며 일그러진 얼굴로 닷지 차량 흙받이에 몸을 기댔다. 다른 남자들도 언짢은 표정으로 비에 완전히 흠뻑 젖은 채 빙 둘러 서 있었다. 아무도 실비오가 당한 일에 대해 웃지 않았다. 그 여자는 정말 난폭한 여자였다. 추격을 계속하는 것은 의미가 없었다. 차이나타운으로 숨은 사람을 찾는 것은 불가능했다. 그리고 중국인은 그들의 구역에서 추격전을 벌이는 것을 좋아하지 않았다. 그들은 도망 중인 사람은 모두 감싸주었고, 특히 여자라면 더욱 보호하고 은신처를 마련해줄 것이 분명했다.

"이 멍청이들아, 여자 하날 제대로 못 잡아?"

화가 난 세르지오가 고래고래 소리를 질렀다. "이게 말이 돼!"

"제 부하들이 그 여자를 시청 앞에서 발견했는데 그 여자가 미친 듯이 도망을 갔고, 배달부의 자전거를 낚아채더니 차이나타운 안으로 숨었습니다."

실비오는 알렉스가 자신의 급소를 걷어찼다는 말은 하지 않았다.

"오늘 오후까지 내 앞에 데려다놓지 않으면 자네가 책임을 져, 알겠나?"

"알겠습니다."

실비오는 고개를 끄덕이며 체념한 듯 어깨를 으쓱했다.

세르지오는 잠시 눈을 감았다. 알렉스는 정말 영리한 여자였다. 다른 상황이었다면 알렉스의 용기와 영리함에 혀를 내두르며 감탄을 했겠지만, 이번에는 너무나 중요한 일이 많이 걸려 있었다. 세르지오는 알렉스를 증오했지만 동시에 그의 내면에서는 무언가 고통스럽게 알렉스를 그리워하고 있었다. 알렉스는 세르지오가 단순히 육체적인 욕망 이상의 감정을 처음으로 느낀 여자였다. 그런데 알렉스는 세르지오의 뒤통수를 치고 거짓말을 한 첫 번째 여자이기도 했다. 그는 알렉스를 잡기만 하면 용서해달라고 애원할 때까지 두들겨 팰 생각이었다. 그에게 안겨준 굴욕을 제대로 후회하게 만들어줄 것이다!

"어떻게 됐습니까?" 레비가 묻자 세르지오가 뒤돌아보았다.

"뭐 말입니까?"

"알렉스를 잡았냐고요?"

"아니요."

세르지오의 얼굴이 어두워졌다. 레비는 책상 위에 있는 전화벨이 울리자 전화를 받았다.

"무슨 일인가? 난 지금 중요한 회의 중…… 뭐라고?"

레비는 전화기에 대고 불쾌하게 쏘아붙이다가 말없이 듣기만 하더니 고맙다는 말을 하고 끊었다. 세르지오는 수화기에서 새어나오는 흥분한 목소리에 귀를 기울였다.

"누굽니까?"

세르지오가 물었다. 24시간째 초긴장 상태에 있었고 술도 많이 마신 레비는 흐리멍덩한 눈으로 세르지오를 쳐다보았다.

"우리 회사 펀드매니저인 레스터 로만이오. 오늘 아침에 계좌에서 거액의 자금이 이동한 것을 발견했답니다. 누군가 컴퓨터로 MPM의 전 자산인 5천만 달러를 이체했다고 합니다."

세르지오는 무슨 말인지 모르겠다는 표정으로 레비를 쳐다보았다.

"어떻게 그런 일이 일어날 수 있습니까? 그럴려면 계좌 소유자가 동의를 해야 하지 않습니까?"

"그렇죠. 실제로 동의 없이 진행된 일은 아닙니다. 모든 것이 규정대로 진행됐어요. 우리 회사 직원들은 막대한 자금이 오가는 데 익숙해 있어서 아무도 이상하게 생각하지 않았어요. 하지만 로만이 좀 전에 늘 하던 대로 검토를 하다가 예금주의 이름을 보고 나서야 의아한 생각이 들었다고 합니다."

레비는 잠시 말을 멈추고 손수건으로 이마에 흐르는 땀을 닦아냈다. "세인트존이 이체 명령을 내렸고 존트하임이 승인을 해줬어요. 두 사람이 단독으로 MPM 계좌 소유주로 되어 있고, 그럴 권한도 있으니까요."

"돈은 어디로 갔어요?"

충격에서 어느 정도 헤어 나온 세르지오가 물었다.

"LA 비벌리힐스에 있는 캘리포니아 S&L의 계좌입니다."

"이체는 누가 명령했죠? 세인트존은 지난밤에 죽었잖습니까!"

"오늘 아침에 컴퓨터로 이체 주문이 들어왔어요. 8시 31분에 승인이 떨어졌고. 내 컴퓨터에서 말입니다. 모든 것이 문제없이 이루어졌고 암호도 맞았어요. 담당 매니저가 주문자의 이름과 예금주의 이름을 대조해보고 확인을 한 후 오케이 사인을 내렸죠."

"회장님 컴퓨터를 통해 말입니까? 그렇다면 수백 명이 눈이 벌게서 찾아다니는 동안 알렉스는 1시간 전에 유유히 당신 사무실 의자에 앉아 있었다는 말이군!"

세르지오는 말문이 막혀 의자에 털썩 주저앉았다.

"5천만 달러. 그런데 우리는 그런 사실을 알릴 수조차 없다니!"

레비가 한숨을 쉬며 속삭였다. 세르지오는 말없이 앞만 응시했다. 알렉스는 생각보다 훨씬 뱃심이 두둑하고 뻔뻔한 여자였다! 자기를 잡으려고 건물을 이 잡듯 뒤지고 있는데도 5천만 달러를 훔쳤다.

"죽여버리고 말겠어."

세르지오는 이를 부드득 갈았다. 알렉스가 또다시 자신을 속였다는 생각에 세르지오는 진이 빠졌다. 수십 년째 아무의 방해도 받지 않고 돈벌이 잘되는 사업을 해오고 있는 영리하고 약삭빠른 세르지오 비탈리가 그깟 여자한테 속아 넘어가다니! 알렉스는 늘 순진한 척을 했지만 알고 보니 양의 탈을 쓴 여우였다. 세르지오는 넬슨한테 전화를 걸까 생각을 하다가 그만두었다. 세르지오는 레비의 전화기를 집어 들었다.

"어쩔 생각이오?"

레비는 이제 겁에 잔뜩 질린 신경과민 환자에 불과했다.

"내 손으로 다 죽여버릴 거요. 알렉스와 공범자. 미국 방방곡곡 시골에 있는 경찰까지 뒤쫓고 있으니 잡히기만 하면 나한테 한 짓에 대한 톡톡한 대가를 치르게 할 겁니다."

세르지오의 입술에 잔혹한 미소가 번졌다. 그는 어떤 익숙한 전화번호를 거침없이 눌렀다. 그리고 상대가 전화를 받자 말했다.

"세르지오 비탈리입니다. 하딩 청장님 좀 부탁합니다."

＊

알렉스는 차이나타운에 있는 작은 가게에서 황급히 밥을 먹으면서 뉴스를 보았다. 그녀는 세인트존을 살해한 혐의로 수배 중이었다. 이제 공항으로 가는 것은 의미가 없다. 공항에서는 금세 경찰한테 붙잡힐 것이다. 알렉스는 값을 치르고 비를 맞으며 밖으로 나가 캐널 스트리트까지 가서 택시를 탔다.

"어디까지 가십니까?"

"포트 오서리티 버스 터미널로 가주세요."

세르지오도, 그리고 경찰도 뉴욕을 떠나는 모든 버스를 일일이 확인할 수는 없었다. 터미널로 가는 동안 알렉스는 조금 긴장을 풀면서 생각할 여유가 생겼다. 알렉스는 세르지오의 부하들로부터 가까스로 도망쳤지만 또다시 그런 일이 생기면 지금까지처럼 운이 좋으리라는 보장이 없었다. 그야말로 사생결단을 할 자들이었다. 지난 48시간 동안 일어난 갖가지 엄청난 사건의 배경은 바로 알렉스였다.

알렉스는 뜨거운 이마를 택시 창문에 댔다. 이런 일이 일어날 줄 미리 알았다면 과연 위트너스 딜을 일부러 무산시켰을까? 세인트존은 결국 알렉스를 뒤쫓는 자들에게 살해당했다. 알렉스는 다시는 예전처럼 살 수 없다는 생각이 들자 소름이 돋았다. 언제 어떻게 끝날지 모르는 도망자 신세라는 생각이 불현듯 들자 두려움이 몰려오면서 그저 울고만 싶었다.

*

올리버는 3시간째 알렉스나 마크의 전화를 기다렸다. 집 안에 가만히 앉아서 텔레비전에서 알렉스와 세인트존에 대한 터무니없는 거짓말이 보도되는 것을 더는 견딜 수가 없었다. 알렉스는 어디 있을까? 왜 연락을 하지 않는 걸까? 생각에 잠겨 있던 올리버는 초인종 소리에 소스라치게 놀랐다. 하지만 기대했던 알렉스가 아니라 권총을 빼든 정복 경찰관 두 명과 사복 경찰관 두 명이 서 있었다. 올리버는 반사적으로 다시 문을 닫으려고 했지만 경찰은 이미 집 안으로 밀고 들어와 그의 얼굴을 거칠게 벽에 밀치고 팔을 등 뒤로 꺾었다.

"올리버 스케릿 씨 맞습니까?"

"네, 그런데 왜 이러시는 겁니까?" 올리버는 콜록거렸다.

"뉴욕경찰청에서 나왔습니다. 물어볼 게 몇 가지 있습니다. 같이 가시죠."

남자가 신분증을 보여주는 동안 다른 남자는 올리버의 몸에 무기를 지니고 있는지 수색했다.

"구속영장은 가져오셨습니까?" 올리버의 심장이 두근거렸다.

"그냥 몇 가지 질문만 하겠습니다."

"무슨 질문요?"

"알렉산드라 존트하임에 관한 질문입니다."

올리버의 손에 수갑이 채워졌다.

"저한테 뭘 알고 싶은 건데요?"

"그건 곧 알게 될 겁니다. 일단 따라오세요."

경찰은 올리버를 끌고 집 밖으로 나갔다. 아래층에 사는 부부가 경찰의 에스코트를 받으며 계단을 내려가는 올리버를 멍한 눈빛으로 쳐다보았다. 올리버는 자신이 이렇게 체포된 배후에 세르지오 비탈리가 있다는 불길한 예감에 사로잡혔다.

*

알렉스가 포트 오서리티에서 보스턴행 그레이하운드 버스가 출발하기를 기다리는 동안 세인트존의 책상 밑에서 발견했던 휴대전화가 불현듯 떠올랐다. 휴대전화는 다운재킷 주머니에 들어 있었다. 무음으로 설정되어 있었지만 아직 전원이 켜져 있었다. 알렉스는 마크의 직통번호로 전화를 했다. 하지만 마크는 받지 않았다. 올리버한테도 전화를 했지만 역시 받지 않았다. 결국 411(우리나라의 114에 해당하는 전화번호-편집자 주)로 전화를 걸어 시청과 연결해달라고 부탁했다. 시장과 통화가 연결되기까지 한참이 걸렸지만 마침내 그와 통화가 되었다.

"알렉스! 지금 어디요?"

코스티디스의 목소리에는 긴장감이 깃들어 있었다. 알렉스는 안도감에 눈을 지그시 감았다. 10분 후면 버스가 출발할 예정이었다.

"지금 오래 통화할 수가 없어요. 제발 제 말씀 좀 들어주세요! 텔레비전에서 보도하는 내용은 전혀 사실이 아니에요!"

알렉스가 얼른 말했다.

"알렉스……."

"아니요, 제발 제 말씀 좀 들어주세요. 어제 중요한 거래가 무산됐어요. 세인트존이 MPM을 통해 주식 1억 달러어치를 사들였는데 휴지 조각이 되어버렸어요. 제가 예전에 말씀드렸던 시스타프렌즈라는 합자회사 기억나시죠?" 알렉스는 코스티디스의 말을 자르며 말했다.

"네."

"그 합자회사는 원래 레비와 세르지오가 설립한 거예요. 두 사람은 자기들 이름으로 MPM이라는 투자회사를 경영했어요. 그런데 갑자기 어젯밤부터 소유주가 저와 세인트존의 이름으로 바뀌어 등록되어 있어요. 우리한테 모든 잘못을 덮어씌우려고 꾸민 짓이에요."

"잠깐만요! 나는 잘 이해가……."

"MPM은 세인트존 때문에 팔아치울 수도 없는 엄청난 주식을 떠안게 됐어요. 그 회사는 순자본비율 규정 위반으로 오늘 파산 선고가 내려질 겁니다. 세르지오와 레비는 자기들이 이런 어두운 거래에 연루되어 있다는 사실이 밝혀지길 꺼리기 때문에 저와 세인트존을 그 회사의 소유주로 만들어버린 거예요. 세인트존은 그 사실을 알게 됐는데, 아마 순순히 받아들이지 않은 모양이에요. 그래서 총에 맞아 살해됐어요."

"지금 알렉스 양이 그자를 죽인 용의자로 몰리고 있어요. 경찰과 FBI가 알렉스 양을 쫓고 있고. 지금 여기로 올 수 없나요?"

코스티디스의 목소리에는 간절함이 깃들어 있었다.

"제가 거기로 가려고 했었어요. 그러다 시청 앞에서 세르지오의 부하들과 맞닥트려서 간신히 도망쳤죠. 시장님, 제가 세르지오를 확실히 감옥에 잡아넣을 사실들을 알아버려서 절 죽이려고 해요. 세르지오는 제게 그런 증거가 있다는 것을 알고 수단 방법을 가리지 않고 절 찾으려고 눈이 벌게 있어요. 저는 아무도 죽이지 않았어요. 제가 지난 밤에 세인트존의 사무실을 찾아간 이유는 세인트존과 모든 걸

허심탄회하게 얘길 하기 위해서였어요. 그런데 제가 갔더니 이미 세인트존이 죽어 있었어요."

알렉스는 주위를 두리번거렸다. 포트 오서리티 버스 터미널에서 야구 모자를 눌러쓴 여자에게 관심을 보이는 사람은 아무도 없는 듯했다.

"세상에, 알렉스 양. 지금 어딘지 알려주세요. 당장 거기로 사람을 보내줄게요."

"아니요, 그럴 수 없어요. 저는 이제 아무도 못 믿어요. 세르지오와 한통속인 자들이 너무나 많아요." 알렉스는 고개를 저으며 대답했다.

"그럼 내가 직접 갈게요."

"세르지오는 지금 뉴욕을 샅샅이 뒤지고 있어요. 시장님, 레비와 세르지오가 증거를 없애기 전에 제가 드린 정보를 써먹어야 해요. 부탁이에요!"

"알렉스 양, 내가 도와줄 수 있게 해줘요!"

"아니요. 저는 당분간 여길 떠날 겁니다. 하지만 가능한 빨리 시장님께 다시 연락을 드리도록 할게요."

*

딸깍 소리가 나더니 통화가 끊겨버렸다. 코스티디스는 손에 든 전화기를 물끄러미 쳐다보다가 천천히 내려놓았다. 알렉스의 목소리는 절망적으로 들렸지만 그녀가 전한 이야기는 모두 믿음직하게 들렸다. 세르지오가 관계가 불편해진 공범을 제거한 것도 처음 있는 일이 아니었다. 그런데 이제 세르지오는 살인 혐의를 알렉스한테 덮어씌우고, 그녀가 하는 말을 믿지 못하게 만들고 있었다. 텔레비전 화면에

존 드 랜시 연방검사가 등장했다. 기자는 알렉스가 세인트존을 살해했다는 증거가 있는지 물었다.

"알렉스 존트하임 씨는 세인트존의 사무실에 있었습니다. 우리는 감시카메라 테이프를 여러 차례 검토를 한 결과 세인트존이 들어간 이후 그의 사무실에 들어간 사람은 알렉스 씨뿐이라는 것을 확인했습니다. 세인트존은 아주 가까운 거리에서 머리에 총을 맞아 사망했습니다. 세인트존의 손에 총이 들려 있던 것은 자살로 위장하려고 했기 때문으로 추정됩니다. 또 다른 증거로는 책상과 컴퓨터 자판, 그리고 마우스에서 발견된 알렉스 씨의 지문입니다. 그리고 알렉스 씨는 희생자의 컴퓨터로 공동 소유의 회사 은행 계좌에서 거액을 자신의 통장으로 이체했습니다. 알렉스 씨는 내부 정보를 이용해서 불법 사업을 벌인 유령회사가 파산 위기에 몰리자 돈을 들고 도망칠 계획을 세운 것 같습니다. 두 사람 사이에 다툼이 벌어지자 알렉스 씨는 모든 돈을 독차지하기 위해 세인트존을 총으로 쏴버린 것으로 추정됩니다."

드 랜시가 심각한 표정으로 말했다. 단정하게 가른 가르마와 금속 안경테 덕분에 매우 권위주의적이고 단호해 보였다.

"알렉스 씨는 현재 어디에 있습니까?"

"우리도 모릅니다. 아직 도주 중입니다. 하지만 재커리 세인트존에 대한 살인 혐의로 전국에 수배령을 내렸기 때문에 경찰뿐만 아니라 FBI와 연방 보안관들도 추적하고 있습니다. 저는 오늘 중으로 찾게 되리라 낙관하고 있습니다."

코스티디스는 자신의 후임자인 드 랜시의 얼굴을 뚫어지게 쳐다보았다. 알렉스의 혐의를 입증할 증거들은 정말 의심의 여지가 없는 것이었다. 지문과 감시카메라 녹화 테이프, 게다가 지금 횡령까지. 뿐만 아니라 알렉스는 지금 도망 중이었다. 아무 잘못이 없다면 알렉스는 당당히 경찰을 찾아가서 모든 사실을 해명하는 것이 마땅했다. 적어도 아무것도 모르는 시청자들은 그렇게 생각할 것이 분명했다. 코스티디스는 알렉스를 믿고 싶었지만, 서서히 의심이 들었다. 코스티디스는 사실 알렉스를 잘 아는 것도 아니었다. 단순한 호감 이상의 감정이 그의 객관적인 생각에 영향을 미쳐 왔다.

어쩌면 알렉스는 그저 우연히 통장 계좌 인쇄본을 손에 넣게 된 것이 아닐지도 모른다. 실제로 알렉스가 그 세인트존이라는 작자와 한통속이었을 뿐만이 아니라 세르지오와도 함께 일하다가 다툼이 생겼을 가능성도 있었다. 코스티디스의 마음속에 의심이 싹텄고 그 의심은 너무나 무시무시해서 그는 어질어질해졌다. 알렉스는 자신에게 전화를 걸어 그녀가 한 짓을 감추고 뇌물 스캔들로 시선을 돌리려고 했던 것은 아닐까? 그리고 통장 인쇄본이 진짜라고 누가 말할 수 있는가? 은행에 몸담고 있는 사람이라면 이런 인쇄본을 조작하는 것쯤이야 어렵지 않은 일이다.

코스티디스는 한없이 비참해졌다. 만약 알렉스가 이 모든 것을 이미 오래 전부터 계획해온 일이라면? 알렉스가 묘지로 찾아온 것도 그의 신뢰를 얻기 위한 것이라고 생각할 수도 있다. 어쩌면 알렉스는 애인인 세르지오와 싸우고 그자를 골탕 먹이려는 음험한 계획을 세운 것일 수도 있다. 그런 목적을 이루는 최고의 방법은 바로 닉 코스티디스와 손을 잡는 것이 아니었을까? 하지만 알렉스가 보여준 공감과 세르지오를 향한 증오는 진심처럼 보였다. 코스티디스는 알렉스를 무조건적으로 믿었었다.

"그 여자가 우리를 실컷 갖고 논 것 같다는 생각이 듭니다."

그 순간 프랭크가 코스티디스의 마음을 꿰뚫어보듯이 말했다.

"믿을 수가 없어." 코스티디스가 기어들어가는 목소리로 말했다.

알렉스가 그저 자신을 이용하기 위해 연민을 보이고 두려움을 느끼는 척 연기를 했다면 정말 끔찍한 일이었다. 작은 그리스 레스토랑에서 만난 날 저녁 알렉스가 그의 팔에 안겼던 생각이 났다. 코스티디스는 자신이 사람을 보는 눈이 있다고 확신했다. 하지만 이때 갑자기 레이먼드 하워드가 떠올랐다. 코스티디스는 레이먼드도 잘못 보았다. 또다시 그런 법이 없다고 장담할 수 있을까?

"알렉스 양은 자기가 우리한테 전해준 정보들을 당장 이용하라고 부탁했네." 코스티디스가 큰 소리로 자기 생각을 말했다.

"그렇게 하면 당분간 언론에서 살인 사건 얘기는 사라지겠죠. 그 사이 알렉스는 유유히 사라질 수 있고요."

프랭크가 말했다. 코스티디스는 말없이 앞만 응시했다.

"아주 노련하고 약삭빠르게 잘 꾸며냈네요. 저는 그 여자가 하는 말을 전부 다 믿었어요. 정말 훌륭한 연기자입니다."

"나는 또 누가 뭔가 감추려고 한다는 생각이 드네. 탄저균 사건 때처럼 말이지." 코스티디스가 반박했다.

"그럴지도 모르죠. 하지만 누가 무엇을 감추려고 하는지가 의문입니다. 제가 보기에는 알렉스가 뇌물 스캔들을 이용해서 자기가 불법거래를 해온 것을 감추려는 것 같습니다."

프랭크는 회의적인 반응이었다.

"이제 그만 혼자 있고 싶네. 조용히 생각을 좀 해봐야겠어. 엘리한테 아무도 연결시키지 말라고 전해주게. 단 한 사람만……."

코스티디스가 부탁했다.

"누구 말씀이십니까?"

"알렉스 존트하임만 제외하고."

"시장님! 정말 큰 실수를 하시는 겁니다! 그 여자는 살인 혐의로 수배 중입니다."

"프랭크, 제발 부탁하네!"

프랭크는 고개를 갸웃거리며 시장을 쳐다보고 잠시 망설이다가 집무실에서 나왔다. 코스티디스는 눈을 감았다. 씁쓸한 실망감이 온몸에 번졌다. 만약 알렉스를 잘못 본 것이라면 그는 앞으로 평생 다시는 어떤 사람도 믿지 못할 것 같았다. 알렉스는 그의 생명의 은인이었다. 만약 묘지에서 알렉스가 경고를 해주지 않았다면 코스티디스는 그때 죽었을 것이다. 이제 알렉스가 그에게 도움을 요청했다. 그런데 코스티디스는 무언가 실수를 저지를까봐 두려워서 나서지 못하고 있다. 예전에는 망설이거나 주저하는 법이 없었다. 예전에, 즉 세르지오가 그의 삶을 파괴하기 전에는.

코스티디스는 고통스러운 신음 소리를 내며 어떻게 해야 좋을지 누군가에게 물어보고 싶은 마음이 간절했다. 정치인이기 때문에 5년마다 선거를 치러야 하는 것이 그의 운명이었다. 알렉스가 그에게 전해준 통장 사본이 가짜로 판명되면 자신의 명예와 신뢰는 엄청난 타격을 받을 것이 분명했다. 그의 직감은 알렉스의 말이 진실이라고 말했지만, 만약 아니라면? 그는 생각에 잠겨 음소거가 된 텔레비전 리모컨을 눌렀다. 예전에는 어떤 결정에 확신을 가지고 있으면 다른 사람이 어떻게 생각하든 신경 쓰지 않았고 그대로 밀어붙이곤 했다. 그리고 인기가 없는 결정이라면 결정을 더 빨리 내렸다. 그런데 왜 알렉스가 그에게 부탁한 것은 하지 않는 것일까? 그는 사실 시장에 재선이 되든 말든 상관이 없었다. 수년간 그를 모욕하고 조롱한 세르지오 비탈리는 그가 사랑하고 소중하게 여기는 모든 것을 앗아갔다. 그는 더 잃을 것이 없었다.

그 순간 하딩 경찰청장이 화면에 등장했다. 코스티디스는 다시 볼륨을 높였다. 월스트리트에서 발생한 살인 사건과 알렉스에 관한 내용이었다. 하딩은 특유의 과장되게 비장한 말투로 회견을 했다. 마치 알렉스가 대통령을 총으로 쏴서 죽이기라도 한 듯한 느낌마저 들었다. 그런데 바로 그 점 때문에 코스티디스는 갑자기 정신이 들었다. 세인트존은 월스트리트에 근무하는 수천 명의 투자은행가 중 하나였다. 물론 그의 죽음이 비극적이기는 하지만 그렇다고 해서 국가가 위협을 받을 정도의 중대 사건은 아니기 때문에 FBI까지 개입할 이유는 없다. 살인 사건은 뉴욕경찰청장의 업무가 아니라 살인 사건을 전담하는 강력반이 맡으면 되는 업무였다. 코스티디스는 직감이 자신을 속이지 않았다고 믿었다. 이번 사건은 전체적으로 무언가 꺼림칙한 구석이 있었다. 무언가 침소봉대하려는 느낌을 지울 수가 없었다. 주요 인물도 아닌 일개 투자은행가의 피살을 두고 언론이 과도한 관심을 가질 뿐만 아니라, 하딩 청장이나 드 랜시 연방검사까지 전면에 나서는 것이야말로 세르지오가 연루되었다는 반증이 아닐까? 그렇다면 알렉스의 말이 옳다. 코스티디스가 가만히 생각을 해보니 얼핏 듣기에는 황당할지 몰라도 근본적으로는 충분히 일리가 있었다. 알렉스가 넘겨준 자료가 만약 진짜라면 그야말로 폭탄이나 다름없다. 그리고 세르지오도 그런 사실을 너무나 잘 알 것이다.

"…… 쓰레기통에서 피가 묻은 장갑이 발견됐으며, 감식반은 범인이 세인트존을 살해할 때 사용한 것으로 추정하고 있고……."

장갑이라고? 코스티디스는 멈칫했다. 드 랜시는 조금 전에 알렉스의 혐의를 입증하는 지문이 발견되었다고 했다. 그 순간 코스티디스는 결정을 내렸다. 만약 그의 비겁함 때문에 알렉스한테 무슨 일이 일어난다면 그는 다시는 떳떳하게 거울을 쳐다볼 수 없을 것이다. 이제 더는 가만히 지켜볼 수 없었다. 이것이 옳은 결정인지 틀린 결정인지는 나중에 알게 될 것이다. 하지만 아무것도 하지 않고 가만히 있으면 세르지오를 도와주는 것만큼이나 나쁜 짓임이 분명했다.

*

"승인이 났어요. 5천만 달러가 뱅크 오브 아메리카에 있는 알렉스 씨의 계좌에 입금됐어요."

저스틴 세이비어는 알렉스를 향해 몸을 돌리며 말했다. 알렉스는 한숨을 내쉬면서 주먹을 불끈 쥐었다. 3시 반이었다. 그녀는 기진맥진했지만 정신은 말짱했다. 그녀의 시선이 소리 없이 켜져 있는 텔레비전으로 향했다. 세인트존을 살해한 혐의를 받고 있는 알렉스의 수배 사실이 모든 방송사의 주요 뉴스였다. 알렉스는 자신이 지금 처한 형편이 꿈인지 생시인지 믿어지지 않았다.

"고마워요, 저스틴. 어떻게 보답을 해야 할지 모르겠어요."

"괜찮아요. 이제 어떻게 되는 거죠?"

저스틴은 그저 미소만 지었다. 저스틴은 이 모든 상황이 그저 흥미진진한 게임으로 여기는 듯 보였다.

"돈은 취리히에 있는 제라드 프레레 은행 무기명 계좌로 이체될 겁니다. 그러면 아무도 추적할 수 없어요."

알렉스가 대답했다. 저스틴은 고개를 끄덕였다.

"그나저나 머리색이 정말 잘 어울려요."

저스틴이 배시시 웃으며 말했다. 알렉스는 피곤한 미소를 지었다. 알렉스는 머리를 짙은 색으로 염색을 하고 파란색 콘택트렌즈를 착용했다. 저스틴이 2시간 전에 알렉스의 사진을 찍고 그 사진을 아는 사람한테 이메일로 전송했다. 이제 1시간 후면 에밀리 챔버스라는 새로운 이름의 미국 여권이 완성될 예정이었다. 저스틴이 안다는 그 사람은 위조 여권을 만드는 데 1천 달러를 요구했다. 무사히 이 나라를 떠날 수만 있다면 대수롭지 않은 금액이었다.

알렉스는 10시에 취리히행 스위스 항공편으로 출발할 예정이었다. 모든 일이 순조롭게 진행된다면 알렉스는 7시간 후에 제라드 프레레 은행에 근무하는, 스탠포드 동창생이 기다리는 취리히에 도착할 것이다. 알렉스가 저스틴에게 전화를 걸어 도움을 청했을 때 그는 잠시도 망설이지 않았다. 그는 10분 뒤에 다시 전화를 걸어 알렉스의 이름으로 개설한 계좌번호를 알려주었다.

"마크와 올리버가 걱정돼요. 코스티디스 시장님이 행동을 개시하기를 바랄 뿐이에요."

몹시 지치고 피곤했지만 알렉스는 가만히 앉아 있지 못하고 저스틴의 방 안을 초조하게 왔다 갔다 하며 말했다.

"9시까지 두 사람한테 아무런 연락이 없으면 내가 공항에서 곧장 뉴욕으로 날아가 코스티디스 시장님을 찾아갈게요. 알렉스 씨가 하는 말이 모두 사실이라는 걸 설득해볼게요. 그러면 행동을 개시하시겠죠." 저스틴이 제안했다.

"그때가 너무 늦지 않기를 바랄 뿐이에요."

알렉스는 불길한 예감을 떨칠 수가 없었다. 최악의 상황은 아직 끝나지 않았다는 것을 직감하고 있었다.

*

10시 30분, 맨해튼과 뉴욕주 남부 지역을 관할하는 로이드 커너스 연방 부검사가 시장 집무실로 들어왔다.

"이게 대체 무슨 일입니까, 시장님? 시장님께서 하실 말씀이 진짜 그렇게 중요한 말씀이길 바랍니다. 제가 다시 나가봐야 한다고 하니까 제 아내가 정말 화를 많이 냈거든요."

커너스가 들어오자마자 말했다.

"바로 와줘서 정말 고맙네."

코스티디스는 젊은 검사에게 악수를 청하고 회의 탁자에 마주 앉았다. 코스티디스가 연방검찰청의 수장일 때 커너스는 새내기 법조인으로서 연방검사 사무실에서 첫 출발을 했다. 그는 추진력이 있고 영리하며 야망이 있었다. 코스티디스는 커너스가 탄탄한 성공가도를 달린 것이 전혀 놀랍지 않았다. 커너스는 뉴욕 연방검찰청에서 가장 유능한 검사임이 분명했다.

"아까 전화 통화로 드 랜시 검사에게 시장님과 만나는 것을 비밀로 해달라고 말씀하셨죠. 그래서 제 호기심이 발동했어요. 대체 무슨 일로 그러시는 겁니까?"

커너스는 다리를 꼬고 코스티디스를 유심히 쳐다보았다. 그는 금발머리에 편안한 미소를 짓고 있었다. 순진무구해 보이는 얼굴 때문에 예전에 법정에서 상대가 그를 과소평가하는 경우가 더러 있었다. 하지만 그는 해맑은 얼굴 뒤에 냉철한 이성과 깨어 있는 지성이 풍부한 인물이다.

"정말 민감하고 복잡한 일이네. 드디어 세르지오를 잡아넣을 증거를 손에 쥐었네." 코스티디스가 입을 열었다.

"또 세르지오예요? 아직 포기 안 하셨어요?"

커너스가 온화하게 말했다.

"난 항상 옳았어. 자네도 잘 알잖아. 매번 입증을 못했을 뿐이지."

"그런데 이제는 입증을 하실 수 있다고요?"

커너스는 눈썹을 치켜 올렸다.

"그래, 그럴 것 같네. 그런데 워낙 중대한 일이고 파급력이 큰 일일세. 뉴욕의 내로라하는 인물도 여럿 연루가 되어 있으니 말이야."

코스티디스는 천천히 고개를 끄덕이며 말했다.

"점점 더 궁금하게 만드시네요."

"내가 만약 수년 동안 세르지오에게 돈을 받은 자들의 리스트를 가지고 있다면 자넨 뭐라고 하겠나?"

"흥미롭네요. 그…… 리스트는 얼마나 신빙성이 있습니까?"

"그랜드 케이맨에 있는 은행의 무기명 계좌의 사본 자료네. 아주 잘 짜인 뇌물 시스템 같아 보이지." 코스티디스가 말했다.

"뇌물 수수에 대한 서면 증거라는 말씀인가요?"

"내 생각에는 뇌물을 받은 자들을 압박하기 위한 카드로 보이네만, 그 사람들은 전혀 모르고 있겠지."

"정말 궁금해지는데요."

커너스는 등을 기대고 코스티디스를 예리한 눈빛으로 쳐다보았다.

"몇 주 전에 누군가 나를 찾아왔네. 월스트리트에 있는 대형 투자 회사에서 일하는 사람인데 저도 모르게 엄청난 규모의 사기 시스템에 연루되었다고 했지. 거기서 세르지오라는 이름이 나와서 내가 관심이 생겼네. 세르지오가 유령회사를 설립하고 내부 정보를 이용해서 주식을 대량으로 사들인 것 같아. 이런 거래로 얻은 수익은 현금으로 비밀 계좌에 입금됐지. 그 회사는 오로지 고위 정관계 인사들에게 줄 비자금을 마련하기 위해 설립된 회사야. 계좌에 입금된 내역을 살펴보면 자금의 출처를 알 수 있네. 난 세르지오가 유령회사를 동원해서 마약 거래로 번 돈을 세탁했다고 추측하네."

"뇌물 액수는 어느 정도 됩니까?"

"한 달에 5만 달러씩. 최소한 3년 동안."

"그 정보는 얼마나 신뢰할 만합니까?"

"내가 계좌 사본을 갖고 있네."

"시장님께 그 자료를 준 분이 법정에서 진술할 용의도 있을까요?"

"글쎄, 솔직히 말하면 잘 모르겠네."

코스티디스는 어깨를 으쓱했다.

"리스트에 어떤 이름이 있죠?"

"커너스, 모든 당사자의 목숨이 달린 아주 위험한 일일세. 세르지오를 위해서 이런 일을 해주던 자는 오늘 죽은 채 발견됐고."

코스티디스는 자리에서 일어나 검사를 쳐다보며 말했다.

"LMI의 세인트존 말씀이군요."

"맞네. 세인트존은 LMI가 인수 작업을 맡을 회사의 주식을 대규모로 사들였지. 하지만 거래는 무산됐고 세인트존이 주식을 사들이는 데 자금을 빼 쓴 회사는 오늘 파산했네."

"맨해튼 포트폴리오 매니지먼트, MPM 말씀입니까?"

커너스는 의아한 표정으로 코스티디스를 쳐다보며 물었다.

"그래, MPM은 소위 합자회사에 속하지. 그리고 그 배후에는 세르지오와 LMI 회장인 레비가 숨어 있네."

"아닙니다. 그건 잘못 알고 계시는 겁니다. 제가 보고서를 읽어봤어요. 그 세인트존이라는 자와 M&A 부서 팀장이 그 회사의 소유주더군요. 두 사람이 싸웠는지, 공포심에 사로잡혔는지 몰라도 아무튼 그 여자가 세인트존을 죽이고 도주한 겁니다."

커너스가 고개를 저으며 말했다.

"그게 공식적으로 알려진 버전이지. 하지만 그건 사실이 아니야."

코스티디스가 반박했다.

"뭐가 사실이 아니라는 건지요? 명백한 증거가 있어요. 체포영장
도 발부됐고요."

"잠깐."

코스티디스는 책상 앞으로 가서 알렉스가 준 문서들을 꺼내왔다.

"이건 올해 7월 6일에 버진 아일랜드 제도에 있는 상업등록청의 자
료를 출력한 것일세. 여기 합자회사 시스타프렌즈의 소유주가 누군
지 명백하게 나와 있어. 그리고 이것은 상업등기부등본 사본인데, 시
스타프렌즈가 MPM의 유일한 소유주라는 것을 보여주고 있지."

커너스는 두 장의 서류를 주의 깊게 들여다보더니 다시 고개를 저
었다.

"정말이군요. 있을 수 없는 일이에요."

"세르지오와 레비는 회사가 파산하면 진실이 드러날까봐 두려워
서 소유주의 이름을 바꾼 것 같네."

"정말 굉장하군요!"

"그렇지. 투자회사의 회장이나 감독이사로서 투자회사의 고객 주
식으로 브로커 회사를 소유하는 것은 명백히 불법이지."

"맞습니다. 유가증권법과 은행법에 저촉되는 행위죠."

커너스는 이맛살을 찌푸리더니 문서들을 뚫어지게 들여다보았다.

"이 자료는 어디서 나셨습니까?"

코스티디스는 숨을 깊이 들이마셨다.

"세인트존을 살해한 혐의를 받고 있는 여자가 줬네."

"알렉스 존트하임 말씀인가요?"

커너스는 믿을 수 없다는 듯 되물었다.

"그래. 알렉스 양이 자기가 MPM의 존재를 안다는 것을 비탈리가

눈치 챘다고 생각하고 세인트존을 만나 얘기를 해보려고 했던 걸세. 하지만 사무실로 찾아가니 세인트존은 이미 시체가 되어 있다고 하더군."

"그런 말을 믿으시는 겁니까? 시장님! 늘 냉정하게 상황 판단을 하시던 분은 어디 갔나요? 그 여자는 5천만 달러를 횡령하고 도주 중입니다. 아무 잘못이 없다면 당당하게 경찰에 출두해서 밝히면 되지 않습니까?" 커너스는 눈썹을 치켜 올렸다.

"그럴 수가 없네. 세르지오가 죽여버릴 테니까."

코스티디스가 말했다. 커너스는 납득할 수 없다는 눈치였다.

"그 여자가 오늘 나한테 전화를 했네. 난 거짓말하는 사람을 수두룩하게 봐왔네. 하지만 그 여자는 거짓말을 하는 게 아니야. 난 그 여자의 말을 믿어. 무조건적으로." 코스티디스가 차분하게 말을 이었다.

"그 여자가 시장님께 전화를 했다고요? 보안관 50명과 경찰, FBI가 그 여자를 찾느라 난린데 시장님은 지금 제게 아무렇지도 않게 살인 용의자랑 통화했다고 말씀하시는 겁니까?"

커너스는 눈을 동그랗게 뜨며 말했다.

"이봐, 커너스, 그 여잔 범인이 아니라니까! 이번 사건은 뭔가 석연치 않은 느낌을 떨칠 수가 없어. 내 직감이 틀린 적은 거의 없네! 드랜시와 하딩은 그 여자의 혐의를 입증할 증거를 댔지만 증거가 서로 모순 되네. 그리고 왜 경찰청장이 직접 사건에 개입을 하는지도 이상하지 않나? 자이언츠의 쿼터백이던 로디 부릴로가 살해됐을 때도 그러지 않았는데 말이지!" 코스티디스가 거칠게 받아쳤다.

"그래서 하시고 싶은 말씀이 뭡니까?"

"하딩은 세르지오 편이야. 드 랜시나 주지사도 마찬가지고."

"시장님! 그건 정말 얼토당토 않은 말씀이에요."

151

"그렇지 않아. 이걸 보고 얘길 하게나."

코스티디스는 커너스에게 입출금 내역 사본을 드밀었다. 코스티디스는 팔짱을 끼고 앉아서 커너스의 표정이 변하는 모습을 지켜보았다. 그는 처음에는 믿을 수 없다는 표정에서 점차 경악스러운 표정으로 바뀌었다.

"세상에! 이게 다 사실이라면 그러면…… 그러면……."

커너스는 손에 들고 있던 문서 뭉치를 천천히 내렸다.

"사실이네. 레이먼드 하워드, 그자도 리스트에 있지. 8년간 내 가장 가까운 직속 부하였는데. 사실 난 그동안 내가 은밀하게 세운 계획들이 어떻게 자꾸 새어나가는지 의문이었는데, 레이먼드가 바로 세르지오가 심어놓은 첩자였기 때문이란 걸 알았네."

그는 잠시 말을 멈추더니 메리와 크리스토퍼가 리무진에 탔을 때 레이먼드가 깜짝 놀라 달려오던 모습을 떠올렸다. 그는 리무진에 폭탄이 있다는 것을 알고 있었다. 바로 코스티디스를 겨냥한 폭탄. "세르지오에게 주커먼의 은신처를 알려준 사람도 바로 레이먼드였지. 그리고 사우스 브롱크스의 재개발 구역에 대한 계획을 세르지오에게 전해준 자도 그였고. 그 정보를 토대로 세르지오는 그 지역의 건물을 사들였고, 그곳에 사는 주민을 내쫓기 위해 부하를 보냈지. 그 과정에서 세르지오의 아들이 체포되었던 거네."

커너스는 입을 떡 벌린 채 코스티디스를 멍하니 쳐다보았다.

"알렉스는 묘지에서 내게 총질을 했던 괴한이 세르지오에게 주커먼 제거 계획을 잘 수행했다고 보고하는 것을 자기 귀로 직접 똑똑히 들었다고 했네. 세르지오는 대배심 청문회에서 월드 파이낸셜 센터 신축 건을 어떤 방법으로 따냈는지 폭로할까봐 두려워서 주커먼을 죽이라고 지시한 걸세. 폴 매킨타이어도 그 일에 같이 연루되어 있네. 그자 이름도 리스트에 있거든."

"하지만 드 랜시는……."

"체사레가 체포되던 날 밤 브롱크스 41경찰지구대에서 벌어졌던 일 기억하나? 당시 드 랜시가 왜 한밤중에 직접 그곳을 찾아갔는지 의아하게 생각한 적 없나?"

"있습니다."

"그것 보게. 드 랜시는 세르지오 편이기 때문에 달려간 걸세. 나도 그때 현장에 있었는데 드 랜시는 내가 온 것을 아주 못마땅하게 생각했지. 그때 드 랜시는 검찰답지 않은 태도가 이상했네. 그래서 내가 단도직입적으로 그러러 누구 편이냐고 물었지."

커너스는 천천히 고개를 끄덕였다.

"그리고 세르지오한테 총을 쐈다는 자를 단 몇 시간 만에 찾아낸 것도 아주 이상했네. 게다가 의문스러운 협박 사건이 연달아 일어났는데 그것도 세르지오가 자기에게 가해진 총격 사건과 아들의 죽음에 쏠린 여론의 관심을 다른 데로 돌리려는 수법이었을 걸세."

"그렇다면 세르지오에게 진짜로 총격을 한 사람은 누구라는 말씀인가요?"

"당시 세르지오와 대립하던 콜롬비아 마약 카르텔의 소행인 것 같네. 세르지오가 세관에 정보를 흘려서 대규모 코카인 밀수가 적발된 적이 있지. 그 때문에 콜롬비아인들이 복수하려고 세르지오에게 총을 쏜 거지. 나는 그 점을 눈치 챘는데, 내가 공개적으로 그 말을 한 것은 실수였네. 내 생각이 옳다는 증거가 바로 날 죽이려고 한 폭탄 테러였지."

"세상에, 시장님. 이게 무엇을 뜻하는지 아시죠?"

"그래, 아주 잘 알지. 그리고 어떤 결과를 초래할지까지도."

코스티디스는 얼굴을 찌푸렸다.

"그런데 알렉스는 어떤 역할을 하는 겁니까? 왜 도주한 거죠?"

"지금까지 일어난 모든 일을 지켜봤으니 두려워서 그랬겠지."

로이드 커너스 검사는 자리에서 일어나 방 안을 왔다 갔다 하며 생각에 잠겼다. 그는 이맛살을 찌푸리고 아랫입술을 깨물었다.

"커너스, 나는 세르지오가 자신을 향한 관심을 다른 데로 돌리기 위해 알렉스가 세인트존을 죽였다는 소문을 퍼트린 장본인이라고 생각하네. 살인 혐의로 수배 중인 여자가 법정에서 증인으로 나서면 설득력이 상당히 떨어지는 것은 당연하니까."

커너스는 그 자리에 멈춰 섰다.

"듣고 보니 이제 그렇게 허무맹랑하게 느껴지지는 않네요. 하지만 제가 섣불리 처리할 수는 없는 일입니다. 사전에 철저한 준비를 해야 합니다." 그는 숨을 깊이 들이마셨다가 내쉬었다.

"하지만 우리에게 시간이 많지는 않네. 시간이 갈수록 세르지오가 증거를 없애려고 할 테니까."

'그리고 그 사이 그들이 알렉스를 찾아내 죽일 수 있다……' 아니, 지금 이런 생각을 하면 안 된다. 뉴욕 사상 최대의 부정부패 스캔들의 가장 중요한 증인인 여자에게 큰 호감을 가지고 있다는 사실을 절대 겉으로 드러내면 안 된다.

커너스는 책상에 팔로 몸을 지탱하고 서서 앞에 펼쳐놓은 문서들을 들여다보았다. 몇 분 후에 그는 다시 똑바로 서서 코스티디스를 쳐다보았다.

"어떤 파장을 몰고 올지 모르겠지만 어쨌든 이번 일은 철저하게 파헤쳐봐야겠습니다."

"행방을 찾았습니다. 오늘 점심 무렵 보스턴에 있는 백화점에서 쇼핑을 하고 신용카드를 사용했습니다." 루카가 말했다.

눈을 감고 소파에 누워 있던 세르지오는 벌떡 일어났다. 알렉스는 뉴욕을 무사히 빠져나가는 데 성공했다. 아무 생각 없이 신용카드를 사용한 것은 의도적일까 아니면 아무 생각이 없던 것일까? 신용카드를 사용하면 추적이 가능하다는 사실을 알렉스도 얼마든지 알고 있을 것이다.

"FBI가 모든 국제공항을 감시하고 있습니다. 미국을 뜨지는 못할 겁니다." 마시모가 말했다.

"떠날 수 있고말고! 그동안 여권도 새로 만들고 외모에도 변화를 줬겠지. 알렉스는 정말 영리한 여자야. 그런데 내가 너무 과소평가했어." 세르지오가 불쾌한 말투로 쏘아붙였다.

마시모와 루카, 실비오는 서로를 쳐다보았다. 세르지오가 자신의 실수를 인정하는 것은 처음이었다.

"경찰에 잡히기 전에 우리가 먼저 잡아야 해. 루카, 두 사람을 보스턴 공항으로 보내. 그리고 실비오, LA 변호사 건은 어떻게 됐나?"

그는 세 사람에게 말하기보다는 혼잣말을 하는 듯했다.

"모든 자료를 갖고 있더군요. 우리 애들은 이미 뉴욕행 비행기에 탔습니다. 모든 흔적을 깨끗이 지웠습니다." 실비오가 말했다.

"그럼 그 변호사는? 입을 다물까?"

"네, 지금쯤 물 좀 먹었을 겁니다." 실비오가 대답했다.

세르지오는 흡족한 표정으로 고개를 끄덕였다. 내일 아침 레비가 직접 조지타운으로 날아가서 모든 비밀 계좌를 삭제할 예정이었다.

아직까지는 아무 일도 일어나지 않았지만 알렉스는 이미 누군가에게 이 비밀 계좌에 대해 폭로했을 가능성이 있다. 너무 늦기 전에 미리 삭제를 하는 것이 좋겠다는 생각이 들었다. 검찰은 그들이 꾸민 말을 그대로 믿는 듯했고 텔레비전에서는 상사를 살해하고 돈을 챙겨 도주한 알렉스 존트하임에 관한 보도가 계속 이어졌다. 알렉스의 혐의를 입증할 증거가 명백했고 FBI가 알렉스를 찾는 데 합세함으로써 세인트존 살인 사건은 더욱 극적으로 치달았다. 덕분에 계획했던 대로 MPM의 파산에 대해서는 아무도 신경을 쓰지 않았다. 증권거래위원회와 검찰청에 있는 세르지오의 친구들은 늘 그렇듯 형식적인 조사가 이루어지도록 조치할 것이고, 2주 후면 아마 사람들의 뇌리에서 사라질 것이다. 올리버 스케릿은 경찰청 독방에 갇혀 있고 알렉스의 직속 부하인 마크 에쉬턴은 LMI 지하실에 붙잡혀 있다. 이제 기다리기만 하면 되는 일이다.

자정이 되기 직전에 전화벨이 울렸다.

"오늘 오전 11시에 자금이 캘리포니아 S&L에서 뱅크 오브 아메리카로 이체됐습니다. 그리고 몇 시간 후 다시 외국으로 이체됐어요. 모두 온라인상으로 말입니다." 빈센트 레비가 알렸다.

"돈이 어디로 갔는지 알고 있습니까?"

"물론이죠. 현대 첨단 기술의 장점이 바로 이런 거죠. 스위스로 흘러들어갔습니다." 레비의 목소리에는 자조가 섞여 있었다.

"스위스에는 은행이 수백 개도 넘잖소."

"그렇죠. 그래서 여기서 행방이 묘연해졌습니다. 이름이 없는 계좌로 이체가 되었는데 이제 그 계좌에도 더는 없을 겁니다. 알렉스는 전문가니까. 우리는 돈이 사라졌다는 사실을 받아들일 수밖에 없을 것 같군요."

*

자정 무렵, 로이드 커너스 검사의 가장 친한 동료인 트레이시 테일러와 제이슨 베넷이 시청으로 왔다. 프랭크는 피자를 준비하고 커피를 끓였다. 모인 사람은 모두 회의탁자에 위에 펼쳐놓은 문서들을 들여다보면서 행동 전략을 짜기 위해 머리를 맞댔다. 예전에 코스티디스가 연방검사로 재직했을 때 마피아 보스 체포 계획을 짜던 것과 비슷했다. 하지만 그때보다도 훨씬 조심스럽게 접근해야만 했다. 누가 적이고 누가 아군인지 모르는 상황이기 때문이었다. 아무도 믿을 수가 없었다. 누구든 세르지오가 매수한 자일 수 있었다.

"우리는 드 랜시를 빼놓고 생각을 할 수가 없네. 지금 세르지오의 가장 중요한 측근 중 하나니까. 어떻게 하면 세르지오를 가장 효과적으로 무력화시킬 수 있을지 고민해봐야 하네." 코스티디스가 말했다.

"저희는 아직 이 증거들이 얼마나 신빙성이 있는지 모릅니다. 계좌 사본의 출처가 어디인지, 그리고 누구를 통해 입수했는지 말입니다."

커너스가 신중하게 말했다.

"그건 중요하지 않네."

"중요합니다. 그들이 그 계좌에 있는 돈을 실제로 썼다는 걸 명백하게 증명해야 합니다. 어쩌면 한 번도 보지 못한 돈일 수도 있잖아요. 그렇게 되면 단지 뇌물 공여 미수에 그치고 범죄 행위도 성립되지 않으니까요." 커너스가 반박했다.

"무엇보다 그 여자가 필요합니다. 모든 정황을 알고 있는 유일한 증인이니까요." 옆에 있던 제이슨 베넷이 입을 열었다.

코스티디스는 피곤한 듯 등을 뒤로 기댔다. 그는 뇌물 리스트에 오른 자들에게 계좌 사본을 보여주면 자기부터 살기 위해 자발적으로 진술을 할 것이라 의심치 않았다. 그는 알렉스가 가장 결정적인 증인 인지 아닌지 여부는 중요하지 않았다. 그는 알렉스가 진심으로 걱정이 되었다. 세르지오가 FBI나 경찰이 동원한 수사 인력보다 훨씬 많은 수하들을 풀어놓았을 것이다. 그리고 알렉스를 찾게 되면 오래 망설이지 않고 처치할 것이 틀림없었다.

"FBI의 협조를 구해야 할 것 같습니다. 저희 혼자서 감당하기에는 너무 큰 일입니다. 제가 로드즈 주지사를 체포할 때 무슨 일이 벌어질지 생각하면⋯⋯." 커너스가 말했다.

"뭐가 어때서? 범죄자로부터 돈을 받은 작자야."

코스티디스는 방 안을 불안하게 왔다 갔다 하면서 말했다.

"진짜로 그랬을까요?"

이때 노크 소리가 들리더니 엘리 미첼이 들어왔다. 프랭크가 집에 있는 엘리에게 전화를 걸어 나와달라고 부탁한 것이다.

"저스틴 세이비어라는 분이 찾아왔습니다. 알렉스 존트하임 씨의 친구라고 합니다." 엘리가 말했다.

"들어오라고 하세요!" 코스티디스가 흥분해서 외쳤다.

"제가 여기 이렇게 불쑥 나타나서 죄송합니다. 알렉스가 제게 시장님을 찾아가라고 부탁했거든요."

어깨까지 내려오는 레게 머리를 한 30대 중반의 마른 남자가 시장 집무실로 들어왔다. 코스티디스는 미심쩍게 쳐다보았다. 어쩌면 알렉스의 친구인 척하면서 사실은 세르지오의 첩자일 수도 있다.

"당신이 알렉스의 친구라는 사실을 우리가 어떻게 믿소?"

코스티디스가 물었다.

"제 주민등록번호를 알려 드리거나 운전면허증이라도 보여 드릴까요? 전 알렉스가 시장님께 드린 문서가 진짜라는 걸 증명할 수 있습니다." 저스틴이 말했다.

"알았습니다. 그럼 증거를 보여주세요." 커너스가 끼어들었다.

"그런데 실례지만 여기 계신 분들은 누구시죠?"

저스틴 세이비어가 눈썹을 치켜 올리며 물었다. 코스티디스는 서둘러 검사들을 소개해주고 자리에 앉으라고 하며 커피를 내주었다. 저스틴은 자신이 올리버 스케릿과 알렉스의 직속 부하인 마크 애쉬턴과 대학 동창이며 보스턴 MIT에서 근무하고 있다고 소개했다. 그는 마크와 알렉스, 올리버가 지난여름에 찾아와서 LMI의 의심스러운 거래에 대해 알고 싶어 했다고 전했다. 그러자 코스티디스와 커너스는 의미심장한 눈빛을 교환했다.

"알렉스 씨는 지금 어디 있습니까?" 검사가 물었다.

"유럽행 비행기에 앉아 있어요." 저스틴이 대답했다.

"그건 불가능합니다. 모든 공항에 경찰이 쫙 깔렸어요."

"제가 가짜 여권을 마련해줬어요."

저스틴은 모인 검사들 앞에서 순순히 시인하며 시장을 쳐다보았다. "알렉스의 말을 믿어야 합니다. 알렉스가 세인트존의 컴퓨터에서 출력한 이메일도 여기 갖고 있어요. 마크 애쉬턴과 올리버 스케릿은 온데간데없이 사라졌어요. 아마도 그 악당의 손에 붙잡힌 게 아닐까 걱정됩니다."

"다시 차근차근 말씀해주세요. 그런데 당신은 이번 일과 무슨 관련이 있는 겁니까?"

커너스가 말을 끊으며 물었다. 저스틴은 알렉스가 코스티디스에게 전해준 비밀 정보를 입수하기 위해 그가 한 일에 대해 말해주었다. 그리고 나서 지난 밤 시스타프렌즈 합자회사에 대해 알게 된 내용에 대해서도 털어놓았다. 커다란 집무실 안에는 잠시 정적이 흘렀다.

"휴." 커너스는 머리카락을 쓸어 넘겼다.

"제 말을 못 믿으시겠습니까?" 저스틴이 물었다.

"우리는 지금까지 계좌 사본의 진위 여부를 의심하고 있었어요. 하지만 이제 진짜가 맞는다는 생각이 드는군요."

코스티디스가 커너스를 대신해서 말했다.

"네, 맞습니다. 저희도 이 엄청난 음모를 파악하고 나서 완전히 충격을 받았죠." 저스틴은 고개를 끄덕이며 말했다.

"알렉스 존트하임이 세인트존을 죽이지 않았다는 걸 어떻게 입증할 수 있죠?" 커너스가 물었다.

"알렉스는 세인트존을 죽일 이유가 전혀 없어요. 세인트존은 오히려 실제로 LMI에서 무슨 짓을 꾸몄는지 증언을 해줄 사람이니까요. 그리고 세인트존이 주고받은 이메일을 읽어보시면 자기 머리에 총을 겨눌 생각이 없었다는 걸 아시겠죠. 알렉스는 세르지오의 부하들이 세인트존을 죽이고선 모든 누명을 자기한테 뒤집어씌우려고 한다고 했어요."

코스티디스와 커너스는 또다시 눈빛을 교환했다.

"알렉스는 세인트존을 죽이지 않았어요. 경찰 수사에 모순이 있다는 것을 텔레비전에서 직접 보지 않으셨어요? 지문을 발견했다고 했다가 나중에는 범인이 사용한 것으로 보이는 장갑이 발견됐다고 했어요. 이건 완전히 모순이잖아요!" 저스틴이 집요하게 말했다.

"이메일을 좀 보여주세요."

커너스가 부탁했다. 저스틴은 배낭에서 종이 몇 장을 꺼내 책상 위에 올려놓았다. 검사가 종이를 집어 들고 읽어보기 시작했다.

"와우! 정말 굉장하네요!" 그러고는 코스티디스에게 건네주었다.

"이제 알렉스의 말이 진실이란 걸 믿으시겠죠?"

저스틴이 문자 커너스는 고개를 들었다.

"네, 이제 믿을 수 있네요. 이제부터 정말 재밌는 일이 벌어지겠군요." 그는 의미심장한 미소를 지으며 대답했다.

*

세르지오는 자신의 인맥과 연줄을 점검하며 반나절을 보냈고 그 결과에 안심했다. 검찰에서도, 그리고 경찰에서도 알렉스가 탐욕과 불법적인 거래를 감추기 위해 세인트존을 살해했다는 혐의에 의문을 제기하지 않았다. 그가 곳곳에 심어놓은 측근 중에도 아무도 초조해하는 사람은 없었다. 그것은 알렉스가 사실 그에 대항할 만한 증거가 없다는 의미였다. 세르지오는 여전히 알렉스가 어떻게 레비앤빌러즈 통장 사본을 손에 넣게 되었는지 몰랐다. 하지만 알렉스가 코스티디스에게 그 사본을 들이밀었다고 해도 세르지오와의 직접적인 관련성을 입증할 수는 없었다. 뇌물을 받은 인사들이 절대 인정하지 않을 것이 분명했다. 인정을 하면 그것으로 끝장이기 때문이었다. 증거가 없었다. 세르지오와 레비를 제외하면 유일하게 모든 것을 아는 세인트존도 죽었다. 캘리포니아의 변호사에게 있던 자료도 다 파기되었고, 변호사도 이미 처치해버렸다. 세르지오는 악랄한 미소를 지었다. 세인트존은 안전장치를 마련해두었기에 스스로 똑똑하다고 생각했겠지만 세르지오가 더 똑똑했다. 하지만 세르지오의 미소는 금세 사라졌다. 그렇다. 그는 탐욕스러운 세인트존보다 똑똑하기는 했지만 알렉스에게는 속았다. 하지만 알렉스도 평생 자신을 피해 다닐 수는 없다. 알렉스도 언젠가는 실수를 할 것이고, 그 순간 무자비하게 덮칠 것이다.

실비오는 롱아일랜드 헴스테드 외곽에 자리 잡은 넬슨 반 미렌의 저택 앞에 차를 세웠다. 넬슨은 3주째 집에서 두문불출 하고 있었다. 세르지오는 가장 친한 친구이자 동지가 몹시 아프다는 사실은 알았지만 넬슨의 부인이 전화를 바꿔주지 않는 것이 신경에 거슬렸다. 오늘은 넬슨이 그런 행동을 하는 이유를 직접 듣고 싶었다. 상황이 너무 복잡해지는 바람에 세르지오는 친구이자 변호사인 넬슨의 현명한 조언이 절실히 필요했다.

세르지오가 문을 두드리자 넬슨의 아내인 카르멘이 문을 열어주었다.

"세르지오! 어서 오세요. 넬슨한테 오셨다고 말씀드릴게요. 지금 침대에 누워 있어요."

카르멘은 그를 반갑게 맞이해주면서 양 볼에 입을 맞추었다.

"고마워요. 잠깐 있다 갈 겁니다."

세르지오는 안락하게 꾸며진 응접실로 들어가 커다란 유리창을 통해 안개가 구름처럼 자욱하게 낀 호수가 내려다보였다. 세르지오는 잠시 멍하니 겨울을 맞이해서 황폐해진 정원과 선착장 다리를 바라보면서 저도 모르게 행복했던 옛 추억이 떠올랐다. 두 친구는 이곳 정원과 선착장 다리에 자주 앉아서 미래의 계획을 세우곤 했다. 카르멘과 콘스탄치아가 식사를 준비하는 동안에는 아이들이 정원에서 뛰어놀았다. 세르지오는 넬슨의 아들인 윌리엄의 결혼식을 이곳 정원에서 했던 기억이 떠올랐다. 그리고 바로 그 전 주에 비탈빌딩의 준공식이 열렸다. 철근 콘크리트로 세운 웅장한 그 빌딩은 그의 성공을 상징하는 건물이었다. 세르지오는 아들들이 어렸을 때의 모습을 추억하면서 넬슨과 함께했던 긴 세월을 뒤돌아보았다. 넬슨과 세르지오는 수십 년 동안 성공적으로 함께 일을 하면서 수억 달러를 벌어들이는 제국을 건설했다.

세르지오는 한숨을 내쉬었다. 넬슨은 세르지오가 믿고 의지하던 바위 같은 존재였다. 그의 충성심은 40년 동안 결코 흔들리지 않았다. 그러나 이제는 그도 나이가 들었다. 예전 그들의 아버지보다 더 많이 나이를 먹었다. 사실 이제는 쉬면서 그동안 열심히 일한 대가로 달콤한 열매를 따먹을 때였다. 하지만 모든 상황이 달라졌다. 콘스탄치아는 그의 곁을 떠나버렸고, 체사레는 죽었으며, 알렉스 때문에 그가 이룩한 제국의 기반이 위태롭게 흔들리고 있었다. 세르지오는 바지 주머니에 손을 찔러 넣었다. 알렉스는 그에게 굴욕감을 안겨주었고 자존심을 짓밟았으며 거짓말을 하고 돈까지 훔쳐갔다. 그는 알렉스 때문에 뼈아픈 패배를 맛보아야 했다. 하지만 전투에서 한 번 졌다고 해서 전쟁에서 진 것은 아니었다.

"세르지오, 어서 오게."

세르지오는 움찔하면서 뒤돌아보았다. 오랜만에 친구의 모습을 본 세르지오는 흠칫 놀랐다. 넬슨은 몇 주 사이에 몸무게가 25킬로그램은 족히 빠진 듯 보였다. 안색은 잿빛이 되어 병색이 완연했고 눈 밑에는 짙은 그림자가 드리워 있었다.

"넬슨, 요즘 어떻게 지냈나?"

세르지오는 넬슨을 향해 다가가 덥석 손을 잡았다.

"앞으로도 별로 좋아지지는 않을 것 같네. 의사들은 약물 치료를 권했지만 내가 거절했네. 그런다고 다시 건강해질 수 있는 것도 아니니까."

넬슨이 목이 쉰 목소리로 말하며 의자가 있는 쪽으로 걸어가 힘들게 자리에 앉았다.

"자네는 왜 나를 피하는 건가?"

세르지오가 단도직입적으로 물었다.

"그렇게 보였나?"

"그래."

"어쩌면 자네 말이 맞는지도 모르겠네. 내가 자네한테 이유를 설명해야겠지."

넬슨은 한숨을 내쉬었다. 세르지오는 넬슨 맞은편 의자에 앉았다.

"나는 자네한테 시장을 없애면 다시는 같이 일을 하지 않겠다고 말했지. 기억나나?"

"그래, 그런 비슷한 말을 했던 것 같군. 하지만 코스티디스는 아직 쌩쌩하게 살아 있어. 뭐가 문젠가?"

세르지오는 불안하게 고개를 끄덕이며 물었다.

"자네가 차에 폭탄을 설치하라고 지시했고, 그 사고로 4명이 목숨을 잃었네. 자네는 나한테 그 일과는 아무 관련이 없다고 분명히 말했지만 그건 거짓말이었어. 나는 자네를 믿었었네."

세르지오는 눈썹 하나 까딱하지 않고 넬슨을 바라보았다.

"그런데 코스티디스가 살아남자 또 나탈레를 묘지로 보냈지. 그리고 자네는 극구 부인했지만 나는 자네가 아들을 죽이라는 지시를 직접 내렸다고 짐작하고 있네."

넬슨은 말을 멈추고 맞은편에 앉은 세르지오를 물끄러미 쳐다보았다. 함께 손을 잡고 일해 온 그 무수한 세월 동안 그는 세르지오의 지적 능력과 에너지, 대단한 의지력에 늘 감탄했다. 그는 세르지오가 내린 결정에 대해 아무리 다른 사람이 죽게 되더라도 절대 의심하지 않았는데 이제는 그럴 수가 없었다. 어쩌면 이제 넬슨은 죽음을 앞두고 있기 때문인지 자신이 인생을 잘못 살아왔다는 것을 깨닫게 되었는지도 모른다. 두 사람이 함께 이룬 거대한 제국은 사람들의 피와 공포의 대가 위에 세워졌고, 그 과정에서 많은 사람이 목숨을 잃었다. 명예와 성공, 권력에 눈이 멀어 넬슨은 그런 일에 익숙해졌고, 사람의 목숨을 한 번도 심각하게 받아들인 적도 없이 뇌물이나 협박과 마찬가지로 그저 목적을 이루는 수단으로만 생각했다. 사업을 하려면 필요한 부분이라고 생각했을 뿐 진지하게 그런 행위에 대해 심각하게 고민을 해본 적이 없었다. 세르지오가 총격을 당한 그날 밤 전까지는 그랬다. 그 사건 이후 넬슨은 세르지오와 자신의 미래를 비로소 적나라하게 깨닫게 되었다. 위험하고 불법적인 사업을 정리하지 않으면 몇 십 년 전 다른 마피아파처럼 몰락하게 될 것이 분명했다. 넬슨은 세르지오를 설득해보려고 노력했지만 세르지오는 권력에 취해 아무도 그를 무너뜨릴 수 없다는 환상에 취해 그의 말에 귀를 기울이지 않았다. 넬슨은 불현듯 의심에 사로잡혔고 두려움이 함께 엄습했다. 하지만 결정적인 한방은 바로 코스티디스와 관련된 일 때문이었다. 세르지오는 그 남자를 여전히 과소평가하고 있었다. 그러다가는 결국 언젠가 곤경에 처할 것이 분명했다. 넬슨은 다시 말을 이었다.

"내 정신력이 약해진 건지, 아니면 내 양심의 목소리가 더 커진 건지는 잘 모르겠네. 하지만 내가 아는 한 가지는 이제 내가 자네를 더는 믿지 않는다는 걸세. 자네는 나한테 거짓말을 했고 심지어 루카의 부하들을 시켜 날 감시했지. 이런 취급은 동업자로서 받아들일 수 없고, 그래서 나는 이제 자네를 위해 일하지 않기로 결심했네. 이제 얼마 안 남은 내 여생은 그냥 편안하게 보내고 싶네."

세르지오는 겉으로는 태연했으나 눈빛은 얼음장처럼 차가웠다. 넬슨이 계속 말했다.

"우리는 함께 긴 길을 걸어오면서 사업에서도 크게 성공했지. 나는 이제 불가피하게 살인을 저질러야 할 때는 지났으니 합법적인 사업만 하면 된다고 생각했네. 그것은 언제나 나의 목표였으니까. 하지만 과거의 그림자를 쉽게 떨쳐버릴 수 없다는 걸 깨달았네. 세르지오, 자네한테 이런 얘기를 하게 되어 유감일세. 우리는 이제 서로 다른 길을 가야 할 것 같네." 그는 슬픈 미소를 지었다.

"그럴 수 없어! 동네 슈퍼 점원처럼 밑도 끝도 없이 그만둔다고 하면 안 되지! 난 자네가 필요해, 넬슨! 자네를 포기할 수 없다고!"

세르지오는 자리에서 벌떡 일어나며 말했다.

"하지만 앞으로는 자네가 나를 포기해야 할 걸세. 회사 법무팀에 똑똑한 젊은 변호사가 많이 있잖은가. 나보다 훨씬 무자비하고 야망이 넘치는 그런 변호사 말이야. 내 후임은 어렵지 않게 찾을 수 있을 걸세." 넬슨은 어깨를 으쓱하며 말했다.

세르지오는 그의 가장 오래된 친구를 믿을 수 없다는 눈빛으로 쳐다보았다. 지금까지 그는 넬슨을 어떻게든 달래볼 수 있다고 생각했는데 이제 자신과 함께 길을 걸어온 동반자가 번복할 수 없는 결정을 내렸다는 것을 깨달았다. 넬슨은 이제 그의 편이 아니었다. 세르지오는 분노와 함께 심각한 걱정에 사로잡혔다. 넬슨은 그에게 중요한 사람이었다. 그는 세르지오만큼이나 모든 것, 모든 정황, 모든 관계를 알았다. 세르지오는 그동안 아무런 걱정 없이 넬슨의 충직한 조언을 따랐다. 넬슨은 그에게 가장 강한 버팀목이자 도우미였다. 세인트존이나 알렉스 같은 사람은 대체가 가능했지만 넬슨은 불가능했다.

"그래서 어쩔 생각인가? 설마 경찰이라도 찾아가겠다는 건가? 인생 최고의 고해성사를 하면서 책이라도 낼 생각인가? 그렇게 갑자기 양심의 가책을 느끼는 이유가 뭔가? 갑자기 예전하고 달라진 게 뭐냐고. 자네는 날 통해서 부자가 됐고 권력도 얻고 가족도 잘 돌볼 수 있었지. 자네도 내가 왜 그렇게 했는지 이해하잖아! 이곳은 정글이야! 잡아먹느냐 잡아먹히느냐의 문제야. 나는 절대 먹이가 되고 싶지 않은 사람이야. 나는 늘 싸워왔고 열심히 일했어. 그런데 내가 어떻게 이렇게 힘들게 이룬 모든 것이 어디서 굴러먹다 온 멍청이 때문에 와르르 무너지게 내버려둘 수 있냐고?"

세르지오는 이글거리는 눈빛으로 넬슨을 쳐다보았다. "나는 공격을 당하면 방어를 해야 한다고! 자네도 이해하잖아, 안 그래?"

세르지오가 말했다.

"물론이지. 하지만 자네가 방어를 하는 방식은 내가 더는 받아들일 수가 없네. 나는 조용히 평화롭게 살고 싶어. 끝도 없는 전쟁과 전략, 위협, 잔인함, 끊임없는 긴장 상태를 더는 못 견디겠어. 나는 이제 늙고 지쳐서 실수를 하게 될까봐 두렵네."

넬슨이 피곤한 목소리로 대답했다.

"자네는 실수를 하지 않아."

"아니, 난 이미 실수를 저질렀어! 자네가 코스티디스를 건드리지 않도록 내가 말려야 했는데. 세르지오, 자네는 너무 확신에 차 있는데 그건 잘못이네. 자네는 한 번도 내 경고에 귀를 기울이려고 하지 않았고, 이제 코스티디스는 자네의 적이 되어버렸지. 그런데 코스티디스는 아주 막강하고 아주 위험한 적이야."

"나는 코스티디스가 무섭지 않아."

세르지오는 별것 아니라는 손짓을 했다.

"하지만 앞으로는 좀 무서워하는 것이 좋을 걸세. 적을 절대로 과소평가하면 안 되는 법이네. 그리고 자네의 동지들은 대부분 마지못해 자네 곁에 있다는 걸 자네도 알고 있잖나. 자네가 공격을 당하는 순간 그자들은 의리 따위는 금세 내팽개치고 자네를 버릴 걸세. 자네가 어려움에 처하면 레비가 자네 편이 되어줄 거라고 생각하나?"

넬슨이 말했다.

"자네는 늘 어려움과 문제점만 말하지. 하지만 난 어려움도 문제도 없네! 모든 것이 아주 순조롭게 잘 진행되고 있어."

세르지오가 짜증을 부리며 말했다.

"자네는 지나친 교만에 사로잡혀 있어. 눈을 떠! 자네는 항구에서도 문제가 있고, 보아하니 이제 LMI에도 문제가 생겼어. 왜 불법적인 사업 부문을 포기하지 못하는 건가? 자네는 얼마나 더 부자가 되려고 그러나? 아니면 누가 자네보다 막강해질까봐 두려운 건가? 왜 모든 것에 모험에 걸려고 그래?" 넬슨은 천천히 고개를 저으며 말했다.

"나는 아무것도 모험에 걸지 않네. 그리고 나는 교만하지도 않고."

세르지오가 쌀쌀맞게 말했다.

"아니, 자네는 교만하네. 자네는 사람들을 마치 체스 말처럼 이리저리 움직일 수 있다고 생각하겠지. 협박을 하거나 착취를 해서 말일세. 하지만 언젠가 자네만큼 영리하고 무자비한 사람을 만나게 될 거야. 자네는 아무도 자네를 건드릴 수 없을 거라 생각하겠지만 사실은 그렇지 않네. 자네는 법 위에 군림한 것이 아니라 지금까지 운이 아주 좋았던 것뿐이네."

"누가 날 건드릴 수 있다고 생각해? 말해 봐! 누가?"

"MPM 일은 실제로 어떻게 된 건가? 누가 세인트존을 총으로 쏴죽였나? 알렉스는 아니겠지." 넬슨은 한숨을 내쉬며 말했다.

"자네가 아니라고 해도 경찰은 그렇게 믿고 있어."

"세인트존이 자네한테 위협적인 존재가 되니까 자네가 죽이라고 지시했겠지. 그러고는 자네 여자친구한테 모든 잘못을 덮어씌웠지. 콘스탄치아와 마찬가지로 자네 곁을 떠났는데 그건 자존심이 허락하지 않는 일이니까."

넬슨의 눈에서 세르지오는 조롱을 느꼈다.

"말도 안 되는 소리!"

세르지오는 버럭 소리를 질렀지만 넬슨의 말에 담긴 진실이 가시처럼 그의 살갗을 파고들어 고통스러웠다.

"알렉스가 자네에 대해 뭐 알아낸 게 있나?"

"아니, 그래…… 그럴지도 모르지…… 모르겠네……."

세르지오는 친구와 눈이 마주치는 것을 피했다.

"자네는 지금 자제력을 잃고 있어. 그건 아주 위험한 일이네."

넬슨이 조용한 목소리로 말했다. 세르지오의 숨은 거칠어졌고 이글이글 타오르는 분노를 자제하기 위해 애썼다. 그는 원래 누군가에게 사정하는 것을 끔찍이 싫어했는데 이제는 저자세로 그렇게 할 수밖에 없었다.

"넬슨, 나는 자네가 하라는 대로 다 하겠네. 내가 어쩌다보니 실수를 저지르게 됐지만 다시는 그런 일은 없을 걸세. 더는 피를 보지 말아야 한다는 자네 말이 맞아. 우리의 오랜 우정을 생각해서라도 제발 날 그냥 내버려두지 말게." 세르지오는 비굴하게 고개를 숙였다.

넬슨은 세르지오를 진지하게 쳐다보았다. 그는 세르지오가 얼마나 어렵게 이런 부탁을 하는지 너무나 잘 알았다. 넬슨은 잠깐이나마 마음이 흔들렸다. 두 사람은 한동안 서로를 쳐다보다가 넬슨이 한숨을 쉬며 자리에서 일어났다. 그는 세르지오의 눈에서 부탁의 눈빛을 본것이 아니라 분노와 차가움만 보았다. 세르지오는 전혀 변하지 않을 것이고, 지금 자신에게 고개를 숙인 것은 그의 전술일 뿐이었다.

"알았네." 넬슨이 말했다.

"내일 다시 사무실로 나올 건가? 몇 가지 상의하게 몇 시간만이라도 나와 주게." 세르지오가 물었다.

"알았어. 가겠네."

세르지오의 얼굴에 안도감이 스쳐 지나갔다. 그는 넬슨을 가볍게 안아주었다.

"그럼 내일 보세, 친구."

*

넬슨은 세르지오가 리무진을 향해 걸어가는 모습을 창문을 통해 지켜보았다.

"갔어요?"

넬슨은 몸을 돌렸다. 그러자 콘스탄치아와 카르멘이 나타났다.

"그렇소."

넬슨은 짧게 대답하고 가운 주머니에서 작은 녹음기를 꺼내 '종료' 버튼을 누른 뒤 콘스탄치아에게 건네주었다.

"이제 어떻게 할 생각인가요? 진짜 다시 세르지오한테 갈 생각이세요?" 콘스탄치아가 물었다.

"아니요. 내 결심은 단호합니다. 하지만 이렇게 돼서 미안……."

넬슨은 한숨을 쉬고 고개를 저으며 말했다.

"미안해할 필요 없어요."

콘스탄치아가 얼른 그의 말을 끊고 안아주었다. "내가 하는 마지막 일이 될지도 모르겠지만 나는 지난 몇 년 동안 그 사람이 나하고 다른 사람에게 한 짓을 되갚아줄 기회만을 기다려왔어요. 나는 그 사람이 두렵지 않아요."

넬슨은 슬픈 미소를 지었다.

"당신은 아주 용감한 사람이에요, 콘스탄치아."

"누군가는 해야 할 일이에요. 세르지오는 너무나 많은 사람을 해쳤어요. 앞으로도 계속 그럴 거고요."

콘스탄치아의 눈에는 눈물이 그렁그렁했다. 잠시 정적이 흘렀다. 창문에 부딪히는 빗소리만 크게 들렸다.

"당신이 지금 하려는 일을 내가 해야 했는데. 하지만 난 너무 비겁하오. 난 평생 너무 비겁했소."

넬슨이 쉰 목소리로 말했다. 그리고 아내를 향해 몸을 돌렸다. "여보, 나를 용서해줘요. 정말 미안하오."

넬슨이 중얼거렸다. 그러더니 몸을 돌려 불안한 걸음걸이로 서재를 향해 걸어갔다. 그는 서재 안으로 들어가 문을 닫고 책상 앞에 앉았다. 예전에 서류와 메모가 가득 쌓여 있던 곳은 이제 텅 비었다. 그는 다시 건강해질 가망이 없었다. 암은 그의 몸에 스멀스멀 조용히 퍼져버려 이제는 너무 늦어버렸다. 지난 몇 주 동안 넬슨은 죽음을 맞이할 준비를 했고 이제 그는 갈 준비가 되어 있다. 난로 위의 꽃병에 꽂혀 있는 시든 꽃의 달콤한 향기가 방 안을 채웠다. 그는 맨 위 서랍에서 총을 꺼내 엄숙하게 바라보았다. 몇 년 전 세르지오가 준 총이었는데 아직 한 번도 쓰지 않았다. 오늘까지. 넬슨의 시선은 창문으로 옮겨갔다. 흐릿하고 궂은 날씨였다. 내리던 비는 어느새 눈으로 변했고 젖은 잔디 위에는 이미 눈이 살짝 쌓였다. 넬슨은 젊은 시절을 떠올렸다. 지금 아는 것을 그때도 알았더라면 그의 인생이 이렇게 똑같이 흘러갔을까? 그는 어깨를 으쓱했다. 그의 결심은 확고했다. 그는 천천히 총알을 장전한 뒤 눈을 감고 총구를 관자놀이에 댄 채 방아쇠를 당겼다.

*

록펠러센터 앞에 커다란 크리스마스트리를 세우고 축하 행사가 예정된 날이었다. 크리스마스를 앞둔 도시는 온통 크리스마스 분위기로 들썩였고 수천 개의 불빛이 반짝거렸다. 날씨는 더 추워져 며칠 동안 내리던 비가 젖은 눈발이 되어 흩날렸다.

닉 코스티디스는 손에 커피 잔을 들고 집무실 창가에 서서 허공을 바라보았다. 그는 밤이 새도록 일을 했다. 로이드 커너스 검사는 코스티디스의 집무실을 임시 작전본부로 삼았다. 세르지오 비탈리를 검거하기 위한 첫 번째 작전 준비가 한창이었다. 커너스는 믿을 만한 검사들을 시청으로 파견했고, 이들은 알렉스가 넘겨준 자료 검토 작업에 들어갔다. 통장 사본에 등장하는 이름 중에는 모르는 사람도 있었지만, 그들도 요직에 있는 자임이 분명했다. 코스티디스와 커너스는 세르지오가 더는 빠져나가지 못하도록 가능한 빨리 행동을 취해야 한다는 데 의견이 일치했다. 그래서 밤에 곧장 미국 보안관 지휘권을 가진 법무부 부장관 고든 엥겔스에게 전화를 걸어 현재의 위급한 상황에 대해 짧게 설명했다. 코스티디스는 자신의 후임인 엥겔스와 개인적으로 잘 아는 사이여서 그의 정직과 성실함을 믿었다. 엥겔스는 바로 내일 아침에 부하직원들을 데리고 직접 뉴욕으로 오겠다고 했다.

또 코스티디스와 커너스는 제롬 하딩이 스캔들에 연루되어 있기 때문에 뉴욕경찰청은 일단 수사에서 배제하고 FBI에 도움을 요청했다. FBI 부국장 테이트 젠킨스는 오전 일찍 직접 앱스캠(ABSCAM) 요원 두 명을 데리고 뉴욕으로 오겠다고 했다. 앱스캠은 공직자를 대상으로 암행 감찰을 실시하는 FBI의 부서였다.

코스티디스는 마지막 남은 커피 한 모금을 마시고 얼굴을 찡그렸다. 예전에는 오늘 같은 날씨를 사랑했다. 그리고 록펠러센터 앞에 세워진 50미터 높이의 크리스마스트리의 장식에 불이 밝혀지는 것을 너무나 좋아했는데 이제는 관심이 없었다. 각종 지역 행사에는 다른 직원을 대신해서 보냈고, 오전 늦게나 되어서야 록펠러센터에 가볼 생각이었다. 지난밤에는 메리한테 전화를 걸어 오늘은 집으로 못 들어갈 거라고 전화를 할 뻔했다. 예전에 검사로 재직 중일 때 그런 전화를 한 경우가 많았는데, 이제는 메리가 자신을 기다리지 않는다는 생각에 마음이 아팠다. 이제 그를 기다리는 사람은 아무도 없었고, 가정도 없었다.

코스티디스는 괴로운 한숨을 내쉬었다. 고통과 외로움 외에도 자신이 부족하다는 느낌을 떨칠 수가 없었다. 알렉스가 그에게 호감 이상의 감정을 느낀다는 생각은 아주 터무니없다는 것을 스스로도 알고 있었다. 알렉스는 38살로, 그보다 16살이나 어렸다. 알렉스가 보여준 따스한 공감에 코스티디스가 더 많은 감정을 실었다. 알렉스가 코스티디스에 대해 가진 감정보다는 코스티디스가 알렉스에 대해 가진 감정이 훨씬 깊었다. 그리고 그런 자신이 불안했다. 알렉스에 대한 호감이 그의 현실 감각을 흐리게 하지 않을까 걱정도 되었다.

"아직도 믿을 수가 없어요."

그 순간 커너스가 입을 열었다. 그는 책상 위에 발을 올리고 셔츠 소매를 말아 올렸다. 이곳에 모인 다른 사람들과 마찬가지로 눈이 충혈되었고 밤새 셀 수 없이 많이 마신 커피를 또 들이켰다.

"워터게이트 이후 최고의 스캔들이 될지도 모르겠습니다."

"아마 그렇겠지. 세르지오가 앞으로 영원히 재기할 수 없을 정도로 충분한 증거가 되어주길 바랄 뿐이네."

창밖을 내다보던 코스티디스가 몸을 돌리며 말했다.

"그렇게 될 겁니다. 제 말씀을 믿으세요! 세르지오는 다시는 감옥에서 나오지 못할 겁니다!"

커너스는 의미심장한 미소를 지었지만 코스티디스는 한숨만 쉬었다. 코스티디스도 그렇게 생각한 적이 많았다. 하지만 세르지오는 매번 미꾸라지처럼 잘도 빠져나갔다. 세르지오는 최고의 연봉을 받는 아주 똑똑한 변호사 부대를 거느리고 있어서 법망을 요리조리 잘 피해 다녔다. 이번에도 세르지오를 빼오는 데 성공할지도 모른다. 하지만 이제 뒤를 봐주는 판사나 주지사, 경찰청장, 검사들이 없으면 그의 제국은 약해질 것이 분명했다. 부정부패의 사슬을 적발한 것만으로도 이미 성공이었다. 코스티디스는 이제 세르지오를 법정에 세우는 것이 그리 중요하지 않다고 생각하는 자신에게 놀랐다. 그는 이제 알렉스의 안전이 훨씬 중요했다.

커너스는 자리에서 일어나 이번 스캔들에 연루된 자의 이름을 모두 적은 커다란 칠판 앞으로 다가갔다. 처음에 그는 회의적이었지만 어느새 낙관적이고 열정적인 태도로 바뀌었다. 그는 이 일에 사력을 다했다. 코스티디스는 젊은 커너스를 보며 과거 자신의 모습이 떠올랐다. 그가 과거에 바로.이랬다! 그는 목표를 이루기 위해 몇 주 동안이나 밤새 일했다. 커너스가 그렇듯이 동료에게 동기부여를 해주고 최고의 성과를 내도록 독려했다. 코스티디스는 지금 커너스가 사로잡힌 사냥을 향한 열정을 잘 알았다. 그렇다. 로이드 커너스는 의심할 여지 없이 이 일에 적임자였다. 그는 개인적인 감정에 사로잡히지 않고 검사답게 논리적이고 냉철한 계산에 따라 행동했다. 이는 중대한 일을 성공적으로 수행하는 데 반드시 필요한 자질이었다.

"이 도시의 절반 정도가 멈출 겁니다. 거의 모든 관청이 연루되어 있으니까요. 세르지오가 모두 자기편으로 끌어들였어요. 믿어지지가 않습니다. 엥겔스 부장관님과 젠킨스 부국장님이 이걸 보시면 아마 입이 떡 벌어질 겁니다!" 커너스가 말했다.

"그러기를 바라네." 코스티디스가 말했다.

"그게 무슨 뜻입니까?" 커너스가 의아한 듯 물었다.

"나는 세르지오가 엥겔스 같은 인물까지 매수하지 않았기를 바란 다는 뜻이네."

"설마 진담은 아니시죠?"

"나는 이제 아무것도 놀랍지가 않아. 나는 하딩이나 화이터워터 판사도 그럴 사람이 아니라고 손에 장을 지졌을 거야."

코스티디스는 손으로 머리를 쓸어 올리며 말했다.

"음, 어쨌든 전 오늘 연방보안관 두 명을 대동하고 드 랜시를 찾아 가서 뇌물 수수 혐의가 있다고 말할 겁니다. 제가 드 랜시를 제대로 파악한 게 맞는다면 그는 수단 방법을 가리지 않고 빠져나가려고 애 쓰겠죠. 그렇게 되면 일단 알렉스와 관련된 수사에서 배제될 겁니다."

커너스는 잠시 생각을 한 뒤 턱을 긁적이며 말했다. 그리고 다시 자리에 앉아 베이글을 한 입 베어 물었다.

"저희는 법무장관님께 알리겠다는 말로 압박을 가할 생각입니다. 마찬가지 방법으로 화이트워터 판사와 로드즈 주지사, 상원의원들도 상대할 겁니다."

"하딩은 어떻게 할 예정인가? 꽤 위험한 인물이야. 필사적으로 저 항할 걸세." 코스티디스가 물었다.

"하딩은 세인트존 살인 사건을 자기가 원하는 방향으로 몰고 가려 는 주도 세력이죠. 우리가 가만히 내버려두면 상당한 피해를 입힐 수 있습니다." 잠시 생각을 하던 커너스가 말했다.

"하지만 드 랜시와 하딩이 갑자기 아프다고 둘러대면서 모습을 보이지 않으면 세르지오가 의심하게 될지도 모르네. 며칠 더 두고 보는 게 좋겠어. 그보다도 증권거래위원회의 감찰 부서와 연락을 취하는 게 좋겠네. 내가 롭 드라이퍼스한테 전화를 걸어줄 수도 있네. 예전에 바하마 은행 관련 수사 때 함께 일한 적이 있거든. 지금은 증권거래위원회 정부위원으로 근무하고 있지."

코스티디스가 신중하게 말했다. 이때 커너스의 동료인 트레이시 테일러 검사가 들어왔다.

"무슨 일인가, 트레이시? 캘리포니아에 있는 그 변호사에 대해 뭐 알아낸 것 있나?" 커너스가 물었다.

"네. 그런데 우리보다 먼저 손을 쓴 사람이 있는 것 같아요. 그저께 집에 불이 났는데 경찰이 불에 탄 시신을 발견했거든요. 경찰은 존 스터게스 변호사의 배우자 시신으로 추정하고 있어요. 어제 스터게스가 회사에 나타나지 않은 이후로 경찰이 수색을 시작했는데, 2시간 전에 바다에서 서핑을 하던 사람이 뉴포트 해변 부두 근처에서 그 사람의 시신을 발견했어요."

젊은 여검사는 안타깝다는 듯이 얼굴을 찌푸렸다.

"이런 젠장."

커너스는 경악했다. 코스티디스는 그저 눈썹만 치켜 올렸다. 증인이 입을 열지 못하게 살해당한 것이 이번이 처음은 아니었다.

"시장님, 엥겔스 부장관님과 젠킨스 부국장님이 도착하셨습니다."

프랭크 코헨이 안으로 들어와 전했다.

"좋아. 이제 본격적으로 시작해봅시다."

커너스는 좋아하며 기대감에 차서 손바닥을 비볐다.

＊

저스틴은 인터넷으로 '프랭크'와 '에밀리 챔버스'라는 이름으로 취리히 호수가 내려다보이는 고급 호텔 더블베드 침실을 예약해주었다. 독일 국적의 알렉산드라 존트하임은 살인 혐의로 국제 수배 중이었지만 미국 국적의 여자가 남편과 함께 사용할 방을 예약하는 것은 아무도 의심스럽게 보지 않을 일이었다. 물론 그 남편과 함께 나타나지는 않겠지만.

알렉스는 취리히 클로텐 공항에서 시내로 향하는 택시 안에서 잠이 들 뻔했다. 공항에서도, 그리고 비행 중에도 위조 여권을 소지하고 가짜 이름을 사용하는 것이 들킬까 계속 조마조마했지만 다행히 그런 일은 없었다. 그리고 알렉스의 위장은 완벽했다. 알렉스는 우연히 거울을 보다가 짙은 색 퍼머 머리와 파란 눈의 여자가 자신이라는 사실이 믿어지지 않을 정도였다. 72시간 가까이 제대로 잠을 자지 못해서 뜨거운 물에 몸을 담그고 하는 거품 목욕과 포근한 침대가 무엇보다 그리웠다.

＊

로이드 커너스가 보고를 마치자 커다란 집무실 안에는 정적이 흘렀다. 고든 엥겔스와 테이트 젠킨스는 동료들을 우르르 데리고 워싱턴에서 왔다. 시장 집무실 회의 탁자에는 코스티디스와 커너스, 젠킨스, 엥겔스, 연방보안관 토마스 J. 스푸너, 랜디 카젤리, 조 스튜어트, FBI 요원 새뮤얼 라미레즈, 제프리 퀸, 스티브 오브라이언, 그리고 프랭크 코헨과 커너스의 동료 검사들이 모여 앉아 있었다.

"우리가 현재 손에 쥐고 있는 팩트입니다."

로이드 커너스는 회의 탁자에 앉은 사람들을 둘러보았다. "세르지오가 수년 동안 뉴욕과 올버니의 거의 모든 주요 인사에게 뇌물을 제공한 것으로 보입니다. 온갖 분야의 주요 인사가 망라되어 있습니다. 주지사, 상원의원, 뉴욕경찰청장, 연방검사, 연방판사, 시의원, 증권거래위원회 직원, 심지어 워싱턴에 있는 내무부, 법무부, 경제부 공무원까지 포함되어 있습니다."

"믿을 수가 없군요."

가만히 듣고 있던 고든 엥겔스가 입을 열었다. 은발에 두꺼운 안경 너머로 예리한 눈을 가진 마른 몸집의 남자였다. 하지만 테이트 젠킨스는 회의적인 모습이었다.

"그 정보는 얼마나 신뢰할 만합니까?" 젠킨스가 물었다.

"아주 믿을 만한 정보입니다." 커너스가 대답했다.

"걱정이 되는군요. 엄청난 스캔들이 일어날 겁니다. 거의 모든 고위 정치인이나 뉴욕 공무원이 뇌물을 받았다는 것이 알려지면 어떤 파장이 일어날지 예측할 수 없을 정도입니다."

엥겔스는 이맛살을 찌푸리고 손가락 마디뼈로 통장 사본을 두들기며 말했다.

"행동에 착수를 하기 전에 어차피 아너 국장님과 상의를 해야 합니다. 저는 이정도로 파급력이 큰 사안에 허락 없이 달려들 생각은 없습니다."

테이트 젠킨스가 덧붙였다. 코스티디스와 커너스는 눈빛을 교환했다. 엥겔스와 젠킨스는 이런 엄청난 규모의 부패 스캔들을 맡는 것을 그리 탐탁치 않아 하는 듯했다.

"제 생각에는 한시가 급합니다. 세르지오가 이자들만 매수한 게 아닙니다. 우리는 세르지오를 대신해서 궂은일을 도맡은 자의 서면 진술을 공증해서 갖고 있습니다. 그런데 이자는 목요일 새벽에 총에 맞아 죽었어요. 이자의 진술을 기록한 변호사 역시 그저께 죽었습니다. 만약 우리가 자기를 추적하고 있다는 것을 알면 세르지오는 모든 증거를 없애려고 할 것이고, 그러면 더 많은 사람이 죽게 될 겁니다."

커너스는 다시 자기 자리로 돌아와 앉으며 말했다.

"총에 맞아 사망한 사람이 누굽니까? 엥겔스가 물었다.

"재커리 세인트존이라는 사람입니다."

"이런, 여자 부하직원이 총으로 쏴서 죽였다는 그 투자은행가 말이오?" 젠킨스는 눈썹을 치켜 올렸다.

"알렉스 존트하임이 아니라 세르지오의 부하들이 살해했습니다. 알렉스는 세르지오에게 위험인물입니다. 그래서 그녀에게 살인 혐의를 뒤집어씌우려고 하고 있어요."

커너스가 초조한 마음을 겨우 억누르고 침착하게 말했다.

"그 추리를 뒷받침해줄 증거가 있습니까, 커너스 검사?"

젠킨스는 등을 뒤로 기댔다. 커너스는 젠킨스를 힐끗 쳐다보았다.

"시장님, 대신 좀 말씀해 주시겠습니까?"

코스티디스는 목소리를 가다듬고 등을 세우고 앉았다. 그는 아직 말을 한 마디도 하지 않았지만 엥겔스와 젠킨스의 반응을 쭉 지켜봤다. 젠킨스는 대부분의 FBI 요원이 그렇듯 속을 가늠하기 힘든 포커페이스였다. 코스티디스는 이번 사안의 긴박성 때문에 반드시 젠킨스를 설득해야 한다는 것을 알고 있었다. 그리고 무엇보다 FBI의 부국장인 그가 세르지오라는 자가 얼마나 위험한지 알아야 한다는 생각이 들었다. 코스티디스는 알렉스 존트하임이 세인트존을 살해하지 않았다고 생각하는 이유를 간략하게 설명했다. 그리고 저스틴 세이비어가 지난밤에 해준 이야기를 요약해서 설명하고, 또한 지난해 6월 세르지오가 당한 총격이 사실은 콜롬비아 마약상이 저지른 짓으로 의심된다고 말했다.

"시장님은 어떻게 그런 걸 다 아시게 됐습니까?"

엥겔스가 의아한 듯 물었다.

"난 수년째 세르지오를 추적하면서 직접 그자를 여러 가지 범죄 혐의로 기소도 했습니다. 하지만 그자는 유죄가 확실함에도 매번 용케 빠져나갔죠. 난 그자를 잘 알고 그자가 사용하는 수단 방법과 그자의 사업에 대해서도 알고 있습니다. 그래서 7월에는 마침내 세르지오를 확실히 잡아들일 수 있다고 생각했습니다. 세르지오가 총에 맞은 그날 밤, 그자의 아들이 브롱크스에서 불법으로 거주자를 퇴거시키려다 체포됐는데, 난 그 소식을 듣고 바로 달려갔어요. 그런데 놀랍게도 드 랜시 검사가 먼저 와 있더군요. 평소에 책상에 앉아서 일하는 걸 좋아하는 것으로 유명한 사람이 말이죠. 그런데 그날 드 랜시는 검사답지 않게 이상했습니다. 그래서 내가 그더러 대체 누구 편이냐고 직접 묻기도 했어요. 그리고 체사레 비탈리는 감방 안에서 목을 맨 채 발견됐습니다. 그리고 다음 날에는 식료품에 탄저균을 넣겠다는 미스터리한 협박범이 등장했습니다. 그리고 세르지오에게 총을 쐈다고 자수한 사람이 나타났고 경찰은 별다른 수사도 없이 사건을 바로 종결시켰어요. 이 두 사건으로 인해 세르지오가 총격을 당한 뉴스는 뒤로 밀려났습니다. 관심을 다른 데로 돌리려는 아주 전형적인 수법이었죠. 내가 이에 대해 공개적으로 발설하지 않았다면 세르지오의 계획이 성공했을 겁니다. 난 너무나 확신에 찬 나머지 그자가 얼마나 위험하고 무자비한 사람인지 놓쳤습니다."

코스티디스가 대답했다. 그는 잠시 말을 끊더니 조용한 목소리로 다시 이었다. "내가 진실을 얼마나 파헤쳤는가는 결국 너무나 큰 고통을 통해 깨닫게 됐죠."

"왜죠?"

젠킨스가 물었다. 코스티디스는 대답을 하기 전에 그를 힐끗 쳐다보았다. "세르지오는 날 죽이려고 폭탄 테러를 자행했고, 그 테러로 내 가족이 희생을 당했습니다."

"아, 그렇군요. 유감입니다. 저도 들어 알고 있습니다."

젠킨스는 정말로 잠깐 당혹해하는 듯했다.

"한 번도 공소 제기는 없었습니다. 시장님은 세르지오가 테러를 지시했다고 어떻게 그렇게 확신하시죠?" 엥겔스가 끼어들었다.

"내 최측근 부하 중에 세르지오의 뇌물 리스트에 이름이 오른 자가 있었어요. 레이먼드 하워드는 이곳 내 집무실의 모든 동정을 낱낱이 세르지오에게 보고했죠. 레이먼드는 지난번 테러 때 죽었습니다."

코스티디스는 어깨를 으쓱하며 말했다.

"하지만……."

테이트 젠킨스가 다시 입을 열었다.

"레이먼드는 테러의 배후가 누군지 제게 직접 털어났습니다. 세르지오가 지시한 짓이라고 했습니다."

이때 괴로운 표정을 짓고 있는 시장의 얼굴을 보다 못한 프랭크 코헨이 끼어들며 말했다.

"정확히 무슨 말을 했죠?" 젠킨스가 집요하게 파고들었다.

"세르지오가 코스티디스 시장을 죽이려고 했다고 했어요."

프랭크는 숨을 깊이 들이마셨다. 그때의 기억이 다시 떠오르자 소름이 돋았다. 회의 탁자에 앉은 사람들은 무거운 마음에 침묵했다.

"시장님은 왜 그런 말씀을 한 번도 안 하셨죠?" 커너스가 물었다.

"그런다고 해서 내 가족이 다시 살아 돌아오는 게 아니니까요. 프랭크가 나한테 그 얘기를 해줬을 때 레이먼드는 이미 죽었어요. 증인도 없었고, 세르지오는 또다시 아무렇지 않게 빠져나갔을 겁니다. 그리고 난 당시 그런 과정을 견딜 만한 힘이 없었어요."

코스티디스가 대답했다.

"알렉스 씨도 그 사실을 알고 있습니까?"

"아니요, 그런 것 같지는 않습니다."

코스티디스는 고개를 저으며 말했다.

"알렉스 씨가 왜 이런 정보를 하필 시장님께 전했을까요?"

코스티디스는 곧바로 대답하지 않았다. 그는 몬탁 해변에서의 그날 아침을 떠올렸다. 말에 올라탄 젊은 여자의 금발머리가 말의 갈기가 함께 휘날리던 장면이었다.

"시장님?"

엥겔스가 재차 물었다. 코스티디스는 모두 자기를 뚫어지게 쳐다보고 있다는 것을 깨달았다.

"난 친구를 통해 우연히 알렉스 양을 알게 됐어요. 내가 공공연히 세르지오와 적대적인 관계라는 것을 알았기 때문에 아마도 날 믿었겠죠." 코스티디스가 말했다.

"비밀 계좌에 대해서는 언제 알게 되셨습니까?" 젠킨스가 물었다.

"알렉스 양이 묘지로 날 찾아온 날 알게 됐어요. 알렉스 양은 날 향해 총을 쏜 남자의 얼굴을 알아봤고, 그래서 세르지오가 범인이라는 사실에 더욱 확신을 갖더군요."

"왜 검찰이나 FBI에 그런 사실을 알리지 않으셨습니까?"

"부국장님, 이미 말씀드리지 않았습니까. 난 15년 동안 세르지오 비탈리가 어떤 자이고 무슨 짓을 하는지 지켜봐왔습니다. 내가 맨해튼에서 연방검사로 재직했을 때 중요한 증인들이 갑자기 기억상실증에 걸리고 행방불명이 돼서 유죄가 너무나 확실했던 기소가 실패한 적이 무수히 많았어요. 세르지오는 뉴욕의 대부이고 카포 디 튜티 카피(보스 중의 보스-옮긴이 주)입니다. 예전의 그 어떤 마피아 보스보다도 막강해요. 나는 알렉스 양의 목숨을 담보로 일을 크게 만들고 싶지 않았기 때문에 알리지 않은 겁니다."

코스티디스는 몸을 앞으로 숙이며 말했다.

"그런데 왜 이제 와서 마음을 바꾸신 거죠?"

코스티디스는 한숨을 내쉬었다. 이게 대체 다 무슨 짓인가? 젠킨스 부국장은 왜 마치 범인을 심문하듯 그러는 것일까?

"나는 알렉스 양이 부당하게 살인 혐의를 받고 있다고 생각합니다. 예전에 협박 사건이 그랬듯이 이번에도 관심을 다른 곳으로 돌리려는 수작에 불과합니다." 코스티디스는 단호한 목소리로 말했다.

"왜 그렇게 생각하시죠?" 젠킨스는 정말 의심이 많은 사람이었다.

"세르지오와 레비는 MPM이라는 이름의 유령회사를 소유하고 있습니다. 이들은 세인트존의 도움으로 이 회사를 통해 대규모로 내부자 거래를 해왔어요. 이런 불법 거래를 통해 거둬들이는 이익금은 케이맨 제도와 바하마에 있는 비밀 계좌로 흘러들어갔죠. 중요한 정보는 알렉스 양이 제공했고……."

"그러니까 알렉스 씨가……." 젠킨스가 그의 말을 끊었다.

"끝까지 얘기 좀 합시다."

코스티디스가 날카롭게 말했다. 두 사람은 잠시 싸늘한 눈빛을 주고받더니 젠킨스가 얼굴을 찌푸리며 계속 이야기하라며 손짓했다. 코스티디스는 알렉스가 회사 임원진으로부터 그녀가 진행하는 일을 정확히 보고하라는 지시를 받았다고 설명했다. 그리고 또다시 MPM

의 소유주인 시스타프렌즈의 정체가 드러난 것과 위트너스 컴퓨터가 데이터베이스를 인수하는 데 실패했다는 사실도 들려주었다.

"알렉스 양은 세인트존이 살해된 그날 밤 MPM 소유주가 바뀌었다는 걸 알게 됐습니다. 세르지오와 레비가 이번 일에서 자기들이 빠져나오기 위해 공범인 세인트존을 희생시키기로 모의한 거죠."

"하지만 그건 다 추측에 불과한 것 아닙니까!"

"내게 2000년 4월 14일자 상업등기부등본이 있습니다. 그 당시에는 벤처캐피털 시스타프렌즈 합자회사가 MPM의 단독 소유주였어요. 또 영국령 버진 아일랜드의 상업등기부등본을 살펴보면 빈센트 레비와 세르지오 비탈리가 이 역외 회사의 소유주라는 걸 알 수 있습니다. 하지만 컴퓨터상으로 확인해보면 나흘 전부터 소유주가 재커리 세인트존과 알렉산드라 존트하임으로 바뀌었습니다."

코스티디스는 잠시 말을 멈추고 물을 마셨다. "세인트존은 순순히 자신을 희생시킬 마음이 없었기 때문에 살해된 겁니다. 어쩌면 모든 사실을 다 까발리겠다고 세르지오를 협박했을 수도 있고요. 세인트존이 세르지오와 레비를 신뢰하지 않았기 때문에 서면으로 자백을 남겼습니다. 알렉스 양에게 살인 혐의를 뒤집어씌움으로써 세르지오는 두 마리 토끼를 다 잡은 셈입니다. 알렉스 양은 살인 혐의로 수배 중이기 때문에 증인으로서의 신빙성이 떨어지고, 언론이 살인 사건을 집중 조명하는 동안 MPM 파산에 대한 조사가 얼마나 빨리 흐지부지 끝났는지 관심을 갖는 사람은 없을 테니까요. 정말 기발하지 않습니까?"

"만약 그렇다면 범죄 행위죠. 연방검찰과 검사를 의도적으로 기만한 행위입니다." 젠킨스가 냉정하게 말했다.

"내 말이 바로 그거예요. 하지만 뉴욕경찰청장이 FBI를 직접 수사에 참여시켰습니다." 코스티디스가 말했다.

"하딩 청장도 세르지오의 뇌물 리스트에 있습니다. 그래서 하딩 역시 뇌물 수수 사실 공개 여부에 지대한 관심이 있는 겁니다."

커너스가 상기시켜 주었다.

"시장님, 현재 알렉스 씨가 어디에 있는지 알고 계십니까?"

엥겔스가 물었다.

"유감스럽지만 모릅니다. 내가 아는 것이라고는 경찰과 FBI 요원을 합친 수보다 세르지오가 훨씬 많은 사람을 풀어서 알렉스 양을 찾는 데 혈안일 것이라는 사실뿐입니다. 알렉스 양이 그자에게 붙잡히면 살아남기 힘들 겁니다."

코스티디스는 고개를 저으며 말했다. 참석자들 모두 아무 말도 하지 못했다. 모두 지금까지 들은 내용을 소화하느라 시간이 걸렸다.

"우리가 이 도시에서 자행되는 부정부패를 외면하면 세르지오는 계속할 겁니다. 우리는 이번 스캔들을 터트려서 범죄 행위를 비호하는 세력을 척결해야 합니다. 대중이 어떻게 받아들일지는 두 번째 문제예요." 코스티디스가 집요하게 말했다.

"세르지오 같은 범죄자와 손을 잡은 경찰청장과 연방판사, 연방검사는 이제 용인할 수 없는 문제입니다. 그들이 야기하는 피해는 이미지가 타격을 입는 것보다 훨씬 큽니다." 커너스가 덧붙였다.

"그래도 저는 행동에 옮기기 전에 증인이 얼마나 믿을 만한지 확신을 갖고 싶습니다." 젠킨스가 끈질기게 물고 늘어졌다.

"지금 어디에 있는지 몰라요. 그리고 다시 나타날지도 몰라요. 난 다만 우리가 이렇게 아무 일도 못 하고 시간만 보내는 동안 세르지오가 중요한 증거를 없애고 다닌다는 것만은 확실히 말씀드리고 싶군요." 코스티디스가 날카로운 목소리로 말했다.

"지금 우리가 가진 증거만으로도 충분합니다. 우리가 리스트에 오른 사람들을 만나 직접 금품 수수 혐의를 조사해보면 세르지오를 잡아들일 증거를 충분히 대줄 겁니다." 커너스가 덧붙여 말했다.

모든 눈이 젠킨스 FBI 부국장을 향했다. 그는 갑자기 자리에서 벌떡 일어나더니 말했다.

"아니 국장님과 통화해 보겠습니다."

그는 코스티디스의 책상 앞으로 걸어갔다. 코스티디스와 커너스는 서로의 얼굴을 쳐다보았다. 만약 FBI가 협조를 하지 않거나, 아니면 방해한다면 엥겔스 부장관을 대표로 하는 법무부가 이들의 편이 되어준다고 해도 성공할 가능성은 거의 없었다. 세르지오는 자신이 쫓기고 있다는 사실을 알게 될 것이고, 그렇게 되면 또다시 교묘하게 빠져나갈 것이다. 그가 아직 자기 머리 위에 먹구름이 짙게 드리우고 있다는 사실을 모른다는 점이 지금으로선 유일한 무기였다.

"시장님, 아니 국장님께서 시장님과 통화를 하고 싶어 하십니다." 한참 통화를 하던 젠킨스가 말했다. 코스티디스는 자리에서 일어나 전화를 받았다. 그는 FBI 국장에게 모든 이야기를 다시 간략하게 반복해서 설명했다. 국장은 고맙다는 말을 하더니 다시 젠킨스를 바꿔달라고 했다.

코스티디스는 심장이 쿵쾅쿵쾅 뛰었다. 예전에 법정에서 최후 변론을 마치고 배심원의 결정을 기다릴 때 느끼던 그런 느낌이었다. 그가 맡은 수많은 재판에서 그랬던 것처럼 그는 지금 이 순간 최선을 다했다는 생각이 들었다. 최종 결정이 어떻게 내려질지는 이제 그의 손을 떠난 일이었다. 코스티디스는 자리로 돌아가 의자에 앉고 눈을 감았다. 조용히 통화를 하는 젠킨스의 목소리를 제외하고는 쥐죽은 듯 고요했다. FBI 부국장이 통화를 마치고 전화기를 내려놓자 코스티디스는 그를 쳐다보았다. 그 순간 아너 국장이 어떤 결정을 내렸는지 알 수 있었다. 그는 안도감에 속으로 전율했다. 아너는 오케이 사인을 보내주었다. FBI는 세르지오 비탈리를 무찌르는 작업을 지지해줄 것이다. 코스티디스는 다년간의 경험을 바탕으로 얼굴만 보아도 그 사람의 마음이 어떤지 꿰뚫어볼 수 있었다. 배심원들이 매번 법정으로 들어올 때 얼굴을 보고 어떤 결정을 내렸는지 짐작하다 보니 얻게 된 직감이었다. 이 직감은 지난 수년간 한 번도 틀린 적이 없었다.

젠킨스 부국장은 회의 탁자로 돌아와 자리에 앉았다.

"아너 국장님께서 대통령님과 말씀을 하실 겁니다. 하지만 이번 사건을 해결하기 위해 모든 필요한 조치를 당장 취하라고 지시를 내리셨습니다. 그리고 이번 일은 가능한 비밀리에 진행하고 언론의 요란한 보도 없이 조용히 진행하라고 하셨습니다."

그가 말했다. 커너스는 안도하면서 승리의 미소를 감추지 못했다.

"커너스 검사님, 오늘 중으로 드 랜시 검사를 만나서 당분간 정직 처분이 내려졌다고 설명해주시기 바랍니다."

젠킨스가 계속해서 말을 이었다. 커너스는 고개를 끄덕였다.

"이제 우리가 서로 어떻게 협조하면 되겠습니까?"

엥겔스 부장관이 궁금해하며 물었다.

"커너스 검사가 조사를 지휘할 겁니다. 부장관님은 최고의 인력을 배치해 주세요. 알렉스 씨를 찾는 데 더욱 힘을 모을 겁니다."

젠킨스가 말했다.

"수배령은요?"

코스티디스가 물었다. 그는 수배령이 곧장 해제되기를 바랐다.

"전 아직 무죄를 확신할 수가 없습니다. 살인 혐의가 명백히 풀릴 때까지는 수배령이 계속 유지됩니다. 시장님, 그리고 혹시 다시 연락이 오면 알렉스 씨가 다시 나타나는 것이 매우 중요하고 우리가 보호해줄 것이라고 전해 주십시오." 젠킨스가 간단하게 대답했다.

"살인 혐의를 받는 이상 나타나지 않을 겁니다."

코스티디스가 대답했다.

"하지만 나타나는 게 좋을 겁니다. 제가 얘기를 좀 나누고 싶습니다." 젠킨스는 코스티디스를 차갑게 쳐다보며 말했다.

"알겠습니다."

코스티디스는 어깨를 으쓱하며 대답했다. 그리고 시계를 들여다보며 자리에서 일어났다. "저는 이제 그만 실례를 해야겠습니다. 오늘 공식 일정이 잡혀 있어서 말입니다."

"새로운 소식이 들어오면 제가 연락드리겠습니다."

시내로 가기 위해 문을 향해 걸어가던 코스티디스를 향해 커너스가 말했다.

＊

코스티디스가 미드타운 맨해튼에 있는 록펠러센터로 가면서 긴장감이 드러나지 않도록 애쓰는 동안, 로이드 커너스는 연방보안관인 스푸너와 카젤리와 함께 코네티컷 최고급 주거지인 그리니치로 향했다. 이들 세 사람은 점점 거세지는 눈발을 뚫고 베란다가 딸린 커다란 흰색 저택을 향해 걸어갔다. 저택은 넓은 잔디 위에 오래된 나무로 둘러싸여 있었다. 커너스는 왜 아무도 진작 의문을 품지 않았을까 하는 생각이 들었다. 공직자로서 받는 봉급만으로는 이런 저택에 사는 것은 불가능했다.

드 랜시는 문을 열어주면서 커너스가 두 수사관을 대동하고 나타난 것을 보자 얼굴이 창백해졌다.

"안녕하세요, 드 랜시 검사님. 이분들은 스푸너와 카젤리 연방보 안관입니다. 일요일 아침부터 갑자기 이렇게 찾아와서 죄송합니다만 몇 가지 질문이 있습니다."

커너스가 차분한 목소리로 인사하며 말했다.

"무슨 일입니까? 지금 좀 곤란한데. 내일 아침 사무실에서 얘기하 면 안 되겠습니까?"

드 랜시가 무뚝뚝하게 대답했다.

"그렇게는 안 됩니다. 물론 모든 사람이 다 알아도 괜찮다면 그러 셔도 상관없습니다만." 스푸너 보안관이 말했다.

"뭘 알게 된다는 말입니까?"

스푸너와 커너스는 서로 눈빛을 주고받았다.

"저희가 들어가도 되겠습니까?" 커너스가 예의바르게 물었다.

"우선 무슨 일인지 알아야겠군요."

"정 원하신다면 그러죠. 저희는 확실한 증거를 바탕으로 검사님이 여러 차례 뇌물을 받았다는 혐의를 가지고 있습니다."

스푸너는 어깨를 으쓱하며 말했다. 드 랜시는 얼굴이 하얗게 질리 면서 갑자기 마비가 되어버린 듯 말없이 세 사람을 쳐다보았다.

"이제 저희가 좀 들어가도 되겠습니까?" 커너스가 재차 물었다.

"네…… 네, 물론이죠. 제 서재로 가시죠."

드 랜시는 속삭이듯 말하며 한 걸음 뒤로 물러섰다.

드 랜시는 처음 몇 분 동안은 혐의를 부인했다. 하지만 커너스가 레비앤빌러즈 은행의 입금 내역 사본을 들이밀자 무너졌다. 그는 눈 물을 글썽거리며 세르지오에게 뇌물을 받았다는 사실을 시인했다. 그리고 그 대가로 이따금 세르지오의 편의를 봐주었다고 털어놓았다. 커너스는 아찔한 승리감을 맛보았다. 사실 그는 그때까지만 해도 코스티디스가 준 입금 내역만으로는 세르지오의 뇌물 공여 혐의를 입증하는 데 부족할 것이라고 우려했는데, 이렇게 쉽게 드 랜시가 자백을 함으로써 모든 심증이 더욱 확실해졌다. 이제 모든 것이 명백했다. 법정에서 단 한 사람의 진술만으로도 세르지오에게 큰 타격을 줄 수 있었다. 커너스는 뇌물 리스트에 오른 다른 사람들도 세르지오에게 매수된 것이 확실하다는 생각이 들었다. 믿어지지 않는 일이지만 이번에는 검찰이 정말 처음으로 세르지오 비탈리를 꼼짝 못하게 할 확실한 증거를 손에 쥐었다. 커너스는 그동안 무수히 많은 혐의를 받았던 세르지오와, 그리고 갑자기 사라지거나 기억력을 잃었던 증인들이 떠올랐다. 그리고 자신을 포함한 검찰청의 많은 검사가 세르지오를 잡아넣는 데 혈안이 되어 있는 코스티디스를 늘 비웃었던 것에 대해 죄책감을 느꼈다. 코스티디스는 늘 옳았다. 드 랜시는 울먹거리는 목소리로 모든 사실을 시인했다. 오히려 수개월 동안 짓눌려 있던 부담감에서 벗어났기 때문인지 안도하는 느낌마저 들었다.

"이제 앞으로 어떻게 되는 겁니까?"

드 랜시가 떨리는 목소리로 물었다.

"그건 드 랜시 검사님한테 달렸습니다. 선택권은 검사님께 있습니다. 지금 자리에서 물러나고 세르지오와 관련된 소송에서 검찰측 증인으로 나오시면 정황을 참작해서 뇌물 수수 혐의에 따른 기소는 포기할 수도 있습니다. 또는……." 커너스는 머리를 흔들며 말했다.

"알겠어요. 알았다고요. 그렇게 하죠. 내가 실수를 했어요. 아주 큰 실수를 저질렀어요. 내가 무슨 일에 연루될지 나도 몰랐어요. 하지만 나는 이 일로 인해 우리 가족이 필요 이상으로 고통을 당하지 않았으면 좋겠습니다."

드 랜시가 커너스의 말을 서둘러 말을 끊으며 대답했다.

"어쨌든 검사님의 이름이 신문 머리기사에 등장하기는 할 겁니다. 그 정도는 받아들이셔야 합니다. 하지만 고소를 당하거나 형을 선고 받게 되지는 않습니다. 저희에게 협조를 잘 해주시면 법조인협회에서 제명당하는 것은 막을 수 있을지도 모르겠습니다."

커너스가 말했다.

드 랜시의 얼굴은 마치 죽은 사람처럼 창백해졌다. 한방에 무너져버린 야심찬 미래의 계획을 떠올리는 것일까? 커너스는 드 랜시가 맨해튼 연방검사로 재직하는 것이 정계로 진출하기 위한 발판일 뿐이라는 것을 알고 있었다. 하지만 이제 그 꿈은 물거품이 되어버린 듯했다.

"이번 사건에서 내가 빠지는 방법은 없을까요?"

드 랜시가 물었다. 스푸너 보안관이 경멸적인 눈빛을 보냈다.

"다른 방법은 없을 것 같습니다. 검사님을 위해 서류를 준비해 왔어요. 한번 읽어보시고 내용에 동의하면 서명을 해주세요."

커너스는 고개를 저으며 서류 가방을 열었다. 드 랜시는 침을 꿀꺽 삼키며 서류를 들여다보았다. 서류를 읽는 그의 얼굴에서는 그나마 남아 있던 혈색까지 싹 사라졌다.

"여기 서명을 하면 난 끝장입니다."

그는 이렇게 속삭이며 손가락을 덜덜 떨었고 온몸에서 식은땀이 흘렀다.

"제가 검사님을 구속할 수도 있습니다. 그게 더 좋으시다면 말입니다. 그렇게 되면 진술을 거부할 권리가 생깁니다. 똑똑한 변호사를 만나면 어쩌면 어떻게든 이번 사건에서 빠져나가실 수도 있어요. 하지만 상당히 오래 걸릴 것이고, 검사님께 온갖 비난이 쏟아지고 오래도록 따라다닐 겁니다. 검사님도 어떤 일이 벌어질지 잘 아시지 않습니까. 형법적인 측면과 별도로 세무 당국이 개입할 겁니다. 그런데 제 생각에는 세무 조사관에게 이 저택 구입비용과 아이들을 비싼 학교에 보낼 수 있는 자금의 출처를 대는 것이 상당히 힘드실 것 같군요."

커너스가 말했다. 그러자 드 랜시는 눈물을 터뜨리면서 두 손으로 얼굴을 가렸다. 세 남자는 맨해튼의 연방검사가 어린아이처럼 훌쩍이며 우는 모습을 별 동정심 없이 지켜보았다.

"서명하시겠습니까?"

"네…… 네……."

드 랜시는 천천히 자리에서 일어나 불안한 걸음걸이로 책상 앞으로 다가갔다. 그는 고개를 푹 숙이고 종이에 서명을 함으로써 자신의 죄를 인정했다.

"고맙습니다. 내일 아침에 병가를 신청하십시오. 그리고 당분간 집 안에서 나오지 마시기 바랍니다."

커너스는 잉크가 마를 때까지 기다렸다가 종이를 서류 가방 안에 넣으며 말했다.

"가택연금입니까?"

"그렇습니다. 혹시 세르지오에게 연락이 오면 오늘 우리가 나눈 대화에 대해서는 말씀하시지 않는 게 좋을 겁니다. 저희는 검사님이 목표가 아니라 훨씬 큰 사건이 목표입니다. 그리고 혹시라도 우리 뒤통수를 칠 유혹에 사로잡히지 않도록 검사님의 전화를 감청할 겁니다."

커너스는 자리에서 일어나며 말했다.

"난 그럴 생각은 없어요." 드 랜시는 가만히 앉아 있었다.

"그러시길 바랍니다. 만약의 경우 어떤 결과를 불러올지 제가 굳이 말씀드리지 않아도 아실테니까요."

드 랜시는 말없이 눈물을 주르륵 흘리며 나가는 세 남자를 바라보았다. 걱정스러운 표정으로 서재 안으로 들어온 아내 앞에서도 드 랜시는 굳이 눈물을 감추지 않았다.

*

드 랜시는 일요일 오후 예기치 않은 손님을 맞이한 첫 번째 인물일 뿐이었다. 트레이시 테일러와 로이스 셰퍼드 검사도 커너스와 마찬가지로 연방보안관을 대동하고 뇌물 리스트에 오른 인사들의 집을 다니며 뉴욕을 훑고 다녔다. 코스티디스가 예상했듯이 이들 용의자는 모두 아주 협조적으로 나왔다. 세르지오 비탈리의 제국은 흔들리기 시작했지만, 세르지오는 다가오는 대지진의 징후를 아직 알아차리지 못했다.

4
부

Unter Haien

10시간을 내리 자고 일어난 알렉스는 몸이 한결 상쾌하고 가뿐해 졌다. 알렉스는 저스틴에게 전화를 걸어 그가 레비앤빌러즈의 비밀 자료를 차단하는 데 성공했다는 것을 확인했다. 컴퓨터 시스템 전체 를 파괴하지 않는 이상 계좌를 삭제할 수 있는 사람은 이제 아무도 없었다.

알렉스는 전화를 끊고 룸서비스로 주문한 아침 식사와 함께 느긋 하게 샴페인을 한 모금 마셨다. 도주에 성공하고 지난 며칠간 너무 긴장한 상태로 지내다가 여유를 찾으니 알렉스는 히스테릭한 만족감 에 도취되어 세르지오에게 전화를 걸어 약을 올리고 싶은 마음까지 들었다. 하지만 알렉스는 마음을 다잡고 코스티디스의 개인 전화로 전화를 걸었다. 뉴욕은 한밤중이었지만 그는 금세 전화를 받았다.

"여보세요?"

잠에 취한 목소리였다. 알렉스는 마음이 두근거려 잠시 머뭇했다.

"여보세요? 누구세요?" 코스티디스가 재차 물었다.

"시장님, 알렉스예요. 혹시 단잠을 깨웠다면 죄송합니다."

"알렉스! 괜찮아요! 어떻게 지내요?"

코스티디스의 목소리는 갑자기 확 깬 듯했다.

"잘 지내요. 저스틴이 시장님께 이메일 자료를 전달했나요?"

"네, 잘 받았어요."

코스티디스는 엥겔스와 젠킨스와 나누었던 대화와, 검찰로부터 뇌물 수수 혐의로 조사를 받은 모든 사람이 시인했다는 소식을 전했다.

"알렉스 양은 살인 혐의를 비공식적으로는 이미 벗었어요. 그리고 일이 잘 진행되고 있어요. 검찰에서 잘 처리하고 있어요."

"다행이네요."

"테이트 젠킨스 FBI 부국장은 알렉스 양이 당장 뉴욕으로 돌아올 것을 요청하고 있어요. 돌아오면 FBI의 보호를 받게 될 거예요."

"저한테는 그다지 솔깃하지 않은 제안이네요. 데이비드 주커먼이 어떻게 됐는지 잘 아시잖아요."

알렉스는 침대에 누워 침실 천장을 물끄러미 쳐다보았다. 평생 동안 두려워하며 숨어 지내야 한다면 과연 어떨까? 평생 도망쳐야 하는 삶을 생각해보니 정신이 번쩍 들었다. 이것은 흥미진진한 게임도 아니고 영화관에서 편안하게 앉아 감상하는 해피엔딩 영화가 아니라 자기 목숨이 달린 심각한 일이었다. 낙천적인 생각은 갑자기 사라지고 샴페인도 갑자기 맛이 없어졌다.

"저스틴 세이비어 씨가 알렉스 양을 많이 걱정하고 있어요."

코스티디스는 사실 자기가 훨씬 걱정이 많다는 말을 하고 싶었다.

"아주 잘 지내고 있다고 전해주세요. 마크 애쉬턴이나 올리버 스케릿이 저스틴이나 시장님께 연락을 했나요?"

"아니요, 없었어요."

알렉스는 오싹해졌다. 자신은 안전한 스위스에서 샴페인을 마시고 있는 동안 마크와 올리버에게 무언가 끔찍한 일이 일어난 것이 분명했다. 어딘가로 아예 숨어버리고 다시는 뉴욕으로 돌아가고 싶지 않은 생각이 너무나 간절했지만 그래도 곤경에 처한 친구들을 그냥 내버려둘 수 없다는 생각이 들었다.

"알렉스 양, 지금 엄청난 위험에 처해 있어요. 세르지오는 모든 수단 방법을 다 동원해서라도 반드시 당신을 잡으려고 할 거예요."

코스티디스가 절박한 목소리로 말했다.

"저를 걱정해 주시는 건가요?"

"네, 걱정이 돼요. 정말 많이 걱정돼요. 알렉스 양이 세르지오의 돈을 훔친 것만으로도 길길이 뛸 겁니다. 난 그자가 무슨 짓이든 서슴지 않는 사람이라는 걸 잘 알아요. 나는 알렉스 양한테 무슨 일이 일어나는 걸 원치 않아요."

코스티디스가 탁한 목소리로 말했다. 알렉스는 이 말이 빈말이 아니라 진심이 담겨 있다는 것을 느끼며 감동했다. 뉴욕시장인 이 막강한 분이 자신을 진심으로 걱정해주고 있었다! 그리고 실제로 걱정을 할 만한 상황이었다. 알렉스는 큰 위험에 처해 있었고, 섣부른 행동 하나가 목숨도 앗아갈 수 있었다.

"돈을 훔친 건 아니에요. 날 가만 내버려두면 돌려줄 거예요. 저는 평생 도망 다니며 살고 싶지 않아요. 하지만 세르지오는 내가 곁을 떠난 것을 용서하지 않을 것이고, 그리고……."

"그리고?"

"……하필 시장님을 찾아간 것도 용서하지 않을 거예요."

또다시 침묵이 흘렀다. 귓가에 들리는 목소리가 너무나 가깝게 느껴져서 지금 대서양을 사이에 두고 있는 것이 아니라 바로 옆에 있는 것처럼 느껴졌다.

"알렉스 양은 내 목숨을 구해줬어요. 내가 아주 힘들었던 시기에 내게 용기를 주었고 내가 계속 살아갈 수 있도록 도와줬어요. 난 절대 잊지 않을 거예요. 내 도움이 필요하면 언제든 알렉스 양을 도와줄 생각이에요." 코스티디스가 부드러운 목소리로 말했다.

"고맙습니다, 시장님. 저는…… 저는 이제 그만 전화를 끊어야겠어요. 제가 다음에 다시 전화 드릴게요."

알렉스가 나직이 속삭였다. 갑자기 목에 묵직한 것이 걸린 듯 목이 조여 왔고 눈물이 맺혔다.

"알았어요, 몸조심해요."

"그럴게요."

*

헨리 모너헌은 알렉스를 잡지 못한 것이 몹시 분했다. 게다가 그가 알아채지 못하는 사이에 누군가 LMI의 중앙 서버에 침입한 사실에도 분노가 치밀었다. 그것은 보안 책임자로서의 권위를 추락시키는 일이었다. 그렇게 된 것은 그의 잘못이었다. 물론 아무도 직설적으로 그렇게 말하지는 않았지만 누군가 침입했다는 사실만으로도 충분히 굴욕적이었다. 모너헌은 상처 난 자존심을 회복하기 위해 무언가 성과를 올려야 했다. 그는 가장 가까운 동료 직원인 필 폭스와 함께 지하실에 있는 LMI빌딩 통제 본부에 앉아 누가 회사 서버에 침입해서 정보를 캐갔는지 밝혀내려 애썼다. 누군지는 모르겠지만 몰래 침입하면서 아무것도 건드리지 않은 것으로 보아 아주 똑똑한 자가 분명했다. 폭스가 일부러 찾아보지 않았다면 모너헌은 누가 승인도 받지 않고 서버에 침입했다는 사실조차 모를 뻔했다. 따라서 이런 시스템을 아주 잘 아는 전문가의 소행이 분명했고, 용의자의 범위가 대폭 줄어들었다.

최신식 감시 장비로 가득한 창문이 없는 방 안은 모너헌이 끊임없이 피워대는 줄담배 연기로 자욱했다. 재떨이에 담배꽁초 15개가 쌓였는데, 모너헌은 또다시 담배에 불을 붙였다.

"뭐랍니까?"

모너헌이 전화기를 내려놓자 폭스가 물었다. 5년 전에 컴퓨터 시스템을 설치한 업체에 전화를 했지만 그곳에서는 소프트웨어에 대해 아는 사람이 없었다.

"프로그램을 만든 사람만 시스템에 침입할 수 있다고 하는군. 소프트웨어 제작자들은 뒷문이라는 걸 설치해뒀다가 언제든지 아무도 모르게 시스템에 들어올 수 있다고 하네."

"저도 그런 얘기 들어본 것 같습니다. 어디서부터 찾기 시작할까요?" 폭스는 고개를 끄덕이며 물었다.

"우리는 어떤 운영 체제를 쓰고 있지?"

"IBM의 뱅크매니저(BM)5.3입니다."

"그거 잘됐군. IBM은 아주 큰 회사지."

모너헌은 미간을 찡그리고 생각에 잠겨 담배를 질겅질겅 씹었다.

"그렇기는 하죠. 하지만 BM5.3 개발에 참여한 사람은 그렇게 많지는 않을 겁니다. 이런 걸 만들 수 있는 프로그래머는 손으로 꼽을 정도니까요."

모너헌은 폭스를 물끄러미 쳐다보더니 전화기를 들었다. 신호음이 4번 가더니 IBM 개발부서 팀장과 연결이 되었다. 모너헌은 진실을 숨긴 채 지금 어떤 문제가 있는지 설명했다.

"BM5.3을 우리 회사에서 제작하기는 했지만 프로그램의 보안 검사는 전문가들이 했습니다." IBM의 기술부서 팀장이 알려주었다.

"그 전문가들이 누구입니까?"

"보통 MIT 쪽 사람들이 맡아서 하고 있어요."

"그게 뭡니까?"

"보스턴 근교 캠브리지에 있는 매사추세츠 공과대학 말입니다. 하지만 벌써 6년 전 일이에요. 그때 보안검사에 참여했던 사람들은 거길 떠났을 수도 있어요."

"네, 제가 보기에도 찾기 힘들겠네요."

모너헌은 의례적인 감사의 말을 전하고 통화를 마쳤다.

"매사추세츠 공과대학."

그는 음흉한 미소를 지으며 폭스에게 말했다.

"우리가 찾는 놈이 거기 있다는 데 내기라도 하고 싶군. 난 내일 보스턴으로 가겠네. 누군지 알아내고 말겠어."

"정말 죄송합니다. 지금 정보에 접근할 수가 없습니다."

레비앤빌러즈 은행의 컴퓨터 시스템을 책임진 젊은 남자가 빈센트 레비와 그랜드 케이맨 조지타운의 은행장인 랜스 갓프리를 향해 몸을 돌리며 말했다.

"그게 무슨 말이오?"

레비가 화를 냈다. 그는 밤새 잠을 이루지 못했다. 낮에는 증권거래위원회와 경찰과 실랑이를 벌였고, 저녁에는 부인이 괴롭혔다. 부인은 LMI에 대한 부정적인 보도가 언론에 나오자 이를 아주 못마땅하게 생각하고 남편을 못살게 굴었다. 레비는 부인이 징징거리며 하는 잔소리를 더는 참을 수가 없었다. 게다가 안 그래도 할 일이 태산인데 비밀 계좌의 모든 자료를 삭제하기 위해 직접 케이맨 제도까지 날아와야 했다.

"뭔가 잘못됐습니다. 특정 정보에 대한 접근이 차단됐고, 중대한 오류가 발생했다는 메시지가 뜹니다. 오류를 찾아내지 못하면 전체 시스템이 망가질 수도 있습니다."

젊은 컴퓨터 담당직원이 말했다. 그는 자판 몇 개를 누르고 마우스를 이리저리 흔들더니 걱정스러운 표정으로 화면을 가리켰다. "이것 보십시오, 회장님. 아무 문제 없이 정보를 열람할 수도 있고 인쇄도 할 수 있지만 삭제를 하려고 하면 컴퓨터가 매번 제게 이렇게 말을 합니다."

"유효하지 않은 명령어입니다. 파일을 닫습니다."

레비는 이 직원이 컴퓨터를 두고 마치 사람에게 말하듯 이야기하는 것이 짜증났고, 갓프리 행장이 아무렇지 않게 태연한 것에도 화가 났다.

"회장님께서 왜 이렇게 흥분하시는지 모르겠군요. 이곳에 접근할 방법은 없어요. 데이터는 포트 녹스에 있는 것만큼이나 안전해요."

갓프리는 아까 이렇게 말하며 유리로 된 책상 상판에 태연하게 발을 올려놓았다. 레비는 이 말에 아무런 대꾸도 하지 않았다. 그가 너무 자세히 알 필요는 없다는 생각이 들었다. 190센티미터의 큰 키에 운동으로 잘 다져진 몸, 햇볕에 그을린 얼굴, 그리고 밝은 색 양복을 입은 갓프리는 민영은행장이라기보다는 나이트클럽 주인처럼 보였다. 레비는 그 점이 별로 마음에 들지 않았다. 갓프리는 능력 있는 사람임은 분명했지만 그런 위치에 있는 사람이라면 조금 더 진지해야 한다는 생각이 들었다. 하지만 지금은 갓프리에게 그런 말을 할 때는 아니다.

"어떻게든 되도록 해보세요. 그런 일을 하라고 우리가 당신한테 월급을 주는 거 아니겠소?"

레비가 젊은 컴퓨터 시스템 담당자를 몰아붙였다. 갓프리는 옆에서 그저 미소만 지으며 어깨를 으쓱했다. "1시간 내에 고쳐놓도록 하세요."

레비는 이 말을 남기고 등을 돌려 밖으로 나갔다. 젊은 남자는 한숨을 내쉬며 다시 컴퓨터를 향해 시선을 돌리고는 해결 방법을 찾으려고 애썼다. 하지만 뜻대로 될 리가 없었다.

*

6년 전에 IBM BM5.3 운영체제의 보안 검사 작업에 참여했던 사람들의 이름을 알아내는 것은 헨리 모너헌에게는 식은 죽 먹기였다. 세 명이 참여했는데, 그중 한 명은 지금 캘리포니아 실리콘밸리에 있었다. 또 한 사람은 동남아시아 어딘가에 살고 있었고, 마지막 세 번째 사람은 아직 MIT에 있었다. 그의 이름은 저스틴 세이비어, 정보학과를 우수한 성적으로 졸업하고 세계적으로 유명한 MIT 미디어랩에서 근무하는 중이었다. 모너헌은 본능적으로 저스틴이 그가 찾는 자라는 것을 알아차렸다. 하지만 저스틴은 이틀 밤낮을 쉬지 않고 일한 뒤 화요일 아침에는 출근하지 않았다. 유감스럽게도 저스틴의 상사가 저스틴의 연구실을 둘러보는 것을 허락하지 않아서 MIT 건물에서 그냥 나와야 했다. 그는 전화번호부에서 저스틴의 주소를 찾아낸 후 부하들과 함께 찾아갔다. 초인종을 세 번 눌러도 아무 반응이 없자 모너헌은 아무렇지 않게 집 안으로 침입했다.

"집안 꼴이 이게 뭐야?"

모너헌은 눈앞에 펼쳐진 어지러운 광경을 보고 역겨운 듯 고개를 저었다. 세 개의 방에는 컴퓨터와 책, 컴퓨터 관련 잡지로 가득했고 그 사이사이에 운동기구와 자전거, 청소기, 그리고 서로 어울리지 않는 가구들이 널브러져 있었다. 옷이나 신발, 재킷, 오토바이 헬멧 따위도 바닥에 뒹굴어 다녔다. '역시 이런 컴퓨터광들은 다 똑같다니까!' 일에는 얼마나 천재적인지 몰라도 실제 생활에서는 어수선하고 정리정돈을 못 하는 사람들이었다. 모너헌은 책상 앞에 앉아 서랍이란 서랍은 다 열어보고 무작정 쓰레기통을 뒤졌다. 그는 굳이 컴퓨터를 켜볼 시도조차 하지 않았다. 저스틴이 분명히 수십 개의 암호를 걸어두었을 것이 분명했기 때문이다. 저스틴만큼 똑똑하지 않은 이상 헛수고가 될 것이 뻔했다. 이어서 화장실과 침실을 살펴보았다. 모두 똑같았다. 담배꽁초가 수북한 재떨이, 널브러져 뒹구는 빈 맥주 캔과 콜라 캔, 먹다 남은 피자 조각이 들어 있는 종이 박스.

"이리 좀 와보세요. 이것 좀 보세요."

같이 온 부하가 그를 불렀다. 그는 부엌 벽 쪽에 달려 있는 핀보드의 다른 메모지 사이에 색이 누렇게 바랜 신문 조각을 가리켰다. 20년도 넘은 신문 기사 제목은 '어린 컴퓨터광이 군부를 우롱'였다. 기사의 내용은 16살인 저스틴 세이비어가 북미 항공우주방위사령부 중앙 서버를 해킹해서 제3차 세계대전을 일으킬 뻔했다는 내용이었다. 어린 학생에게 우롱당한 것도 모르고 군부는 톡톡히 망신을 당했다. 소련이 핵공격을 하려 한다고 심각하게 여긴 것이다.

"얼핏 들었던 기억이 나. 그런 일이 있었지. 딱 맞아떨어지네."

모너헌이 고개를 끄덕였다. 다른 컴퓨터 시스템에 침투하는 것이 저스틴 세이비어의 전문인 모양이었다. 모너헌의 시선이 위태로워 보이는 책장으로 옮겨갔다. 그곳에 꽂힌 책들은 저스틴이 평소 들여다보는 책과는 달리 컴퓨터 관련 서적이 아니라 주로 수준 높은 공상

과학 소설이었다. 그리고 사진 앨범과 연감이 끼어 있었다. 모너헌은 책을 하나씩 꺼낸 후 책장을 휙 넘겨보고 아무렇게나 바닥에 떨어트렸다. 그러다가 무언가를 보고 혼잣말로 중얼거렸다.

"이것 보게. 우리 지하실에 감금되어 있는 그 뚱보 아닌가."

그 사진에는 젊은 세 남자가 카메라를 향해 미소를 짓고 있었다. 다음 쪽을 넘겨보니 이들이 더욱 자주 등장했다. 하버드 대학생들. 오만한 놈들이었다. 돼지 같은 얼굴의 남자는 마크 애쉬턴이 확실했다. 모너헌은 만족스러운 미소를 지었다.

"보스, 그 여자가 이곳에 왔던 게 분명합니다. 화장실 휴지통에서 진갈색 염색약하고 일회용 콘택트렌즈가 들어 있던 빈 상자를 발견했습니다."

부하가 보고했다. 모너헌은 음흉하게 고개를 끄덕였다. 알렉스 존트하임이 이곳에 왔었다. 이제 그 여자를 바짝 따라붙었다! 그는 거실로 가서 전화기와 자동응답기를 쳐다보았다. 자동응답기 테이프에는 중요하지 않은 메시지만 있었지만 모너헌은 전화기 재다이얼 버튼을 눌러보았다. 그는 누가 전화를 받을지 궁금해하며 기다렸다.

"안녕하십니까, 제라드 프레레 은행입니다."

아주 친절한 여성의 목소리가 독일어로 전화를 받았다.

"어, 죄송합니다. 마이애미에 사는 콜린 마이어스의 전화번호 아닙니까?" 모너헌이 영어로 말했다.

"아닙니다. 여기는 취리히에 있는 제라드 프레레 은행입니다."

이제 여자도 영어로 말했다.

헨리 모너헌의 빨갛게 상기된 얼굴 위로 승리의 미소가 번졌다. 그는 예의바르게 사과를 하고 전화를 끊었다. 알렉스 존트하임은 유럽에 있었다. 스위스에. 그리고 알렉스는 이렇게 바짝 추격당하고 있다는 것을 모르고 있다. 그는 휴대전화로 세르지오 비탈리에게 전화를 걸었다. 적어도 1시간 내에 부하들이 취리히로 갈 것이다.

＊

랜스 갓프리의 사무실에 있는 유리 상판 책상 위의 전화기 벨이 울렸다. 레비앤빌러즈 은행장은 얼굴을 찌푸렸다. 빈센트 레비와 끔찍한 하루를 보낸 후 술을 좀 마시느라 어젯밤 늦게 잠자리에 들었다. 레비는 컴퓨터가 제대로 작동하는 것을 확인하지 못한 채 마지막 항공편으로 뉴욕으로 돌아갔다. 갓프리는 왜 레비가 그토록 흥분하는지 이해할 수 없었다. 서버가 가끔 말썽을 부릴 때가 있었지만 그렇게 심각한 일도 아니었다. LMI 회장은 은행 창고에서 서류 더미를 꺼내 와서 직접 서류 파쇄기에 넣더니 갓프리가 저녁에 공항으로 배웅을 갔을 때도 기분이 무척 언짢아 보였다.

"쉴라, 무슨 일인가?" 갓프리가 물었다.

"은행장님을 뵙고 싶다고 5분이 찾아오셨습니다."

"미리 약속이 되어 있었나?"

갓프리는 책상 위에 올려둔 일정표를 힐끗 쳐다보았다.

"아니요. 하지만……."

"난 그럴 시간이 없네. 미리 약속을 잡고 오라고 해."

다시 의자에 등을 기대고 앉자 문이 열리더니 남자 5명이 우르르 사무실 안으로 들어왔다. 갓프리는 은행 고객은 아니라는 것을 금방 알아차렸다.

"죄송합니다. 은행장님."

비서는 당황해서 어쩔 줄 모르며 서 있었다.

"그만 됐어요."

갓프리가 괜찮다고 하자 비서는 머뭇거리며 사무실에서 나갔다.

"갓프리 씨?"

가느다란 콧수염이 난 검은머리 남자가 신분증을 꺼냈다. "저는 FBI 새뮤얼 라미레즈 요원입니다. 그리고 이분들은 퀸 요원, 증권거래위원회 감찰부서의 데니스 로젠탈 씨, 미국 영사관에 계시는 그린 씨, 그리고 저희와 함께 일을 하고 있는 저스틴 씨입니다."

"네, 어서 오십시오. 무슨 일로 찾아오셨습니까?"

갓프리가 과장되게 친절한 목소리로 자리에서 일어나며 인사했다.

"은행 수색영장을 갖고 왔습니다."

라미레즈 요원이 공문서 같아 보이는 문서를 내밀었다.

"그렇군요. 그런데 무슨 이유로 저희 은행을 수색하시려는 거죠?"

갓프리는 속으로 떨면서도 겉으로는 침착하고 공손하게 굴었다.

"불법 내부자 거래를 통해 조성된 자금이 이 은행의 비밀 계좌로 흘러들어갔다는 정황을 포착했습니다." 데니스 로젠탈이 말했다.

"대규모 뇌물 스캔들 사건과 연루된 것으로 추정되고 있습니다. 서버에 접속하게 해주시면 1시간 내에 모든 일을 끝내고 돌아가겠습니다." 라미레즈 요원이 덧붙였다.

"우리 서버는 고장 났어요." 갓프리가 중얼거리며 말했다.

"네, 알고 있습니다. 그래서 저희가 전문가를 모시고 왔지요."

라미레즈는 고개를 끄덕였다. 갓프리는 이들을 말없이 멍하니 쳐다보았다.

"그리고 이번 일은 뉴욕 본부에 보고하시지 않는 게 현명할 겁니다. 협조를 해주시면 행장님이 범죄 음모에 가담한 것에 대해 형사상의 책임을 묻지 않겠습니다."

퀸 요원이 친절한 미소를 지으며 덧붙였다. 갈색으로 그을린 갓프리의 얼굴이 창백해졌다.

"저는…… 음모에 가담하지 않았어요." 그는 말을 더듬거렸다.

"그건 우리가 확인해 드리겠습니다. 며칠 여행을 떠나시고 우리가 찾아왔던 것을 잊으세요. 그러면 더는 우리를 볼 일이 없을 겁니다. 하지만 그렇지 않으면……."

라미레즈 요원은 말을 잇기 전에 의미심장한 틈을 두었다.

"…… 그렇지 않으면 구속되실 겁니다."

갓프리는 침을 꿀꺽 삼켰다. 이제 서서히 왜 레비가 그토록 이상하게 굴었는지, 모너헌이 지난주에 컴퓨터 전문가라는 자를 데리고 이곳으로 왔는지 이해되기 시작했다. 그는 세인트존을 한 번도 신뢰한 적이 없었는데, 지난 몇 년간 정기적으로 들어온 현금 예금이 불법 사업 자금이라는 것은 어렴풋이 짐작하고 있었다. 하지만 FBI와 증권거래위원회, 영사관 직원이 수색영장까지 들고 찾아온 것을 보면 정말 큰일임이 분명했다.

"아이다호에 계시는 저희 부모님을 좀 찾아뵈어야겠군요. 저희 어머니가 많이 편찮으시거든요." 갓프리가 말했다.

"지금 당장 떠나셔도 좋습니다. 하지만 그 전에 중앙 서버에 접속하는 것을 도와주시고 몇 가지 질문에 대답을 해주시면 정말 고맙겠네요."

라미레즈 요원이 사랑스러운 미소를 지어 보였다. 랜스 갓프리는 당연히 이들에게 전폭적인 지원을 아끼지 않았다. 자신이 하지도 않은 일 때문에 감옥에 가고 싶은 생각은 추호도 없었다. 이제 이직을 해야 할 때가 아닌가 하는 생각이 들었다. 하지만 그전에 이제 사건의 핵심에서 잠시 벗어날 때가 되었다는 것만은 확실했다.

뉴욕 시 건설국 폴 매킨타이어 국장은 점심 식사를 마치고 사무실로 돌아왔을 때 책상 위에 시장이 전화를 바란다는 쪽지가 있는 것을 보았다. 그는 무심코 전화기를 들고 번호를 눌렀는데, 코스티디스와 곧바로 연결되는 것이 의아했다. 늘 바쁜 시장과 통화를 하려면 여러 번 시도를 해야 간신히 연결되는 경우가 보통이었다.

"그동안 잘 지냈습니까, 국장님. 휴가를 다녀오셨다고 들었는데 잘 쉬다 오셨습니까?" 코스티디스가 안부 인사로 시작했다.

"네, 시장님. 덕분에 잘 쉬다 왔습니다. 언제나 그렇듯 휴가가 너무 짧기는 했지만요."

"이번에는 어디에 다녀오셨나요?"

"이번에는 햇빛을 실컷 받고 왔어요. 이런 날씨에는 우울해지기 십상이잖아요. 이번 휴가에는 케이맨 제도에 다녀왔습니다. 수영도 하고 스노클링도 하고 일광욕도 했죠."

매킨타이어는 호탕하게 웃으며 말했다. 케이맨 제도라고! 우연일 리가 없었다.

"국장님, 제가 바쁘기는 하지만 긴급히 의논할 일이 있는데, 제 집무실로 와주겠습니까?"

"네, 물론이죠. 지금 당장 말입니까?" 매킨타이어는 의아했다.

"지금 오실 수 있으면……."

"물론입니다. 15분 내로 가겠습니다."

매킨타이어는 건설국이 입주한 건물에서 나와 폴리 스퀘어를 가로질렀다. 그는 한껏 들떠 있었다. 그저께 카리브해에서 돌아온 후 세르지오가 소개해준 집을 구경했다. 아내가 무척 마음에 들어 하며 감탄했다. 파이어 아일랜드가 내다보이는 해안 언덕에 자리 잡은 꿈만 같은 집이었다. 이제 4년만 있으면 은퇴하니 그 꿈을 이룰 수 있었다. 그리고 고혈압 때문에 조기 퇴직을 권유하는 의사를 만나게 되면 더 일찍 은퇴할 수도 있었다. 아내도 컨트리클럽에 가고 그는 하루 종일 골프를 치거나 요트를 타며 즐길 수 있었다. 주말에는 아이들과 손녀들이 놀러올 것이고, 아이들과 같이 해변을 산책하거나, 풀에서 수영을 하거나, 테니스를 치면서 이런 도시에서는 할 수 없는 야외 레저를 마음껏 즐길 수 있었다. 60년간 이 시끄럽고 더러운 도시의 임대 주택에서 살다가 바닷가에 자리 잡은 자기 집에 살게 된다는 것은 정말 매력적인 꿈이었다. 매킨타이어는 휘파람을 불며 시청으로 향하는 계단을 올라가 안으로 들어갔다.

"안녕하시오, 엘리 씨. 볼 때마다 이뻐지는구려!"

그는 코스티디스의 비서에게 인사를 건넸다.

"고맙습니다, 국장님. 정말 능청스럽게 거짓말도 잘하시네요. 시장님께서 기다리고 계십니다. 들어가 보세요."

엘리는 장난스럽게 얼굴을 찡그리며 말했다. 매킨타이어는 미소를 지으며 시장 집무실 방문을 열었다.

"안녕하셨어요, 시장님!"

그는 기분 좋게 인사를 했지만 커다란 회의 탁자에 앉아 있는 두 남자를 보고 미소가 싹 사라졌다. 갑자기 무언가 잘못되었다는 예감이 엄습했다.

"국장님, 이렇게 빨리 와주셔서 감사합니다. 맨해튼 검찰청 소속 로이드 커너스 검사와 로이스 셰퍼드 검사는 아실 테죠……."

코스티디스는 다가와서 악수를 청하며 말했다.

"네, 압니다. 그런데 그렇게 급하다는 일은 뭡니까?"

매킨타이어가 조심스럽게 말했다.

"일단 자리에 앉으십시오."

커너스의 요구에 매킨타이어는 순순히 따랐다. 탁자 위에 녹음기가 올려져 있고 셰퍼드가 대화 내용을 녹취하는 데 동의하는지 묻자 불길한 느낌이 점점 커졌다.

"단도직입적으로 말씀드리죠. 저희는 국장님께서 케이맨 제도에 있는 레비앤빌러즈 은행에 계좌가 있다는 증거가 있습니다."

계속되는 철야로 인해 무척 피곤해 보이는 커너스가 대번에 그의 혐의에 대해 말했다. 매킨타이어는 얼굴이 창백해지며 속으로 부들부들 떨기 시작했다.

"저희는 그 계좌에 입금된 돈이 세르지오 비탈리 회장에게 받은 것으로 추정하고 있습니다. 국장님은 그 대가로 편의를 봐주셨고요."

매킨타이어는 코스티디스와 눈이 마주쳤다. 그는 목부터 점점 얼굴까지 빨갛게 달아올랐다. 그는 초조하게 침을 삼켰다.

"이런 혐의에 대해 하실 말씀이 있으십니까?"

"그건…… 뭔가 착오가 있는 게 분명해요…… 저는……."

매킨타이어는 말을 더듬거리며 혀로 입술을 적셨다. 심장이 미친 듯이 두근거렸다. 맥박이 뛰는 소리가 귀에 들릴 정도였다. 집무실은 덥지 않았지만 이마에 굵은 땀방울이 송골송골 맺혔다. 망할 고혈압 때문에 고생이 이만저만이 아니었다.

"국장님, 지금 검찰에서는 국장님이 목표가 아니라 세르지오가 목표입니다." 코스티디스가 말했다.

"저희는 국장님께서 받으신 돈을 정기적으로 계좌에서 인출해서 사용했다는 증거가 있습니다. 어떻게 된 겁니까?"

커너스가 말을 이었다. 매킨타이어는 반짝거리는 탁자 위만 멍하니 쳐다보았다. 앞에 깜깜한 낭떠러지가 펼쳐지는 듯했다. 지난 몇 년 간 그가 그토록 두려워했던 순간이 마침내 오고 말았다. 롱아일랜드 의 집과 걱정 없는 노후는 이제 끝장이었다. 모든 것이 끝장이었다! 이제 연금이라도 받으면 다행이었다. 공직자가 뇌물을 받은 것은 심각한 불법 행위로 강력한 처벌 대상이었다. 그의 명예는 완전히 무너지게 되는 것이다.

"그건…… 그건 사실입니다."

한참 만에 시인을 한 매킨타이어의 자존심은 산산조각이 나버렸다. 코스티디스는 한숨을 내쉬었다. 사실 마음 한구석으로는 사실이 아니기를 바랐다. 그는 폴 매킨타이어를 좋아했고 신뢰했으며 함께 뜻을 합쳐 지금껏 잘 일해 왔다. 실망감이 이루 말할 수 없었다.

"언제부터였습니까?" 커너스가 물었다.

"몇 년 됐어요. 월드 파이낸셜 센터 건설 입찰을 할 때였어요. 당시 데이비드 주커먼이 나한테 접근했어요. 그리고 세르지오와 개인적으로 처음 만났을 때 그가 나한테 돈을 주겠다고 제안했죠."

매킨타이어는 고개를 푹 숙였다. 코스티디스의 실망한 눈빛을 더는 볼 수가 없었다.

"그래서 받아들인 겁니까?" 커너스가 물었다.

"처음에는 망설였습니다."

매킨타이어는 고개를 들었고 눈에는 눈물이 고여 있었다. "저는 한번도 검은 돈을 받지 않았다는 사실에 자부심이 있었어요. 그때 제가 국장 자리에 오른 지 몇 달 안 됐을 때였죠. 그런데 저는 개인적으로 그 당시 빚이 많았어요. 제 아내가 유감스럽게도 쇼핑을 유난히 좋아했거든요. 은행에서 대출금을 갚으라고 압박했지만 제 월급으로는 그럴 수가 없었어요. 제가 파산 직전이란 사실이 알려지면 모양이 안 좋을 것 같았고, 마침 세르지오의 제안은 사소하고 별로 위험해 보이지도 않았거든요."

코스티디스는 손으로 얼굴을 문질렀다. 코스티디스는 그의 말을 더 듣고 싶지 않았지만 이제 매킨타이어는 마침내 죄책감에서 벗어나서 다행이다 싶은지 모든 사실을 폭포수처럼 쏟아내기 시작했다. 커너스와 셰퍼드는 흥미롭게 귀를 기울였고 매킨타이어가 이따금 장황하게 스스로를 정당화하려는 말을 꺼내면 질문을 했다.

"누구든 자기 잇속을 챙기기 마련이잖습니까. 관례입니다. 작은 선물, 큰 선물, 여행, 새로운 자동차, 그리고…… 돈. 그런 것 없이는 이 도시에서 할 수 있는 게 없어요. 제가 협조하지 않았다면 제 자리에 오래 있지도 못했을 겁니다." 그는 결국 이런 결론을 내렸다.

"그게 무슨 말씀입니까?"

커너스는 매킨타이어를 뚫어지게 쳐다보았다.

"말 그대로예요. 세르지오와 부하들은 만약 내가 말을 듣지 않으면 가만 두지 않겠다는 암시를 분명히 했어요."

넓은 어깨에 단정하게 빗어 넘긴 백발의 매킨타이어가 어깨를 으쓱하며 말했다. 그의 눈길은 시장에게 향했다. "시장님은 이해하지 못할 겁니다. 나는 늘 시장님의 이상주의에 대해 감탄했어요. 하지만 시장님께서 뉴욕에 만연한 부정부패를 척결할 수 있다고 생각하신다면 그건 비현실적인 생각입니다. 위든 아래든 공무원은 모두 다 저 같을 겁니다."

매킨타이어는 씁쓸한 미소를 지었다. 코스티디스는 오랫동안 그를 물끄러미 쳐다보더니 천천히 고개를 끄덕이고 고개를 숙였다. 그는 매킨타이어의 말이 맞는다는 것을 알았지만 그래도 마음이 아팠다. 코스티디스가 지난 몇 년간 부정부패와 관련해서 아무런 성과도 거두지 못했다는 증거가 국장의 말에 고스란히 담겨 있었다. 그의 정책이 실패했다는 파산 선고나 마찬가지였다.

"이제 저는 어떻게 되는 겁니까?"

매킨타이어가 물었다. 커너스는 지난 며칠간 여러 사람에게 했던 말을 되풀이했다. 그리고 다른 사람과 마찬가지로 이미 작성해온 자백 서류를 내밀었고, 또 매킨타이어도 다른 사람처럼 서명을 했다.

"세르지오 일당 앞에서는 평소와 다름없이 행동하셔야 합니다. 물론 세르지오가 주최하는 파티에도 참석하시고요. 마치 아무 일도 없었던 듯 말이죠. 저희는 세르지오가 너무 일찍 눈치 채지 않길 바랍니다. 만약에 세르지오에게 이런 사실을 귀띔이라도 하시면 국장님의 신상에 좋지 않을 겁니다. 공직자 뇌물 수수, 직위 남용, 공문서 위조, 가격 담합 등, 그것도 아주 장기간에 걸쳐서 말입니다. 평생 바깥 공기를 못 쐬실 수도 있어요. 게다가 국세청에서 국장님을 상대로 탈세 혐의로 조사를 하게 될 겁니다." 커너스가 말했다.

"저는 하라는 대로 성실히 따르겠습니다. 약속합니다."

매킨타이어가 얼른 대답했다.

"그게 아마도 지금 국장님께서 하실 수 있는 가장 현명한 일일 겁니다."

매킨타이어의 눈길은 무표정한 얼굴로 창밖을 내다보는 코스티디스에게 향했다.

"시장님, 정말 죄송합니다."

매킨타이어가 나직이 속삭였다. 그러더니 몸을 돌려 어깨를 축 늘어뜨린 채 비틀거리는 걸음걸이로 나갔다. 세 남자는 말없이 회의 탁자에 앉아 있는데 노크 소리가 들리더니 프랭크가 들어왔다.

"무슨 일인가?" 코스티디스는 몹시 피곤했다.

"시장님을 만나고 싶다는 여자 분이 찾아오셨어요. 벌써 1시간째 기다리고 있습니다." 프랭크가 말했다.

"이름이나 용건은?"

"모릅니다."

커너스와 셰퍼드는 서류들을 주섬주섬 챙겼다.

"시간이 10분 정도밖에 없다고 전해주게."

잠시 생각을 해보던 코스티디스는 이렇게 말하며 책상 앞에 앉았다. 조금 후 프랭크는 작고 통통한 50대 여성과 함께 들어왔다. 여자는 단순한 검은색 원피스에 진주목걸이를 하고 검은 망토를 둘렀다. 잿빛 머리는 세련된 컷 스타일이었다. 얼굴에서 근심과 긴장감을 읽을 수 있었지만 커다란 갈색 눈은 분노와 복수심에 이글거렸다. 여자는 양손으로 악어가죽 가방을 꽉 움켜쥐고 있었다. 그녀는 불안한 눈빛으로 두 검사를 번갈아 쳐다보았다.

"안녕하세요, 코스티디스 시장님. 시간을 내주셔서 고맙습니다."

"안녕하세요."

코스티디스는 억지로 미소를 지으며 손을 내밀었다. 코스티디스는 어떻게든 그의 집무실까지 용케 찾아온 사람들의 시시콜콜한 민원을 들어주어야 할 경우가 종종 있었다. 실직 문제부터 부부 문제, 그리고 이웃 간의 다툼까지 민원은 다양했다.

"무슨 일로 찾아오셨습니까?"

코스티디스가 물었다. 여자는 커너스와 셰퍼드 검사를 힐끗 쳐다보았다.

"이분들은 맨해튼 검찰청 소속 검사들입니다. 이제 막 나가시려던 참이었어요." 코스티디스가 공손하게 말했다.

"아니요, 아니요. 그냥 여기 계셔주세요. 제가 지금 드리려는 말씀은 검사님도 관심을 가지실 겁니다."

세 남자는 의아한 표정으로 여자를 쳐다보았다. 여자는 가방을 열어 비디오테이프 10개를 꺼내 코스티디스의 책상 위에 올려놓았다. 호기심이 발동한 커너스 검사가 가까이 다가왔다.

"이게 뭡니까?"

커너스가 물었다. 여자는 커너스를 힐끗 쳐다본 후 결심을 한 듯 어깨를 쫙 폈다.

"제 이름은 콘스탄치아 비탈리입니다. 저는 남편이 저질러온 짓에 대해 폭로하고 싶습니다."

*

모너헌과 부하들은 저스틴 세이비어의 아파트에 앉아 참을성 있게 저스틴의 귀가를 기다렸다. 하지만 그는 밤새 나타나지 않았다. 전화벨이 여러 차례 울렸지만 자동응답기가 받으면 그냥 끊겨버렸다. 이윽고 오후 2시 반이 되자 누군가 문을 열었다. 저스틴 세이비어는 발뒤꿈치로 문을 닫고 재킷을 그냥 바닥에 벗어던졌다. 침대가 미치도록 그리웠다. 2시간 전에 그는 조지타운에서 비행기를 타고 뉴어크에 도착했고 거기서 헬리콥터를 타고 보스턴에 돌아왔다. 알렉스의 주장은 전적으로 옳았고, 다행히 검사들도 얼핏 보기에는 황당무계하게 들리는 말을 믿어주었다. 그가 레비앤빌러즈 은행 컴퓨터에서 찾아낸 자료들은 꼼짝 못 할 증거였다. 저스틴은 하품을 하며 스웨터를 벗다가 갑자기 등 뒤에 무언가 딱딱한 것이 느껴졌다. 저스틴은 그대로 얼어붙었다.

"안녕하십니까, 저스틴 씨." 뒤에서 누군가의 목소리가 들렸다.

"누…… 누구세요? 누…… 누구신데 내…… 내 집에서 뭐 하는 거예요?" 저스틴이 더듬거리며 물었다.

"우리는 당신을 기다렸죠."

헨리 모너헌이 말하자 저스틴은 뒤를 돌아보았다. 그는 콧수염이 난 뚱뚱한 남자를 쳐다보았다.

"누구세요?" 저스틴이 재차 물었다.

"그건 몰라도 됩니다."

모너헌은 뚱뚱한 몸집에 어울리지 않게 날렵하게 일어났다.

"누구신데 함부로 남의 집에 침입한 겁니까?"

저스틴은 두려움에 식은땀이 났다. 알렉스가 피해서 도망 다니는 바로 그 자들이 분명했다.

"마침 침입이라고 하시니 잘됐군요. 우리는 당신이 허가받지 않고 뉴욕 투자은행 중앙 서버에 침입했다고 생각하거든요."

모너헌은 19시간의 기다림 끝에 남은 눈곱만큼의 친절함으로 말했다. 저스틴은 초조하게 침을 꿀꺽 삼켰다.

"왜 그렇게 생각하시죠?"

"당신이 뱅크매니저5.3의 보안 작업을 맡아서 했으니까 말이죠. 당신의 오랜 친구 마크 애쉬턴이 컴퓨터 관련 문제를 도와달라고 부탁하자 당신이 도와줬고요."

모너헌은 마치 가벼운 잡담을 늘어놓듯 말했다.

"저는 마크 아무개라는 사람을 몰라요."

"몰라요? 그거 참 이상하군요. 둘이 같이 하버드를 다닌 걸로 아는데. 앨범에서 두 사람이 함께 찍은 사진도 봤고."

모너헌은 친절한 얼굴을 간신히 유지하고 있었다. 마음 같아서는 자신을 바보로 만들어버린 이 놈의 멱살을 잡고 패버리고 싶었다.

"이봐요, 저스틴 씨, 나는 유치한 문답놀음을 할 시간이 없어요. 난 당신이……."

그때 전화벨이 울리자 모너헌은 말을 멈추었다. 그는 세이비어의 눈에 공포감이 서리는 것을 알아챘다.

"전화 받아!"

모너헌이 명령했지만 저스틴이 가만 있자 조이가 든 권총을 빼앗아 저스틴의 관자놀이에 갖다 댔다. 저스틴의 얼굴이 창백해졌다. 그는 떨리는 손으로 전화기를 들었다. 모너헌은 왼손으로 스피커 버튼을 눌렀다. 알렉스 존트하임이었다. 모너헌은 뜨거운 승리감을 만끽했다.

"저스틴! 다행이에요! 왜 이렇게 전화를 안 받았어요? 수십 번도 넘게 했어요!"

모너헌은 히죽 웃었다. 세르지오에게 이따가 전화를 하면 몹시 좋아할 것이다. 취리히로 간 그의 부하들이 벌써 알렉스를 바짝 쫓고 있을 것이다.

"나는 취리히에서 일을 다 봤어요. 그래서 이제……."

"알렉스!"

저스틴이 말을 잘라버렸지만 모너헌은 권총으로 관자놀이를 더 세게 누르며 위협적으로 쳐다보았다.

"왜요?"

"나는……."

"혹시 마크나 올리버하고 연락이 됐어요?"

"아니요. 요즘에 내가 좀 바빴어요." 저스틴은 눈을 감았다.

"지금 정확히 어디에 있는지 물어봐!"

모너헌이 옆에서 살벌하게 재촉했다.

"저스틴? 옆에 누구 있어요? 오늘 이상하네요."

알렉스는 갑자기 미심쩍은 듯했다.

"아니에요. 감기에 걸려서 그런가 봐요. 몸속에 바이러스가 침투한 모양이에요."

"저런, 어서 낫길 바라요······."

이때 갑자기 스피커에서 통화중 음이 흘러나왔다. 모너헌은 저스틴이 무슨 짓을 했는지 깨달았다.

"바이러스가 침투했다고? 그런 식으로 경고를 해주면 네가 아주 똑똑한 것 같지?"

그는 씩씩거리며 권총 손잡이로 저스틴을 거칠게 내리쳤다.

"이봐요! 내가 그 일에 동참하긴 했지만 난 아직도 정확히 무슨 일인지 몰라요. 아무것도 모른다고요."

저스틴은 간청하듯 손을 들며 말했다.

"나는 네 말을 한마디도 못 믿어."

모너헌은 부하들에게 신호를 보내 저스틴을 가운데 세웠다.

"우린 이제 소풍을 떠날 거야. 아주 얌전히 따라오는 게 좋을 거야. 그렇지 않으면 네 뒤통수에 구멍을 내버릴 테니까. 그렇게 되면 너는 알렉스도, 네 친구 마크도 영영 못 보게 될 줄 알아."

모너헌이 협박했다.

＊

코스티디스와 커너스, 셰퍼드는 의아한 표정이었다.

"내가 시장님을 찾아와서 이상한가요?"

콘스탄치아는 살짝 재미있다는 듯 물었다. 코스티디스는 알렉스가 세르지오의 부인이 남편을 떠났고, 알렉스와 이야기를 하고 싶어 한다고 했던 말이 떠올랐다. 까맣게 잊고 있었다.

"그렇기는 하죠. 이 비디오테이프는 뭡니까?" 커너스가 말했다.

콘스탄치아는 정성스럽게 매니큐어를 바른 손을 앞에 놓인 테이프 위에 올리고 슬픈 미소를 지었다. 세 남자는 초조하게 기다렸다.

"넬슨 반 미렌의 진술을 담은 테이프예요. 내 남편의 변호사이자 최측근이었죠."

콘스탄치아가 한참 뜸을 들이다가 말했다. 커너스의 눈이 휘둥그레졌다.

"진술이라고요? 무슨 진술 말입니까?"

"세르지오를 영원히 감옥에 처넣는 데 필요한 모든 겁니다."

세 남자는 어리둥절한 눈빛을 주고받았다. 커너스가 가장 먼저 입을 열었다.

"그게…… 그게 사실입니까?"

"네, 한번 들어보세요. 내 생각에는 아주 도움이 될 겁니다."

"저희가 너무 놀라서 죄송합니다. 그런데 넬슨 변호사도 그렇지만, 특히나 부인께서 이렇게 하시는 이유를 여쭤봐도 되겠습니까?"

코스티디스가 천천히 말했다. 콘스탄치아는 코스티디스를 한참 쳐다보다가 자리에 앉아도 되는지 물었다.

"넬슨은 암 말기예요. 자신이 지금껏 한 일이 잘못이라는 걸 깨달았어요. 하지만 세르지오가 넬슨한테 거짓말만 하지 않았어도 입을 다물었을 거예요."

"거짓말을 했다고요?"

"테이프에 모든 내용이 담겨 있어요."

콘스탄치아는 손으로 테이프를 가리켰다.

"그렇다면 부인께선 왜 남편에게 불리한 진술을 하시려는 거죠?"

커너스가 물었다.

"남편을 증오하기 때문이에요. 30년 동안이나 내게 굴욕감을 안겨주고 속여 왔어요. 남편이 나하고 결혼한 유일한 이유는 내가 카를로 감비오의 딸이기 때문이었죠. 그자는 날 통해서 우리 아버지의 인맥과 연줄을 얻으려고 했고 실제로도 그러는 데 성공했어요."

부인은 예기치 않게 거칠게 말했다. "나는 걱정 근심 속에서 살아왔어요. 남편이 성공가도로 가는 길 저편에 남은 죽은 사람들을 애써 외면하고 살아왔죠. 하지만 그 사람들은 번번이 악몽이 되어 나타났어요. 그래도 난 모든 걸 감수하고 그냥 살 생각이었어요. 세르지오가 내 아들을 죽이라고 지시한 그날 전까지는."

"결국 그랬군요. 저는 그의 자살이 의문스러웠거든요."

커너스가 중얼거렸다.

"내 남편은 부하를 시켜 아들을 죽이고 자살로 위장하라고 시켰어요. 아들은 자기 아버지라는 작자의 손에 죽은 거예요."

콘스탄치아의 입술은 부들부들 떨렸고 초조하게 고개를 저었다. 커다란 갈색 눈에는 눈물이 그렁그렁했지만 곧 마음을 추스르고 어깨를 활짝 펴며 여전히 고통스러운 마음을 애써 억눌렀다. "나는 지 아들을 마치 털 빠지는 피부병에 걸린 개마냥 죽여버리는 사람과 결혼했다는 사실을 더는 견딜 수가 없어서 남편 곁을 떠났어요."

"남편이 그런 지시를 내렸다는 증거가 있나요?"

바짝 긴장해서 듣고 있던 커너스가 물었다.

"네, 이 테이프에 다 담겨 있어요."

콘스탄치아는 고개를 끄덕이며 대답했다. 그리고 잠시 침묵하더니 코스티디스를 쳐다보았다. "코스티디스 시장님, 전 세르지오가 시장님의 아내와 아들의 죽음에 책임이 있다는 걸 알고 있습니다. 정말 죄송하게 생각해요. 아이를 안고 무덤으로 가는 심정이 얼마나 끔찍한 일인지 저도 잘 알고 있으니까요."

코스티디스는 콘스탄치아를 쳐다보다가 천천히 고개를 끄덕였다. 그의 얼굴이 움찔거렸다. 침착하게 평정심을 유지하는 것이 힘들어 보였다. 콘스탄치아가 계속 말을 이었다.

"세르지오는 괴물이에요. 사람의 감정을 느끼지 못하는 얼음처럼 차가운 짐승입니다. 자기 길을 가로막거나 위협이 되는 사람은 모조리 죽여버렸어요. 하지만 난 이제 두렵지가 않아요. 이미 내가 가장 사랑하는 것을 빼앗아갔으니까요. 나는 더 잃을 게 없는 사람이고, 죽기 전에 그 사람이 나와 다른 사람들에게 한 짓에 대한 대가를 치르게 하고 싶어요."

커너스는 믿어지지가 않았다. 지금까지의 마피아 관련 소송에서 밀접한 관계에 있는 가족이 이렇게 중대한 증언을 한 적은 없었다. 넬슨은 세르지오의 최측근이었다. 넬슨의 증언만으로도 세르지오 비탈리의 모자지를 부러트리고 수많은 미제 살인 사건을 종결 처리 할 수 있었다. 뉴욕검찰청으로서는 오늘이 행운의 날이었다.

"부인, 넬슨 씨가 법정에서 남편 분에게 불리한 진술을 하려고 할까요?"

속으로 쾌재를 부른 커너스가 물었다.

"그렇게 하지 못할 것 같습니다."

이 대답은 커너스의 기대를 짓밟았다.

"왜죠? 어차피 비디오로 진술을 다 하시지 않았나요?"

커너스가 따져 물었다.

"넬슨은 지난 일요일 오후에 자기 머리에 총을 쐈어요. 아직 죽지

는 않았지만 지금 혼수상태라 깨어날 가망이 없어요. 살아난다고 해
도 절대 증언을 할 상태로 회복하지는 못할 겁니다."

콘스탄치아가 말했다.

＊

알렉스는 저스틴의 경고를 정확히 알아들었다. 저스틴이 세르지오
의 부하들에게 잡혀 있다는 뜻이었다. 알렉스는 황급히 짐을 챙겨 뒷
문으로 호텔을 빠져나왔다. 그리고 렌터카를 타고 곧장 독일 쪽으로
차를 몰았다. 저스틴과 코스티디스가 아직 마크와 올리버의 소식을
듣지 못했다는 것이 몹시 불안했다. 알렉스는 수도 없이 두 사람한
테 전화를 걸면서 세르지오를 떠올리는 것만으로도 온몸이 부들부들
떨리는 것을 억눌러야 했다. 세르지오는 아무 잘못도 없는 세 사람을
어떻게 할 것인가? 자신을 도와주었다는 이유만으로 누가 피해를 입
을지도 모른다는 생각에 알렉스는 엄청난 죄책감에 사로잡혔다. 뉴
욕으로 돌아가서 FBI를 찾아가면 과연 어떤 일이 벌어질까? 그녀가
무죄라는 사실을 믿어줄까?

미국 신문에서는 알렉스의 도피 행각을 여전히 헤드라인 기사로
다루고 있었다. 그리고 여전히 살인과 횡령은 물론 그 밖의 여러 가
지 혐의로 수배 중인 상태였다. 알렉스는 입술을 깨물었다. 알렉스는
말벌집을 건드렸고, 이제 말벌들이 복수를 하기 위해 날아들었다. 하
지만 코스티디스에게 계좌 내역을 넘겨주었고 코스티디스는 다시 검
찰에 넘겼으니 이제는 이미 알렉스의 손을 떠난 일이었다. 세르지오
는 자기가 당한 모욕을 복수하지 않고 그냥 순순히 물러날 사람이 아
니었다. 하지만 평생 도망 다닐 수는 없는 노릇이었다.

알렉스는 바젤에서 아무런 문제 없이 무사히 독일 국경을 통과했다. 프라이부르크를 지나고 나서 잠시 휴게소에 들렀다. 차에 가득 주유를 하고 담배와 공중전화 카드를 몇 장 구입한 후 공중전화 부스로 갔다. 뉴욕은 지금 낮 12시쯤이었다. 알렉스는 떨리는 손으로 LMI의 마크 직통 전화번호를 눌렀다. 마크가 아닌 다른 사람이 전화를 받았다.

"안녕하세요? 푸르덴셜증권의 헬렌 르리에브르입니다. 마크 애쉬턴 씨입니까?" 알렉스는 일부러 프랑스식 억양을 내며 말했다.

"아니요. 마크 씨는 지금 회사에 안 계십니다."

"그럼 언제 다시 돌아오시죠? 저한테 급히 전화를 달라고 부탁하셨는데."

알렉스는 전화를 받은 사람이 톰 번스라는 것을 알아차렸다.

"저도 언제 돌아올지 잘 모르겠습니다. 나흘째 결근 중이거든요."

알렉스는 전화를 끊었다. 심장이 너무 두근거려 공중전화 부스 벽에 몸을 기댔다. 마크는 나흘째 행방불명이었다. 결코 좋은 징조가 아니었다. 알렉스는 다시 올리버에게 전화를 해보기로 마음먹었다. 하지만 올리버 역시 전화를 받지 않았다. 눈물이 고인 알렉스는 코스티디스에게 전화를 걸었다. 뉴욕으로 돌아가야 했다. 코스티디스는 곧바로 전화를 받았다. 목소리에 걱정하는 마음이 가득 전해졌다.

"알렉스 양, 지금 어디요? 잘 지내고 있는 거요?"

코스티디스는 목소리를 낮추어 물었다.

"네, 전 잘 지내요. 혹시 마크에 관한 소식 들으신 거 있나요?"

"아니요. 하지만 올리버 스케릿이 어디 있는지 알아냈어요. 경찰이 체포해서 나흘 동안 경찰청에 있었어요." 코스티디스가 말했다.

"대체 왜죠? 지금은 어디 있어요?"

알렉스는 손이 너무나 떨려 전화기를 놓칠 뻔했다.

"내가 다행히 빼왔어요. 상태는 비교적 좋아요."

알렉스는 마음이 너무 힘들었다. 얼굴에서 눈물이 주르륵 흘러내렸다. 이마를 차가운 유리창에 기댔다.

"저를 도와주려고 했던 사람들이 저 때문에 위험에 처한 것은 다 제 잘못이에요. 어제는 저스틴도 붙잡혔어요. 시장님, 이제 어쩌면 좋죠? 세르지오가 제 친구들을 괴롭히는 것을 그냥 가만히 두고 볼 수는 없잖아요." 알렉스가 울먹거렸다.

"제발 뉴욕으로 다시 돌아와요. 내가 공항으로 마중을 나가서 알렉스 양한테 아무 일도 일어나지 않도록 책임을 질게요."

코스티디스는 간절히 부탁했다.

"시장님까지 끌어들이고 싶지 않아요. 절대 안 돼요. 세르지오가 우리 둘 다 죽여버릴 거예요!" 알렉스는 눈물을 닦으며 말했다.

공중전화카드 잔액이 얼마 남아 있지 않았지만 결국 알렉스는 결심했다. 서둘러 가면 3시간 안에 프랑크푸르트에 도착할 것이고, 운이 좋으면 8시간 뒤에 뉴욕에 도착할 것이다. 뉴욕으로 돌아가서 세르지오에게 전화를 걸어 거래를 제안할 생각이었다.

"다시 연락드릴게요."

"알렉스, 제발 몸조심해요."

코스티디스의 목소리는 걱정과 긴장 때문인지 거칠었다. 알렉스는 두렵고 걱정이 가득한 가운데도 코스티디스의 말에 깊은 감동을 받았다.

"나는 밤낮 알렉스 양을 생각해요. 만약 알렉스 양한테 무슨 일이 생긴다면 난 가만히 있지 못할 겁니다……."

코스티디스가 부드러운 목소리로 말했다. 그때 공중전화카드 잔액이 다 떨어졌고 통화도 끊겼다. 알렉스는 멍하니 김이 서린 창문 밖을 내다보았다. 심장이 마구 두근거렸다.

'나는 밤낮 알렉스 양을 생각해요.'

세상에, 알렉스도 마찬가지였다!

*

세르지오 비탈리는 비탈빌딩에 있는 자신의 사무실 책상 앞에 앉아 중병에 걸린 넬슨이 지난밤에 사망했다는 소식이 적힌 작은 메모지를 멍하니 쳐다보았다. 그는 하필이면 가장 가까운 측근이자 오랜 세월 함께해왔던 넬슨이 이렇게 비열하게 자신을 궁지에 몰아넣은 것에 대해 심한 충격을 받았다. 넬슨은 지난 일요일 오후, 세르지오와 대화를 나눈 지 얼마 지나지 않아 롱아일랜드에 있는 자기 집 서재에서 머리에 총을 대고 방아쇠를 당겼다. 넬슨은 결국 다시 세르지오와 함께 일할 생각이 없었다. 다시 출근을 하겠다는 약속은 변명일 뿐이었다. 그리고 이제 죽어버렸다.

세르지오는 실망감에 뜨거운 분노가 치밀어 올랐다. 넬슨의 행동은 그를 향한 모욕인 데다가 최측근을 잃었음에도 애도할 수가 없어서 화가 났다. 세르지오는 갑자기 신문을 구겨서 휴지통에 던져버렸다. 넬슨은 어차피 병이 들어서 세르지오는 이미 적당한 후임자를 물색하고 있었고, 이미 점찍어둔 사람도 있다. 물론 넬슨처럼 모든 사안에 대해 그런 통찰력을 발휘하지는 못하겠지만 그래도 데니스 브루이너는 그 분야에서 최고의 전문가였다. 브루이너는 미국 최고의 변호사로, 큰 야망을 품고 있었으며, 명민하고 거침이 없는 인물이었다. 그는 전혀 가망이 없어 보이던 사건도 여럿 이겼으며, 살인자와 강간범을 변호해서 무죄 판결을 얻어내는 데에도 거리낌이 없었다. 세르지오는 넬슨이 더는 필요하지 않고, 넬슨이 죽는 게 낫다고 생각하면 그것으로 그만이었다. 이제 끝난 일이었다. 어차피 영원히 사는 사람은 없다. 그리고 넬슨은 최근에 어차피 너무 소심하고 주저하는 모습을 보이는 일이 부쩍 많았다.

세르지오는 음흉한 표정으로 창가를 향해 몸을 돌려 고층빌딩 숲을 바라보았다. 지금까지 이보다 심한 폭풍우도 견뎌왔다. 매번 아무 문제 없이, 아니 심지어 더 강해져서 헤쳐왔다. 이번에도 폭풍우는 다시 잠잠해질 것이다. 비록 MPM은 망해버렸고, 빈센트 레비에 대한 신뢰도 많이 떨어졌지만 세르지오가 이 도시에서의 영향력을 유지하는 다른 방법이 분명 있을 것이다. 그에게 돈을 받은 자들은 결코 입을 열지 않을 것이라고 세르지오는 확신했다. 코스티디스가 계좌 사본을 갖고 있든 말든 상관이 없었다. 가령 존 드 랜시는 자신의 앞날을 스스로 망치는 짓은 절대 하지 않을 것이다. 그는 야망을 품고 맨해튼 연방검사 직을 워싱턴으로 가는 발판으로 생각하는 사람이었다. 제롬 하딩은 내무부 차관 자리를 노리고 있고, 로드즈 주지사도 마찬가지로 더 위로 올라가고 싶은 욕망을 가졌다. 그렇다. 이 인물들은 침묵을 할 것이다. 만약 그렇지 않다고 해도 상관없었다. 그랜드 케이맨에 있는 계좌와 세르지오 사이에 어떤 관련성도 찾지 못할 것이기 때문이다.

이제 유일한 문제는 알렉스였지만, 그녀도 살인 혐의를 받고 있기 때문에 신뢰성을 상당히 잃었다. 그래도 알렉스는 위험했다. 그녀는 영리하고 더 잃을 것이 없다. 자유롭게 돌아다니는 이상 그냥 내버려둘 수 없었다. 스위스에서는 간발의 차이로 알렉스를 놓쳤지만, 모너헌은 알렉스가 뉴욕으로 돌아오는 중이라고 보고했다. 세르지오는 공항 세 곳을 비롯하여 펜실베이니아와 그랜드 센트럴역, 포트 센트럴 버스 터미널도 감시하라고 지시했다. 알렉스가 머리를 짙게 염색했고 컬러 렌즈를 끼고 있다는 것을 모너헌 덕에 알아냈다. 이제 알렉스가 나타나기만 하면 부하들에게 곧장 잡힐 것이다.

*

"정말 굉장합니다."

코스티디스가 검찰청 건물 안으로 들어오자 로이드 커너스 검사는 흥분된 미소를 감추지 못했다. 드 랜시가 병가를 낸 이후 그들은 지휘본부를 이곳으로 옮겨왔다. "넬슨은 12시간 동안이나 진술했어요. 이리 와보세요 시장님, 꼭 보셔야 합니다!"

커너스는 창가에 있는 커다란 테이블 위 한가운데 놓여 있는 비디오플레이어 앞으로 다가가서 재생 버튼을 눌렀다.

"앉아서 이것 좀 보세요."

텔레비전 화면에 넬슨 반 미렌의 얼굴이 등장했다. 수년간 법정에서 코스티디스의 반대편에 서 있던 그는 정말 병색이 완연해 보였다. 여름에 41경찰지구대에서 마지막으로 본 이후 넬슨의 건강은 극도로 나빠졌다. 코스티디스와 커너스는 15분가량 넬슨이 월드 파이낸셜 센터 건설 입찰 과정에 대해 아주 상세하게 말하는 것을 지켜보았다. 그는 주커먼이 죽음으로써 절대로 드러날 수 없었던 뇌물 스캔들의 당사자들을 거론했다. 그밖에 그들에게 흘러들어간 금액을 밝혔고, 세르지오가 사용한 비열한 협박 방법도 설명했다.

"정말 굉장하군." 코스티디스는 믿어지지 않는 듯 고개를 저었다.

"시장님은 항상 옳으셨어요. 그런데 저희는 시장님께서 엉뚱한 망상에 사로잡혀 있다고 생각했어요. 정말 죄송합니다."

커너스가 감탄하며 말했다.

"괜찮네."

코스티디스가 손사래를 쳤다. 어차피 너무 늦었다. 주커먼은 죽었고, 그와 관련된 사업 과정에서 벌어진 사기나 협박은 이제 세간의 관심에서 완전히 벗어났다. 물론 세르지오에게 문제를 제기할 수는 있었지만, 아주 평범한 변호사라도 세르지오의 무혐의를 입증하는 데 별로 어려움이 없을 것이다. 일부 범죄는 이미 너무 오래되었고, 비디오 녹화 진술만으로는 법정에서 유죄 판결을 내리기에는 역부족일 것이다. 코스티디스의 말에 커너스는 그저 어깨만 으쓱했다.

"하지만 이제는 세르지오한테 완전히 다른 질문도 할 수 있게 됐습니다."

커너스의 눈빛은 사냥감이 코앞에 있는 사냥개처럼 반짝거렸다.

"그래, 어쩌면 그럴 수도 있겠지. 난 예전부터 다 알고 있었어. 다만 아무도 알려고 하지 않고 관심도 없었지."

코스티디스는 한숨을 내쉬었다.

"알고 계셨던 것이 아니라 '짐작'하셨겠죠. 하지만 이제는 증거가 있어요." 커너스가 코스티디스의 말을 고쳐주며 말했다.

"잘됐군. 자네는 이제 죽은 사람의 비디오 진술을 갖고 있어. 그걸로 지금까지 미제로 남아 있는 몇 가지 사건을 해결할 수 있겠지. 그리고 어쩌면 법정에서 세르지오에게 불리한 증언을 해줄 증인을 찾을 수도 있겠지. 하지만……." 코스티디스는 말을 하다 말았다.

"하지만? 뭐 말입니까? 전 시장님께서 환호하실 줄 알았어요!"

커너스는 코스티디스를 빤히 쳐다보았다.

"커너스 검사, 난 수개월 동안, 아니 수년 동안 그 나쁜 놈을 뒤쫓

아 다니며 인생을 보냈네. 그래서 사람들이 뒤에서 날 조롱했다는 것
도 알고 있네. 그런데 나를 비웃었던 그 사람들은 이제 모든 증거를
그냥 앉아서 거저 받게 된 셈이잖아. 내가 자네처럼 환호할 수 없는
이유를 좀 이해해주게. 그놈은 내 인생을 완전히 망가뜨렸네. 내 아내
와 아들을 죽였기 때문만이 아니라 내 시간을 빼앗아갔기 때문이네.
내가 메리와 크리스토퍼와 함께 보냈을 소중한 시간을 말일세."

코스티디스의 목소리에는 괴로움이 묻어 있었다. 커너스는 당황한
눈빛으로 코스티디스를 쳐다보았다.

"우리는 어쨌든 이번에 반드시 그자를 무력하게 만들 겁니다. 세르
지오가 지금까지 저지른 모든 짓에 대해 책임을 물을 겁니다."

코스티디스는 문득 목적을 이루고 말겠다는 확신에 찬 이 낙관적
이고 젊은 커너스 검사에 대해 질투 비슷한 감정을 느꼈다. 코스티디
스도 과거에 그와 비슷한 때가 있었지만 아주 오래 전 일처럼 느껴졌
다. 코스티디스는 또다시 한숨을 내쉬었다. 너무 피곤하고 지쳤다. 이
제는 힘도 열정도 없어졌다. 그의 모든 꿈과 확신, 그리고 법과 질서
에 대한 믿음을 앗아간 자가 바로 세르지오였다.

"자네들이 꼭 그렇게 하길 바라네. 나는 정말 자네들이 성공하길
바라고 있어." 코스티디스는 자리에서 일어났다.

"시장님의 성공입니다. 시장님께서 저희를 도와주신 겁니다."

커너스는 코스티디스의 어깨에 손을 올렸다.

"아니, 이제 더는 내가 관여할 일이 아니야. 만약 성공을 한다고 해
도 이젠 내 성공이 아니라 자네가 혼자서 거둔 성공이 될 걸세."

코스티디스는 고개를 저으며 말했다.

"그래도 일종의 만족감을 느끼시지……."

"만족감?"

코스티디스는 젊은 검사를 빤히 쳐다보았다. "아니. 난 아무 감정을 느끼지 못하겠네. 아무것도 없이 그냥 텅 비었어. 세르지오가 법정에 서서 재판을 받는다고 해서 나한테 무슨 소용인가? 그런다고 해서 다시 살아 돌아올 사람은 없네."

"알렉스 씨의 무혐의를 결정하기 전에 면담부터 해야겠습니다!"

전화기 스피커에서 테이트 젠킨스의 목소리가 울렸다. 코스티디스와 커너스는 잠시 눈빛을 교환했다.

"젠킨스 부국장님, 알렉스 양은 어제 저와 통화를 했습니다. 만약 체포되고 살인 혐의로 기소된다는 걱정을 해야 한다면 돌아오지 않을 겁니다."

코스티디스가 점점 짜증이 밀려드는 목소리로 말했다.

"아무도 체포하지 않을 거라고 제가 약속하지 않았습니까. 하지만 제가 개인적으로 그분의 무죄에 대한 확신이 생기지 않는 이상 사면 조치를 취할 수 없습니다. 시장님도 제 입장을 이해하시잖습니까! 살인 혐의만 받고 있는 게 아니잖아요! 지금도 횡령했어요. 저한테 연락을 하라고 전해주세요. 빠르면 빠를수록 좋습니다."

젠킨스의 목소리도 한껏 높아졌다.

"알았어요." 코스티디스는 어깨를 으쓱했다.

"그리고 시장님, 또 한 가지가 있습니다. 저희가 그랜드 케이맨 제도에서 유죄를 입증할 만한 증거를 상당수 압수했어요. 뇌물을 받은 자들의 자백과 함께. 증거는 이걸로 충분할 것 같습니다."

젠킨스가 덧붙였다.

"무엇에 충분하다는 말씀인가요? 그게 무슨 뜻이죠?"

"알렉스 씨가 너무 모험을 하지 말라는 뜻에서 드리는 말씀입니다. 더 뜸을 들이면 알렉스 씨의 진술이 우리에게 더는 중요하지 않을 수도 있어요. 그렇게 되면 제게도 수배령을 해제할 권한이 없어지고 뉴욕경찰청 소관으로 넘어갑니다."

이 말을 들은 커너스 검사는 기가 막혀 숨을 몰아쉬었다. 코스티디스도 치밀어 오르는 분노를 간신히 억눌렀다. 이 오만한 자식은 이번 사건의 시초가 바로 알렉스였고, 그래서 생명의 위협을 받게 되었다는 것은 안중에도 없다. 알렉스가 아니었다면 FBI는 절대 이런 부패 스캔들을 알지도 못했을 것이다!

"하지만 세르지오를 법정에 세울 수 있는 유일한 사람이 알렉스 양입니다. 모든 과정을 시간순서에 따라 아주 세세하게 알고 있어요……."

"세르지오는 제 문제가 아니에요. 전 이런 부정부패 스캔들을 척결하면서 너무 요란을 떨 생각은 없어요. 시장님의 증인이 협조할 의사가 없다면 그에 대한 책임을 스스로 지셔야 할 겁니다."

젠킨스가 코스티디스의 말을 잘라버리며 말했다.

"젠킨스 부국장님, 제가 이해한 게 맞는다면 부국장님은 세르지오를 잡아넣는 데 관심이 없으시군요."

코스티디스는 간신히 화를 억누르며 말했다.

"나는 뉴욕주와 뉴욕시 관공서 내에 부정부패가 얼마나 만연해 있는지 확인하는 임무를 맡았어요." 젠킨스가 차갑게 말했다.

"그러시군요. 그렇다면 그렇게 하세요. 하지만 세르지오는 곧바로 다시 뇌물을 받을 후임자를 물색할 겁니다. 악의 근원을 뿌리 뽑지 않으면 부국장님의 노력도 수포로 돌아갈 거요."

"그건 제 문제니 신경 끄셔도 됩니다, 코스티디스 시장님."

커너스는 코스티디스에게 신호를 보냈지만, 코스티디스는 이제 정말 화가 나고 실망감을 감추지 못했다.

"이보세요, 부국장. 난 당신이 만만하게 볼 하급 공무원이 아니오. 난 뉴욕시의 시장이고, 당신이 혹시나 까먹었는지 모르겠지만 전직 연방검찰관에 연방 법무부 부장관이었어요. 나는 당신하고 FBI가 이번 문제를 그냥 은근슬쩍 넘기는 걸 절대 용납 안 해요! 당신이 어떤 이유로 세르지오를 감싸는지는 모르겠지만 어쨌든 상관없어요. 나는 이번엔 어떻게든 세르지오를 잡아 처넣을 테니. 그리고 오늘 중으로 개인적으로 친분이 있는 법무장관님과 대통령님께 연락을 취할까 생각하고 있어요."

코스티디스의 목소리는 날카로웠다. 커너스는 마치 치통이 있는 듯 얼굴을 찌푸렸지만 코스티디스의 용기와 강직함에 대해 감탄하지 않을 수 없었다.

"시장님은 이번 일하고 아무 상관이 없는 사람이에요!"

젠킨스도 화가 나서 고래고래 소리를 질렀다.

"상관있고말고! 내가 책임진 우리 도시가 세르지오 같은 자들 때문에 다스릴 수 없을 지경에 이르렀어요. 나는 조폭들이 우리 도시를 점령하고 살인과 협박을 일삼고 정직한 시민에게 겁 주는 걸 더는 가만히 두고 볼 수가 없어요! 나는 감히 세르지오에 대항했기 때문에 내 가족을 잃었어요. 난 모든 수단 방법을 다 동원해서라도 그자와 싸울 겁니다. FBI가 협조하지 않는다면, 나는 젠킨스 부국장, 당신 없이 할 거예요."

"코스티디스 시장님, 제 말씀 좀 들어보세요⋯⋯."

"아니, 부국장님이 내 말씀을 좀 들어보세요. 나는 아직 시장 임기가 1년 남았고 1년 후면 여기서 물러날 겁니다. 이제 마침내 기회가 왔고 난 놓치지 않을 거예요. 나는 부국장님의 임무가 뭔지는 아무 상관 없어요. 내 임무는 우리 도시를 안전하고 살기 좋은 곳으로 만드는 겁니다. 시민뿐만이 아니라 뉴욕에서 활동하는 기업을 위해서도 말입니다. 어떤 한 놈이 돈으로 그렇게 큰 권력을 누리고, 심지어 FBI까지 꼼짝 못 하게 하는 건 말이 안 되잖아요!"

"말조심하세요, 시장님!" 젠킨스가 쏘아붙였다.

"난 어찌 되든 상관없어요. 왜 그런 줄 알아요? 내가 말씀드리죠. 난 더 잃을 게 없어요. 아무것도 없다고요. 내 아내와 아들이 내 눈앞에서 죽었어요. 내가 진실을 말한 대가로 말입니다. 나는 그 무엇도 그 누구에게도 쫄지 않아요. 만약 나더러 이 더러운 일에서 손을 떼게 만들려면 부국장님도 아마 날 죽여야 할 겁니다."

코스티디스는 목소리를 낮추며 말했다.

"지금은 서로 죽고 죽이는 서부 시대가 아닙니다!"

"바로 그거예요. 우리는 이제 서부 시대에 사는 게 아니죠. 그렇기 때문에 세르지오 같은 자가 다른 사람보다 무자비하고 잔혹하다는 이유로 무법자처럼 활개치고 다니게 내버려둘 수 없는 겁니다. 이 나라의 모든 법을 깡그리 무시하는 사람은 감옥에 가는 게 마땅하죠."

잠시 전화기 너머 침묵이 흘렀다. 커너스는 긴장이 되어 잠시 숨을 참았다. 코스티디스는 도가 너무 지나쳤던 걸까?

236

"그래서 시장님이 원하시는 게 뭡니까?"

"부국장님이 알렉스 양이 뉴욕으로 돌아오면 무혐의 처분을 보장해주기를 원합니다. 세르지오에게 대항할 수 있는 가장 중요한 증인이에요. 그 대신에 나는 알렉스 양이 부국장님과 증권거래위원회와 면담을 갖도록 주선하겠습니다. 그리고 FBI가 세르지오가 저지른 짓에 대해 책임을 지도록 협조해주시면 모든 사건이 공개되는 범위가 최소한이 되도록 하겠습니다."

"그건 사실 FBI가 관여할 일이 아닙니다."

"그렇지 않아요. 국가의 안전이 달린 문제예요. 세르지오가 콜롬비아 마약 카르텔과 손잡은 것을 떠올려보세요."

젠킨스는 한숨을 내쉬며 결국 꼬리를 내렸다.

"아너 국장님과 상의해보겠습니다."

"언제요?"

"지금 당장요. 다시 전화드리겠습니다."

대화가 끝나고 전화기를 내려놓는 소리가 들렸다. 코스티디스는 의자에 등을 뒤로 기대고 앉아 손으로 얼굴을 문질렀다.

"시장님 정말 대단하시네요. 내 귀로 직접 듣지 않았다면 믿지 못했을 겁니다. 젠킨스 부국장한테 그런 식으로 말하는 사람은 아마 시장님이 처음이었을 겁니다." 커너스가 작게 웃음소리를 냈다.

"저들은 세르지오한테 관심이 없어. 깃털만 잡고 몸통은 풀어주려고 하지."

"네, 저도 그런 걱정이 듭니다. 어떻게 하실 생각입니까? FBI에 협조를 강요할 수는 없지 않습니까?" 커너스는 웃음을 멈추고 말했다.

"아니, 할 수 있네. 내가 언론하고 아주 친하잖나. 스캔들은 몇 시간 만에 완벽하게 스토리가 짜일 걸세. 난 내가 아는 걸 다 말할 것이네. 그렇게 되면 엄청난 파장이 일어날 걸세. 특히나 내가 관련자들의 이름을 대고 넬슨이 진술하는 장면의 일부를 텔레비전에 내보내면 말이지. 그렇게 되면 FBI도 행동을 취할 수밖에 없겠지."

코스티디스는 고개를 들면서 말했다.

"설마 진짜로 그렇게 하시겠다는 건 아니죠? 그렇게 되면 시장님께서 다칠 수 있어요." 커너스가 걱정했다.

"상관없네. 나는 지금껏 내가 꿈꾸던 것보다 훨씬 많은 것을 이뤘네. 그런데 내가 사랑하고 중요하게 생각하는 모든 것을 잃기도 했지. 나는 인기가 떨어지든 말든 상관없어. 난 절대 물러서지 않을 생각이네."

"저한테 어떤 영향을 미칠지 생각해보셨어요?"

"물론이지. 그럴 경우에 자네는 당장 내게서 거리를 둬야지. 자네가 그런다고 해도 섭섭해하진 않을 걸세."

코스티디스는 고개를 끄덕이며 대답했다. 커너스의 사무실 유리창에 빗방울이 부딪히며 떨어지고 검찰청 건물 주위에는 거센 바람이 불었다. 코스티디스는 자리에서 일어났다.

"나는 이제 전략만 짜고 가만히 기다리는 건 지긋지긋해. 시간이 흐르면 흐를수록 세르지오가 돌아가는 상황을 눈치 챌 가능성이 높아지고 있네. 그자가 일단 무슨 일이 벌어지고 있는지 알면 또 어떻게든 빠져나가고 말 걸세."

이때 전화벨이 울리고 커너스가 전화를 받았다. 잠시 가만히 귀를 기울이던 그의 표정이 어두워졌다.

"제가 당장 그쪽으로 갈게요." 커너스는 전화를 끊었다.

"무슨 일인가?" 코스티디스가 물었다.

"네, 클래런스 화이트워터입니다. 그가 죽었답니다. 아내가 발견했대요. 차 안에서 배기가스로 자살을 한 것 같습니다."

커너스가 침울한 얼굴로 말했다.

코스티디스는 충격에 휩싸였다. 클래런스 화이트워터 판사와는 수년째 알고 지내는 사이였으며 예전에 자주 함께 일을 하기도 했다. 연로한 노판사는 평생 고결한 품성의 표본이었으며 1980년대에는 뉴욕 마피아를 척결하는 데 힘을 보태기도 했다. 그는 예전부터도 절대 뇌물을 받지 않고 정의로운 판사라는 명예를 얻었는데, 왜 인생 황혼기에 세르지오에 매수당하고 말았을까?

"제가 가봐야겠어요. 나중에 전화드리겠습니다."

커너스는 의자 등받이에 걸쳐놓은 코트를 입었다.

"알았네. 나는 내 집무실에 가 있겠네."

＊

세르지오가 처음에 알렉스에게 느꼈던 분노는 어느새 싸늘한 복수심에 자리를 내주었다. 그는 알렉스를 잡기만 하면 어떻게 할지 자주 머릿속으로 그려보곤 했다. 데니스 브루이너는 경찰이나 FBI가 알렉스를 찾는 것이 가장 낫다고 말했지만 세르지오의 생각은 완전히 달랐다. 알렉스가 자신이 저지른 짓을 뼈저리게 후회하도록 만들고 싶었다! 알렉스 존트하임은 이 세상 그 어느 법정에서도 결코 진술할 수 없을 것이다. 그전에 그의 손에서 죽을 것이기 때문이었다. 전화벨이 갑자기 울리자 세르지오는 움찔했다.

"여보세요?"

"세르지오!"

레비가 히스테릭한 목소리로 소리를 질렀다. 세르지오는 얼굴을 찌푸렸다. "갓프리가 사라졌어요! 그리고 이미 며칠 전에 FBI가 레비 앤빌러즈에 다녀갔어요! 수색영장을 내밀었는데, 증권거래위원회와 미국 대사관 직원도 함께 출동했다고 합니다."

"그래서요? 회장님이 직접 그곳에 내려가서 계좌를 삭제하지 않았 습니까. 그러니 맘껏 찾든지 말든지 내버려둬도 상관없잖소."

세르지오가 별 감흥 없이 물었다.

"그러지 못했으니 문제죠! 컴퓨터 시스템이 차단되어 있어서 전혀 손을 댈 수가 없었어요!"

레비는 목소리를 낮춰 씩씩거렸지만 조금 전 소리 지를 때만큼이 나 듣기 싫은 소리였다. 세르지오는 그대로 얼어붙었다.

"이런 거지같은!"

레비는 최고의 교육을 받은 엘리트답지 않게 욕을 내뱉었다.

"난 갓프리가 모든 일을 처리하고 데이터를 삭제했다고 생각했는 데 어머니가 아프다면서 화요일부터 아이다호에 갔어요! 부모는 이 미 죽었다는 걸 뻔히 아는데 이 더러운 새끼, 이 돼지 같은 새끼!"

세르지오는 레비가 내뱉는 욕설을 아무 말 없이 가만히 들으면서 머릿속은 바삐 돌아갔다. 상대방의 손에 사본이 있는 것과 은행 서버 가 있는 것은 완전히 다른 차원의 문제였다. 그리고 드 랜시와 하딩, 로드즈 주지사, 호프만 상원의원은 검찰이 아닌 FBI가 문 앞에 나타 나면 분명 다른 반응을 보일 것이 분명했다.

"저들이 알아낼 수 있는 정보는 뭡니까?" 세르지오가 물었다.

"몰라요. 난 아무것도 몰라. 세인트존이 알아서 하는 일이니까 난 한 번도 신경을 써본 적이 없어요. 세상에! 내가 어쩌다 이런 일에 휘말려들었을까! 모든 일이 드러나면 내 명예에 먹칠을 하는 건데!"

"입 다물어요. 계집애처럼 찡얼거린다고 달라지는 건 없어요."

세르지오가 그의 말을 끊었다.

세르지오는 골똘히 생각을 해보았다. FBI나 증권거래위원회가 확실한 정보를 가지고 출동한 것이라면 먼저 LMI에 나타나서 레비를 추궁했을 것이다. 저들은 케이맨 제도 은행에는 그냥 무작정 들이닥친 듯했다. 그리고 이번 수사와 관련해서 만약 세르지오의 이름이 들먹여졌다면 증권거래위원회에 있는 친구들이 먼저 그 사실을 귀띔해주었을 것이다. 그렇게 심각한 일일 리가 없었다.

"내 말 잘 들어보세요, 빈센트 레비 회장. 저들이 뭔가를 찾아냈고 만약에 그 통장들을 발견해서 당신한테 질문을 하면 아무것도 모른다고 발뺌을 하세요. LMI 자회사는 세인트존이 맡아서 경영했다고 얘기하고. 우리가 관련되어 있다는 건 절대 입증하지 못할 겁니다."

세르지오가 말했다.

"난 실제로 아무 관련이 없잖소."

레비가 이렇게 말하자 세르지오는 숨이 턱 막혔다. '나쁜 자식', 하고 그는 속으로 생각했다. 넬슨이 늘 레비를 조심하라고 괜히 경고했던 것이 아니었다. 넬슨은 레비를 기회주의자라고 했고 실제로 그의 말은 옳았다.

"레비 회장, LMI가 구멍가게에서 오늘날처럼 이렇게 성장한 건 다 나와 내 돈 덕분 아니오? 당신은 큰 꿈을 이루기 위해 수단 방법을 가리지 않았고 범죄도 마다하지 않았어요. 당신은 나만큼이나 이 일에 깊이 연루되어 있고, 어쩌면 나보다 관련이 훨씬 깊을 수도 있지. 당신은 회장으로서 회사에서 벌어지는 일에 대해 책임을 져야 하니까 말입니다. 만약 당신이 내 뒤통수를 치면 단단히 후회하게 될 줄 아시오."

세르지오는 분노를 간신히 억누르며 말했다.

"지금 나를 협박하는 거요?"

"나는 단지 일단 발을 디뎠으면 끝까지 책임을 져야 한다고 말했을 뿐입니다. 당신은 끝까지 함께해야 해요. 만약 지금 똑똑하게 정신을 바짝 차린다면 당신한테 아무 일도 일어나지 않을 겁니다. 내가 약속하죠. 하지만 그렇지 않으면 당신도 MPM처럼 몰락할 겁니다."

세르지오는 전화를 끊고 화가 나서 주먹으로 책상을 내리쳤다.

'자네는 지금 자제력을 잃고 있어.'

넬슨이 그에게 했던 이 말이 머릿속에 메아리처럼 울렸다. 세르지오는 갑자기 익숙하지 않은, 그래서 더욱 놀라운 공포심이 스멀스멀 몸을 휘감는 것을 느꼈다. 무언가 놓친 것이 있나? 어디에서 무슨 실수를 한 것이 있나? 이제 조언을 구할 사람은 없었다. 넬슨과 세인트 존은 죽었고 대수롭지 않게 생각했던 알렉스는 이번 사건의 열쇠를 쥔 인물로 부상했다. 알렉스에게 그의 사업에 대해 솔직하게 말하지 않은 것이 실수였을까? 그는 한숨을 내쉬고 자리에서 일어났다. 이제 와서 '만약에'라는 생각으로 괴로워하는 것은 아무 소용이 없다. 냉정을 잃지 않고 사실을 있는 그대로 받아들이는 것이 중요하다. 지금 당장 무슨 수를 써야 한다. 누군가를 또 희생시켜서라도.

*

마이애미에서 출발한 델타항공 비행기는 저녁 9시 반에 뉴저지 뉴어크 공항에 착륙했다. 알렉스는 수화물 벨트에서 트렁크를 꺼내왔다. 그리고 대합실로 나가기 전에 먼저 화장실로 들어갔다. 세르지오 부하들의 품속으로 곧장 뛰어들고 싶은 생각은 없었다. 알렉스는 얼른 옷을 벗고 마이애미 공항에서 산 와이셔츠와 회색 양복으로 갈아

입은 뒤 넥타이를 매고 신사용 구두로 바꾸어 신었다. 그러고는 머리를 질끈 묶고 짧은 금발머리 가발을 뒤집어썼다. 마지막으로 콧수염을 붙이자 완벽한 위장이 완성되었다. 알렉스는 거울을 들여다보았다. 알렉스는 남자처럼 보였다. 적어도 얼핏 보기에는. 알렉스가 화장실 칸막이에서 나오자 세면대에 서 있던 여자가 놀라고 불쾌한 눈빛으로 쳐다보았다. 변장은 그런 대로 성공한 셈이었다.

알렉스는 세르지오의 부하들을 곧장 알아보았다. 그들은 대합실 구석구석에 서서 자동문을 통과해 나오는 사람들을 예리한 눈빛으로 주시했다. 하지만 이들은 알렉스를 얼핏 스쳐가는 시선으로만 훑고 관심을 두지 않았다. 성공이었다. 알렉스는 공항 터미널 앞에서 택시에 올라탔다. 대서양에서 살을 에는 듯한 바람이 세차게 불어와 눈발이 섞인 비가 거의 정면으로 내리치고 있었다.

"날씨가 정말 대단하죠? 어디서 오셨습니까?" 택시기사가 물었다.

"플로리다에서 왔어요. 거기도 별로 따뜻하지는 않았어요."

알렉스가 대답했다.

"어디로 모셔다 드릴까요?"

"맨해튼요. 극장 구역 근처에 혹시 저렴한 호텔 아시나요?"

"네, 47번 스트리트에 있어요. 6번과 7번 애비뉴 사이에 있죠. 포틀랜드 스퀘어 호텔인데 비교적 저렴하지만 깔끔합니다."

"그럴듯하게 들리네요. 그럼 거기로 가주세요."

택시는 출발했다. 알렉스는 뉴욕에 도착하면 어디로 가야 할지 오래 고민했다. 처음에는 커다란 고급 호텔로 갈까도 생각했지만 그곳에서 숙박료를 현금으로 지불하면 이상하게 여길 것이 분명했다. 신용카드는 사용할 수 없기 때문에 작은 호텔로 가는 것이 더 안전하고 눈에 띄지 않을 것이라는 생각이 들었다. 알렉스는 당장 뜨거운 물로 샤워를 하고 침대에 몸을 눕히고 싶었다. 지난 48시간 동안 너무나 많은 비행기를 타고 여러 공항에 머물러서 시간관념이 완전히 사라져버렸다. 스위스, 독일, 프랑스, 그리고 마이애미까지. 완전 기진맥진했지만 의식은 초롱초롱했다. 라디오에서 뉴스가 흘러나오자 알렉스는 갑자기 움찔했다.

"라디오 소리를 조금만 높여주시겠어요?"

알렉스의 부탁에 택시기사는 소리를 높여주었다.

……1982년부터 뉴욕주 연방판사로 재직했던 화이트워터 판사가 오늘 늦은 오후에 롱아일랜드 패초그에 있는 자택 차고에서 숨진 채 발견됐습니다. 자살 여부에 대해서 검찰은 아직 확인도 부인도 하지 않고 있습니다…….

알렉스의 귀에 피가 쏠렸다. 클래런스 화이트워터 판사도 세르지오의 뇌물 리스트에 오른 인사였다. 알렉스는 당당한 체구에 백발의 그를 세르지오의 집에서 만난 적이 있었다. 청백리로 명성이 높던 노판사는 세르지오와 관련되어 있다는 사실이 들통 날까 두려워 자살을 한 것일까? 코스티디스가 비밀 계좌 사본을 검찰에 넘겨주자 검찰이 일을 제대로 해낸 모양이었다.

택시는 홀랜드 터널을 통과해 잠시 후 맨해튼에 도착했다. 이제 되돌아가기에는 너무 늦었다. 알렉스는 심호흡을 했다. 스스로 일으킨 파장으로 인해 자신이 나락으로 떨어지지 않기만을 바랄 뿐이었다.

*

10시가 조금 지나 코스티디스는 관저로 돌아왔다. 저녁에는 월도프 아스토리아 호텔에서 열린 자선 갈라에 들러 공식 행사에만 참석하고 서둘러 빠져나왔다. 즐겁게 웃는 사람들과 온갖 소문에 대해 잡담이나 할 기분이 아니었다. 이곳에서 주된 화제는 화이트워터의 죽음이었다. 사람들은 손을 가리고 속닥거렸지만 화이트워터에 대해 제대로 아는 사람은 없었다.

코스티디스는 경호원에게 잘 자라고 인사하고 관저로 들어갔다. 퇴근하고 집으로 들어갈 때마다 늘 그렇듯 메리가 없는 집은 호텔만큼이나 낯설고 영혼이 없이 느껴져서 시내에 다른 집을 알아볼까 하는 생각이 들었다. 코스티디스는 옷을 벗고 뜨거운 물로 샤워를 하며 긴장해서 굳어버린 목덜미의 근육을 풀어주었다. 그는 이틀째 알렉스의 연락을 기다리고 있었다. 젠킨스는 결국 알렉스의 혐의를 풀어주는 데 동의했지만, 알렉스와 빠른 시일 내에 면담을 해야 한다는 단서를 달았다. 시간은 점점 촉박해졌지만 알렉스와 연락할 방법이 없었다. 어쩌면 알렉스가 다시는 뉴욕으로 돌아오지 않을지도 모른다는 생각이 잠시 동안 들었다. 알렉스는 충분한 돈과 새로운 신분을 가졌으니 목숨까지 걸고 뉴욕에 발을 들일 이유가 없다고 보는 것이 가장 간단했다. 만약 실제로 그런다고 해도 코스티디스는 이해할 것 같았다. 하지만 다시는 알렉스를 못 볼지도 모른다는 생각만으로도 마음이 아팠다. 알렉스가 나타나지 않는다면 코스티디스는 젠킨스와 커너스 앞에서 상당히 민망해지고 망신을 당하게 되겠지만 그래도 상관은 없었다. 알렉스를 다시는 못 본다거나 알렉스가 어디서 어떻게 지내는지 모른다는 것이 훨씬 힘들 것 같았다.

코스티디스는 목욕 가운을 걸치고 부엌으로 가서 냉장고를 열고 빤히 들여다보았다. 사실 코스티디스는 월도프 아스토리아 호텔에서 진수성찬을 배불리 먹을 기회가 있었다. 하지만 그는 가재 요리나 송아지 스테이크, 메추라기 요리, 아니면 벨루카 캐비어의 유혹을 물리치고 그냥 집으로 왔다. 냉장고에서 이미 개봉한 우유병을 꺼내려는 찰나 전화벨이 울렸다. 코스티디스는 너무 깜짝 놀라 우유병을 떨어트릴 뻔했다. 요즘은 전화벨이 울리면 내심 알렉스의 전화이기만을 바랐다. 그런데 이번에는 진짜 알렉스였다.

"잘 지내셨어요, 시장님? 저예요 알렉스."

"알렉스! 어떻게 지냈어요? 혹시 무슨 일이 생겼나 걱정했어요!"

코스티디스는 알렉스의 목소리를 듣자 안도했다.

"비행기에서는 전화 걸기가 쉽지 않잖아요."

비행기? 코스티디스의 가슴이 두근거리기 시작했다.

"지금 어디요?" 코스티디스가 물었다.

"다시 뉴욕으로 돌아왔어요."

"알렉스 양과 할 얘기가 있어요. 아주 급해요. 내가 FBI 측 사람들하고 강하게 의견 충돌이 있었지만 다행히 FBI가 알렉스 양에 대한 수배령을 풀기로 했어요."

"잘됐네요."

"우리 언제 만날 수 있어요?"

알렉스는 잠시 뜸을 들였다. 코스티디스는 알렉스가 전화를 끊을까봐 초조했다.

"시간이 너무 늦었어요."

그러더니 금세 알렉스는 마음을 바꾼 듯했다. "혹시 극장가에 있는 포틀랜드 스퀘어 호텔 아세요? 6번과 7번 애비뉴 사이 47번 스트리트에요. 저는 211호에 묵고 있어요."

"알았어요. 내가 잘 찾아갈게요."

"좋아요. 그럼 이따 뵐게요."

코스티디스는 전화를 끊고 심호흡을 했다. 사실 지금 당장 커너스 검사에게 전화를 걸어야 마땅했지만 그는 혼자서 알렉스를 찾아가기로 마음먹었다. 앞으로 심문을 할 수 있는 날은 얼마든지 있었다.

*

"밤새도록 여기 이렇게 죽치고 있어야 하는 겁니까? 조금 있으면 11시라고요. 이런 거지같은 날씨에 그놈이 다시 밖으로 나올 리가 없잖아요." 지노 타르델리가 투덜거렸다.

"입 닥쳐."

코스티디스 시장을 감시하고 미행하는 역할을 직접 맡은 루카가 말했다. 그는 휴대전화를 통해 2인 1조로 구성된 20개의 감시조와 계속 연락을 주고받았다. 이들은 시장 경호원의 눈에 띄지 않게 번갈아가며 감시하는 임무를 맡았다. 지난 나흘 동안 시장을 추적하느라 온 뉴욕 시내를 다 휘젓고 다녔고, 시장이 수많은 공식 행사에 참석하는 것을 지켜보았지만 아직까지는 특별히 눈에 띄는 점은 없었다. 유감스럽게도 코스티디스의 전화를 도청할 수는 없었지만 만약 그가 알렉스와 만난다면 바로 확인할 수 있었다.

"우리는 여기에 1시까지 있다가 교대할 거야."

루카는 담배에 불을 붙였다.

"이런 빌어먹을. 그놈은 침대에 편안히 누워 있는데 우리는 이런 추위에 밖에서 덜덜 떨고 있다니." 타르델리가 중얼거렸다

두 사람은 공원의 작은 측문이 열리는 것을 하마터면 놓칠 뻔했다. 한 남자가 밖으로 나왔다. 남자는 가죽 재킷을 입고 야구 모자를 눌러쓴 채 빠른 발걸음으로 이스트 엔드 애비뉴를 따라 걸어 올라갔다.

"이거 재밌어지겠는데."

루카는 자세를 고치고 앉아 자동차 시동을 걸었다.

"무슨 일입니까?"

루카는 대답하지 않고 차를 출발시키면서 동시에 휴대전화 번호를 눌렀다.

"나야. 가죽 재킷을 입고 야구 모자를 쓴 사람이 길을 따라 올라가고 있어. 아마 곧 있으면 자네들도 보일 거야."

"네, 보입니다. 택시를 찾아 두리번거리는 것 같습니다."

"잘 미행하고 어디로 가는지 알게 되면 나한테 연락해."

"방금 나간 사람이 누구입니까?" 타르델리가 물었다.

"우리 시장님인 것 같아. 아마 경호원들조차도 시장이 집에서 몰래 빠져나갔다는 건 모를 거야." 루카는 휴대전화를 집어넣었다.

*

알렉스는 느긋하게 샤워를 하고 머리를 감았다. 짙은 머리 색깔은 대부분 씻겨나갔다. 피곤함은 온데간데없이 사라지고 긴장이 되면서 손이 떨리고 가슴이 두근거렸다. 코스티디스가 이곳으로 오고 있다니! 코스티디스와 단 둘이 호텔방에서 만나기로 한 것이 과연 옳은 일이었을까? 그녀는 미국 전역에 살인 혐의로 수배 중인 상태이므로 두 사람이 만났다는 사실이 알려지면 시장의 입장이 상당히 곤란해질 수 있었다. 그래도 코스티디스를 만날 생각에 마냥 기분이 좋았다. 알렉스 역시 시도 때도 없이 코스티디스를 생각했다. 알렉스는 흐릿한 조명 아래 화장기 없는 자신의 얼굴을 거울에 비춰보았다. 아직까지는 만남을 취소할 기회가 있다. 코스티디스 외에는 알렉스가 뉴욕에 돌아온 사실을 아는 사람은 아무도 없다. 그냥 영원히 뉴욕에서 사라져버릴 수도 있었다. 하지만 그렇게 되면 어떤 인생을 살게 될까? 위조 여권으로 도망자의 삶을 사는 것이 이토록 끔찍한 것인지 예전에는 미처 생각해본 적이 없었다. 여권 검사를 받을 때마다 조마조마해서 미칠 지경이었다. 출입국 심사관이나 경찰이 다른 사람보다 내 여권을 오래 손에 들고 보지 않았나? 다른 사람보다 나를 더 뚫어지게 쳐다보지 않았나? 그럴 때마다 매번 속이 메스꺼웠고 결국 무사통과가 되면 다리에 힘이 풀렸다. 그렇다. 알렉스는 그런 삶을 살고 싶지 않았고 이런 악몽이 언젠가는 끝나기를 바랐다. 알렉스는 세인트존의 시체를 본 이후 벌써 수천 번도 넘게 이런 일에 얽인 것을 후회했다.

방으로 돌아온 알렉스는 텔레비전을 켰다. 호텔은 소박하지만 깨끗했다. 호텔 프런트에서는 여권을 보여 달라고 하지 않았고, 알렉스는 숙박객 리스트에 플로리다 탈라하시에서 온 버나드 챔버스 부부라고 기입했다. 알렉스는 바로 옆에 있는 주류 상점에서 샴페인 1병과 콜라 4캔, 감자칩 2봉지, 투명 비닐에 포장된 형편없는 샌드위치 2개를 샀다. 잠이 들려면 알코올이 필요했다. 빈속에 샴페인을 한잔 두잔 들이키니 긴장감이 조금 누르러졌다. 극장에 환호하는 관광객들에게 둘러싸인 포틀랜드 스퀘어 호텔에서 적어도 하룻밤은 세르지오로부터 안전할 것 같은 생각이 들었다.

코스티디스는 자신이 하루 종일 무슨 짓을 하고 다니는지 궁금해서가 아니라, 알렉스가 다시 뉴욕에 나타나면 알렉스를 찾아내기 위해서 세르지오가 부하들을 시켜 자신을 감시하고 있다는 사실을 알았다. 이 때문에 사람들로 북적이는 타임스퀘어에서 내려, 걸어가면서 비에 젖는 것을 기꺼이 감수했다. 세르지오에게 알렉스가 있는 곳이 알려지면 절대 안 될 일이다. 하룻밤 정도는 포틀랜드 스퀘어에 묵는 것이 안전할지 몰라도 내일은 반드시 다른 곳으로 옮겨야 했다. 세르지오는 만약 알렉스가 이 근처에 있다고 의심하게 되면 부하들을 모조리 풀어서 샅샅이 뒤질 것이 뻔했다.

코스티디스는 사람들로 북적거리는 포틀랜드 스퀘어 호텔 로비에 발을 들였다. 극장 공연이 끝나고 시내 산책을 하기에는 별로 좋은 날씨가 아니라 사람들은 저마다 숙소로 돌아갔다. 엘리베이터가 만원이라 계단을 통해 2층으로 올라갔다. 211호 객실로 점점 다가갈수록 심장이 두근거렸다. 코스티디스는 심호흡을 하고 노크했다.

"누구세요?"

무늬목을 입힌 허름한 문 너머로 알렉스의 목소리가 들렸다.

"나요. 코스티디스."

몇 초 후 문이 활짝 열렸다. 알렉스가 앞에 서 있었다. 코스티디스는 알렉스를 보자 심장이 마구 두근거렸다. 알렉스는 창백해 보이기는 했지만 여전히 아름다웠다. 지난 며칠 동안 긴장하며 지낸 흔적이 여전히 얼굴에 남아 있었다. 알렉스는 언론에서 묘사하듯이 냉정하고 거침없는 여자도 아니고, 살인자는 더더구나 아니다. 코스티디스 앞에 서 있는 여자는 겁에 질리고, 혼란스러우며, 코스티디스와 마찬가지로 외로운 여자다. 알렉스는 자신이 받고 있는 혐의가 사실이라면 절대로 다시 뉴욕에 돌아오지 않았을 것이다. 알렉스는 무고하게 음모의 희생양이 되었다. 코스티디스는 방 안으로 들어가 문을 닫았다. 지금 이 순간까지는 자신이 알렉스를 얼마나 그리워했는지 미처 깨닫지 못했다. 두 사람은 한동안 서로를 말없이 쳐다만 볼 뿐, 무슨 말을 해야 할지 몰랐다. 두 사람 모두 만나면 하려고 했던 말이 떠오르지 않았다.

"비에 흠뻑 젖으셨네요." 알렉스가 중얼거리듯 먼저 입을 열었다.

"밖에 눈이 내려요." 코스티디스가 멍하니 대답했다.

"저기…… 젖은 옷은 벗으셔야 해요. 안 그러면 감기 걸려요."

알렉스는 젖은 가죽 재킷을 벗겨주었다. 코스티디스는 가만히 있었다. 두 사람의 눈이 마주치자 알렉스는 갑자기 단단히 지탱하던 자제력을 잃었다. 눈물이 왈칵 쏟아지고 두려움과 절망감이 그대로 드러났다. 코스티디스는 알렉스를 팔로 감싸고 꼭 안아주었다. 코스티디스는 위로의 말을 중얼거렸다. 알렉스의 얼굴이 그의 볼에 닿자 알렉스의 따뜻한 몸을 느꼈다. 코스티디스는 잠들지 못하고 침대에 누워 있기만 하던 그 많은 밤 동안 바로 이것을 그리워했다. 그는 알렉스를 향한 그리움 때문에 메리에 대한 슬픔이 뒤로 밀려난 것 같아 양심의 가책을 느꼈지만, 동시에 정말 오랜만에 활기를 느꼈다. 얼마 후 알렉스의 눈물은 멈추었지만 두 사람은 여전히 꼭 껴안고 서로를 말없이 수줍게 바라보았다.

"다시 돌아와서 정말 기쁘네요." 코스티디스가 속삭였다.

"저도 기뻐요. 모든 게 너무나 끔찍해요. 하지만 이제 시장님이 옆에 계시니 두렵지 않아요."

알렉스는 코스티디스의 목에 팔을 두르고 잠시 멈칫하다가 수줍게 키스했다. 코스티디스의 심장 박동은 더욱 빨라졌다. 알렉스는 코스티디스의 몸에 더 가까이 밀착했고 손을 셔츠 밑으로 넣어 등의 맨살을 부드럽게 쓰다듬었다. 알렉스의 손길이 몸에 닿자 코스티디스는 전율했다. 그는 알렉스의 얼굴을 손으로 감싸고 잠시 쳐다본 후 부드럽게 키스했다. 자신이 지금 하는 일이 옳고 그른지 상관없었다. 만약 뉴욕시장인 자신이 살인 혐의로 수배 중인 여자와 같이 잤다는 사실이 언론에 공개되면 어떤 일이 벌어질지 개의치 않았다. 코스터디스는 일찍이 알렉스만큼 이렇게 그리워한 여자가 없었다. 두 사람은 계속 키스를 하면서 옷을 벗고 침대에 스르르 누웠다. 창밖의 눈발은 더욱 거세지며 바람이 세게 불어 창문이 흔들거렸다.

두 사람은 무슨 말을 하거나 생각을 하거나 이성적이고 싶지 않았다. 그런 것은 나중에 얼마든지 할 수 있는 것들이었다. 키스를 하고 애무를 하며 서로의 몸을 탐색하면서 심장이 두근두근 거렸다. 두 사람의 눈에 눈물이 글썽거린 이유는 어떤 광기나 어떤 황홀함, 어떤 쾌락이 아니라 무언가 다른 것 때문이었다. 바로 아주 끝없이 깊은 서로에 대한 애정 때문이었다. 두 사람은 열정적으로, 그리고 헌신적으로 사랑을 나누었다. 이는 서로를 신뢰하고 정말 좋아하는 사람끼리만 가능한 일이었다. 두 사람의 몸은 원래 한 쌍이지만 알 수 없는 어떤 이유로 너무나 오래 떨어져 있었던 두 개의 자석처럼 반응했다. 그리고 서로에게서 한시도 눈을 떼지 않았다. 낯선 사람 사이에 느껴지는 부끄러움 같은 것은 없었으며 이상할 정도로 친숙하면서도 새로웠다. 알렉스의 배 깊숙한 곳에서 무언가 약동하는 것이 느껴지면서 파도에 휩싸이듯 온몸으로 번졌다. 하나가 되고 무언가를 만들어 내려는 압도적이고 유쾌한 느낌이자 갈망인 그런 욕구였다. 두 사람은 함께 리듬을 맞추어 움직였고 환희의 파도가 두 사람을 동시에 절정으로 이끌었다. 절정의 순간 두 사람은 잠시 멈추고 서로를 바라보았다. 육체와 영혼이 한순간 어떻게 이렇게 완벽한 하나가 될 수 있는지 의아하게 느껴질 정도였다. 행복감과 황홀함이 뜨겁게 끓어올랐고 둘은 서로의 눈물을 부끄러워하지 않았다.

심장 박동이 다시 제자리로 돌아올 때까지 두 사람은 서로를 꼭 끌어안고 누워 미소를 지으며 서로를 바라보았다. 알렉스는 코스티디스의 눈빛에서 두 사람이 같은 감정을 느끼고 있음을 느꼈다. 조금 전 문 앞에 코스티디스가 서 있던 바로 그 순간 알렉스는 코스티디스를 정말 사랑한다는 것을 깨달았다. 코스티디스의 손길을 갈망했고 코스티디스와 키스를 하고 한 몸이 되는 것을 꿈꾸어왔다.

"계속 꼭 안아주세요."

알렉스가 이렇게 속삭이자 코스티디스가 더 세게 안아주었다. 알렉스는 코스티디스의 품에 푹 안겨 편안한 한숨을 내쉬었다. 더는 혼자가 아니라는 생각에, 지난 며칠 동안 그녀를 짓누르던 엄청난 긴장감이 풀리면서 온몸에 피로가 번졌다.

*

코스티디스는 알렉스의 숨소리가 잔잔해지는 것을 들었다. 그는 자기 품에 안겨 잠든 알렉스의 모습을 들여다보면서 강렬한 감정에 사로잡혔다. 메리와는 이렇게 완벽하고 환상적인 느낌이 들었던 적이 없었다는 사실에 살짝 양심의 가책을 느꼈다. 코스티디스는 메리를 사랑했고 두 사람 사이에 신뢰가 있었지만 알렉스만큼 마음을 완전히 열지 못했다. 코스티디스는 절대 메리 앞에서 눈물을 흘리거나 절망감이나 두려움을 토로하지는 않았을 것이다. 코스티디스는 한숨을 쉬면서 입술로 조심스럽게 알렉스의 부드러운 목덜미를 건드렸다. 재회의 행복은 이제 잔잔하고 깊은 기쁨에 자리를 내주었다. 다만 알렉스와의 사랑에 미래가 있을까 하는 생각에 마음 한편이 시렸다.

오늘, 지금, 당장 오늘 밤에는 두 사람은 외롭고 곤경에 처해 있기 때문에 서로에게 필요한 존재였다. 하지만 앞으로는 과연 어떻게 될까? 사랑을 더 굳건히 하고 공개적으로 알릴 기회가 있을까? 아니면 누군가에게 들킬까 걱정하며 몰래 만나는 사이로밖에 지낼 수 없게 되는 걸까? 피로가 몰려오며 코스티디스의 모든 걱정을 몰아냈다. 그는 잠든 알렉스를 꼭 안고 스르르 잠이 들었다.

*

새벽 4시에 루카는 '페인티드 캣'에 있는 보스에게 전화를 걸었다.

"어떻게 됐나? 나쁜 소식 따위는 듣고 싶지 않아!"

세르지오가 말했다. 세르지오는 지금 나이트클럽에 있는 여자와 섹스가 잘되지 않아서 상당히 신경이 날카로운 상태였다. 또다시 섹스 시도가 실패하자 세르지오는 좌절감에 휩싸였고 평소와 달리 스카치위스키 한 병을 거의 비웠다. 그는 계속해서 알렉스를 떠올리며 분노하고 복수하고 싶은 욕망이 솟구쳤다. 알렉스는 그의 뒤통수를 쳤고, 돈을 훔쳐갔으며, 그가 소유한 한 회사를 파산시켰다. 그런데 이제 발기부전까지 생기게 했다! 상처 난 자존심에 기름을 끼얹은 격이었다. 세르지오는 바 뒤에 있는 거울을 들여다보다가 흠칫 놀랐다. 그의 얼굴은 부어 보였고 충혈된 눈 아래에는 예전에는 미처 몰랐던 눈물주머니가 두껍게 자리 잡았다. 나이를 거스를 수 있다는 환상도 알렉스와 함께 떠나버린 듯했다. 거울 속에는 환갑을 향해 거침없이 달려가는 50대 후반의 남자가 빤히 쳐다보고 있었다. 세르지오는 이런 모습이 질색이었지만 거울에서 눈을 뗄 수가 없었다.

"제 부하들이 타임스퀘어에서 코스티디스를 그만 놓쳐버렸습니다.

그래서 49번과 45번 스트리트 사이에 있는 모든 호텔을 샅샅이 찾아보고 있습니다. 알렉스는 지금 가명으로 포틀랜드 스퀘어에 있는 것 같습니다." 루카가 보고했다.

세르지오는 갑자기 자세를 고쳐 앉으며 들고 있던 위스키 잔을 꽉 움켜쥐었다. 알렉스는 정말로 멍청하게 다시 뉴욕으로 돌아왔단 말인가? 세르지오는 저도 모르게 가슴이 빠르게 뛰기 시작했고, 마치 예기치 않게 아주 큰 사슴을 발견한 사냥꾼처럼 아드레날린이 분출되었다.

"누가 알렉스를 보기라도 했나?"

"그렇지는 않습니다. 그런데 투숙객 명부에서 '챔버스'라는 이름을 발견했습니다. 취리히에 있는 메리어트 호텔에서도 그 이름으로 묵었거든요."

세르지오의 얼굴에 음흉한 미소가 번졌다. 이 이름 뒤에 정말 알렉스가 감추어져 있다면, 똑똑한 알렉스가 실수를 한 것이 분명했다.

"……그리고 또 포틀랜드 스퀘어에 있는 부하가 코스티디스를 본 것 같다고 했습니다. 가죽 재킷과 야구 모자로 위장한 모습이라고 합니다." 루카가 또 보고했다.

"당장 그리로 가자!" 세르지오가 단호하게 말했다.

"안 됩니다, 보스. 코스티디스가 나가고 알렉스가 혼자 있을 때까지 기다려야 합니다. 제 부하들이 호텔의 모든 복도에 배치되어 있습니다. 코스티디스가 방에서 나오면 바로 보고가 들어올 겁니다."

세르지오는 잠시 생각을 해보았다. 마음 같아서는 당장 달려가고 싶었다. 만약 알렉스가 그놈과 한 방에 있다는 것을 확인하면 바로 그 자리에서 죽여버리고 싶었다. 알렉스가 코스티디스와 관계를 가졌을지도 모른다는 생각만으로도…….

"보스?"

루카가 복수심에 불타 생각에 푹 잠긴 세르지오를 일깨웠다.

"그래, 그래……. 자네 말이 맞아. 이쪽으로 차 좀 보내주게. 자네들이 쳐들어갈 때 나도 같이 있고 싶네."

세르지오는 통화를 마치고 잔을 비웠다. 복수할 때가 머지않았다.

*

점점 날이 밝기 시작하며 도시를 흐릿한 회색 여명으로 물들였다. 북서쪽에서 불어오는 칼바람은 진눈깨비를 마치 안개처럼 몰고 다녔다. 알렉스는 잠결에 눈을 떴다. 어젯밤의 일과 상황이 이해될 때까지 조금 시간이 걸렸다. 두려움을 잊고 지낸 얼마 안 되는 시간은 이제 지나가고 새로운 날이 밝아오면서 두려움도 다시 돌아왔다. 알렉스는 코스티디스를 향해 몸을 돌렸다. 코스티디스는 벌써 잠에서 깨어 그녀를 물끄러미 쳐다보고 있었다.

"잘 잤어요?" 알렉스가 속삭였다.

"네."

코스티디스도 조용히 속삭였다. 짙은 눈동자에는 슬픔이 깃들어 있었다. 그는 얼마나 오랫동안 이렇게 쳐다보고 있었던 것일까?

"이제 그만 가보셔야죠?" 알렉스가 조용히 물었다.

"그래요. 좀 있으면 5시 반이군요. 빨리 가지 않으면 경호원들이 내가 없어졌다고 찾을 거요." 코스티디스는 아쉬운 미소를 지었다.

"한 번만 더 안아주세요. 부탁이에요."

코스티디스는 말없이 고개를 끄덕이더니 알렉스를 꼭 안아주었다. 알렉스는 한숨을 내쉬면서 그의 볼에 얼굴을 댔다. 알렉스는 자신이 코스티디스를 얼마나 중요하게 생각하는지, 그리고 얼마나 좋아하는 지 말하고 싶었다. 하지만 지금 침대에 같이 누워 있는 이 남자는 많은 업무와 공식 일정이 기다리고 있는 뉴욕시장 니콜라스 코스티디스로 돌아와 있었다. 지난밤에는 서로의 품 안에서 잠시나마 위안과 피난처를 찾던 남자와 여자였다. 두 사람은 현실을 잠시 잊었지만 이제 다시 현실이 찾아왔고 밝아오는 아침 햇살과 함께 밤의 마법은 사라지고 없었다. 두 사람이 함께 밤을 보냈다는 사실이 알려지면 코스티디스의 명예에 치명적이라는 것을 알고 있었다. 알렉스가 받고 있는 모든 혐의가 사실이 아니라는 것에 관심을 가질 사람은 아무도 없었지만 코스티디스의 적들은 그를 공격할 절호의 기회로 삼을 것이 분명했다. 그래서 마음은 아프지만 그런 말을 할 수가 없었다. 두 사람은 한동안 말없이 서로를 물끄러미 쳐다보면서 시간을 멈춰 세울 수 있기를 바랐다.

"이제 앞으로 어떻게 되는 거죠?" 알렉스가 물었다.

"젠킨스 부국장한테 면담 의사가 있다고 전해줄게요. 그럼 수배령을 완전히 해제해줄 거요."

살짝 열린 창문 틈 사이로 깨어나고 있는 도시의 소음이 전해졌다.

"올리버는 어디 있어요?"

"성 이그나티우스 수도원에서 잘 지내고 있어요."

코스티디스는 알렉스의 얼굴을 쳐다보면서 부드럽게 볼을 쓰다듬었다.

"같이 나갑시다. 여기 혼자 남겨두고 갈 수는 없어요. 마음이 안 놓이고 불안해서 발길이 안 떨어져요."

코스티디스의 눈에는 걱정이 가득했다. 알렉스는 망설였다. 당장 짐을 싸서 함께 따라 나가고 싶었지만 문득 자신이 누구이며 어떤 혐의를 받고 있는지 떠올랐다.

"그건 별로 좋은 생각이 아닌 것 같아요. 사람들이 우리가 같이 있는 모습을 보는 건 좋지 않아요."

'나는 전혀 상관없어요.' 하고 코스티디스는 속으로 생각했다.

"저는 일단 이 호텔에 있으면 안전할 거예요."

코스티디스는 마지못해 알렉스를 놓아주고 자리에서 일어났다. 그러고는 화장실로 가서 샤워를 하고 옷을 입었다.

"커너스하고 얘기를 해보고 바로 전화할게요. 그런 다음에 연방보안관 두 명을 이곳으로 파견해서 당신을 데리고 오라고 할게요."

코스티디스는 가죽 재킷을 걸치고 목이 잠긴 목소리로 말했다.

"알았어요."

알렉스는 눈물이 나면서 목이 메었다. 헤어져야 하는 슬픔과 지금 어쩌지 못하는 상황에 대한 분노가 뒤섞였다. 다시는 예전의 삶으로 돌아갈 수 없었다. 그리고 그녀는 범죄자로 낙인이 찍혔기 때문에 지금 그녀와 사랑에 빠진 남자는 이곳에서 몰래 빠져나가야 했다.

"고마워요, 알렉스."

"제가 고맙죠. 제게 달려와주고 절 믿어주셨으니까요."

"당신은 정말 대단한 여자예요. 정말 환상적인 밤이었어요."

'……그리고 사랑해요.' 하고 그는 마음속으로 덧붙였다. 알렉스는 코스티디스가 문을 향해 천천히 다가가는 뒷모습을 바라보았다. 마음 같아서는 벌떡 일어나 가지 말라고 붙잡고 싶었다. 하지만 그는 가야만 한다는 것을 알고 있었다. 코스티디스가 나가고 문이 잠기자 알렉스는 얼굴을 베개에 파묻고 울기 시작했다.

"저기 있네."

루카는 가죽 재킷을 입고 야구 모자를 쓴 남자가 호텔 출입구에서 나오는 것을 발견했다. 코스티디스를 찾게 되어 다행이었다. 그리고 시장이 정말로 알렉스를 찾아간 것이기를 바랐다. 어쩌면 코스티디스가 다른 여자와 하룻밤을 보내고 나오는 길일 수도 있다. 세르지오 비탈리는 말없이 자동차 뒷좌석에 앉아 있었다. 호텔 맞은편에 차를 세워둔 2시간 동안 세르지오는 단 한 마디도 하지 않았다. 얼굴은 무표정했지만 속에서는 분노가 화산처럼 부글부글 끓었다. 만약 코스티디스가 정말로 알렉스와 함께 있었다는 것이 확인되면 알렉스를 죽여버릴 생각이었다.

"좋습니다. 이제 들어가보시죠."

루카가 말했다. 세르지오는 고개를 끄덕이고 차에서 내렸다. 이제 몇 분 후면 사실을 알게 될 것이다.

노크 소리가 들리자 알렉스는 움찔했다. 막 샤워를 하고 옷을 입고 짐을 싸고 있었다.

"누구세요?"

"나요, 코스티디스."

알렉스는 너무나 기뻐서 가슴이 두근거렸다. 코스티디스가 다시 돌아왔다! 알렉스는 얼굴에 흐르는 눈물을 닦았다. 그리고 활짝 미소를 지으며 코스티디스의 목을 끌어안으려고 했다. 그런데 복도에 서 있는 사람은 그가 아니었다. 알렉스는 소스라치게 놀라 얼굴에서 미소가 싹 사라졌다. 세르지오 비탈리의 눈에서 살기가 느껴졌다.

*

7시 10분 전, 코스티디스가 관저로 돌아오자 그야말로 난리가 나 있었다. 보안직원과 관저 직원들이 출입구에 나와 있었고, 코스티디스의 집무실에는 로이드 커너스와 프랭크 코헨, 그리고 비서실장 격인 마이클 페이지가 열띤 대화를 나누고 있었다. 코스티디스는 직원용 출입구를 통해 안으로 들어갔는데, 일요일 아침 이렇게 이른 시간에 모인 사람들을 보고 의아해했다.

"안녕하시오들?"

코스티디스가 인사를 하자 세 남자는 동시에 고개를 휙 돌리더니 마치 귀신이라도 본 듯 놀란 표정을 지었다.

"시장님! 세상에!" 프랭크는 얼굴이 창백하고 수심이 가득했다.

"무슨 일인가? 무슨 일이라도 생겼나?"

코스티디스가 천진난만하게 물었다

"그걸 지금 말씀이라고 하세요! 저희는 시장님 때문에 걱정이 돼서 미치기 일보 직전인데 시장님이 유유히 들어와서는 무슨 일이 생겼는지 물어보시다니요!"

커너스가 외쳤다. 그의 얼굴에 안도감이 확연히 번졌다. 코스티디스는 커너스와 프랭크, 마이클을 번갈아 쳐다보았다.

"어디 계셨습니까, 시장님? 1시에 보안직원이 저한테 전화를 해서 집에 안 계신다고 보고했어요. 그리고 시장님이 어디에 계시는지 아는 사람도 아무도 없었고요." 프랭크가 원망하듯 물었다.

"경찰에 신고하려던 참이었어요." 마이클이 말했다.

"어젯밤에 문득 시내에 바람 좀 쐬고 오고 싶다는 생각이 들었네. 혼자만의 시간을 좀 갖고 싶어서 말이야. 난 어린애가 아니니까."

코스티디스가 멋쩍게 대답했다.

"시장님이 그렇다고 하는 사람은 아무도 없어요. 하지만 시장님을 노린 테러가 발생한 이후 시장님에게는 대통령에 준하는 엄격한 경호 규정이 적용되고 있습니다. 저희는 정말 걱정을 많이 했어요."

커너스가 부드럽게 말했다.

"저희는 시장님께서 납치되신 게 아닌가 걱정했죠."

프랭크는 의자에 앉으며 안경을 벗었다.

"경호원들도 완전히 난리가 났어요. 저도 그랬고요! 만약 시장님께 무슨 일이라도 생겼다면 제가 얼마나 많은 욕을 먹게 될지 생각이라도 해보셨나요!" 마이클이 고개를 저으며 말했다.

"나는 지금껏 늘 혼자 시내에 혼자 왔다 갔다 했네. 난 경호원 5명을 대동하고 시내를 거닐고 싶지는 않아."

코스티디스가 말했다.

"혹시라도 다음에 또 한밤중에 도시를 거닐고 싶다는 생각이 드시면 적어도 한 사람한테는 말씀을 해주시면 대단히 감사하겠습니다. 저는 집에 가서 눈 좀 붙이고 와야겠어요."

커너스는 코트를 들고 하품을 하며 말했다. 코스티디스는 한숨을 쉬었다. 자기 때문에 밤을 샜기 때문에 몹시 미안한 마음이 들었다. 하지만 어젯밤에 알렉스의 전화를 받은 직후에는 자기가 집에 없다는 사실을 누가 알게 되리라고는 미처 생각하지 못했다.

"이렇게 소란을 일으켜서 정말 미안하네. 다시는 이런 일이 없도록 하겠네."

"꼭 그래주시길 바랍니다." 커너스는 피곤한 미소를 지어 보였다.

"알렉스 존트하임이 다시 돌아왔다네."

코스티디스가 불쑥 말을 던지자 커너스가 몸을 휙 돌렸다.

"언제요?"

"어제저녁에. 오늘 젠킨스 부국장과 면담을 하겠다는군."

"그나마 좋은 소식이라도 하나 있으니 다행입니다. 그렇다면 잠은 좀 이따가 자러 가야겠네요. 지금 어디 있습니까?"

커너스의 피로는 씻은 듯이 사라졌다. 코스티디스는 망설였다. 자신이 알고 있다는 말을 할 수는 없었다.

"나한테 휴대전화 번호를 알려줬네."

"알았습니다. 제 사무실로 같이 가시죠. 거기서 알렉스 씨에게 전화를 걸어서 사람을 보내 모셔오도록 하시죠."

커너스 검사는 고개를 끄덕이며 말했다.

*

알렉스는 놀란 눈으로 세르지오를 빠히 쳐다보았다. 반사적으로 다시 문을 닫으려고 했지만 부하 한 명이 문을 막아섰다. 그래서 작은 방 안에는 세르지오와, 루카, 그리고 그의 부하 세 명이 싸늘한 눈빛으로 서 있었다. 이들이 알렉스를 죽이는 것쯤은 이제 식은 죽 먹기였다. 알렉스는 부들부들 떨면서 섬뜩한 두려움이 온몸으로 번졌다.

"이렇게 다시 만나게 되는군."

세르지오가 차가운 목소리로 말했다. 방 안을 둘러보던 세르지오의 눈길은 흐트러진 침대에 잠시 멈추었다. 그는 주먹을 불끈 쥐었으나 자제력을 발휘했다.

"방이 참 작고 아늑하네. 돈을 다 써버린 거야? 나한테 훔쳐간 5천만 달러로 플라자 호텔 스위트룸에서 묵을 수 있을 텐데 말이지."

그는 알렉스에게서 눈을 떼지 않은 채 말했다. 알렉스는 아무 소리도 낼 수가 없었다. 무서워서 온몸이 마비되었다.

"이런 앙큼한 요물 같으니라고. 내가 널 단단히 잘못 봤군. 정말 똑똑한 여자인 줄 알았더니 아니었어. 아주 멍청해."

세르지오는 이렇게 말하며 다짜고짜 알렉스의 얼굴을 때렸다. 알렉스는 비틀거리며 침대에 부딪혔다. 세르지오는 성큼성큼 다가와 알렉스를 다시 일으켜 세웠다.

"어젯밤에 누가 찾아왔어?"

세르지오가 다그쳐 물었다. 알렉스는 말없이 그저 고개만 저었다. 세르지오의 얼굴이 일그러졌다. 그는 주먹으로 알렉스의 배를 때린 뒤 머리채를 잡고는 얼굴을 세게 쳤다. 알렉스의 입술이 터지고 피가 턱을 따라 주르륵 흘러내렸다. 너무 아파서 제대로 숨을 쉴 수가 없었다. 알렉스는 도움을 구하듯 다른 사람을 쳐다보았지만 다들 무심한 표정으로 지켜볼 뿐이었다. 이들에게 도움을 기대할 수는 없다.

"어젯밤에 여기서 누구랑 놀아났냐고, 이 창녀야! 코스티디스야? 어서 말해! 그 야비한 개새끼랑 잤어?"

세르지오는 알렉스의 어깨를 잡고 마구 흔들어댔다. 알렉스는 두려움에 몸서리쳤다. 세르지오는 그녀를 죽일 것이다. 도와줄 사람은 아무도 없다. 이런 생각이 들자 머릿속을 스쳐가는 모든 생각이 갑자기 멈추었다. 알렉스는 죽고 싶지 않았다. 오늘 죽고 싶지 않았다. 코스티디스를 다시 보고 그에게 사랑한다는 말을 하기 전에는 절대 죽고 싶지 않았다.

"내 돈 훔쳐간 건 용서해줄 수 있어. 그리고 MPM을 파산시키고 이 모든 화를 불러일으킨 것도 용서할 수 있어. 그래, 심지어 그랜드 케이맨에 있는 은행 계좌 정보를 몰래 빼간 것도. 하지만 단 한 가지는 절대 용서할 수 없어…….”

분노에 사로잡힌 세르지오의 목소리는 갈라졌다. 세르지오는 알렉스를 향해 더 가까이 다가갔지만 그녀는 뒤로 물러서지 않았다. “하지만 하필이면 코스티디스한테 쪼르르 달려가서 모든 것을 일러바친 건 절대 용서 못 해. 그 대가로 널 죽여버리고 말겠어.”

알렉스는 세르지오의 눈에서 광기 어린 분노를 보았다.

“그 전에 내가 알고 싶은 걸 말해줘야겠어. 내 부하들은 사람들을 순한 양으로 만드는 탁월한 재주가 있거든. 보스턴에 있는 네 친구처럼 말이야. 처음에는 아무것도 모른다고 시치미를 떼더니 갑자기 모든 기억이 살아났지.”

저스틴! 이들은 대체 저스틴을 어떻게 한 것일까?

“그리고 네 사무실에 있는 그 땅딸보 말이야. 그 비겁한 놈이 너에 대해서 다 불었어.”

세르지오는 경멸적으로 웃었다.

“마크한테 무슨 짓을 한 거예요?” 알렉스가 힘겹게 속삭였다.

“내가 이제 너한테 할 짓에 비하면 아무 것도 아니지. 넌 그 뚱보하고도 잤지, 그렇지?”

세르지오의 얼굴은 다시 일그러졌다. 알렉스는 이렇게 막강한 권력을 가진 사람이 어쩌면 이렇게 유치한 질투를 할 수 있는지 믿어지지 않았다.

“넌 니가 아는 놈들한테는 모조리 대줬어! 더벅머리 컴퓨터쟁이부터 그 기자놈까지. 그리고 이젠 심지어…… 코스티디스까지!”

세르지오는 역겨운 듯 그 이름을 내뱉었다. “난 그래도 네가 남자를 고르는 눈은 고상한 줄 알았어. 그런데 이제 보니 아무한테나 몸을 대주는 거였어! 내 이름이 코스티디스 같은 머저리랑 나란히 엮이는 건 그야말로 모욕이야!"

알렉스는 세르지오의 움직임을 면밀히 관찰하면서 천천히 뒤로 물러섰다. 세르지오는 단순히 무자비한 범죄자가 아니었다. 매력적인 외모 뒤의 내면 깊숙한 곳에는 열등감과 우월감이 감추어져 있었다. 그녀가 한때 사랑한다고 생각한 이 남자는 사이코패스였다. 세르지오는 알렉스 앞에 바짝 붙어 가만히 서 있어서 숨결이 알렉스의 얼굴에 닿았다. 알렉스는 그의 이글거리는 눈빛을 보았다.

"네가 한 짓에 대한 대가를 받게 될 거다, 이 걸레 년!"

알렉스는 옆을 흘낏 보다가 탁자 위에 어제 산 샴페인 병이 눈에 들어왔다. 며칠을 끔찍한 두려움과 긴장 상태에서 지내다보니 이제는 모든 것을 단번에 결판을 내버려야 하는 순간이 되었다. 싸워보지도 않고 순순히 물러서고 싶지는 않았다.

"보스, 여기서 어서 나가는 게 좋겠습니다." 루카가 재촉했다.

"그래, 그러지."

세르지오가 말했다. 그는 몸을 돌려 부하들에게 짧게 지시를 내렸다. 부하 한 명이 테이프를 꺼내자 알렉스는 맞설 준비를 했다. 알렉스는 순식간에 샴페인 병을 움켜쥐고 가장 가까이 서 있는 남자의 머리를 힘껏 후려쳤다. 그자는 놀란 눈빛으로 알렉스를 쳐다보더니 무릎을 꿇고 쓰러졌다. 알렉스의 눈에 그자가 허리춤에 찬 권총이 들어왔다. 다들 놀라서 멍한 순간을 이용해 알렉스는 재빨리 몸을 숙여 권총을 손에 넣었다. 알렉스는 자신도 미처 몰랐던 에너지가 온몸에 불끈 솟아나는 것을 느꼈다. 알렉스는 재빨리 세르지오를 향해 총을 겨누었다.

"넌 여기서 못 빠져나가."

분노에 사로잡힌 세르지오의 목소리는 떨렸다.

"아니, 난 당신하고 같이 나갈 거야. 당신은 나와 함께 마크하고 저스틴이 있는 곳으로 갈 거야. 속임수를 쓰지 않고 두 사람이 무사히 잘 있는 게 확인되면 내가 당신이 원하는 모든 걸 다 얘기해줄게."

알렉스가 받아치며 말했다.

"네가 지금 요구를 할 입장이 아닐 텐데." 세르지오가 소리질렀다.

"아니, 그럴 수 있어. 무기를 갖고 있으니까."

"넌 날 못 쏴."

"총은 못 쏠지도 모르지. 하지만 목을 그어버릴 수는 있어."

알렉스는 세르지오한테서 눈을 떼지 않고 샴페인 병을 탁자 모서리에 내리쳤다. 샴페인 병이 깨졌다. 깨진 병은 알렉스가 들고 있는 장전된 38구경 권총만큼이나 치명적인 무기였다. 알렉스는 젖 먹던 힘을 다해 끝까지 저항하기로 굳게 마음먹었다.

"보스, 하라는 대로 하는 게 좋겠습니다."

루카가 강한 어조로 말했다.

"절대 그럴 수 없어."

이때 세르지오는 날렵하게 알렉스에게 달려들어 오른쪽 손목을 움켜잡았다. 알렉스는 몸을 부딪힌 충격으로 균형을 잃고 바닥에 쓰러졌다. 알렉스는 세르지오의 분노와 복수심을 과소평가했다. 이제 정말로 살아서 그의 손에서 벗어날 가능성이 전혀 없다는 것을 깨달았다. 세르지오의 주먹이 알렉스의 얼굴로 날아와 눈앞에 별들이 반짝거렸고 씩씩거리는 그의 숨소리가 들렸다.

"아무도 지 멋대로 내 곁을 떠날 수는 없어. 아무도 날 속이면 안 돼. 그리고 아무도 나를 바보 취급하면 안 돼. 내 말 알아들었어?"

세르지오가 쉰 목소리로 속삭였다. 격렬한 몸싸움이 벌어졌고 알렉스는 끝까지 몸부림을 쳤지만 결국 제압당했다. 루카는 알렉스를 향해 몸을 숙이고 역겨운 냄새가 나는 젖은 수건을 입과 코에 갖다 댔다. 그리고 팔다리를 묶었다. 마치 저 멀리서 세르지오의 목소리가 들리는 듯했다.

"난 시내에서 중요한 약속이 있어. 자네들이 이년을 어떻게 하든 상관없다. 하지만 나한테 모든 얘기를 털어놓기 전에는 뒈지지 않도록 조심해."

그때 휴대전화 벨이 울렸다. 알렉스는 필사적으로 코스티디스를 떠올렸지만 결국 의식을 잃고 말았다.

*

신호음이 30번쯤 울리는데도 알렉스는 받지 않았다.

"이상하군. 전화를 안 받아." 코스티디스가 고개를 갸웃했다.

"지금 샤워를 하고 있는지도 모르죠." 커너스가 말했다.

"그래, 그럴지도 모르지. 좀 이따가 다시 전화를 해봐야겠군."

시장 일행은 검찰청 건물에 있는 커너스의 사무실에 모여 앉았다. 테이트 젠킨스와 증권거래위원회 감찰부서 책임자인 앨런 하퍼가 알렉스를 조사하기 위해 3시간 후에 워싱턴에서 날아올 예정이었다. 코스티디스는 알렉스를 다시 만날 시간만 고대했다. 오늘 아침에 알렉스에게 자신의 감정을 솔직히 말하지 않은 것에 후회가 밀려왔다. 진심으로 좋아한다는 말을 할 것을, 아니 그 이상이었다. 이미 오래 전부터 알렉스와 사랑에 빠졌지만, 어젯밤 이후 그 사랑을 더욱 분명하게 깨닫게 되었다.

"다시 한 번 해보세요."

커너스가 생각에 잠겨 있던 코스티디스를 깨웠다. 코스티디스는 다시 한 번 알렉스의 휴대전화로 전화를 걸었다. 또다시 신호음만 울릴 뿐 받지 않았다. 코스티디스는 불길한 예감에 사로잡혔다. 알렉스는 코스티디스가 전화하기로 했다는 것을 알고 있지 않은가!

"갑자기 생각이 바뀌어서 도망친 게 아닐까요? 하지만 만약 그렇다면 우리가 망신을 톡톡히 당하겠는데요." 커너스가 추측을 했다.

"아니, 절대 그럴 리가 없네. 젠킨스 부국장과 증권거래위원회 사람들의 조사에 응하겠다고 나한테 약속했네. 그러기 위해서 결국 다시 뉴욕으로 돌아온 거고." 코스티디스는 고개를 저으며 말했다.

"그럼 다시 한 번 해보세요." 커너스 검사가 재촉했다.

"우리가 아무래도 가보는 게 좋겠네."

코스티디스의 불길한 예감은 두려움으로 변했다.

"그러니까 시장님은 알렉스 씨가 어디 있는지 알고 계셨군요."

커너스는 예리한 눈빛을 보냈다. 코스티디스가 어깨를 으쓱했다.

"내가 아무한테도 얘기 안 한다고 굳게 약속했거든."

"그래서 지금 어디에 있어요?"

"47번 스트리트에 있는 포틀랜드 스퀘어 호텔."

"알았습니다."

커너스는 전화기를 들고 스푸너 보안관에게 전화를 걸었다. "곧장 거기로 출동한답니다."

잠시 후 커너스가 통화 내용을 알렸다.

"내가 같이 가지."

코스티디스는 자리에서 벌떡 일어났다. 커너스는 한숨을 내쉬고 곧이어 시장을 따라 나갔다.

이들은 보안관 두 명과 함께 47번 스트리트로 향했다. 호텔에 가까이 다가갈수록 코스티디스의 어두운 예감은 점점 강해졌다. 무슨 일이 생긴 것이 분명했다. 알렉스를 혼자 호텔에 두고 나온 것은 실수였다. 세르지오가 얼마나 알렉스를 찾으려고 혈안인지 알고 있기 때문에 알렉스에게 같이 나가자고 끝까지 설득을 해야 했다. 문득 혹시 자신 때문에 알렉스가 머문 곳이 발각된 것은 아닐까 하는 생각이 들었다. 그는 자신이 감시당하고 있다는 것은 알았지만 어젯밤에는 특별히 눈에 띄는 일이 없었다. 코스티디스는 두려움에 오싹해졌다. 그리고 지금 자기가 두려워한다는 그 사실이 더욱 두려워졌다. 예전에는 무슨 짓을 하고 무슨 일을 겪더라도 두려운 적은 한 번도 없었다. 두려움은 그에게 낯선 단어였다. 그가 헤쳐 나가야 하는 폭풍이 얼마나 강하고 위협적이든지 간에. 바로 이런 두려움을 모르는 태도, 강박증에 가까운 강직함, 그리고 이 세상의 그늘을 받아들이지 못하는 자세가 그를 성공으로 이끌었다.

메리는 이런 그를 절대 이해하지 못했다. 메리는 코스티디스가 마피아나 마약상들에 대항해서 싸우는 것을 늘 두려워했다. 그런 위험이 남편을 더욱 자극하고 야망에 불을 지핀다는 것을 메리는 이해하지 못했다. 하지만 메리의 죽음 이후 코스티디스는 변했다. 외롭게 보낸 많은 시간 동안 코스티디스는 자신이 잘못한 것이 무엇인지 되돌아봤고, 타협할 줄 모르는 자세와 고집스러운 태도로 인해 지난 몇 년간 주위에 많은 적을 만들었다는 것을 떠올리며 회의에 빠졌다. 그리고 그렇게 생겨난 적은 위험한 자들이었다. 일요일이라 한산해진 도로 위에서 극장가 쪽으로 달려가는 동안 코스티디스는 공허한 두려움을 느꼈다. 만약 알렉스한테 무슨 일이 생겼다면 그것은 전적으로 그의 잘못이었다. 커너스는 코스티디스를 의아하게 쳐다보았다.

"왜 그러세요?"

"무슨 일이 생겼다는 불길한 예감이 드네. 그리고 만약 뭐가 잘못됐으면 그건 내 책임이야."

코스티디스의 목소리는 힘없이 가라앉았다.

"그게 무슨 말씀이세요? 그게 시장님과 무슨 상관입니까?"

커너스는 고개를 저으며 물었다.

"어젯밤에 나하고 같이 있었네."

코스티디스가 나직이 말했다. 커너스 검사는 믿을 수 없다는 눈빛으로 쳐다보았다.

"어제 알렉스 씨와 같이 계셨다고요? 그런데 대체 왜 저한테는 그런 말씀을 안 하셨죠?"

커너스는 다른 두 보안관이 듣지 못하도록 속삭이며 물었다.

"내가 먼저 가서 단 둘이 얘기를 좀 해보고 싶었네. 알렉스 양이 어제 10시 반에 나한테 전화를 했고 그래서 내가 곧바로 달려갔지."

코스티디스가 어깨를 으쓱하며 말했다.

"시장님, 어떻게 그러실 수가 있어요? 그 여자는 수배 중인 용의자입니다. 그리고 아직도 살인 혐의를 완전히 벗지는 못했잖아요! 저한테 당장 연락을 하셨어야죠!"

커너스는 흥분한 목소리로 속삭였다. 코스티디스는 겉으로 태연한 척하려고 애썼다. 만약 커너스가 코스티디스와 알렉스가 단지 대화를 나눈 정도가 아니라 같이 잤다는 것까지 알면 당장 모든 수사에서 코스티디스를 배제시키려고 할 것이다.

"밤중이라 자넬 방해하고 싶지 않았네."

"그거 재미있군요! 아주 사소한 일로도 침대에 누워 있는 저를 깨우시면서 정작 중요한 일에는 저를 빼시는군요."

커너스는 눈알을 굴렸다.

"미안하게 됐네."

"됐어요. 그래서 알렉스 씨가 뭐라고 했습니까? 돈은 어떻게 된 일이죠?"

"돈은 전혀 안 건드렸네. 세르지오에 대한 압박 수단으로 이용하려고 했다더군."

"음."

커너스는 생각을 하며 창밖을 내다보았다. 코스티디스는 초조해서 미칠 지경이었다.

마침내 코스티디스가 몇 시간 전에 빠져나온 호텔 앞에 도착했다. 카자엘리 보안관이 차를 제대로 세우기도 전에 코스티디스는 차에서 뛰어내려 호텔 로비로 달려갔다. 로비에 있던 얼마 안 되는 손님들은 엘리베이터를 향해 전력으로 질주하는 네 남자를 호기심 어린 눈길로 쳐다보았다. 코스티디스가 211호 객실을 향해 앞장서서 갔다.

"옆으로 비키세요!"

스푸너가 명령했고, 카자엘리 보안관이 나무 문을 힘껏 발로 찼다. 문이 우당탕 벽에 부딪히며 열렸다. 스푸너는 총을 들고 안으로 들어가 화장실과 붙박이장 안을 샅샅이 살펴보았다.

"아무도 없어요. 도망가고 없네요."

스푸너는 권총을 다시 어깨총집에 집어넣었다.

코스티디스는 할 말을 잃고 멍하니 고개를 저었다. 알렉스는 정말 사라지고 없었다. 어젯밤 사랑을 나누었던 침대는 여전히 흐트러져 있었다.

"생각을 바꾼 모양입니다. 이런 젠장! 이제 제가 FBI 사람들한테 뭐라고 합니까? 전 완전히 새 됐어요!"

커너스의 목소리에는 조롱이 깃들어 있었다. 커너스는 의자에 주저앉아 붉게 충혈된 눈을 비볐다. 코스티디스는 멍하니 객실 한가운데 서 있었다. 알렉스는 젠킨스와 하퍼의 조사에 응하기로 약속했었다. 그런데 어떻게 이렇게 그를 난처한 상황에 빠트릴 수 있을까? 알렉스는 그것이 얼마나 중요한 일인지 잘 알고 있지 않은가! 그때 코스티디스의 눈길이 침대에 멈추었다. 그는 침대를 향해 몸을 숙이고 검지로 얼룩을 만져보았다.

"이런!"

코스티디스는 온몸에 힘이 풀렸다. 피였다. 확실했다.

"그게 뭐죠?" 커너스가 물었다.

"여기 피가 있네. 사방팔방에. 아직 다 마르지도 않았어."

코스티디스가 속삭였다. 커너스는 마치 독거미에 물린 듯 갑자기 자리에서 튀어 올랐고, 두 보안관도 가까이 다가왔다. 이들은 꽃무늬 침대보와 짙은 색 카펫에 묻은 얼룩과 유리병 파편을 이제야 보았다.

"그냥 도망간 게 아니야."

코스티디스는 목소리가 제대로 나오지 않았다. 얼굴에서 혈색이 싹 사라지고 엄청난 공포가 밀려왔다. 자신도 모르게 몸이 부들부들 떨렸다.

"그러네요. 만약 도망쳤다면 트렁크를 갖고 갔겠죠."

카자엘리가 고개를 끄덕이며 말했다. 그는 몸을 숙여 침대 밑에서 트렁크를 꺼냈다. 누군가 트렁크 안에 알렉스의 물건을 아무렇게나 집어넣어서 얼핏 보기에는 알렉스가 도망친 것처럼 보였다. 커너스가 감식반에 전화를 걸어 오라고 지시하고, 연방보안관들은 여기저기 기어 다니면서 무언가 단서를 찾느라 분주한 사이 코스티디스는 몸이 마비된 듯 그대로 서 있었다. 알렉스는 세르지오에게 잡혔다. 그자는 알렉스가 어디에 있는지 알아내고 그가 호텔에서 나가기를 기다렸다가 덮친 것이다. 이제 희망은 없다. 그자는 절대 알렉스를 살려서 놓아주지 않을 것이다. 코스티디스는 어찌 할 줄 모르는 분노에 주먹을 불끈 쥐었다. 소리를 지르면서 길길이 날뛰고 침대에 몸을 던져 어린아이처럼 울고 싶었지만 이제 아무 소용이 없다. 너무 늦어버렸다.

*

알렉스 존트하임이 호텔 객실에서 사라졌다는 사실이 확인된 지 1시간 만에 뉴욕 역사상 최대 규모의 수색 활동이 시작됐다. 고든 엥겔스 부장관은 최고의 요원들을 투입해서 포틀랜드 스퀘어 호텔 손님과 직원을 상대로 탐문 수사를 벌였다. 수백 명의 경찰이 브루클린과 저지 시티, 스테이튼 아일랜드의 선박 부두에 자리 잡은 창고 건물을 샅샅이 뒤졌다. 맨해튼에서 나오는 길목의 모든 다리와 터널은 차단되어 검문이 시작되었고, 의심스러운 차량은 모두 멈춰 검문을 받았다. 알렉스 존트하임을 찾는다는 소식이 라디오와 모든 지역 방송국에서 전파를 탔다. 커너스 검사의 사무실에 긴급대책본부가 차려졌고, 제롬 하딩 뉴욕경찰청장의 격렬한 항의에도 모든 정보가 이곳으로 모여들었다.

제롬 하딩은 점심 무렵 씩씩거리며 커너스의 사무실에 들이닥쳤다. 그는 일요일에 세르지오와 느긋하게 브런치를 먹다가 부하직원에게 이야기를 전해 듣고 부리나케 달려오는 길이었다.

"이 모든 일은 전적으로 뉴욕경찰청 소관입니다! 왜 당신들이 우리 일에 끼어드는 겁니까?"

하딩이 커너스 검사에게 소리쳤다. 그의 얼굴은 빨갛게 달아올랐다. 너무 화가 난 나머지 모여 있는 다른 사람은 눈에 들어오지도 않았다.

"안녕하세요, 청장님. 왜 그렇게 흥분하세요? 당국 간의 협조가 아주 원활하게 이루어지고 있는데 말입니다."

테이트 젠킨스 FBI 부국장이 엷은 미소를 지으며 말했다. 하딩은 고개를 홱 돌리고는 젠킨스를 의아한 눈빛으로 쳐다보았다.

"젠킨스 부국장님, 생각보다 뭔가 대단한 일인 모양입니다. 여기는 웬일이십니까?"

"대단한 일이기는 하죠. 청장님도 자리에 앉으시죠."

젠킨스는 맞은편에 있는 빈 의자를 가리켰다. 평소에 그렇게 자신만만하던 뉴욕경찰청장은 갑자기 불안한 기색이 역력했다.

"제가 모르는 뭔가가 있는 겁니까? 왜 FBI가 그 여자를 뒤쫓는 거죠? 설마 그 여자가 대통령을 살해한 혐의라도 받고 있는 겁니까?"

"하딩 청장님, 일단 자리에 좀 앉으시지요."

젠킨스가 재차 말했다. 커너스는 코스티디스를 힐끗 쳐다보았지만 그는 그저 멍하니 앞만 물끄러미 바라보고 있었다. 호텔 객실에 발을 들인 이후 코스티디스는 쇼크에 빠진 듯했다.

"커너스 검사님, 하딩 청장님께 지금 상황에 대한 설명 좀 해주시기 바랍니다." 젠킨스가 말했다.

"대체 무슨 일입니까?"

하딩의 이마에는 땀이 맺혔고 눈빛이 불안하게 흔들렸다. 커너스는 목소리를 가다듬고 경찰청장의 격렬한 분노 표출에 대해 마음의 준비를 했다.

"저희가 알렉스 존트하임을 찾고 있는 가장 큰 이유는 세인트존 살인 혐의 때문이 아닙니다. 그보다는 대규모 부패 스캔들과 관련해서 중요한 진술을 해주실 분이기 때문입니다."

커너스가 침착한 목소리로 말을 시작했다.

"부패 스캔들요?"

다른 사람이 보기에는 하딩이 의아한 척하는 것이 진짜처럼 보일 수도 있었겠지만 커너스는 그의 눈에서 놀란 눈빛을 보았다. 커너스는 계속해서 말을 이었다.

"저희는 증거가 있습니다. 뉴욕의 고위 정치인과 공무원이 지난 수년간 편의를 봐주는 대가로 정기적으로 돈을 받았다는 증거 말입니다. 저희는 그에 관한 포괄적인 증거를 넘겨받았는데, 그 안에는 이름과 금액, 그리고 케이맨 제도나 바하마, 스위스에 있는 비밀 계좌가 기입되어 있었습니다. 그중 극히 일부만 사실이라고 해도 뉴욕뿐만 아니라 어쩌면 미국 전체에서도 역사상 가장 규모가 큰 뇌물 스캔들로 기록될 것입니다."

제롬 하딩의 얼굴은 빨개졌다가 창백해졌다를 반복했지만 지난 며칠 커너스에게 이런 말을 들은 다른 사람들과는 달리 쉽게 무너지지는 않았다. 하딩이 결코 만만한 사람이 아니라는 코스티디스의 말은 사실이었다. 그는 쉽게 위축되지 않았다. 사실 그는 레비앤빌러즈에 그의 이름으로 된 통장에서 한 번도 돈을 인출한 적이 없어서 뇌물 수수 혐의를 적용할 수 있을지도 의문이었다.

"정말 믿어지지 않는군요! 그런데 제가 그런 얘기를 왜 지금에서야 듣게 되는 겁니까?"

하딩은 분개한 척 보이는 데 성공했다. 젠킨스는 몸을 앞으로 숙였다. 그의 밝은 눈동자는 싸늘했다.

"당신 이름도 그 리스트에 등장하기 때문이죠, 하딩 청장님."

"뭐라고요?"

하딩은 깜짝 놀라며 뒤를 돌아보았다. 그의 눈에 두려움이 적나라하게 드러나지 않았다면 그의 믿을 수 없다는 표정은 진짜처럼 보였을 것이다. "그건 말도 안 되는 모함입니다! 제가 누구한테 돈을 받았다는 말입니까?"

하딩은 격분했다.

"그건 저희도 알고 싶습니다."

젠킨스는 친절한 미소를 지어 보였다. 그는 다리를 꼬고 앉아 가슴 위로 팔짱을 꼈다. 한동안 정적이 흘렀다. 밖에서 전화 소리와 소음이 약하게 들렸다. 하딩은 갑자기 의자를 밀치고 자리에서 벌떡 일어났다.

"그건…… 정말 말도 안 되는 터무니없는 모함입니다. 난 11년째 뉴욕의 경찰청장 직을 맡아 오면서 뉴욕을 더 깨끗하고 안전한 곳으로 만들었다고 자부하고 있어요. 난 어떤 범죄든 혐오합니다. 화이트 칼라 범죄든, 아니면 지하철에서 마약을 팔고 사는 범죄든 상관없이 말입니다! 난 뉴욕뿐만이 아니라 다른 곳에서도 제 명예를 인정받고 있습니다. 당신들이 날 뇌물이나 챙기는 작자로 몰아간다면 절대 참을 수 없어요!"

하딩의 목소리는 무서울 정도로 조용했지만 마지막 문장에서 고래고래 소리를 질렀다. 공격적인 얼굴 표정이 빨갛게 달아올랐다. 젠킨스는 감정이 잔뜩 실린 그의 말을 무표정하게 경청했다.

"말씀해보세요."

하딩은 옆구리에 손을 받쳐 올리고 다른 남자들을 도발하듯 쳐다보았다. "내가 누구한테 돈을 받았다는 말입니까?"

커너스는 하딩의 배짱에 감탄하지 않을 수 없었다. 심지어 하딩이 이번 부패 스캔들에 정말 연루되어 있는지 잠깐 의심스럽기도 했다. 커너스는 망설였다.

"세르지오 비탈리한테 받지 않았습니까?"

누군가가 그 대신 말해주었다. 하딩은 몸을 휙 돌렸다.

"또 세르지오입니까? 20년째 시장님의 아픈 머릿속에서 살고 있는 허깨비죠."

하딩은 빈정거리며 코스티디스에게 적대적인 눈빛을 보냈다.

"아니, 허깨비가 아니에요, 절대. 그건 하딩 당신이 나보다 더 잘 알고 있잖습니까?" 코스티디스가 고개를 저으며 말했다.

"전 아무것도 모릅니다."

"그래요?"

코스티디스는 자리에서 일어나 탁자를 돌아서 갔다. 그의 얼굴이 창백해졌다. "그렇다면 기억력이 상당히 안 좋으신 모양이군요. 체사레 비탈리가 체포되어 살해된 다음 날 아침 내 집무실에서 당신과 나눴던 대화를 아직 생생하게 기억하고 있는데요."

"스스로 목매달아 자살한 겁니다." 하딩이 거칠게 받아쳤다.

"그렇지 않아요. 아버지라는 자가 자기 부하를 41경찰지구대로 보냈고, 경찰관한테 3천 달러를 주며 체사레를 죽이라고 사주한 거요. 물론 자살로 위장해서 말이죠."

"그런 말도 안 되는……."

하딩이 입을 열었지만 코스티디스는 아랑곳하지 않고 계속해서 말을 이었다.

"당신은 내가 생방송 카메라 앞에서 세르지오를 겨냥한 총격 사건과 콜롬비아 마약 카르텔 사이에 관련성이 있을 것이라 말하니 무척 화를 냈어요. 난 그때 당신이 왜 그렇게 화를 내는지 이해할 수 없었는데, 서서히 깨닫게 되었죠. 세르지오는 드 랜시뿐만 아니라 범죄에 맞서 대담하고 강직하게 싸우는 당신까지 자기편으로 끌어들인 거였어요. 그때 내가 그렇게 단도직입적으로 말하니 청장님은 아주 불쾌한 반응을 보이시더군요."

경찰청장은 코스티디스를 분노 가득한 눈빛으로 쳐다보았지만 아무 말도 하지 않았다.

"당신은 세르지오와 그 앞잡이들에 관한 일이라면 수년 동안 눈을 감아왔어요. 그 대가로 세르지오는 케이맨 제도에 있는 당신 통장을 두둑하게 채워줬소. 그런데 당신은 그 돈을 쓰지 않았소. 아주 영리한 사람이니까. 하지만 통장에 쌓이는 액수는 정확히 알고 있었어요. 은퇴해서 쓸 수 있는 짭짤한 부수입이었으니까. 그렇잖습니까?"

"코스티디스 시장, 난 예전부터 당신이 싫었어. 당신은 독선적인 광신자고, 그러니까…… 그…… 젠장, 날 그렇게 뚫어지게 쳐다보지 마시오!"

하딩은 분노와 두려움에 휩싸여 얼굴이 창백해져서 속삭였다. 코스티디스는 냉담하면서도 슬픈 표정으로 하딩을 쳐다보았다.

"다른 사람보다 당신이 끼어 있는 게 가장 실망스러웠어요. 도무지 믿을 수가 없었죠. 하딩 당신을 위해서라면 난 손에 장이라도 지질 수 있었는데."

코스티디스가 나직하게 말했다. 하딩은 입술을 깨물고 고개를 숙였다.

"여기에 대해 하실 말씀 있습니까?" 젠킨스가 물었다.

"저는 변호사 없이는 단 한 마디도 하지 않겠습니다. 그럼 이만 실례하겠습니다. 할 일이 많아서요." 하딩이 씩씩거렸다.

"여기 그대로 계셔야 합니다." 커너스가 말했다.

"그래요? 누가 날 막을 수 있소?"

하딩은 젊은 커너스를 화난 눈초리로 째려보며 말했다.

"제가요."

커너스는 탁자 위에 열린 채로 올려져 있는 서류 가방에서 종이 한 장을 꺼냈다. "하딩 청장님, 제가 체포영장을 갖고 있습니다. 공직자 뇌물 수수, 부당 이득, 공무 집행 방해, 범죄 모의 및 묵인, 범죄 비호, 그밖에 여러 건의 협박 혐의로 당신을 체포합니다."

"무슨 헛소리야, 이 풋내기 양반아. 당신이 갖고 있다는 그 체포영장으로 똥이나 닦아야겠네!" 하딩은 경멸적으로 웃었다.

"마음대로 하십시오. 그렇다면 공권력에 대한 모욕과 공무 방해 혐의까지 추가됩니다."

커너스는 침착함을 잃지 않았다. 그리고 자리에서 일어나 문을 열고 밖에 기다리고 있던 보안관들에게 신호를 보냈다.

"하딩 씨, 같이 가시죠. 귀하는 묵비권을 행사할 권리가 있고……."

보안관 중 한명이 수갑을 꺼내며 말했다.

"내 권리는 내가 잘 아네! 당신들 뼈저리게 후회할 줄 알아! 내 변호사가 당신들을 다 갈기갈기 찢어버릴 테니까. 당신들하고 그 우스운 체포영장 말이야! 어마어마한 액수의 손해배상 소송이나 각오하시지!"

하딩은 보안관에게 쏘아붙이더니 젠킨스와 커너스, 엥겔스를 향해 뒤돌아보며 소리 질렀다.

"세무 당국에서 외국에 있는 모든 재산을 압류한 후에도 훌륭한 변호사를 선임하실 수 있기를 바랍니다. 또 추가로 탈세 혐의로 형사 소송을 각오하셔야 할 겁니다."

커너스는 냉랭한 미소를 지으며 말했다. 수갑이 채워지자 하딩은 눈을 가늘게 떴다.

"그건 두고 보시지."

"네, 두고 봐야죠. 지하실을 통해서 데리고 나가주세요. 저는 경찰 청장님 체포 소식이 밖으로 알려지는 걸 원치 않아요. 그리고 당분간 전화 통화도 금지시켜 주십시오."

커너스는 고개를 끄덕인 뒤 말했다.

다른 사람들이 앞으로의 계획에 대해 논의를 하는 동안 코스티디스는 다시 멍한 상태에 빠져들었다. 어찌 할 수 없는 속수무책인 상태가 그를 병들게 했다. 마음 같아서는 경찰과 함께 시내를 수색하고, 로어 이스트사이드와 리틀 이탈리아에 있는 지하 세계의 만남의 장소로 유명한 항구의 창고 시설들을 직접 뒤지고 싶었다. 하지만 그러지 못하고 잔뜩 긴장한 상태로 이 사무실에 앉아 뜨문뜨문 들어오는 새로운 소식에 귀를 기울이며 신경을 곤두세울 수밖에 없었다. 그나마 희망이 있어 보이던 몇 가지 단서는 모두 소득이 없었다. 포틀랜드 스퀘어 호텔에 근무하는 직원 두 명이 호텔 복도에서 어슬렁거리던 남자들이 있었다는 사실은 기억했지만 인상착의에 대한 설명이 너무 모호하고 서로 상반되기까지 해서 몽타주를 작성하는 경찰관이 짜증을 내며 결국 포기하고 말았다.

코스티디스는 이런 답답함도 모자라 죄책감까지 더해져 견디기 힘들었다. 그는 알렉스를 찾아간 날 밤에 미행하는 자들을 더 조심하지 못한 것을 심하게 자책했다. 알렉스가 세르지오에게 들킨 것이 바로 자기 때문이라는 생각을 떨칠 수가 없었다. 오늘 아침에 왜 그 생각을 했으면서도 알렉스에게 같이 가자고 끝까지 설득하지 못한 것일까? 반드시 같이 나가자고 고집을 부렸다면 알렉스는 지금 안전하게 잘 있을 것이다. 코스티디스는 양손으로 얼굴을 가렸다. 빈 객실 안에서 혈흔을 발견했을 때, 메리와 크리스토퍼가 탄 차가 폭발하던 순간 느꼈던 것과 똑같은 마음이 들었다. 사지를 마비시키는 무력감과 경악스러움, 죄책감이었다. 결국 잘못 내린 결정으로 끔찍한 결과를 초래하고 말았다.

"시장님은 어떻게 생각하세요?"

커너스가 묻자 생각에 잠겨 있던 코스티디스는 정신이 들었다.

"뭐……? 뭘 어떻게 생각하나?"

커너스는 걱정스러운 눈빛으로 시장을 쳐다보았다. 그는 시장과 그 알렉스라는 여자 사이에는 뇌물 스캔들과 관련된 이해관계 이상으로 무언가 있다는 것을 진즉에 눈치 챘다. 커너스는 코스티디스의 눈가에 드리운 짙은 그림자와 예민함, 눈에 서린 두려움을 엿보았다. 무언가 용기를 북돋아주거나 진정시키는 말을 해주고 싶었지만 적당한 말이 전혀 없었다. 그 여자가 정말로 세르지오에게 납치된 것이 맞는다면 가망이 없었다.

*

알렉스는 서서히 의식이 돌아왔지만 시간과 공간 감각을 상실했다. 누워 있는 딱딱한 매트리스에서는 퀴퀴하고 찌든 내가 났다. 눈을 떠보려고 했지만 눈이 가려져 있었다. 세르지오에게 얻어맞은 충격으로 머리가 지끈지끈 아팠고, 입은 마취제 때문에 바짝 말랐다. 결박당한 손발에는 감각이 없었다. 그리고 문득 무슨 일이 일어났는지 기억이 돌아왔다.

"저 암고양이 아주 고분고분하네."

뒤에서 어떤 남자가 이탈리아어로 말하는 소리가 들렸다. 알렉스는 감히 숨소리조차 내기 두려웠다.

"난 한 번도 저런 고상한 여자랑 해본 적 없어. 보스가 아까 저 여자 맘대로 해도 된다고 했지, 맞지?"

두 번째 남자의 목소리가 들렸다.

알렉스는 침을 꿀꺽 삼키며 두려움에 몸이 굳어버렸다. 이자들의 머리를 병으로 내리치기까지 했으니 이제 호의나 연민 따위는 기대할 수 없었다. 하지만 아직 의식이 돌아오지 않았다고 생각하면 일단 가만히 내버려둘 것이다.

"맞아. 보스가 그렇게 말했지."

"그럼 저 여자랑 재미 좀 봐도 되겠네, 그렇지?"

"안 될 게 뭐 있어? 보스는 어차피 몇 시간 후에나 오잖아."

남자들이 낮은 목소리로 대화를 나누는 사이, 알렉스는 가망이 없는 절망스러운 상황임을 깨달았다. 아무도 그녀가 있는 곳을 몰랐다. 손발은 묶였고, 세르지오 부하들의 감시까지 받고 있었다. 오늘 아침에 왜 코스티디스의 말을 듣고 그냥 따라 나서지 않았을까? 아무리 생각해도 도망칠 방법은 없었다. 알렉스는 세르지오에게 속수무책으로 붙잡힌 신세였고, 그가 반드시 죽일 것이라고 생각했다.

"이봐, 난 오줌 좀 누고 오겠네. 그리고 다른 애들도 불러 올게. 걔들도 틀림없이 재미 좀 보고 싶어 할걸."

또 다른 남자의 목소리였다. 그가 멀어져 가는 발걸음 소리가 들리고 문이 조용히 삐걱거리며 열리고 다시 닫혔다. 방은 상당히 큰 듯했는데, 오래되고 사용하지 않는 지하실처럼 눅눅하고 퀴퀴한 냄새가 났다.

"누구 있어요?"

알렉스가 속삭였지만 대답은 돌아오지 않았다. 감시하던 두 남자가 모두 밖으로 나간 모양이었다. 알렉스는 손과 발을 열심히 움직여 보았다. 그러자 짜릿짜릿한 통증과 함께 서서히 감각이 돌아왔다. 힘 겹게 윗몸을 일으켜 세우고 타일로 된 벽에 등을 기댔다. 머리를 어깨에 대고 온 힘을 다해 비비니 결국 눈을 가리고 있던 테이프가 조금씩 헐거워졌다. 그리고 손톱으로는 뼈마디를 묶은 테이프를 풀어 보려고 애썼다. 너무 힘들어서 온몸에서 땀이 났고 심장이 터질 것 같이 쿵쾅거렸다. 잠시 자리를 비운 자들은 언제 다시 돌아올지 몰랐다. 그러면 모든 것이 허사가 될 것이다. 드디어 왼쪽 눈이 조금 보이기 시작했다! 방은 실제로 엄청나게 크고 텅 비어 있었다. 바닥과 벽은 타일로 마감되었고 천장에는 여러 개의 관이 가로질렀다. 마치 도축장처럼 보였다. 맨해튼에서 도축장은 주로 첼시에 있는 9번과 11번 애비뉴 사이에 있는 미트패킹 디스트릭트(원래 도살장과 축산 가공 공장이 모여 있던 지역-옮긴이 주)에 몰려 있었다.

알렉스는 숨을 헐떡거리며 발을 묶은 테이프마저 풀고 일어났다. 두통 때문에 머리가 어지러웠지만 방 안을 가로질러 철제 선반이 있는 곳으로 간신히 걸어갔다. 손을 묶은 테이프를 날카로운 모서리에 대고 문질러 끊었다. 곧바로 눈을 가린 테이프를 마저 벗겨내고 도망칠 길을 찾아 주위를 둘러보았다. 낡아서 약해 보이는 철제 선반이 몸무게를 견뎌만 주면 불투명 유리로 된 천창(天窓)에 닿을 것 같았다. 어쨌든 시도는 해봐야 했다. 알렉스는 재빨리 흔들거리는 선반을 타고 올라갔다. 손가락이 창문 테두리에 닿았다. 그러고는 필사적으로 녹이 슨 창문 손잡이를 흔들어대자 창문이 조금씩 조금씩 열리더니 마침내 갑자기 확 열렸다. 알렉스는 환호성을 지르고 싶었다. 그 순간 큰 방 안에 있는 다른 쪽 문이 열렸다. 남자들은 무슨 상황인지 금세 알아차렸다. 그러고는 소리를 지르면서 달려왔다. 알렉스는 젖

먹던 힘을 다해 창문에 매달려 몸을 끌어올렸다. 다리로 선반을 걷어 차니 선반이 우당탕 소리를 내며 바닥으로 쓰러져 산산조각이 났다. 알렉스는 숨을 헐떡거리며 열린 천창 틀까지 올라갔다. 반대편으로 내려가려면 4미터나 뛰어내려야 했지만 이것저것 따질 형편이 아니었다. 알렉스는 눈을 질끈 감고 뛰어내렸다.

*

"경찰이 온 도시를 샅샅이 뒤지고 있습니다. 맘에 안 드는 사람은 모조리 잡아들이고 있죠. 오늘 저녁까지 100미터 반경에 있는 모든 유치장 수감률이 세 배나 높아졌답니다." 루카가 보스에게 말했다.

"음, 그럼 이제 그만 해치우는 것이 좋겠군."

세르지오는 시계를 힐끔 보았다. 그는 경찰의 대대적인 수색 활동에도 별로 개의치 않았다. 몇 시간 전에 함께 브런치를 먹었던 제롬 하딩이 이번 수색은 세르지오와 아무 관련이 없고, 세인트존의 살인 사건을 해결하기 위해 벌이는 것이라고 알려주었기 때문이었다. 하딩은 새로운 소식을 듣게 되면 곧장 다시 연락을 주겠다고 세르지오에게 약속했다. 하딩은 믿을 만한 사람이었다. 그리고 경찰이 아무리 샅샅이 훑고 다닌다고 해도 소용이 없었다. 늦어도 3시간만 지나면 어차피 알렉스는 죽은 목숨이었다.

"마우리치오는 상태가 좀 어떤가?"

세르지오가 첼시 방향으로 차를 타고 가면서 물었다.

"서튼 박사님께 보냈습니다. 그년이 마우리치오의 머리를 날려버릴 뻔했어요."

루카가 대답했다. 세르지오는 음흉한 표정으로 고개를 끄덕였다.

알렉스에 대한 분노와는 별도로 마음 깊은 곳에서는 감탄하지 않을 수 없었다. 그 여자는 정말 용감했다. 자신과 거의 필적할 만한 상대였다. 하지만 7시간 동안 손발이 묶이고 재갈이 물린 채 오래된 정육 공장 냉동 창고에 갇혀 있었으면 이제 그를 이길 수 없다는 것을 깨달았으리라. 23번 스트리트에서 경찰 검문을 받고, 교통체증에 갇혀 있는 동안 세르지오는 정직하다는 코스티디스 시장이 살인 혐의로 수배 중인 여자와 밤을 보냈다는 사실을 언론에 살짝 흘릴까 하는 생각을 했다. 멋진 아이디어였지만 알렉스의 시체가 이스트강에 둥둥 떠다닐 때까지는 기다려야 했다. 그럼 그때 가서 코스티디스를 끝장내버릴 수 있었다. 세르지오는 음침한 미소를 지었다. 아직까지는 아무도 MPM과 LMI가 세르지오와 관련되어 있다는 연결고리를 찾아내지 못한 듯했다. 그리고 알렉스가 이 세상에서 사라지면 앞으로도 그럴 수 있는 사람이 없을 것이다. 폭풍우는 서서히 가라앉을 것이며, 그때까지는 조용히 지낼 생각이었다.

매년 열리는 자선 행사 준비는 순조롭게 잘 진행되고 있었다. 아직까지 참석을 취소하겠다는 사람은 아무도 없었다. 좋은 징조였다. 만약 경찰이 그의 친구들에게 심한 압박을 가해 입을 열었다면 참석을 취소하겠다는 전화가 쏟아졌을 것이다. 뉴욕 상류사회만큼 소문이 빠른 곳도 없다.

"찻잔 속의 태풍이로군."

세르지오는 중얼거리며 어깨를 으쓱했다. 그 이상은 아니었다.

＊

알렉스는 뛰어내리면서 온몸의 뼈마디가 부러지는 느낌이었다. 등을 바닥에 대고 누운 채 움직일 수가 없었고 숨이 가빴다. 빠르게 뛰는 발걸음 소리가 들리고, 화난 표정을 지은 수십 명의 남자가 그녀의 주위를 둘러싸더니 거칠게 끌어올려 건물 안으로 끌고 들어갔다. 알렉스는 분노와 두려움의 눈물을 흘렸다. 알렉스는 온몸을 두들겨 맞으면서도 발길질을 하고 손을 깨물기도 하면서 팔딱거리는 물고기처럼 거칠게 저항했다. 도망을 치고 거칠게 반항하는 것이 세르지오 부하들의 화를 더욱 돋우었다. 조금 전보다 상황이 더 나빠졌다. 알렉스는 온 힘을 다해 눈물과 두려움을 억눌렀다. 이제 이들이 무슨 짓을 하든지 간에 더 나빠질 일도 없고, 세르지오 앞에 무릎을 꿇고 봐달라고 사정하고 싶은 생각도 없었다.

세르지오의 목소리가 들리자 알렉스는 눈을 질끈 감았다.

"……도망쳤어요. 이 망할 년이. 그래서 저희가 좀 거칠게 다뤘습니다. 죄송합니다, 보스." 한 남자가 말했다.

"일으켜 세워. 눈을 보고 말해야겠어. 단 둘이 얘기를 좀 해야겠으니 자네들은 나가 있어."

세르지오가 차갑게 말했다. 부하들은 거칠게 알렉스를 일으켜 세웠다. 알렉스는 비틀거리며 벽에 몸을 기댔다. 신음 소리가 새어나오려는 것을 간신히 억눌렀다.

"날 봐."

세르지오가 명령하자 알렉스는 맞아서 일그러진 얼굴을 천천히 돌렸다. 놀랍게도 이제 죽을 것 같은 두려움은 사라지고 편안함이 찾아왔다. 더는 두렵지가 않았고 아무것도 느낄 수 없었다. "이제 내가 몇 가지 질문을 할 테니 대답하는 게 좋을 거야. 그렇지 않으면 후회하게 될 거야."

세르지오는 머리끝에서 발끝까지 알렉스를 훑어보며 말했다. 알렉스는 고개를 끄덕였다.

"넬슨은 처음부터 너를 조심하라고 경고했지. 넬슨은 네가 얼마나 음흉하고 방탕한 년인지 금세 알아본 거야."

세르지오는 바로 앞까지 다가와서 차가운 미소를 짓고 손은 코트 주머니에 찔러 넣은 채 쳐다보았다.

"당신이 넬슨의 말을 들은 것이 인생 최대의 실수였어. 넬슨은 내가 자기보다 당신한테 더 큰 영향력을 끼칠까봐 두려워한 것뿐이야. 당신이 나한테 처음부터 거짓말을 하지 않았다면 난 당신을 위해서 무슨 일이든 할 수 있었어."

알렉스의 입술은 바짝 말랐고 목은 쉬었다. 세르지오의 얼굴에서 미소가 사라졌다. "당신의 그 잘난 친구 넬슨은 결국 당신을 배신했잖아. 당신을 위해서 계속 일하느니 차라리 머리를 총으로 날려버리는 길을 택했지."

알렉스가 말했다.

"입 닥쳐!" 세르지오가 쏘아붙였다.

"다들 곤경에 처한 당신을 모른 척할 거야."

알렉스는 개의치 않고 계속해서 말을 이었다. "난 당신 편이 되어 줬을 수도……."

"입 닥치라고!" 세르지오가 고래고래 소리를 질렀다.

"당신도 이미 알고 있지? 당신도 자기가 잘못된 사람들을 믿고 있다는 걸 알고 있어. 심지어 당신 아내도 도망쳤지. 내가 당신을 떠난 그날 부인이 날 찾아왔던 거 알아?"

알렉스는 눈썹 하나 까딱하지 않고 계속 말했다. 세르지오는 얼굴이 빨갛게 달아올랐다. 알렉스의 말이 그의 아픈 곳을 건드렸다. 그는 이성을 잃지 않기 위해 안간힘을 썼다.

"네년 집에서 내 부하들이 찾아낸 계좌 정보는 어디서 난 거야?"

세르지오가 다그쳤지만 알렉스는 그의 눈을 쳐다보며 아무 말도 하지 않았다. "내가 네년한테 속아 넘어갈 거라고 생각하지 마. 난 네가 무서워서 부들부들 떨고 있는 걸 알아."

"난 이제 안 무서워. 당신은 어차피 날 죽이기로 마음먹었잖아. 그러니 내가 말을 하든 안 하든 다를 게 없잖아." 알렉스가 말했다.

"입은 여전히 살아 있네. 그렇다면 네가 얼마나 작고 연약한지 내가 보여주지. 얼마나 보잘것없는 존재인지 말이야!"

세르지오가 빈정거리며 말했다. 알렉스는 세르지오의 파란 눈이 광기로 번쩍이는 것을 보았다. 세르지오는 문 쪽으로 다가가 부하들을 불렀다. 모두 들어와서 알렉스를 에워쌌다.

"코무 시 디치 인 시실리아누?('시실리인은 뭐라고 할까?'라는 의미의 이탈리아어-편집자 주) 오메르타, 맞지? 난 아무 말도 하지 않을 거야." 알렉스가 말했다.

"너 이탈리아 말 할 줄 모르다고 했잖아."

세르지오가 놀라자 알렉스는 어깨를 으쓱했다. 세르지오는 코트를 벗어 루카에게 건넸다.

"난 이제 아무 말도 안 할 거야."

알렉스가 말했다. 그 말과 동시에 세르지오가 주먹을 얼굴에 날렸다. 알렉스의 입술이 터지고 코뼈가 부러졌다. 세르지오는 잔인하게 알렉스의 머리채를 휘어잡고 뒤로 젖히고 알렉스를 향해 몸을 숙였다. 세르지오가 너무 바짝 다가와서 피부의 모공과 입가에 흘러내리는 침까지 보였다.

"넌 나한테 제발 죽여 달라고 사정하게 될 거야! 두고 봐! 이 망할 창녀 같은 년!"

세르지오가 내뱉었다. 알렉스는 따뜻한 피가 턱을 따라 흘러내리는 것을 느꼈지만 눈썹 하나 까딱하지 않았다.

"이제 어서 말해. 언제까지 기다려줄 수 있는 게 아니거든."

세르지오가 잡고 있던 머리채를 놓아주었다. 알렉스는 눈을 감았다. 머리가 깨질 것 같았다.

"나한테 훔쳐간 돈 어디 있어?"

몸을 움직일 때마다 엄청난 통증이 밀려왔지만 알렉스는 어깨를 으쓱했다.

"어디 있는지 어서 말해!"

"싫어."

세르지오는 분노에 부들부들 떨며 쳐다보았다.

"좋아."

세르지오는 숨을 깊이 들이마셨다. "나는 5천만 달러 잃은 것쯤은 감수할 수 있어. 그 돈이 없다고 해서 내가 파산하는 건 아니니까. 그 돈 때문에 너한테 압박당할 수는 없지. 통장 사본은 어떻게 된 거지? 세인트존의 컴퓨터에서 빼온 이메일은? 누가 이런 사실을 알고 있지? 코스티디스한테도 알린 거야?"

세르지오는 알렉스가 시장과 하룻밤을 같이 보냈다는 생각만으로도 미쳐버리기 직전이었다. "그놈이랑 같이 잘 때 대체 무슨 얘기를 했어?"

알렉스는 격심한 통증에도 미소를 지었다. 세르지오는 졌다. 질투심과 상처받은 자존심이 그를 잡아먹고 있었다.

"당신보다 훨씬 밤일 잘한다고 했어."

알렉스는 세르지오를 빤히 쳐다보며 말했다. 세르지오는 이성을 완전히 잃었다. 그는 알렉스에게 마구 주먹을 휘둘러댔다. 루카와 다른 부하가 말리고서야 멈추었다. 세르지오는 힘들게 숨을 몰아쉬었다. 알렉스는 바닥에 웅크리고 넘어져 있었지만 훌쩍이거나 신음 소리조차 새어나오지 않았다. 세르지오가 무슨 짓을 하든 알렉스는 굴하지 않았다. 그래서 세르지오는 더욱더 분노가 치밀었다.

"자, 이분한테 특별대우를 해드려!"

세르지오는 아픈 손가락 마디를 문질렀다. 그러자 부하들이 알렉스를 붙잡아 옷을 벗기고 속옷만 입힌 채 철제 책상 위에 묶었다. 그러고는 가죽 채찍으로 내리쳤다. 알렉스의 허벅지와 가슴 피부가 터졌다. 살이 찢어지는 고통에 숨쉬기조차 힘들었지만 알렉스는 신음 소리조차 내지 않았다. 어지럽고 눈앞이 깜깜해졌다. 이들은 알렉스가 기절하게 가만히 내버려두지 않고 자꾸 정신이 들게 만들었다.

"이제 어서 말해!"

세르지오는 주머니 안에서 주먹을 불끈 쥐었다. 알렉스의 입을 여는 것이 그리 오래 걸리지 않을 것이라 생각했는데, 쉽지 않았다. 무엇보다 부하들 앞에서 망신을 당하는 것이 두려웠다.

"내가 입을 열기도 전에 죽어버리면 어쩌지?"

알렉스가 퉁퉁 부은 입술로 중얼거렸다. 세르지오의 얼굴에서 거만함은 사라지고 없었다. 흐릿한 형광등 불빛 아래 세르지오 눈 밑의 눈물주머니와 목의 피부가 축 늘어진 것이 보였다. 세르지오 비탈리조차 그녀의 용기와 완강함 앞에서 포기하는 것이 보였다. 알렉스는 온몸에 묵직한 통증을 느꼈다. 어디가 제일 아픈지 가늠조차 할 수 없었지만 세르지오가 길길이 날뛰며 화를 내는 모습을 보자 승리감에 도취되어 아픈 것도 몰랐다.

"부하들한테 널 강간하라고 할 거야! 네가 그 빌어먹을 입을 다시 열 때까지! 그러고 싶어?"

세르지오가 협박했다. 알렉스는 아무 말 없이 눈을 감았다. 땀 냄새와 마늘 냄새가 진동하는 뚱뚱하고 역겨운 남자가 올라타도 저항하지 않았다. 철제 책상이 진동을 할 때마다 허리에 심한 통증이 전해졌다. 알렉스는 말없이 통증과 치욕을 견뎌냈다. 세 번째 남자부터는 숫자 세기를 포기했다. 세르지오의 화난 목소리가 멀리서 들릴 뿐이었다. 별로 의미가 없는 일이었다. 알렉스가 지금 당하고 있는 일은 아무 감정도 감각도 없는 껍데기가 당하는 행위였다. 그녀의 감정은 아주 먼 곳으로 물러나버렸다. 끝없이 길게 느껴지는 그 시간 동안 알렉스는 자신을 위에서 내려다보는 듯했다. 상처로 너덜너덜해진 몸, 폭행을 당해 일그러지고 통통 부은 얼굴은 예전의 알렉스 존트하임과는 아무 상관이 없었다. 알렉스는 코스티디스를 떠올렸다. 그 어떤 고통도 알렉스가 보낸 평생 가장 아름다운 밤에 대한 기억을 더럽힐 수 없었다.

"어때? 마음에 들어? 아니면 이제 그만 입을 열까?"

세르지오의 조롱하는 목소리가 들렸다. 만약 본인의 상황을 조금이라도 바꿀 가망성이 있다면 알렉스는 모든 것을 다 털어놓았을 것이다. 세르지오한테 매달려보고 빌고 사정하면서 살기 위해서 무슨 짓이라도 했을 것이다. 하지만 세르지오는 어차피 죽일 것이 뻔했다. 그렇기 때문에 강해져야만 했다. 그런 자부심으로 세르지오가 이성을 잃게 만들고 싶었다.

*

알렉스가 입을 열지 않고 계속 침묵하자 세르지오는 분노를 느끼며 부하들이 욕정에 사로잡혀 차례대로 알렉스를 겁탈하는 모습을 말없이 지켜보았다. 그는 헐떡거리는 짐승처럼 한때 그가 정말 사랑했던 여자의 몸을 덮치는 모습에 만족감이 아니라 혐오감이 들었다. 입을 열게 만드는 다른 방법도 있었지만 세르지오의 마음속 깊숙한 곳 어디에선가는 알렉스의 신체를 자르거나 어떤 식으로든 훼손하는 것을 허락하지 않았다.

"숨을 쉬지 않습니다."

한 부하가 말했다. 부하는 알렉스를 향해 몸을 숙이고 목의 맥박을 짚어보았다. 세르지오는 의자를 박차고 일어나 한때 호감 이상의 감정을 느꼈던 여자의 몸을 뚫어지게 쳐다보았다. 이 여자 때문에 부하들 앞에서 마지막까지 체면을 구겼다는 생각에 분노가 치밀었지만 그래도 끝까지 굽히지 않은 이 여자에 대해 어쩔 수 없이 감탄을 할 수밖에 없었다. 알렉스는 그를 두려워하지 않았다. 세르지오는 짧게 자른 머리를 양손으로 쓸어올렸다. 알렉스의 말이 맞았다. 넬슨이 그에게 잘못된 충고를 한 것이다. 알렉스는 그에게 정말 훌륭한 동업자가 될 수 있었다! 알렉스를 내편으로 만들었다면 정말 대단한 충성심을 발휘했을 것이다. 갑자기 세르지오의 분노는 사그라지고 그 대신 묵직한 피로가 들어앉았다. 아름답고 열정적이고 용감한 알렉스! 다시는 이런 여자를 만날 수 없을 것이다. 알렉스는 죽음으로써 그에게 엄청난 패배를 안겨주었다. 그리고 무엇보다 세르지오에게 대항할 적수가 없다는 우월감을 사라지게 했다. 알렉스가 그를 이겼다. 여러모로.

"어떻게 할까요?"

루카가 물었다. 세르지오는 움찔하며 루카를 멍하니 쳐다보았다. 잠시 흐릿하게 그를 감쌌던 감상적인 생각을 쫓아버렸다. 이 나쁜 년은 죽어 마땅했다. 이년은 거짓말을 하고 그를 속이고 돈까지 훔쳐갔다. 이걸로 끝이었다. 삶은 계속된다. 그는 맑은 정신이 필요했다.

"강에 내다버려."

세르지오가 싸늘하게 말했다. 그러고는 뒤돌아 나와버렸다.

*

코스티디스는 밤새도록 한숨도 자지 못했다. 새벽 1시 반쯤 검찰청 사무실에서 나와 눈발이 휘날리는 가운데 시청까지 두 블록을 걸어왔다. 가만히 앉아서 기다리는 것을 더는 견딜 수가 없었다. 그리고 젠킨스와 엥겔스가 알렉스에 대해 하는 말을 참을 수가 없었다. 두 사람에게 알렉스는 그저 중요한 증인일 뿐이었다. 그들은 알렉스가 어떤 사람인지 관심이 없었고, 심지어 알렉스가 진짜로 유죄인지 무죄인지조차도 관심이 없었다. 그리고 그들이 지금껏 확보한 증거만으로도 알렉스 없이 부패 스캔들을 해결할 수 있다고 여겼다. 코스티디스는 세르지오가 이번에도 무사히 빠져나갈 것이라는 예감이 들었다. 그자가 거느린 최고의 변호사 군단은 모든 혐의를 부인하고 다른 사람들을 잔뜩 주눅 들게 만들어서 세르지오에게 불리한 진술을 하지 못하게 만들 것이다.

하지만 사실 코스티디스는 이제 세르지오는 안중에도 없었다. 그의 머릿속에는 오직 알렉스 생각뿐이었다. 지금 어디에 있을까? 그들이 알렉스한테 무슨 짓을 했을까? 아직 살아 있기는 한 걸까? 만약 알렉스한테 무슨 일이 일어났다면 코스티디스는 절대 가만있을 수 없었다. 알렉스에 대해 느끼는 강렬한 감정에 코스티디스 자신도 놀랐다. 메리에 대한 사랑과는 완전히 다른 것이었다. 코스티디스 자신도 잘 설명할 수는 없었지만 알렉스에 대한 감정은 50을 넘은 남자

293

가 젊은 여자를 만나 회춘이라도 하려는 남자의 욕망 그 이상이었다.

코스티디스는 뒷문을 통해 시청 건물 안으로 들어가 집무실로 향했다. 보안직원들이 반갑게 인사를 건넸다. 아무도 이 시간에 무슨 일로 왔는지 그에게 묻지 않았다. 집무실로 들어온 코스티디스는 작은 책상 조명등만 켰다. 조명등이 책상 위에 따뜻하고 노란 동그라미를 그렸다. 코스티디스는 젖은 코트 그대로 책상 앞에 앉았다. 그는 커다란 집무실 안을 빙 둘러보다가 전임 시장들의 사진 액자에 시선이 멈추었다. 그는 어렸을 때부터 바로 이 자리에 앉고 싶어 했다. 그의 꿈이었고, 야망을 갖고 노력해온 목표였으며 결국 이루어냈다. 이 목표를 위해 그는 스스로를 혹사했다. 밤새워 일하고 가족을 소홀히 했다. 코스티디스는 싸우는 데 익숙했지만, 이제는 싸우는 데 지쳤다. 다른 삶도 있었다. 정치와 대중이 없는 그런 삶이 그 어느 때보다도 강렬하게 그리웠다.

코스티디스는 깊은 한숨을 내쉬었다. 그렇게 많은 것을 이루었지만 그보다 많은 것을 놓쳤다. 코스티디스는 시간이 없어서 아들이 자라는 것을 지켜보지 못했다. 방송국 스튜디오가 자기 집보다 익숙했고, 어떤 기자와는 자기 아들보다 친했다. 그의 하루는 아침 일찍부터 밤늦게까지 꽉 짜인 일정의 지배를 받았다. 그는 성공과 인정을 받기 위해 높은 야망을 품고 싸워왔으며, 목표를 실현시키기 위해 달려왔고, 시민의 호감을 얻기 위해 노력했다. 이렇게 성공할 수 있었던 가장 큰 이유는 자신이 하는 일을 좋아하고 즐겼기 때문이다. 그런데 그의 인생에 알렉스가 나타났고, 알렉스는 메리가 그토록 수년간 헛되이 노력하던 것을 해냈다. 코스티디스가 자기 자신에 대해 생각해보기 시작한 것이다. 문득 그는 자신을 이 자리에까지 올라오게 한 야망, 그와 적대관계에 있는 사람들이 광적으로 집착한 근원적 힘이 무엇인지 알 수 없었다. 그리고 코스티디스는 심지어 타협할 줄 모르는 성격이 어디서 왔는지에 대해서도 생각을 하기 시작했다. 알렉스 덕분에 코스티디스는 자신을 비판적인 눈으로 되돌아보게 되었고, 세르지오와 싸워온 지난 몇 년 동안 자기 자신의 삶을 사는 것을 잊었다는 사실을 깨달았다. 알렉스는 절대 죽으면 안 된다! 절대 그러면 안 된다. 코스티디스는 팔짱을 끼고 윗몸을 숙였다.

"사랑하는 하느님, 제발 알렉스가 죽지 않게 해주세요……."

코스티디스는 간절한 마음으로 속삭였다. 그리고 울기 시작했다.

*

트래비스 스튜어트는 욕설을 내뱉기 시작했다. 축축하게 내리는 눈 때문에 자동차에서 부두까지는 멀지 않았지만 그새 재킷이 젖고 살을 에는 듯한 바람이 불었다. 게다가 늦잠까지 자버렸다. 이제 30분 후면 날이 밝아올 것이고 그러면 사방에 경찰이 쫙 깔릴 것이다. 그래서 서둘러야 했다. 그는 계속해서 욕을 내뱉으며 부두 벽에 달린 녹슨 사다리를 타고 내려가 작은 모터보트에 올라탔다. 기름칠을 한 덮개 아래에 있는 철제 가방을 꺼내 다시 사다리를 올라가려는 찰나 바로 위에서 엔진 소리가 들렸다.

"젠장."

만약 경찰이 가방 가득 마약이 들어 있는 것을 발견하면 또다시 감옥행이 될 것이 뻔했다. 트래비스는 가방을 다시 얼른 덮개 밑에 숨기고 배 안에 웅크려 몸을 숨겼다. 자동차 문이 닫히는 소리와 함께 남자들의 목소리가 들렸다. 갑자기 부두 뒤쪽에서 그들의 모습이 보였다. 트래비스는 점점 흰해지는 새벽에 그들의 뚜렷한 윤곽을 볼 수 있었다. 남자들은 무거운 상자를 들고 낡은 방파제까지 끌고 갔다. 그곳은 물살이 세기 때문에 사람들이 종종 강에 쓰레기를 버리는 장소였다. 하지만 그것은 폐기물이 아니었다! 트래비스는 두 남자가 들고 온 것을 강물에 내던지는 순간 사람으로 보이는 밝은 몸을 보았다. 트래비스는 저도 모르게 움찔하며 몸을 숙였다. 만약 그들의 눈에 띄면 오래 망설이지도 않고 해칠 것이다. 하지만 다행히 두 남자는 그를 보지 못했다. 그들은 할 일을 마치자마자 곧바로 사라졌다.

트래비스는 짙은 회색 강물을 빤히 쳐다보다가 자신이 있는 쪽을 향해 휘젓는 사람의 팔을 보았다. 수온이 10도가 채 되지 않는 차가운 강물에 버려진 것은 시체가 아니라 아직 살아 있는 사람이 확실했다! 하지만 사실 그는 상관하고 싶지 않았다. 누군가를 도와주면 골치 아픈 일만 생기기 마련이었다. 그는 그저 빤히 쳐다보기만 했다. 그런데 갑자기 그의 배에서 2미터도 채 떨어지지 않은 곳에 사람의 머리가 보였다. 트래비스는 놀라서 후다닥 앞으로 달려갔다. 그 바람에 배가 뒤집힐 뻔했다. 그는 흠뻑 젖었지만 손으로 물속에서 솟아오른 젖은 머리를 움켜쥐었다. 그러자 어떤 손이 그의 손을 덥석 잡았다. 곧이어 여자의 얼굴이 나타났고, 그녀는 기침을 하면서 물을 내뿜었다. 눈은 두려움에 휘둥그레진 상태였다. 여자는 살았다기보다는 초주검에 가까웠다. 트래비스가 배 위로 끌어올리자 여자는 의식을 잃었지만 그래도 살아 있었다! 그는 놀라서 여자를 빤히 쳐다보았다. 여자는 실오라기 하나 걸치지 않은 상태였다. 그는 재킷을 벗어 피를 흘리고 상처투성이인 여자의 몸을 덮어주었다. 팔에 여자를 안고 녹슨 미끄러운 사다리를 올라가는 것은 쉽지 않았다. 마침내 부두 위로 올라온 트래비스는 땀에 흠뻑 젖었다. 그는 점점 더 강해진 눈발을 뚫고 창고 옆에 세워둔 차로 비틀거리며 걸어가 문을 열고 기절한 여자를 보조석에 앉혔다. 그리고 트렁크에서 낡은 담요를 꺼내 와서 여자의 몸을 감싸주었다. 만약 이 여자가 그의 차 안에서 죽어버린다면 끝장이었다. 그는 후진해서 차를 돌렸다.

*

"시장님?"

코스티디스는 정신이 들며 움찔했다. 자신이 지금 어디에 있는지 깨닫기까지 조금 시간이 걸렸다. 어젯밤 자기가 집무실로 왔다는 기억이 떠올랐다. 너무 지치고 피곤한 나머지 책상 앞에서 그대로 잠이 들어버린 모양이었다. 그러고는 곧바로 알렉스가 떠올랐다.

"프랭크, 지금 몇 시인가?" 코스티디스는 손으로 얼굴을 비볐다.

"곧 있으면 6시입니다." 프랭크는 책상 앞에 멈춰 섰다.

"그렇군. 혹시 알렉스를 찾았나?"

코스티디스는 몸을 추스르고 바르게 앉았다.

"아직 발견하지 못한 것 같습니다. 제가 오는 길에 라디오에서 여전히 찾고 있다는 뉴스를 들었거든요."

프랭크는 고개를 저으며 대답했다. 그는 충혈된 눈과 괴로워하는 상사의 얼굴을 보고 왜 그 여자를 그토록 걱정하는지 의문이 들었다.

"커너스 검사한테 전화를 해봐야겠네." 코스티디스가 중얼거렸다.

"수면을 좀 취하시는 게 좋을 것 같습니다. 지금 몰골이 말이 아니십니다. 밤새 책상 앞에 앉아 계셨던 겁니까?" 프랭크가 물었다.

"새벽 3시에 왔네. 그 전까지는 커너스 검사 사무실에 있었고."

"알렉스 씨가 아직 살아 있을까요?" 프랭크가 또 물었다.

"모르겠어." 코스티디스가 속삭였다.

"만약 죽었다면 큰일이네요. 알렉스 씨의 진술 없이는……."

"젠장! 나는 그 빌어먹을 진술을 하든 말든 상관없어! 그 여자가 살아 있기만을 간절히 기도하고 있네!"

코스티디스가 거칠게 말을 자르며 소리 질렀다. 프랭크는 당황한 표정으로 코스티디스를 쳐다보았다. 이제는 세르지오나 부패 스캔들 따위가 그의 중요한 관심사가 아니라는 것을 알았다. 오로지 그 여자의 생사 여부만이 시장의 머릿속에 가득한 것이다. 코스티디스는 의자에 처량하게 앉았다. 그의 얼굴에는 절망감이 그대로 묻어났다. 그는 책상 램프의 불빛 뒤로 물러나 손등으로 눈을 비볐다.

"프랭크…… 나는……."

코스티디스의 목소리는 이제 그저 속삭임일 뿐이었다. 그의 짙은 눈동자에는 절망감이 검게 드리웠다. "나는…… 나는 말이지 그 여자와 사랑에 빠졌네. 그때 묘지에 있는 나를 찾아와서 내 말에 귀를 기울여줬을 때 말이네. 그 여자는…… 나를 이해하고 내게 연민을 가지고 있었지. 그 덕분에 갑자기 나는 내가 당한 모든 일을 어느 정도 감당할 수 있게 되었네. 알렉스 양은 나한테 계속 살아갈 용기를 주고, 심지어 내 목숨까지 구해줬지."

코스티디스는 울먹거리며 심호흡을 했다. 프랭크는 코스티디스가 알렉스가 사라진 것에 대해 걱정하고 있을 뿐만 아니라 메리에 대한 죄책감에 괴로워한다는 것을 알 수 있었다. "이제 알렉스까지 잃게 될지도 모른다는 생각에 견딜 수가 없군."

프랭크는 책상 램프 불빛에 코스티디스의 볼 위로 눈물이 주르륵 흘러내리는 것을 보았다. 시장은 갑자기 울기 시작했다. 프랭크는 그가 우는 모습을 한 번도 본 적이 없었기에 자신이 존경하고 진심으로 좋아하는 상관이 고통스러워하는 모습이 너무나 마음이 아팠다.

세르지오는 비탈빌딩의 사무실에 앉아 뉴스를 시청했다. 알렉스의 사진이 등장해도 그는 어떤 표정 변화도 보이지 않았다. 미친 듯이 찾아보라지. 어차피 찾지 못할 것이다. 전화벨이 울렸다. 아주 특별한 용건이 있을 경우에만 사용하는, 도청으로부터 안전한 비밀 회선이라 세르지오는 흠칫했다. 세르지오가 전화기를 들었다.

"접니다. 그 여잔 어떻게 됐습니까?"

수화기 맞은편에서 남자의 목소리가 들렸다.

"이제 아무 말도 못할 거요." 세르지오가 말했다.

"좋습니다. 눈이 벌건 검사하고 시장을 자제시키는 것이 몹시 힘듭니다. 몇 사람 희생은 감수하셔야 합니다."

"그건 문제없소. 드 랜시는 어차피 별로 가치가 없었고 화이트워터도 은퇴하려면 얼마 안 남았으니까." 세르지오가 태연하게 말했다.

"커너스가 하딩을 체포했습니다. 제가 어떻게 손을 쓸 수가 없었습니다."

"하딩이 체포됐다고요?"

세르지오는 몸을 똑바로 세우고는 굳어버렸다.

"네, 하지만 별 문제가 되지 않을 겁니다. 아무 말도 하지 않을 거니까요. 그러기에는 너무 똑똑한 사람입니다."

"하지만 돈에 눈이 먼 자지." 세르지오는 긴장을 조금 늦추었다.

"그럴지도 모르죠." 남자는 웃었다.

"어쨌든 당신은 이번 일에 내가 연루되지 않도록만 하면 됩니다."

"제가 알아서 하겠습니다. 몇 사람 모가지가 날아가면 대통령과 대중도 만족할 겁니다. 좀 시끄러워지겠지만, 또 몇 사람 물러나면 다시 예전대로 돌아갈 겁니다."

"코스티디스는 어떻게 됐소?" 세르지오가 물었다.

"어떻게 되다니요?"

"그자를 과소평가하지 마시오."

"코스티디스는 이번 수사와 아무런 상관이 없고, 검사는 내가 하라는 대로 하고 있습니다."

"알았소. 이제 내가 어떻게 처신하면 되겠소?"

세르지오는 고개를 끄덕이고 말했다.

"평소대로 하시면 됩니다. 그 여자가 다시 수면 위로 떠오르지 않는 이상 검찰 측은 계좌 기록 말고는 손에 쥔 것이 없어요. 그리고 아무도 입을 열지 않는 이상 회장님과 관련 짓지는 못할 겁니다."

"아무도 입을 열지 않으리라고 내가 어떻게 확신을 할 수 있겠소? 소환당한 사람들한테 상당한 압박을 가할 텐데 말이오."

세르지오는 이맛살을 찌푸렸다.

"그렇지 않습니다. 제가 그러지 않도록 신경 쓰겠습니다. 우리는 지금까지 다른 일도 잘 헤쳐 왔지 않습니까. 이란 콘트라 스캔들이나 케네디, 그리고 워터게이트 사건을 떠올려보세요."

남자는 조용히 웃으며 말했다. 세르지오도 웃었다.

"알았소. 다른 일은 잘 진행되고 있소. 이번 불미스러운 일이 잘 마무리되면 세부 사항을 논의해서 당신들이 오르테가를 잡고 성공할 수 있도록 보장해주겠소."

"아주 좋습니다. 새로운 소식이 있으면 다시 전화 드리겠습니다."

"고맙소."

세르지오는 전화를 끊고 만족스러운 미소를 지었다. 그 검사 조무래기하고 시장 얼간이가 마음껏 그를 공격해보라지! 아무도 그를 어찌 하지 못할 것이다!

*

테이트 젠킨스 부국장은 로이드 커너스의 사무실로 들어갔다. 손에는 커피 잔을 들고 있었다. 커너스 검사는 밤을 샌 얼굴로 회의 탁자에 앉아 있었고 앞에는 서류가 산더미처럼 쌓여 있었다.

"커너스 검사, 기소 준비는 얼마나 되어가고 있습니까?"

젠킨스가 자리에 앉으며 물었다.

"지금 한창 매달리고 있는 중입니다. 하지만 알렉스 존트하임의 진술 없이는 추측 외엔 저희가 손에 쥐고 있는 것이 없습니다."

커너스는 등을 뒤로 기댔다.

"어차피 그 여자는 이제 중요하지도 않잖아요. 우리가 가진 증거만으로도 뉴욕 정치인의 절반은 의자에서 끌어내리기에 충분해요. 게다가 수십 건의 자백도 받아내지 않았습니까. 뭘 더 원하죠?"

젠킨스가 말했다. 커너스는 의아한 눈빛으로 쳐다보았다.

"저는 배후 인물을 원합니다. 깃털이 아니라 뒤에서 조종하는 몸통을 잡아야죠."

"뉴욕경찰청장과 남부 구역의 연방검찰을 깃털이라고 하는 게 맞는지 잘 모르겠군요. 빨리 일을 끝내도록 동료 검사들을 독려해주세요, 커너스 검사. 난 크리스마스 때까지 기다리고 싶은 생각이 없어요. 내일 기소가 진행됐으면 합니다."

젠킨스는 눈썹을 치켜 올렸다.

"하지만 내일 당장 이 일을 대중에게 공개하는 건 불가능합니다!"

"왜죠? 꼼짝달싹 할 수 없는 확실한 증거가 있는데. 사람이 더 실종되거나 스스로 목숨을 끊기 전에 어서 행동을 취해야 해요."

젠킨스는 플라스틱 컵에 든 커피를 한 모금 마시고 말했다.

"전 몸통을 찾고 싶습니다. 그리고 제 생각에 그 몸통은 바로 세르지오죠. 내일 아침 신문에 그자가 뇌물을 뿌렸다는 기사가 나면 증거를 인멸하려고 혈안이 될 겁니다. 그자에게 대적하기 위해서는 가장 중요한 진술을 해줄 수 있는 알렉스 씨가 필요합니다."

커너스가 강경한 어조로 재차 말했다.

"알렉스가 그냥 도망을 쳤고 다시는 나타나지 않으면 어쩌려구요? 얼마나 기다릴 생각이죠? 이번 사건이 흐지부지 공중으로 분해될 때까지 기다리겠다는 겁니까?"

젠킨스가 물었다. 잠시 무거운 침묵이 흘렀다.

"하지만 저는……." 커너스가 입을 열었다.

"내가 한 말씀 드리죠. 난 24시간 동안만 더 기다리겠습니다. 그 여자가 그때까지 나타나지 않으면 우리는 공개할 겁니다. 저도 위에서 압박을 받고 있어요. 대통령님께서는 일이 진행되기를 바라고 계세요. 이해하시겠어요?" 젠킨스가 말을 자르며 압박했다.

"네, 물론입니다. 하지만 저희가 악의 근원을 뿌리 뽑지 못하면 얼마 지나지 않아 다시 원래대로 돌아갈 겁니다."

커너스 검사는 할 수 없다는 듯 어깨를 으쓱하며 말했다.

"그 여자를 찾는 데 정확히 24시간을 주겠습니다. 단 하루입니다. 1분도 더 기다리지 않을 겁니다. 그리고 나서 곧장 언론에 공개할 겁니다."

젠킨스가 또다시 말을 잘라버리고는 커피 잔을 비우고 자리에서 일어났다. 커너스는 한숨을 쉬고 다시 서류를 들여다보았다. 너무 지치고 피곤한 상태였고 이번 스캔들 수사가 이제 그리 낙관적이지가 않았다. 알렉스가 곧 나타나지 않으면 세르지오는 또다시 무사히 빠져나가게 될 것이다. 그는 코스티디스가 느꼈던 절망감을 이해할 수 있을 것 같았다. 세르지오는 좀처럼 잡기 힘든 자였다.

*

알렉스는 조심스럽게 자신이 지금 있는 작은 방 안을 둘러보았다. 지저분한 커튼 뒤로 밝은 빛이 들어왔다. 알렉스는 천천히 몸을 움직였지만 날카로운 통증이 온몸에 번졌다. 손목을 묶었던 테이프가 살갗을 파고들어 상처를 남기고 피딱지가 앉아 있었다. 그리고 불현듯 모든 기억이 떠오르며 공포감이 파도처럼 밀려왔다. 그녀가 겪었던 끔찍한 기억이 하나하나 다 떠올랐다. 알렉스는 자신이 발가벗겨진 채 강물에 버려졌다는 사실을 깨닫자 엄청난 공포감에 사로잡혀 또다시 죽을 것만 같았다. 엉망이 된 얼굴 위로 눈물이 흘러내렸다. 인간이 겪을 수 있는 가장 끔찍한 꼴을 당했다. 너무 무서워서 정신을 잃을지 모른다고 생각한 끔찍한 시간 동안 그녀의 내면에서는 무언가가 영원히 깨져버렸다. 자신을 죽을 뻔했다는 사실보다 어찌 할 수 없었다는 사실이 더 끔찍했다. 피와 상처는 언젠가는 멈추고 나을 것이다. 하지만 영혼이 입은 상처는 과연 어떻게 될까?

며칠 전만 해도 알렉스는 월스트리트에서 가장 잘나가는 투자은행가였다. 수백, 수천만 달러를 주무르면서 뉴욕은 물론 미국의 주요 인사들과 잘 알고 지내는 사이였다. 그녀는 빛나는 미래를 꿈꾸었다. 하지만 이제는 발가벗겨진 삶밖에 남지 않았다. 게다가 세르지오가 이 사실을 알게 되면 그마저도 어찌 될지 몰랐다. 세르지오는 무슨 수를 써서라도 자신을 끝내 죽이려고 할 것이다.

알렉스는 이불 밑에서 몸을 웅크리고 누워 훌쩍거렸다. 다시는 예전의 삶으로 돌아갈 수 없을 것이다. 그리고 다시는 두려움 없는 삶을 살 수 없을 것이다. 온갖 망령들이 죽을 때까지 평생 쫓아다닐 것이다. 이제 다시는 돌아갈 수 없고 미래도 없고 그녀가 믿을 사람도 없다. 알렉스는 갑자기 멈칫하며 울음을 그쳤다. 아니다! 그녀를 소중하게 생각하고 도와줄 사람이 있었다. 알렉스는 낡은 매트리스 스프링 때문에 등이 배기는 침대에 가만히 누워 담배 니코틴으로 누렇게 찌든 천장을 멍하니 바라보았다. 코스티디스한테 전화를 해야 한다. 지금 당장.

*

"시장님, 저는 더 기다릴 수가 없습니다. 우리가 부패 스캔들에 연루된 자들을 오늘 언론에 공개하면 어떻게 되는지는 잘 알지만, 달리 어떻게 할 수 있겠습니까?"

커너스가 애원하는 목소리로 말했다. 그의 얼굴이 말이 아니었다. "젠킨스가 제 가슴에 칼을 들이대고 있어요, 젠장! 시간이 달아나고 있다고요!"

그는 손으로 자신의 지친 얼굴을 매만졌다. 사무실에 흐르는 긴장감에서 잠시라도 벗어나기 위해 그는 코스티디스의 시청 집무실로 찾아왔다.

"세르지오가 이번에도 용케 잘 빠져나가겠군. 늘 그랬듯이 말이야. 그럴 줄 알았어."

코스티디스가 희미한 목소리로 중얼거렸다. 커너스는 한숨을 쉬었다. 지난 몇 시간 동안 세르지오가 뇌물을 주었다는 것을 증명할 다른 방법이 없을까 머리를 쥐어짰다. 하지만 알렉스 존트하임 없이는 방법이 없었다. 법정에서 아무리 넬슨의 비디오 녹화 진술을 증거로 제시한다고 해도 그 진술을 뒷받침해줄 다른 증인이 없으면 증거로 채택될 가능성이 거의 없었다. 그런데 젠킨스는 그런 증인을 찾는 것을 금지했다. 그는 '부패 스캔들 해결과 기소에 집중'하라고 말했다. 커너스가 확실한 증거 없이 세르지오를 기소하면 세르지오의 똑똑한 변호사들이 그를 마구 물어뜯을 것이 분명했다. 그렇게 되면 아마도 검찰에 계속 몸담고 있는 것이 힘들어질 것이다. 커너스가 포기할 때까지 무고죄로 고소하고 손해배상 청구 소송을 걸어올 것이 뻔했다. 그렇다. 알렉스가 나타나지 않으면 세르지오는 또다시 올가미에서 쏙 빠져나가는 데 성공할 것이다.

"세르지오를 법정에 세울 방법은 단 한 가지밖에 없어요. 1963년에 발생한 살인 사건이 있어요. 넬슨은 세르지오가 스테파노 바렐리를 살해했다고 주장했죠. 살인은 공소시효가 없기 때문에 넬슨이 말한 증인을 찾으면 혹시 승산이 있을지도 모르겠어요."

커너스는 지친 기색이 역력했다. 코스티디스는 체념의 손짓을 보냈다. "시장님, 이제 시간이 8시간밖에 안 남았어요. 내일 아침 언론에 이번 사건을 알려야 합니다."

커너스는 몸을 앞으로 숙이며 말했다.

"그래, 알았네." 코스티디스는 고개를 끄덕였다.

"알렉스 씨의 흔적만이라도 찾으면 좋겠는데. 어떤 조그만 단서라도 말이죠. 하지만 우리에겐 아무것도 없어요. 마치 땅 밑으로 꺼져버린 듯 사라졌어요."

커너스는 주먹으로 책상을 내리쳤다. 코스티디스는 침묵했다. 알렉스가 살아 돌아오리라는 희망은 이제 버렸다. 세르지오에게 잡힌

지 사흘이 지났다. 알렉스가 검찰 측에 얼마나 중요한 사람인지 알기 때문에 분명 죽었을 것이다. 알렉스는 이미 죽은 사람이다.

"저희가 FBI를 개입시킨 게 큰 실수였던 것 같아요. 이번 사건을 완전히 뿌리 뽑는 데 관심이 없으니까." 커너스의 얼굴은 어두웠다.

"당연하지. 은폐, 축소, 스캔들 방지. 항상 그래왔고 앞으로도 계속 그럴 것이네. 이런 대규모 뇌물 스캔들을 캐내는 데 관심 있는 사람은 아무도 없지. 누구든 이런 소용돌이에 휘말릴까봐 두려워하니까. 게다가 지금 대통령이 외적인 문제로 곤경을 겪고 있는 상황에서 내적인 문제까지 발생하면 골치 아프니까. 부정부패가 정부 부처와 의회에까지 만연한 게 알려지면 정말 난리가 날 테니까 말이네."

코스티디스가 씁쓸하게 대꾸했다.

"하지만 그렇다고 아무 일도 없다는 듯 모른 척할 수는 없잖아요!" 커너스는 흥분했다.

"그럴 수 있고말고. 그럴 수 있네. 그리고 실제로 그런 일은 비일비재하게 일어나고 있지. 내가 계란으로 바위 치기 한다는 느낌을 얼마나 자주 받았는지 아나? 사람들이 좋아하지 않는 일을 한다는 것은 결코 쉽지 않아. 뇌물 스캔들보다 인기 없는 일도 없지. 나는 자주 안개 속을 헤집고 다녔네. 윗분들은 상식적으로 선하고 정직한 것들을 그렇게 보지 않는다는 것을 깨달았어. 정치는 아주 지저분한 거래야. 서로 주고받으면서 정치인과 한통속인 패거리들이 먹고사는 거지."

코스티디스는 피곤한 듯 고개를 끄덕이며 말했다.

"저는 그런 건 인정할 수 없습니다." 커너스가 흥분하며 말했다.

"나도 자네처럼 그렇게 이상적이고 정의감에 불탄 적이 있었지, 커너스 검사. 하지만 자네가 성공하고 싶다면 소신과 다른 일도 해야 하는 법을 배워야 할 걸세." 코스티디스는 어깨를 으쓱하며 말했다.

"하필이면 시장님께서 그런 말씀을 하시다니 믿을 수가 없군요!"

"왜 그렇게 생각하나? 나는 내 소신대로 수년간 싸워왔지만 적을 많이 만들었네. 나는 다행히 워싱턴과 올버니에 있는 정치인도 예민하게 반응하는 사건을 많이 맡았지. 조직범죄, 월스트리트에 만연한 내부자 거래 스캔들, 뉴욕의 범죄와의 전쟁 등등. 이 모든 일은 정부의 전폭적인 지지를 받아 가능했지. 별다른 로비도 없는 소수 범죄자에 관한 일이었으니까. 이를테면 마피아 보스나 불성실한 증권 브로커, 투자은행가, 살인범, 강간범, 마약상, 노숙자 같은. 하지만 이번에는 유명한 정치인도 많이 엮인 일이네. 그리고 가재는 게 편이지. 늘 그래왔지." 코스티디스는 한숨을 내쉬었다.

창밖에는 12월의 잿빛 하늘에서 하얀 눈송이가 내리고 있었다. 예전에는 크리스마스를 몇 주 앞둔 분위기를 무척 좋아했다. 크리스마스 장식으로 꾸며놓은 도시, 화려한 쇼윈도, 센트럴파크에 쌓인 눈, 그리고 크리스마스 퍼레이드가 벌어지면 잔뜩 들떠서 반짝거리는 아이들의 눈망울, 그리고 록펠러센터 앞과 공원에서 스케이트를 타는 사람들. 크리스마스를 앞두고 매년 도시는 분주하고 정신없이 돌아갔고 냉정하고 배려심이 없는 일상이 사라지고 다들 평소보다 친절하게 서로를 대했다. 하지만 오늘은 이 모든 것이 눈에 들어오지 않았다. 코스티디스는 집에 크리스마스트리를 장식하지 않았다. 올해 크리스마스카드를 쓰는 일은 메리 대신에 부하직원들이 맡았다. 25년 만에 처음으로 코스티디스는 크리스마스 때 메리의 가족이 있는 몬탁에 가지 않을 것이다.

책상 위에 있는 코스티디스의 직통전화 벨이 울렸다. 코스티디스가 전화를 받았다.

"코스티디스 시장님?" 낯선 여자의 목소리였다.

"네, 맞습니다."

"정말 시장님 맞으십니까?"

"네, 물론이죠. 누구십니까?"

"잠깐만 기다려주세요. 전화 끊지 마세요. 여기 시장님하고 통화를 하고 싶다는 분이 계세요."

전화를 건 여자가 말했다. 커너스는 코스티디스의 얼굴 표정이 변하는 것을 옆에서 지켜보았다. 절망스럽고 피곤한 기색은 싹 가시고 마치 전기에 감전된 듯 자세를 고쳐 앉았다.

"시장님?"

코스티디스는 상대편 목소리를 듣자 심장이 멎을 뻔했다. 알렉스였다!

"알렉스! 어디요? 어떻게 된 일이오?"

코스티디스가 소리를 질렀고 커너스도 자리에서 벌떡 일어났다.

"시장님, 절 데리러 와주세요." 알렉스의 목소리에 힘이 없었다.

"물론이죠! 어디요? 어서 말해요! 지금 당장 갈게요!"

코스티디스가 흥분하며 큰 소리로 말했다.

"브루클린에 있어요. '블루발루'라는 이름의 바예요. 브루클린-퀸즈 고속도로 아래쪽에 있는 부둣가에 있어요."

알렉스의 발음이 불분명해서 알아듣기가 힘들었다.

"내가 찾아갈게요. 지금 당장."

코스티디스는 온 몸이 부들부들 떨렸다.

"네, 제발 빨리 와주세요."

알렉스가 속삭였다. 코스티디스는 전화기를 내려놓고 벌떡 일어났다. 안도감과 행복에 겨워 어지러울 정도였다. 알렉스는 다행히 죽지 않았다!

"당장 브루클린으로 가야겠어."

코스티디스가 흥분하며 말했다. 커너스 검사는 희망과 불신이 뒤섞인 표정으로 쳐다보았다.

"저는 어쩌면 함정일지도 모른다는 생각이 들어요. 혼자 가시면 안 돼요. 스푸너한테 연락할게요. 반드시 같이 가서야 합니다."

커너스가 재빨리 생각을 해보며 말했다. 코스티디스가 그를 빤히 쳐다보았다. 너무 기쁜 나머지 알렉스한테 전화를 하도록 강요하고 함정으로 유인하는 것일 수도 있다는 생각을 미처 하지 못했다. 만약 그렇다면 알렉스는 여전히 생명의 위협을 받고 있는 상태다. 그리고 그곳으로 가면 코스티디스 자신도 마찬가지 처지가 될 것이다.

"시장님, 제발요!" 커너스는 손에 이미 전화기를 들고 있었다.

"알았네." 코스티디스는 마지못해 수긍했다.

*

블루발루는 부둣가에 자리 잡은 허름한 술집이었다. 어둠 속에 불이 켜진 간판과 알록달록한 조명은 초라한 술집의 상태를 조금 가려주기는 했지만, 알렉스가 말한 그곳이 분명했다.

"이 안에 있다고요?" 스푸너는 미심쩍은 듯 눈썹을 치켜 올렸다.

"브루클린에 똑같은 이름의 술집이 또 있나?"

코스티디스가 곧장 쏘아붙였다.

"저희가 먼저 안을 살펴보겠습니다. 시장님은 일단 차 안에 계세요." 스푸너가 말했다.

"아니야. 스푸너 보안관 당신이 차 안에 있게."

코스티디스는 차 문을 열고 내렸다.

"저희는 시장님의 안전을 잘 책임지라는 지시를 받았습니다. 만약에 함정이라면……." 스푸너의 동료 카자엘리가 끼어들었다.

"……그렇다면 내가 운이 없는 거지!"

코스티디스는 차문을 세게 닫았다. 알렉스는 자기 목숨을 걸고 그를 지켜주지 않았던가? 코스티디스는 보안관 없이 알렉스를 찾아가야 할 의무가 있었다. 하지만 스푸너 보안관이 가로막았다.

"시장님이든 아니든 상관없어요. 저는 분명히 시장님을 보호하라는 지시를 받았고 시장님의 고집 때문에 제가 짤리고 싶은 생각은 없습니다."

"그러든 말든 나는 상관없네. 길을 비키게."

코스티디스는 단호하게 말하고 그를 밀친 뒤 건물 뒤로 돌아 주방문을 찾았다. 술집에서 수십 명의 시민에게 목격당하고 싶지는 않았다. 코스티디스가 문을 두드리자 스푸너와 카자엘리가 뒤에 왔다.

"제발 총이라도 집어넣게." 코스티디스가 부탁했다.

"그놈들이 마음 놓고 우릴 쏴버리도록 말인가요? 그럴 생각 없습니다!"

스푸너는 안전핀을 풀었다. 그 순간 문이 조금 열리더니 면도를 하지 않고 얼굴에 흉터 자국이 가득한 남자가 미심쩍은 표정으로 배꼼 얼굴을 내밀었다.

"혹시……?"

"네, 맞습니다."

코스티디스는 극도로 초조했다. "제가 닉 코스티디스입니다."

"저 분들은요?"

"연방보안관입니다. 어서 문을 여세요!"

스푸너가 말했다. 코스티디스는 눈알을 굴렸다. 그는 성미가 급한 사람이었다.

"들어오세요."

남자가 문을 열어주었다. 이들은 뉴욕시 보건당국의 모든 위생 규정을 비웃기라도 하듯 지저분한 주방에 발을 들였다.

"안녕하슈, 시장님."

입에 담배를 문 뚱뚱한 여자가 문간에 나타났다. "직접 보게 되다니 믿어지지가 않네요! 우리가 다 뽑아줬어요. 나하고 우리 단골손님들이 말이에요."

"고맙습니다. 알렉스 양을 빨리 좀 만났으면 합니다."

코스티디스는 억지로 미소를 지어 보였다.

"정말 신기하지, 트래비스? 시장님이 직접 우리 가게를 찾아오시다니."

뚱뚱한 여자는 팔꿈치로 흉터 자국이 난 남자의 옆구리를 쿡쿡 찔렀다. 코스티디스는 안절부절못했다.

"여기 있는 트래비스가 그 여자를 강물에서 건져줬어요. 완전히 발가벗은 채로 거의 초주검 상태였대요, 그 불쌍한 여자가."

뚱뚱한 여자가 남자의 어깨를 두드렸다. 코스티디스는 사색이 되었다. 세르지아는 결국 정말로 마피아의 방식대로 알렉스를 강물에 던져버린 것일까?

"이쪽으로 오세요, 시장님."

뚱뚱한 여자가 손짓했다. 그녀는 문가에 서서 연방보안관 앞에 딱 버티고 섰다.

"당신들은 그냥 여기 있어요. 그 여자 상태가 별로 안 좋아요. 지금 짭새들을 만나고 싶은 생각은 아마 없을 걸요."

여자가 너무 권위 있게 말해서 반박의 여지가 없었다.

"하지만……." 스푸너는 항의하려고 입을 열었다.

"안 돼요. 그냥 여기 있어요."

여자는 좁은 계단을 뒤뚱뒤뚱 걸어 올라갔고 코스티디스는 조명이 어두운 복도를 따라 걸어가다가 마침내 어떤 문 앞에 멈춰 섰다.

"친절하게 대해주세요. 그 불쌍한 여잔 상태가 아주 안 좋아요. 기억을 잃고 고열에 시달렸어요. 하지만 오늘 점심때부터 상태가 좀 나아지더군요. 이제는 무슨 일을 겪었는지 기억도 조금 돌아왔어요."

뚱뚱한 여자가 조용한 목소리로 말했다. 코스티디스는 침을 꿀꺽 삼키며 고개를 끄덕였다. 심장이 미친 듯이 뛰었다. 마음 같아서는 뚱뚱한 여자를 밀치고 그냥 빨리 방 안으로 뛰어 들어가고 싶었다. 여자는 노크를 하고 문을 열었다.

"어이, 아가씨, 손님이 찾아왔어요."

여자가 놀라울 정도로 부드럽게 말하더니 길을 비켜주었다. 코스티디스는 방 안으로 들어갔다. 코스티디스의 눈에는 지저분한 벽지도, 닳아빠진 카펫도, 니코틴에 찌든 커튼도, 낡은 가구, 그리고 밤에는 이 방을 '시간제 호텔'로 변신시키는 빨간 조명등도 들어오지 않았다. 오로지 침대 머리맡에 앉아 팔로 무릎을 감싸고 웅크리고 앉아 있는 가느다란 형상밖에는 보이지 않았다.

"알렉스! 이런 세상에, 알렉스."

너무 불쌍해 보여서 코스티디스의 눈에는 눈물이 그렁그렁 맺혔다. 얼굴은 정말 끔찍하게 일그러져 퉁퉁 붓고 굳은 핏자국으로 가득했다. 볼이며 턱, 코, 터진 입술에 피가 말라붙어 있었다. 그리고 눈 주위에는 짙은 혈종이 자리 잡았다.

"시장님."

알렉스가 속삭였다. 눈빛은 두려움이 가득하고 흐리멍덩했다. 코스티디스가 알던 젊고 예쁜 여자는 온데간데없이 비참한 몰골만 남아 있었다. 코스티디스는 침대 앞으로 가서 무릎을 굽히고 앉아 너무 큰 트레이닝복 소매 밖으로 나온 알렉스의 손목에 난 상처를 보았다. 코스티디스는 한때 그렇게 예쁘던 얼굴은 물론 훨씬 많은 것이 파괴되었다는 것을 예감했다. 코스티디스 앞에는 삶의 의욕을 완전히 상실한 사람이 웅크리고 있었다. 겁에 질리고, 심한 충격을 받고 학대당해 완전히 피폐해진 상태였다.

"그놈이 호텔로 찾아왔었어요. 난 시장님이 다시 돌아온 줄 알고 아무 생각 없이 문을 열어줬어요."

알렉스가 속삭였다. 코스티디스는 마치 울음을 터트리려는 듯 얼굴이 일그러졌다. 정말 끔찍하고 경악스러운 일이었다. 분노의 눈물이 차올라 목구멍을 짓눌렀다. 여자에게 그런 짓을 하는 놈들은 대체 얼마나 얼음처럼 차가운 짐승일까? 알렉스는 무표정했고 멍해 보였다. "난 그놈한테 아무 말도 안 했어요. 단 한 마디도. 그놈들이 날 폭행하고 강간했어요. 그리고 날 죽인다고 했어요. 난 저항을 할 수가 없었죠. 그자는 의자에 앉아서 모든 걸 지켜봤고, 그리고…… 웃었어요……."

알렉스는 목소리가 더는 나오지 않았다. 몸을 부들부들 떨었고 얼굴에 눈물이 줄줄 흘러내려도 닦지 않았다. 코스티디스는 엄청난 분노에 휩싸였다. 잔인하고 무자비한 악당 세르지오 비탈리에게 사람 목숨은 바퀴벌레 목숨이나 다름이 없었다. 그놈이 알렉스를 파괴해 버렸다. 몬탁 해변에서 보았던 알렉스의 행복한 얼굴을 떠올리니 마음이 더욱 미어지고 아주 아득히 먼 옛날 일처럼 느껴졌다. 그러던 알렉스가 지금 이렇게 비참한 몰골로 폐인이 되어 앉아 있다니!

"나하고 같이 갑시다, 알렉스." 코스티디스가 손을 내밀었다.

"내가 아직 살아 있다는 걸 알면 또 날 죽이려고 할 거예요."

알렉스의 눈동자가 불안하게 흔들렸다.

"내가 잘 지켜주겠다고 약속해요."

코스티디스는 눈물이 나오려는 것을 참느라 목소리가 떨렸다. 알렉스가 마침내 주저하며 무릎을 감싸 안은 손을 풀고 그의 손을 잡을 때까지 코스티디스는 계속 손을 내민 채 기다렸다.

"시장님, 왜 이런 일이 일어난 걸까요? 왜요?"

알렉스가 갑자기 훌쩍거리며 물었다. 그리고 코스티디스의 목을 끌어안고 훌쩍이며 그의 가슴에 얼굴을 묻었다.

"내가 지켜주리다, 알렉스. 내가 약속해요. 잘 보호해줄게요."

코스티디스는 알렉스를 꼭 껴안아주고 마치 아기처럼 흔들어주면서 실컷 울게 해주었다. 알렉스가 조금 진정을 하자 그녀를 번쩍 들어 복도로 나왔다. 뚱뚱한 여자가 아직도 그곳에 서 있었다. 여자는 코스티디스를 살피듯 유심히 쳐다보았다.

"고맙습니다. 도와주셔서 감사합니다."

코스티디스가 간단히 인사를 했다.

"천만에요. 잘 지켜주세요."

뚱뚱한 여자는 알렉스의 머리를 쓰다듬었다.

코스티디스는 몸을 돌려 알렉스를 들고 계단을 내려가 연방보안관들을 지나 밖에 있는 차를 향해 걸어갔다. 알렉스는 그의 팔에 푹 안겼다. 차 안이 따뜻하고 몸에 담요를 둘렀어도 알렉스는 온몸을 부들부들 떨었다. 코스티디스는 어린아이나 강아지를 달래는 듯한 말들을 중얼거렸지만 마음 같아서는 그냥 실컷 울고 싶었다. 알렉스가 너무 불쌍하면서도 아직 살아 있다는 안도감 때문이었다.

"어디로 갈까요?" 스푸너 보안관이 물었다.

314

"루즈벨트 아일랜드에 있는 골드워터 메모리얼 병원으로 가세. 하지만 사람들 눈에 띄지 않게 조용히 가세나."

"물론이죠."

차가 움직이기 시작했다. 코스티디스는 상처 난 알렉스의 얼굴을 쓰다듬고 팔에 꼭 껴안았다. 위로할 만한 말을 떠올려보았지만 알렉스가 당한 일을 생각하면 마땅한 말이 없었다. 코스티디스는 예전에 자신이 느끼던 감정을 너무나 잘 기억하고 있었다. 메리와 크리스토퍼가 죽은 후 그는 사람들이 말을 거는 것조차 견딜 수가 없었다. 브루클린 다리의 조명에 알렉스의 얼굴에 난 상처가 더욱 적나라하게 드러났다. 코스티디스는 이제 알렉스가 감당해야 하는 모든 일을 모면하게 해주고 싶었다. 알렉스는 끝도 없이 쏟아지는 질문 세례를 받아야 할 것이다. 검찰, 증권거래위원회의 감찰부서, 경찰, 의사, 그리고 얼굴이 백짓장처럼 하얗고 인정머리라고는 없는 그 FBI 녀석한테. 가장 잊고 싶은 기억을 자꾸 떠올리도록 강요당하게 될 것이 분명했다. 코스티디스가 예전에 검사였을 때 이런 질문을 해대곤 했다. 이렇게 몸소 느끼기 전까지는 그런 질문이 얼마나 고통스럽고 잔인한지 미처 깨닫지 못했다.

*

알렉스가 다시 나타났다는 소식을 들은 로이드 커너스는 그야말로 환호했다. 피로가 말끔히 사라졌다. 커너스와 동료 검사들은 밤을 새워 아침까지 세르지오 비탈리에 대한 기소장을 작성했다. 알렉스는 여전히 살인 혐의를 받고 있어서 신빙성이 있는 증인이 되기 위해서는 혐의부터 벗어야 했지만 올리버 스케릿의 증언이 세르지오의

315

죄를 입증해줄 것이고, 세인트존이 가진 증거 자료와 넬슨 반 미렌의 자백도 있었다. 그리고 알렉스의 생존이 이 증거들이 가진 가치의 무게를 더욱 더했다. 알렉스는 데이비드 주커먼의 살인범이 세르지오에게 임무를 완수했다는 보고를 직접 들은 증인이었다. 세르지오는 이런 혐의에서 빠져나갈 길이 없을 것이다.

테이트 젠킨스가 두 남자와 함께 커너스의 사무실로 들어온 시간은 6시 45분이었다.

"12시간이 지났어요, 커너스 검사. 기소장은 어떻게 진행되고 있습니까?" FBI 부국장은 거만한 미소를 지었다.

"다 됐습니다. 부국장님께서 이제 신호만 주시면 시작할 수 있습니다." 커너스 검사가 의기양양하게 말했다.

"좋아요, 이제 어떻게 할 겁니까?"

젠킨스는 만족스러운 미소를 지으며 물었다.

"저희는 모두 53명으로부터 뇌물 수수를 자백하는 서명을 받았습니다. 뇌물 리스트에 오른 사람 가운데 11명은 아직 얘길 해보지 못했고, 화이트워터는 사망했고, 하딩은 계속해서 협조를 거부하고 있습니다. 전 아무것도 안 할 생각입니다."

커너스가 설명했다. 테이트 젠킨스의 얼굴에서 미소가 사라졌다.

"그게 무슨 말이오?"

"엥겔스 부장관님과 상의 후 이번 일은 언론을 배제하고 조용히 해결하기로 결정했습니다. 법무부도 이번 일로 너무 시끄럽게 되지 않도록 한다는 데 의견을 같이하고 있습니다. 협조에 응하는 사람은 탈세 혐의로 기소되지만 세금을 납부하면 기소를 면할 수 있습니다. 만일 자발적으로 사임하고 앞으로 공무나 정계에서 완전히 떠나면 공직자 수뢰 부분도 눈감을 생각이고요."

커너스가 차분한 목소리로 말했다.

"하지만……." 젠킨스는 입을 열었지만 할 말을 잃었다.

"엥겔스 부장관님이 대통령 자문관인 조디 로젠바움 씨와도 대화를 했습니다. 대통령님께서도 공개적으로 감정적인 논의를 벌이는 것보다는 조용한 해결책을 선호하셨습니다."

커너스 검사가 이어서 말했다. 젠킨스는 잠시 침묵했다. 얼굴에 안도하는 기색이 역력히 드러났다. 커너스는 그 순간 자신의 직감이 틀리지 않았고 코스티디스 역시 옳았다는 것을 확신했다. 믿을 수 없는 일이었지만 젠킨스도 세르지오와 한통속이었다.

"그러면 세르지오는 이제 어떻게 되는 거요?"

아니나 다를까, 젠킨스가 어김없이 물었다.

"어떻게 되고 말고도 없습니다. 저희가 뭘 어쩌겠습니까? 지금 저희가 가진 증거만으로는 혐의를 입증하기에 부족하고, 그 여자가 다시 나타나지 않는 이상 제가 기소를 아무리 열심히 준비해봤자 증거 부족으로 반려될 게 뻔합니다."

커너스는 어깨를 으쓱하며 말했다. 큰 사무실에 정적이 흘렀다.

"그건 그렇죠. 이젠 내가 뉴욕에 머물 필요가 없을 것 같군요. 하지만 진행 상황은 계속해서 알려주셨으면 합니다."

젠킨스는 목소리를 가다듬더니 미소를 지으며 말했다.

"물론입니다. 진행 상황을 알려 드리도록 하죠."

커너스는 고개를 끄덕였다.

*

코스티디스는 골드워터 메모리얼 병원 3층에 위치한 내과 개인병

317

동 불투명 유리문 앞에 서서 멍하니 창밖을 내다보았다. 코스티디스는 허름한 술집에서 알렉스를 찾은 뒤에 변화가 일어났다. 가혹 행위를 당한 얼굴과, 두려움과 공포에 질린 눈을 보고 코스티디스는 자신의 근심 따위는 잊어버렸다. 어젯밤 이후 세르지오 비탈리를 부셔버리고 싶은 열망이 참을 수 없도록 강해졌다. 뜨거운 분노가 끓어올랐다. 이제는 그자를 단순히 감옥에 처넣는 것만으로는 만족할 수 없었다. 반드시 대가를 치르게 하고 복수하고야 말겠다는 생각이 들었다. 무기력하고 멍했던 시간은 이제 지났다. 이번에는 절대로 세르지오가 아무 일 없이 빠져나가게 내버려두지 않을 것이다. 세르지오는 코스티디스와 알렉스의 삶을 파괴했고, 그 외에도 수많은 사람의 삶을 망가뜨렸다. 따라서 반드시 그 대가를 치러야 했다.

　햇살이 짙은 구름을 뚫고 나와 강 건너편 UN본부 뒤의 고층빌딩들을 밝게 비추었다. 저쪽 어디에선가 세르지오는 알렉스가 죽었다고 생각하며 두발 뻗고 잠에 취해 있을 것이다. 메리와 크리스토퍼, 브리트니 에드워즈, 데이비드 주커먼, 클래런스 화이트워터, 그리고 세인트존처럼. 하지만 그건 그의 착각이다. 알렉스는 살아 있고 충격을 딛고 일어설 것이다. 그리고 코스티디스는 인면수심의 범죄자에 대해 진술할 수 있도록 알렉스를 지원할 것이다. 코스티디스는 손으로 얼굴을 매만졌다. 너무 피곤해서 눈은 타들어가는 듯하고 기진맥진했지만 지금은 잘 때가 아니었다. 어제 한밤중에 커너스와 엥겔스가 병원으로 찾아왔는데, 알렉스가 다시 나타났다는 사실을 일단 알리지 않기로 합의했다. 코스티디스와 커너스는 젠킨스가 지금 그들편이 아니라는 사실을 엥겔스가 납득하게 하는 데 성공했고, 엥겔스는 대통령 비서실장과 법무부장관과 전화 통화를 했다. 그리고 두 분모두 새로운 전략에 대해 오케이 사인을 보냈다. 새로운 전략이란 지금부터 FBI를 배제하고 뇌물 스캔들을 밝혀내는 것이었다.

커너스는 며칠 전 사립탐정을 고용해서 넬슨이 언급했던 1963년 살인 사건의 목격자를 찾으라는 임무를 내렸다. 커너스는 "전 세르지오를 단지 감옥에 처넣는 것만으로는 만족 못 해요. 그자가 전기의자에 앉는 걸 반드시 볼 겁니다"라고 말했었다. 커너스는 세르지오가 알렉스에게 저지른 짓을 알고 큰 충격을 받았다.

불투명 유리문이 열리면서 내과 과장인 버지니아 서머 박사가 나왔다. 손에는 뜨거운 커피가 든 종이컵 두 개를 들고 있었다. 코스티디스는 그와 아주 오래 전부터 잘 아는 사이였다. 박사의 남편은 유명 로펌의 시니어 파트너였는데, 맨해튼의 뉴욕 로스쿨에서 코스티디스와 함께 법학을 공부한 친구였다. 메리도 서머 박사와 오래 전부터 친구로 지냈다.

"박사님, 알렉스는 좀 어때요?" 코스티디스가 물었다.

"그럭저럭이에요. 갈비뼈가 골절됐고, 심한 타박상과 출혈이 있어요. 하지만 다행히 장기 내부 출혈이 없어서 생명에 지장은 없어요. 며칠 쉬면서 치료를 잘 받으면 곧 회복될 거예요."

서머는 그에게 종이컵에 담긴 커피를 건네주며 코스티디스를 유심히 쳐다보았다.

"시장님은요? 요새 어떻게 지내요?"

코스티디스는 서머를 빤히 쳐다보더니 어깨를 으쓱하고 다시 창밖을 내다보았다. 코스티디스가 그토록 사랑했고 혼신의 힘을 다해 살아왔고 싸워왔던 도시가 갑자기 적대적으로 느껴졌다. 코스티디스는 뜨겁고 진한 커피를 마시자 조금씩 기운이 났다.

"아주 잘 지내고 있어요. 퇴근해서 집에 가면 메리가 없다는 사실에 조금씩 익숙해지고 있어요."

코스티디스는 침을 꿀꺽 삼켰다. 알렉스와 사랑에 빠진 것이 메리를 배신하는 일일까? 만약 메리가 죽지 않았더라도 이렇게 사랑에 빠졌을까?

"많이 피곤해 보여요. 집에 가서 눈 좀 붙이고 와요. 알렉스 씨는 우리가 알아서 잘 보살피고 최고의 치료를 해줄 테니까요."

서머가 코스티디스를 보며 말했다.

"알아요. 그래서 여기로 데리고 왔잖아요."

코스티디스는 힘없는 미소를 지으며 말했다. 서머는 고개를 끄덕였다.

"알렉스 씨한테 마음을 많이 쓰는 것 같네요. 그런데 텔레비전 뉴스에서 알렉스에 대해 나오는 보도는 사실인가요?"

"아니요, 절대 아니에요."

코스티디스는 고개를 저었다. 코스티디스는 오렌지색 플라스틱 의자에 털썩 앉았다. 서머도 옆에 나란히 앉았다.

"시장님이 그렇게 걱정하는 모습은 처음 보네요. 연민을 가득 담아서 말이죠. 좀 변한 것 같아요."

의사는 진지한 얼굴로 코스티디스를 쳐다보며 말했다. 코스티디스는 고개를 옆으로 돌려 의아한 표정으로 쳐다보았다.

"내가 변했다고요?"

"네. 내가 시장님을 알고 지낸 지난 35년 동안 시장님은 늘 이기주의자였어요. 성공을 하고 야망을 품은 남자는 대부분 이기주의자이기는 하지만 시장님은 더했어요. 그래서 나는 메리가 당신하고 결혼한 것을 한 번도 부러워한 적이 없어요."

의사는 고개를 끄덕이며 말했다. 코스티디스는 한숨을 내쉬었다.

"그렇지만 나는 시장님에 대해 늘 감탄했어요. 비전을 품고 있었고, 그 비전을 위해서 온 힘을 다해 싸웠고, 다른 사람들로 하여금 존경을 받는 데 성공했죠. 하지만 때로는 역겨울 정도로 독선적이고 가차 없는 사람이었죠." 서머가 말했다.

"나도 이제 내가 그랬다는 걸 깨달았어요. 모든 걸 흑백논리로 보는 건 좋지 않죠. 난 너무 타협할 줄 몰랐고 실수도 많이 저질렀어요. 하지만 난 내가 하는 일이 옳다고 너무나 확신했기 때문에 그걸 미처 깨닫지 못했죠."

코스티디스는 순순히 인정하며 손에 든 종이컵을 돌렸다.

"그래서 지금은요? 생각이 좀 변했어요?" 서머가 물었다.

"그럼요. 교만의 대가로 큰 벌을 받았고, 죽을 때까지 내 실수 때문에 메리와 크리스토퍼가 죽었다는 죄책감을 안고 살아갈 겁니다."

코스티디스는 고개를 끄덕이며 말했다. 그리고 잠시 침묵한 뒤에 말을 이었다. "그때 내가 자살하고 싶을 정도로 절망적인 상황에 빠져 있는데 알렉스가 날 찾아왔어요. 그리고 내 말에 귀를 기울여줬죠. 나와 대화하는 것을 두려워하지 않았어요. 내 친구들이라는 사람들은 나한테 그저 의례적인 말만 했는데 말이에요. 모두들 내가 두려운지 날 슬슬 피했죠. 그런데 그때 내가 잘 알지도 못했던 알렉스가 찾아와서 내가 살아갈 힘을 내도록 도와줬어요. 알렉스는 내 목숨을 두 번이나 구해준 사람이라 내가 정말 많은 빚을 지고 있어요."

"목숨을 구해줬다고요?"

서머 박사는 의아한 눈빛으로 코스티디스를 쳐다보았다.

"네. 알렉스는 나를 겨냥한 총격 사건이 벌어졌던 묘지에 같이 있었어요. 알렉스가 다행히 내게 미리 경고를 해줬죠. 그렇지 않았다면 총알은 비석이 아니라 내 머리에 박혔을 겁니다. 정말 용감한 여자예요." 코스티디스는 잠시 허공을 쳐다보았다.

"이제 이해가 되는군요." 서머가 나직이 말했다.

"이해가 된다고요?"

코스티디스는 고개를 들었다. 서머는 괴로워하는 코스티디스의 눈빛을 엿보았다. 그녀는 코스티디스의 손을 잡았다. 서머는 코스티디스가 무엇 때문에 괴로워하는지, 또 놀랄 정도로 바뀐 그의 태도도 이해할 수 있었다. 이렇게 인간적인 모습을 본 것은 처음이었다. 코스티디스는 예전처럼 과시하기 위해서가 아니라 정말 진심으로 그 여자를 걱정하고 있었다. 코스티디스가 진짜 감정을 갖고 있고 계산 없이도 행동할 수 있다는 모습을 발견한 서머의 눈에 코스티디스가 갑자기 사랑스럽게 보였다.

"메리는 내 친구였죠. 내가 아주 좋아하는 친구였어요. 하지만 내 친구는 죽었고 당신은 계속 살아가야죠. 아무도 당신이 영원히 슬퍼하면서 혼자 외롭게 살아가기를 바라지 않아요."

의사가 나직한 목소리로 입을 열며 말했다. 코스티디스는 서머를 빤히 바라보더니 금방 눈물이라도 쏟을 듯 얼굴이 일그러졌다.

"고마워요. 도와줘서 정말 고마워요."

코스티디스는 일어나기 전에 서머의 손을 다시 한 번 꼭 잡았다.

"천만에요. 이제 그만 좀 쉬세요. 그러다가 쓰러지면 아무한테도 도움이 안 돼요." 서머도 미소를 지으며 일어났다.

"알았어요."

코스티디스는 억지로 미소를 지어 보였다. 코스티디스는 서머가 다시 들어갈 때까지 기다렸다가 창문을 향해 몸을 돌려 이마를 차가운 유리창에 댔다. 독선적이고 냉정함, 이기주의자. 그렇다. 그는 그랬다. 아무도 그리고 아무것도 자신을 해칠 수 없다고 생각했었다. 자기가 하는 일에 대해 너무나 확신을 가진 나머지 자신이 기소하고 추적하는 사람들에게 어떤 행동을 하는 것인지 미처 생각을 하지 못했다. 자신의 성공과 명예에 너무나 도취된 나머지 스스로를 돌아볼 여유가 없었다. 자신의 생각만이 유일무이하게 옳다는 생각은 얼마나 교만한가! 그리고 그는 결국 그런 사실을 뼈저리게 깨달았다. 운명은 그의 실수에 대해 가혹한 벌을 내렸지만, 또한 새로운 기회를 주기도 했다.

*

고급스러운 세인트 레지스 호텔은 크리스마스를 열흘 앞두고 대형 공사장이 되어버렸다. 실내 장식가와 인부들이 로비와 연회장, 회의실을 동화 속 꿈나라의 겨울처럼 변신시키는 데 한창 매달리고 있었다. 화물 트럭 여러 대에 실려 오는 인공눈, 진짜 전나무, 수많은 장식 조명만 보아도 토요일 저녁에 연회장이 어떤 모습일지 대략 짐작할 수 있었다. 모든 작업을 지휘하는 젊은 실내 건축가는 진지한 얼굴로 계속 담배를 피우며 짙은 머리를 뒤로 묶고 겨드랑이에 파일을 낀 채 호텔 안을 휘젓고 다니면서 정신없는 가운데서도 중심을 잘 잡고 있었다. 그녀는 환상적인 조명을 설치할 인부와 전기공, 페인트공, 목수, 실내 장식가들을 진두지휘했다.

"안녕하세요, 샤론. 정말 기적을 창조하고 계시군요."

세르지오가 자신의 자선 행사를 위해 예술 작품을 만들고 있는 샤론에게 반갑게 인사를 했다.

"어머, 비탈리 회장님. 마음에 드세요? 완성될 때까지 기다려보세요."

샤론 카프리아티는 초조함과 경외심이 섞인 표정으로 그를 쳐다보며 인사를 했다.

"난 기다릴 수가 없군요."

세르지오는 샤론에게 여자들이 거역할 수 없는 눈빛을 보냈다. 샤론은 눈을 가늘게 뜨고 그를 쳐다보더니 웃음을 터뜨렸다. 퉁명스러웠던 얼굴이 더 예뻐 보였다. 세르지오는 이 여자가 과연 침대에서는 어떤 모습일지 상상을 해보았다. 그는 회색 티셔츠 아래 단단하고 작은 가슴과 딱 달라붙은 청바지를 입은 샤론의 엉덩이를 훑어보았다.

"잠깐! 파빌리온은 저쪽에 설치할 겁니다! 전나무 숲 옆에!"

샤론은 갑자기 몸을 돌려 운반용 기계로 커다란 담장 일부분을 운반하는 두 남자에게 손짓하며 말했다. 그리고 다시 세르지오를 향해 몸을 돌려 미안한지 멋쩍은 미소를 지은 후 클립보드에 메모를 했다.

"회장님께서 친구 분들을 카리브해로 초대하는 것이 더 좋았을지도 모르겠어요. 여기는 장식 비용이 너무 많이 들어요."

"상관없어요. 난 이번 행사가 내년까지도 사람들의 입에 오르내리면 좋겠어요. 최고의 밴드를 초빙했고, 손님들이 음식을 맛보면 아마도 말문이 막힐 겁니다. 그나저나 샴페인 분수는 어떻게 됐죠?"

세르지오는 어깨를 으쓱하며 말했다.

"연회장 한가운데 세워질 거예요."

샤론은 이렇게 말하며 무언가 생각에 잠긴 듯 연필을 귓등에 꽂았다. 세르지오는 샤론을 뚫어지게 쳐다보았다.

"아주 훌륭하게 일처리를 잘하는군요. 혹시 오늘 나하고 점심 같이 먹지 않겠어요?"

"정말 감사합니다만, 전 지금 너무 바쁘네요. 24시간 뒤에 여기서 파티가 열려야 하니까요."

샤론은 고개를 들더니 알렉스가 짓곤 하던 것과 똑같은 미소를 지었다.

"그럼 다음에 할까요?"

샤론이 세르지오를 쳐다보았다. 세르지오는 온몸에 전율을 느꼈다. 생김새는 전혀 달랐지만 샤론의 당당한 자신감과 전문가다운 모습은 알렉스를 연상시켰다. 냉정한 거리 두기와 확신의 모습. 세르지오는 문득 이 여자를 동반하고 연회장에 나타나야겠다는 생각이 들었다. 세르지오는 여자에게 더 가까이 다가갔다.

"전 크리스마스 전에 정말 일이 많아요."

여자가 클립보드에서 시선을 떼지 않고 말하며 안타깝다는 듯 어깨를 으쓱하자 세르지오는 화가 났다. 이 여자는 레즈비언일까?

"그러면 내일 저녁 파티에서 내 파트너가 되어주세요. 함께 춤을 출 수도 있고요."

샤론은 그의 초대에 감격하기는커녕 예의바르지만 살짝 짜증 섞인 반응을 보였다.

"회장님, 회장님께서는 제가 뉴욕 최고의 실내 건축가이자 장식가이기 때문에 이 일을 맡기셨습니다. 그래서 저는 일을 하고 회장님께서는 일에 대한 대가로 돈을 저에게 지불하시죠. 그러면 된 겁니다."

샤론은 이제 고개를 들어 올려다보며 마치 유치원 선생님이 정신 지체가 있는 어린아이를 대하는 듯한 말투로 말했다. 이런 분명한 거절에 세르지오는 잠시 할 말을 잃었다.

"알았어요. 생각이 정 그러시다면, 방해하지 않겠습니다."

세르지오는 고개를 끄덕이며 눈썹을 치켜 올렸다.

"좋습니다."

여자는 살짝 미소를 지었지만 생각은 이미 다른 곳으로 가 있는 듯했다. 그러고는 몸을 돌려 전기공들이 무대 위에 조명을 설치하는 곳으로 걸어갔다.

"멍청한 년."

내심 상처받은 세르지오가 중얼거렸다. 그는 로비에서 연회장으로 가는 계단을 올라가 맨 위 계단에서 아래를 내려다보았다. 굉장한 광경이 펼쳐졌다. 파티가 성공을 거둘 것이기 때문에 이만한 수고쯤은 할 만하다고 세르지오는 확신했다. 뉴욕 연회 시즌의 정점에 미국은 물론 유럽에서도 1천 명 가까운 손님이 참석할 예정이었다. 뉴욕의 유명인사 외에도 워싱턴의 정치인, 할리우드의 유명 배우, 스포츠 스타, 그리고 대기업 회장도 대거 참석할 예정이었다. 초대 손님 목록은 성공한 사람들의 인명사전이나 다름이 없고, 초대를 사양하는 사람도 없었다. 하지만 세르지오는 이번에는 파트너 없이 연회에 참석해야 했다. 콘스탄치아는 여전히 모습을 감추었고 작년에 함께 참석했던 알렉스는 죽었다. 알렉스 생각이 떠오르자 세르지오의 얼굴이 어두워졌다. 그리고 갑자기 몸을 돌리다가 루카와 부딪칠 뻔했다.

"무슨 일이야?"

실내 건축가의 거절에 여전히 마음이 상해 있던 세르지오는 짜증 섞인 말투였다. 그는 루카를 째려보았다. 그런데 평소 침착하고 냉철한 루카는 흥분한 듯 보였다.

"방금 전화를 받았습니다. 골드워터 메모리얼 병원 행정실에 근무하는 산드로 지라델리라는 사람입니다."

루카는 작은 목소리로 빠르게 말을 했다.

"그런데?" 세르지오는 갑자기 불길한 예감이 들었다.

"3일 전 밤에 어떤 여자가 이송되어 왔다고 합니다. 서머 박사라는 의사의 개인병동에 입원해 있는데, 지금까지도 행정실에 그 여자가 누구인지, 그리고 왜 입원했는지 알리지 않고 있다고 합니다. 그리고 그 병실에는 모든 병원 직원의 출입이 통제되고 아무도 그 여자가 누구인지 모르게 쉬쉬하고 있답니다." 루카가 말을 이었다.

"계속 말해보게……." 세르지오의 얼굴이 굳어버렸다.

"그리고 연방보안관 두 명이 24시간 내내 병실을 지키고 있는데, 매일 찾아오는 사람이 있습니다. 바로 코스티디스 시장이랍니다."

"그 년을 강에 던져버렸다고 했잖아!"

세르지오는 간신히 목소리를 억눌렀다. 알렉스는 죽었다. 숨을 쉬지 않는 것을 자기 눈으로 직접 확인했다. 아직 목숨이 붙어 있다는 것은 절대 있을 수 없는 일이었다.

"제 부하들이 브루클린 부두에서 이스트강에 던진 건 확실합니다. 급류가 가장 강한 곳에 말입니다. 분명히 죽었어요."

"골드워터 메모리얼 병원에 입원한 여자가 알렉스라면 죽지 않았나보군."

갑자기 식은땀이 흐르고 온갖 생각이 머리를 스치고 지나갔다.

"젠킨스한테 전화를 해봐야겠네."

세르지오는 초조하게 아랫입술을 깨물었다. 그는 호텔 로비를 빠르게 걷다가 멈춰 서서 루카를 향해 몸을 돌렸다.

"병원은 어떤 사람을 없애기에는 아주 훌륭한 곳이지. 루카, 자네가 직접 가게, 자네와 실비오 둘이서. 또다시 실수를 저지르면 절대 용납하지 않겠네. 가서 처리하고 와. 이번에는 안 좋은 소식은 듣고 싶지 않아. 알겠나?"

"네, 보스."

루카는 고개를 끄덕였다. "저희가 바로 처리하겠습니다."

하비 브랜던 포레스터는 오래 전에 실종된 사람들을 찾는 데 일가
견이 있었다. 그는 20년 전에 작은 사설탐정 회사를 차려 해결 가망
이 없는 사건을 전문적으로 처리했다. 4명의 직원은 바람을 피우는
배우자를 미행하는 일이나 돈 떼먹은 사람 찾는 일과 같이 간단한 사
건을 좋아했지만 포레스터는 좀 더 까다로운 사건들을 선호했다. 엄
밀히 말하면 그는 사설탐정이라기보다는 현상금 전문 사냥꾼으로,
뉴욕의 검찰과 유명 로펌과 좋은 인맥을 맺고 있어서 한가할 틈이 없
었다. 하지만 1963년 3월에 스테파노 바렐리라는 이름의 조폭 살인
사건의 목격자를 찾는 일은 결코 만만치 않았다. 의뢰자는 30년도
넘은 살인 사건을 수사 중이라는 사실이 알려지는 것을 꺼려서 리틀
이탈리아에서 탐문 조사를 할 수 없었기 때문이다.

포레스터는 경찰이 제공한 수사 파일을 이틀에 걸쳐 연구하고, 조
사 기록과 공소장을 읽고 사진을 보며 범행을 재구성해본 끝에 결국
목격자는 한 명이 아니라 최소한 예닐곱 명은 된다는 결론을 내렸다.
하지만 검찰에서는 특정 목격자를 찾고 있었다. 바렐리가 총에 맞아
살해당한 장소인 작은 이탈리아 식당 주인의 사위였다. 그 사람의 이
름은 빈센테 몰토인데, 그날 이후에 사라졌다.

포레스터는 주민등록센터 전산망을 열람하기도 하면서 자신이 찾
는 사람의 신원을 확인했다. 빈센테 몰토는 1940년 6월 24일에 출
생했고, 1962년 5월 11일 루크레티아 아마토와 결혼했으며, 1963년
5월 28일에 부인과 함께 뉴욕에서 알려지지 않은 곳으로 이주했다.
그러니까 그 남자는 이제 60살이 된 것이다. 포레스터는 경찰 컴퓨
터를 뒤져보다가 운이 좋게도 결정적인 단서를 찾았다. 빈센테 몰토

는 1961년에 중상해 혐의로 전과 기록이 남아 있었는데, 사진과 지문도 있었다. 그리고 수사 파일에는 그 사람이 당시 제노바파의 일원으로 추측된다는 기록이 적혀 있었다. 포레스터는 3일 밤을 새며 모든 자료를 샅샅이 뒤지고 믿을 만한 정보원과 이야기를 나눈 후 플로리다로 날아갔고 실제로 그곳에서 그 사람을 찾아냈다. 그 사람은 탐파 인근의 작은 도시인 타폰 스프링스에서 만이 내다보이는 작은 집에 발렌타인 밀스라는 이름으로 살고 있었다. 포레스터는 그 남자를 하루 동안 지켜보다가 제대로 찾았다는 확신이 들었다. 빈센트 몰토는 뉴욕경찰청에서 본 사진보다 50킬로그램이나 불었지만 눈에 띄게 숱이 많은 눈썹과 처진 턱은 여전했다. 포레스터는 로이드 커너스에게 전화를 걸었다.

"커너스 검사님께서 찾는 자를 찾았습니다. 지금 가명으로 플로리다에 살고 있어요. 탐파 근처에 말입니다."

"백 퍼센트 확실합니까?" 검사의 목소리가 잔뜩 긴장되어 있었다.

"천 퍼센트 확실합니다. 저는 절대 착각하는 법이 없어요."

"알겠습니다. 연방보안관 두 명을 그쪽으로 보내겠습니다. 혹시 눈치 챌지도 모르니 그 전에는 아무 일도 하지 마세요."

커너스가 말했다.

"알겠습니다."

커너스는 이런 행운이 믿어지지 않았다. 넬슨이 말한 사람을 포레스터가 찾으리라고는 사실 크게 기대하지 않았었다. 만약 빈센테 몰토라는 자가 법정에서 세르지오에게 불리한 진술을 한다면 모든 일이 순조롭게 진행될 것이다. 커너스는 회심의 미소를 지었다. 어쩌면 스테파노 바렐리에 대한 살인 혐의로 세르지오를 법정에 세울 수 있다. 1963년 3월 17일에 발생한 살인 사건은 분명 범인을 전기의자에 앉혀야 마땅했다. 넬슨은 바렐리가 세르지오를 사업에서 배제하려고 했기 때문에 세르지오에게 살해당했다고 주장했다. 목덜미에 총을 쏘아 처참하게 죽였다. 살인 혐의는 세르지오를 잡아넣는 데 화룡점 정이 될 것이다.

커너스는 코스티디스에게 이 사실을 알리기 위해 전화를 걸었다. 코스티디스의 비서가 전화를 받더니 시장님이 개인적인 일로 자리를 비웠다고 전했다. 커너스는 코스티디스의 휴대전화 번호를 눌렀다.

*

"지금 병원으로 가는 길일세. 알렉스를 오늘 중으로 다른 곳으로 옮기는 것이 좋겠네."

포레스터가 목격자를 찾아냈다는 이야기를 듣자 코스티디스가 말했다.

"알겠습니다. 혹시 내일 아침 일찍 몇 가지 질문을 알렉스 씨에게 드려도 될까요? 내일 저녁에 대규모 연회가 열리는 호텔에서 세르지오를 체포하려고 하는데, 그러기 위해서는 알렉스 씨의 진술이 급히 필요합니다."

"가능할 것 같네. 내가 얘길 해보고 다시 전화하지."

"알겠습니다. 알렉스 씨는 세르지오를 잡아넣는 데 저의 가장 확실한 카드입니다. 그러니 잘 돌봐주십시오."

커너스 검사는 등을 뒤로 기대며 말했다.

"걱정 붙들어 매게."

*

메디케이드(미국의 공공의료보험 기관-편집자 주) 유니폼을 입은 구급대원 두 명이 골드워터 메모리얼 병원 3층에 있는 버지니아 서머 박사의 개인병동으로 들어갔다. 한 명은 환자 운반용 침대를 밀고, 또 한 명은 클립보드를 들고 있었다. 간호사실에 있던 젊은 의사가 내다보았다.

"안녕하세요. 무슨 일이시죠?"

의사가 구급대원들을 향해 인사하며 물었다. 땅딸막한 40대 중반의 구급대원은 친절한 미소를 지으며 들고 있는 클립보드를 쳐다보았다.

"이 병동에 있는 환자분을 다른 병원으로 이송하라는 지시를 받았습니다. 환자 이름이 알렉스 존트하임입니다."

의사는 미심쩍은 표정으로 쳐다보았다.

"여긴 그런 환자는 없는데요. 서류를 좀 보여주세요."

의사는 두 사람을 향해 팔을 뻗었다. 의사 뒤에 서 있던 짙은 머리색의 구급대원은 재킷 주머니에 손을 넣어 소음기가 장착된 권총을 꺼냈다. 그리고 서류를 들여다보는 의사에게 발사했다. 땅딸막한 남자가 쓰러지는 의사를 붙잡아 환자 운반용 침대에 눕히는 동안, 다른 남자는 빈 간호사실에 들어가서 병동의 환자 현황판을 살펴보았다.

"16호실에만 유일하게 아무 표시가 안 돼 있어. 가서 확인해보자."

두 남자는 복도를 따라 가다가 복도 맨 끝 오른쪽에 있는 16호실 문 앞에 도착했다. 그리고 노크도 없이 곧장 들이닥쳤다.

"세르지오가 인사를 전해달랍니다."

루카가 말했다. 그리고 2미터 떨어진 거리에서 병원용 흰색 침대

보 밑에 웅크리고 누워 있는 형상을 향해 4발을 발사했다.

"됐다."

루카는 다시 총을 집어넣었다. 두 킬러는 사람들의 눈에 띄지 않게 병동을 빠져나와 1층으로 가는 엘리베이터를 탔다. 의사의 시체가 누워 있는 환자 운반용 침대는 개인병동 복도에 그대로 두었다.

*

코스티디스와 프랭크 코헨은 스푸너와 카자엘리 연방보안관을 대동하고 12월 14일 오후에 골드워터 메모리얼 병원 로비에 들어섰다.

"저런 멍청한 얼간이 같으니라고! 저 얼간이가 하마터면 갓 뽑은 내 닷지 자동차를 들이받을 뻔했잖아."

스푸너 보안관이 욕설을 내뱉었다.

"아무 일 없었잖아요."

카자엘리는 동료를 달래보았다. 병원 앞 주차장에서 짙은 색 링컨 차량이 갑자기 후진으로 차를 빼다가 하마터면 스푸너의 새 차를 박을 뻔했다. 운전대를 잡고 있던 뚱뚱한 구급대원은 사과도 하지 않고 아무렇지 않게 가버렸다.

"그래도 뭐 저런 놈이 다 있어!"

스푸너는 고개를 저었다. 그 순간 벨트에 차고 있던 삐삐에서 소리가 났다.

"대장님 호출인데? 이런, 병원에서 내 휴대전화가 먹통이야."

잠시 삐삐를 들여다보던 스푸너가 이렇게 말하더니 전화를 걸기 위해 안내창구로 걸어갔다. 코스티디스와 프랭크, 카자엘리는 스푸너가 통화를 마칠 때까지 로비에서 기다렸다. 코스티디스는 스푸너의 표정을 보자 갑자기 이상한 느낌이 들고 불길한 예감에 사로잡혔다. 스푸너는 누군가에게 한 대 얻어맞은 것 같은 얼굴이었다.

"무슨 일인가?"

코스티디스는 애써 침착한 목소리로 스푸너에게 물었다.

"뭔가 잘못됐습니다. 우리 대장님이 지금 보이드와 루스코하고 연락이 안 된다고 합니다. 자리에 없답니다."

스푸너가 어두운 표정으로 말했다.

"그 사람들이 누군데?"

코스티디스가 초조하게 물었다. 스푸너는 대답하지 않고 총의 안전장치를 풀고 계단으로 달려갔다.

"알렉스 씨를 경호하고 있는 저희 동료들입니다."

카자엘리 연방보안관이 대신 대답하고는 권총을 꺼내 엘리베이터를 눌렀다. 코스티디스는 온몸에 소름이 돋고 얼굴에는 핏기가 사라졌다.

"그게 무슨 뜻이죠?"

간호사 두 명이 탄 엘리베이터에 오르면서 프랭크가 물었다. 간호사들이 카자엘리가 든 총을 보고 놀랐다.

"모르겠어요. 어쨌든 저희가 무슨 상황인지 파악할 때까지 엘리베이터 안에서 기다리십시오."

코스티디스는 침을 꿀꺽 삼켰다. 온몸이 부들부들 떨렸다. 엘리베이터는 3층에 멈춰 섰다.

"여기 가만히 계세요!"

카자엘리가 재차 말했지만 코스티디스는 고개를 저었다.

"그렇겐 못 하네."

"이런! 전 지금 시장님과 실랑이하고 싶지 않아요. 맘대로 하세요!" 연방보안관의 얼굴에 긴장감이 그대로 드러났다.

"시장님, 아무래도 저희는……."

프랭크가 조심스럽게 말을 꺼내보았지만 코스티디스는 아랑곳하지 않았다. 짙은 색 눈에는 두려움이 가득했고 마음 같아서는 두 연방보안관을 밀쳐내고 가장 먼저 달려가고 싶었다. 그 순간 개인병동 문이 열리더니 젊은 간호사가 소리를 지르며 달려왔다.

"발터스 박사님! 발터스 박사님이 죽었어요!"

간호사는 혼비백산해서 소리 질렀다. 스푸너와 카자엘리가 곧장 뛰어갔고 코스티디스와 프랭크도 뒤따라갔다. 이들이 도착해보니, 간호사실 문 앞 복도 한가운데에 환자 운반용 침대가 놓였는데, 그 위에 눈을 크게 뜬 남자가 누워 있었다. 반쯤 벌린 입에서 피가 흘러내려 밝은 회색 리놀륨 바닥 위로 뚝뚝 떨어졌다. 놀란 의사와 간호사들이 마구 소리를 질러대기 시작했고 일부는 울음을 터뜨렸다. 피를 보기 힘들어하는 프랭크는 구역질이 날 것 같아 고개를 돌렸다.

"알렉스 씨는 몇 호실에 있죠?"

스푸너 연방관이 코스티디스에게 큰 소리로 물었다.

"16호실."

코스티디스가 속삭였다. 심장이 미친 듯이 뛰었고 총에 맞아 숨진 의사가 무엇을 의미하는지 그의 머리에서는 받아들이려고 하지 않았다. 세르지오는 알렉스가 아직 살아 있다는 사실을 알고 오래 망설이지 않았다. 그리고 그자의 킬러들은 살해 지시를 이미 완수했다. 이때서며 박사가 코스티디스 앞에 나타났다. 늘 친절한 얼굴은 온데간데없이 당황하고 경악한 얼굴이었다.

"코스티디스! 무슨 일이에요? 대체 누가 그런 거예요?"

그녀는 날카로운 목소리로 부르며 그의 팔을 잡았다.

"나는…… 나는 몰라요."

코스티디스의 시선은 복도를 뛰어가는 두 연방보안관에게 향했다가, 운 나쁘게도 하필 그때 그곳에 있었던 죽은 의사 쪽으로 다시 시선을 돌렸다. 16호실에서 무슨 일이 일어났는지 생각해보려고 했지만 그의 내면은 완강히 거부했다. 코스티디스는 굳이 알고 싶지 않았고, 총에 맞은 그녀의 시체도 보고 싶지 않았다. 그는 또다시 실패하고 말았다. 알렉스에게 지켜주고 보호해주겠다고 약속하지 않았던가?

"시장님……."

프랭크가 팔을 건드리자 코스티디스는 움찔했다.

"코스티디스 시장님!"

그 순간 스푸너 연방보안관이 부르며 손짓을 했다.

"안 돼. 제발, 제발 안 돼……." 코스티디스가 중얼거렸다.

알렉스가 입원한 병실로 가는 발걸음은 무겁고 한없이 멀게 느껴졌다. 하지만 병실에 들어서자 코스티디스는 스푸너가 안도하는 표정을 짓고 있는 것을 보고 어리둥절했다.

"누군가 이불 밑에 이불과 베개를 넣어놓았어요. 그놈들은 사람이 있는 줄 알고 마구 총을 쏜 모양입니다."

카자엘리 연방보안관이 말했다.

"그렇다면 알렉스는 어디 있지?"

"여기요. 괜찮으신 것 같습니다."

스푸너가 말하자 코스티디스는 뒤돌아보았다. 병실에 딸려 있는 작은 화장실 바닥에 알렉스가 무릎을 팔로 감싸고 웅크리고 앉아서 눈을 크게 뜨고 잔뜩 겁을 먹은 표정으로 쳐다보고 있었다. 알렉스는 코스티디스를 알아보자 아무 말 없이 팔을 뻗었다. 코스티디스는 무릎을 굽히고 앉아서 안도감에 눈물이 맺혔다. 알렉스가 그의 목을 끌어안고 가슴에 얼굴을 파묻었다.

"미안해요, 정말 미안해. 이제 안전할 거라고 약속했는데. 이런 세상에, 알렉스."

코스티디스가 울먹거리는 목소리로 속삭였다.

"여기서 나 좀 데리고 나가주세요. 제발요."

"그럴게요. 울지 마요. 이제 다 잘될 거예요."

코스티디스는 알렉스의 머리를 쓰다듬고는 몸을 일으켜 세워 방에서 나갔다. 복도에서 엥겔스와 연방보안관 5명과 마주쳤다.

"괜찮아요?" 엥겔스가 물었다.

"네. 그런데 감시하라는 지시를 받은 보안관들은 대체 어떻게 된 겁니까?

"둘 다 사망했습니다. 무슨 일이 있었는지 아직 구체적으로 알 수는 없지만 사망한 의사와 마찬가지로 목덜미에 총에 맞았어요. 시신은 세탁실에 있더군요."

엥겔스가 굳은 얼굴로 말했다. 코스티디스에 안겨 있는 알렉스가 몸을 떨었다.

"저는 누가 총을 쏴서 죽였는지 알아요. 제가 방에서 막 나가려던 참이었어요. 그런데 왠지 기분이 이상했어요. 그때 복도에서 의사 한 분이 구급대원 두 명과 서 있는 걸 봤어요. 그때 갑자기 한 명이 총을 꺼내 뒤에서 의사의 머리를 쐈어요. 날 찾아온 자들이란 걸 금세 알았어요. 제가 아는 얼굴이었거든요."

알렉스가 속삭이면서 훌쩍거리기 시작했다.

"누구였어요?" 코스티디스가 부드러운 목소리로 물었다.

"세르지오의 심복들이에요. 루카 디 바레세와 실비오 바키오키."

336

골드워터 메모리얼 병원에서 발생한 참사는 그날 모든 방송국 뉴스에서 주요 화제로 다루었다. 전국 각지에서 온 카메라 팀이 병원 건물을 에워쌌다. 골든 엥겔스 부장관은 알렉스의 생명을 보호하기 위해 의도적으로 오보를 내기로 결정했다. 그는 기다리고 있던 방송 기자와 신문기자들에게 달아난 범인의 신원을 파악하지 못했고, 경찰 두 명과 의사 한 명, 그리고 병원 여성 환자 한 명이 총격으로 숨졌다고 전했다. 엥겔스는 범인들이 자신의 정체가 드러나지 않을 것으로 생각하고 숨지 않으리라고 판단했다. 이들도 내일 저녁 구속할 예정이었다.

코스티디스는 알렉스를 성 이그나티우스 수도원으로 데리고 갔다. 요새와 같은 담장으로 둘러싸인 예수회 수도원은 안전했다.

*

알렉스는 회색 후드 티셔츠와 청바지를 입었다. 머리는 그냥 하나로 묶었다. 끔찍한 가혹 행위를 당한 흔적들이 여전히 선명하게 얼굴에 남아 있었다. 검찰이 심문을 할 수 있도록 수도원에서는 큰 방을 내주었는데, 방 안에는 커다란 책상과 의자 10개밖에 없었다.

아침 7시 정각에 로이드 커너스와 로이스 셰퍼드 검사가 고든 엥겔스와 트루먼 맥디어와 함께 성 이그나티우스 수도원에 나타났다. 코스티디스와 프랭크 코헨도 참석했다. 알렉스가 올리버 스케릿과 함께 방 안으로 들어오자 코스티디스는 마음이 안 좋았다. 올리버 스케릿은 보호하듯 알렉스의 어깨에 팔을 둘렀다가 심문이 시작되자 마지못해 떼었다. 검사는 자신과 동료 검사들을 소개한 후 알렉스에게 대화 내용을 녹취하는 데 동의하는지 물었다.

"알렉스 존트하임 씨, 상황이 너무 급박해서 증권거래위원회를 통해 심문을 진행하는 것은 조금 연기하기로 결정했습니다. 그리고 코스티디스 시장님께서는 알렉스 씨가 변호사 선임을 포기하셨다고 하던데, 맞습니까?" 로이드 검사가 심문을 시작했다.

"네."

알렉스의 목소리는 단호했다. 허리를 꼿꼿하게 세우고 책상에 손을 올린 채 검사들의 말에 귀를 기울였다.

"좋습니다."

커너스는 목소리를 가다듬었다. "세르지오 비탈리가 뇌물 스캔들과 관련되어 있다는 증거를 찾는 것이 오늘 저희의 유일한 목적입니다. 소송이 진행될 경우 알렉스 씨께서는 법정에서 가장 중요한 증인이 되실 겁니다. 지금 상황으로는 세르지오가 관련되어 있다는 것을 증언해주실 유일한 증인입니다. 간단하게 LMI에서 하신 일에 대해 말씀해주십시오."

알렉스를 고개를 끄덕이고 회사에서 맡았던 일에 대해 간략히 설명했다. 그리고 나서 레비가 했던 제안을 말했다. 알렉스는 자신이 LMI를 위해 성사시킨 모든 거래를 일일이 나열했고 그 정보를 바탕으로 레비와 세르지오가 세인트존의 도움으로 부당이익을 취했다고 전했다. 알렉스는 자신이 제공하는 정보를 이용해서 무언가 비밀스러운 거래가 이루어진다는 의심을 처음으로 품게 된 것이 언제였는지 밝혔고, 그리고 자신이 신크로트론 건으로 세인트존을 함정에 빠트렸다는 이야기도 했다. 세르지오와의 관계도 숨기지 않았다. 이후 그의 생일 파티에 초대되어 마운트 키스코에 있는 그의 집에 갔다가 우연히 세르지오와 눈이 노란 남자의 대화를 엿듣게 된 이야기도 털어놓았다. 트루먼 맥디어는 얼굴을 찌푸렸지만 아무 말도 하지 않았다. 알렉스는 무덤덤한 목소리로 모든 사실을 낱낱이 털어놓았고, 단한 번도 커너스 검사에게서 눈을 떼지 않았다.

"세르지오가 총에 맞은 그날 밤에 무슨 일이 있었는지 아십니까?"

"네, 제가 그 자리에 함께 있었어요."

검사들은 서로 눈길을 주고받았다. 알렉스는 코스티디스 시장이 그 전날 오후에 세르지오가 콜롬비아 마약 카르텔과 껄끄러운 관계라는 점을 경고해준 것과 총격 사건에 대해 세세하게 설명하고, 그녀가 함께 갔던 브루클린에 있는 창고 건물의 위치를 설명했다.

그러자 조용히 있던 고든 엥겔스가 몇 가지 질문을 했고 알렉스는 망설이지 않고 모두 대답했다. 결국 커너스는 알렉스에게 뇌물이 오간 사실을 어떻게 알게 되었는지 물었다. 알렉스는 물을 한 모금 마신 후, 뒷조사를 하다가 MPM이라는 투자회사의 이름으로 수상한 주식 거래가 이루어지는 것을 알게 되었다고 밝혔다. 그리고 보스턴의 MIT로 찾아가서 그랜드 케이맨에 있는 비밀 계좌와 MPM이 세르지오의 소유라는 사실을 알았다고 진술했다. 검사들은 알렉스의 진술에 아주 만족해했다.

"세인트존 씨가 총에 맞아 사망한 그날 밤으로 돌아가 봅시다. 실제로 무슨 일이 있었습니까?"

커너스가 물었다. 알렉스는 아주 세세한 부분까지 놓치지 않고 구체적으로 무슨 일이 있었는지 설명했다.

"왜 경찰에 신고하지 않으셨죠?" 로이스 셰퍼드가 궁금해했다.

"저는 세르지오가 뉴욕경찰청장과 연방검사를 매수했다는 걸 알고 있었어요. 만약 신고를 했다고 해도 별 소용이 없었을 거예요. 그리고 전 세르지오가 무서웠어요."

"돈은 어디 갔습니까?"

"그 돈은 제 이름으로 이체해놨어요. 저는 누구 돈인지 알고 있기 때문에 그렇게 하는 것이 안전하다고 생각했어요. 세인트존의 컴퓨터에 있던 이메일을 보니 세인트존이 자살하지 않았다는 게 확실했으니까요. 세르지오는 세인트존이 모든 사실을 폭로할까봐 두려워서 세인트존을 죽였어요. 처음에는 자살로 위장하려고 했는데 나중에 더 좋은 생각을 떠올린 거죠. 저에게 세인트존 살인 혐의를 덮어씌워서 두 마리 토끼를 잡을 수 있었던 거예요. 세인트존은 죽고 저는 신뢰를 잃었으니까요."

"돈은 지금 어디 있습니까?"

"외국에 있는 신탁관리통장에 넣어두었어요."

"세인트존 씨가 남긴 증거를 통해 당신이 무죄라는 것을 입증할 수 있었는데 왜 출국을 한 겁니까?" 엥겔스가 물었다.

"제가 누구한테 증명을 할 수 있었을까요? 아무도 제 말을 믿어주지 않았을 거예요. 세르지오는 어디든 자기편을 심어뒀으니까요. 저는 분명 체포됐을 것이고, 조사를 위해 유치장에 갇혀 있으면 세르지오의 부하들이 죽여버렸을 거예요. 세르지오의 아들한테 무슨 일이 있었는지 떠올려보면 잘 아실 겁니다."

알렉스는 얼굴을 찌푸리고 어깨를 으쓱하며 대답했다.

"포틀랜드 스퀘어 호텔에서 사라졌던 날에는 무슨 일이 있었죠?"

로이드 커너스가 묻자 알렉스는 시선을 내리깔았다. 코스티디스는 몹시 괴로운 표정을 지었다. 예전에 자신이 이런 질문을 했을 때 당사자가 얼마나 고통스러워할지 미처 생각하지 못했다. 피해자는 대답을 하면서 끔찍한 기억을 다시 떠올려야 했다. 마음 같아서는 알렉스가 이 부분은 진술하지 않게끔 해주고 싶었다.

"세르지오가 남자 4명과 함께 호텔방으로 찾아왔어요. 그리고 절 폭행하고 묶었어요. 세르지오가 묻는 말에 다 대답해주면 저를 죽일 게 분명했어요."

알렉스가 무덤덤하게 말했다. 참석한 남자들은 모두 말이 없었다.

"세르지오는 제가 지금 여러분께 말씀드린 내용을 전부 말해주기를 바랐어요. 제가 입을 다무니까 다시 폭행하고 부하들을 시켜 차례 대로 강간했어요. 그리고 제가 죽었다고 생각했는지 절 이스트강에 던져버렸어요."

코스티디스는 더는 견딜 수 없었다. 알렉스는 방 안에 들어온 이후 처음으로 코스티디스와 눈을 맞추었다. 알렉스는 그가 자신과 마찬가지로 몹시 괴로워한다는 것을 알았다.

"전 괜찮아요. 전 세르지오가 구속되고 심판을 받기 바라요."

알렉스가 코스티디스에게 조용히 속삭였다.

"불편한 진술까지 하게 해서 유감입니다. 하지만 알렉스 씨의 진술을 통해서 세르지오를 여러 중범죄 혐의로 기소할 수 있습니다. 저는 이번에 세르지오를 또 놓치면 안 되겠다는 생각이 듭니다."

커너스의 목소리에는 미안한 기색이 역력했다. 알렉스는 고개를 끄덕였다.

"법정에서 진술을 하실 의사가 있습니까?"

"네, 그렇습니다." 알렉스는 고개를 끄덕였다.

커다란 방 안에는 한동안 완전한 정적만 흘렀다.

"법정에서 진술하는 것이 알렉스 씨에게 얼마나 위험한 일이 될 수 있는지 알고 계시죠?"

"네, 알고 있습니다. 하지만 전 이제 두렵지 않아요. 더는 숨어 지

내고 싶지도 않고 가짜 신분으로 살아가고 싶지도 않아요. 세르지오
는 마음만 먹으면 언제든 절 찾을 수 있어요. 전 법정에서 진술을 하
겠습니다." 알렉스가 침착하게 말했다.

심문은 12시 반쯤 끝났다. 코스티디스와 프랭크는 시청으로 향했
고 검사들은 구속영장을 신청할 준비 작업에 들어갔다. 알렉스는 사
진을 보고 데이비드 주커먼을 죽인 살인범뿐만 아니라 자신을 강간
한 자들의 얼굴도 알아보았다. 그리고 루카 디 바레세와 실비오 바키
오키를 연방보안관 두 명과 골드워터 메모리얼 병원의 의사를 살해
한 범인으로 지목했다. 검사 23명이 저녁까지 공소장과 구속영장 작
성에 매달렸다. 이제 몇 시간 지나면 폭탄이 터질 것이다. 세르지오
비탈리는 오늘 많은 '친구'들이 세인트 레지스 호텔의 연회에 참석하
는 것이 검찰의 강요 때문이라는 것을 몰랐다. 곧 있으면 세르지오의
손목에 수갑이 채워질 것이고, 로이드 커너스 검사는 그가 다시는 세
상을 못 보게 하겠다고 굳게 다짐했다.

*

늦은 오후 코스티디스는 프랭크와 커너스가 고집스럽게 함께 다
녀야 한다고 주장한 경호원 두 명과 함께 시청에서 나왔다. 그는 커
너스가 세인트 레지스 호텔로 함께 가서 세르지오가 체포되는 장면
을 지켜보자고 했지만 사양했다. 코스티디스는 너무 피곤하고 진이
다 빠져버린 느낌이었다. 갑자기 모든 희망을 잃고 아주 간단한 결정
조차 내릴 능력을 잃은 것 같았다. 지난 몇 주, 그리고 며칠간 그는 완
전히 녹아내린 느낌이었다. 수년 동안 쫓아서 달려온 목표가 이제 닿
을 만큼 가까이 왔는데, 이제는 그것이 자신에게 중요하지 않다는 것

을 깨달았다. 그가 치른 대가가 너무나 컸고, 세르지오가 구속된다고 해서 승리를 함께 만끽할 사람은 없었다.

그리고 알렉스도 있었다. 알렉스가 겪는 고통의 모든 근원은 세르지오였다. 모든 사건이 정리되면 알렉스가 뉴욕을 떠날 것임을 코스티디스는 예감했다. 끔찍한 꼴을 당한 곳에서 다시는 살고 싶지 않을 심정도 이해했다. 알렉스는 아직 젊기 때문에 어디선가 새로운 삶을 시작하고, 언젠가 끔찍했던 기억이 그냥 과거의 그림자로 남게 되는 때가 있을 것이다. 알렉스를 사랑하는 것이 분명한 올리버 스케릿이 그녀의 곁을 지켜주면 알렉스가 새로운 인생을 시작할 기회가 있을지도 모른다.

토요일 오후의 교통체증 속에 리무진을 타고 브루클린 다리를 건너가면서 코스티디스는 자신의 미래에 대해 생각해보았다. 애증의 감정이 섞인 뉴욕시장의 임기는 아직 1년이 남았다. 그는 자신을 뽑아준 유권자를 위해서 1년을 더 버틸 생각이었었다. 그러면 55살이다. 그때 변호사로 로펌에 들어가거나, 아니면 뉴욕에 등을 돌리고 다른 곳에서 새롭게 인생을 시작하는 것이 좋을 것 같았다. 코스티디스의 생각은 저도 모르게 다시 알렉스를 향했다. 인생이란 참 재미있지 않은가! 사실 알렉스를 만나게 된 것은 아이러니하게도 세르지오 때문이었으니.

리무진이 성 이그나티우스 수도원 출입구를 통과했을 때는 주위가 이미 어둑어둑해졌다. 코스티디스는 케빈 신부에게 가기 전에 먼저 묘지를 찾아갔다. 이제 그의 말을 들어줄 사람은 없었지만 메리의 무덤 앞에 있으면 그래도 누군가 귀를 기울여줄 것 같았다. 회랑으로 가는 문을 열자 안뜰에 뉘엿뉘엿 지는 12월의 햇살을 받으며 서 있는 앙상한 너도밤나무 아래 알렉스와 올리버가 벤치에 앉아 있는 것이 보였다. 올리버가 알렉스의 어깨에 팔을 두른 모습을 본 코스티디스는 마음이 아팠다. 코스티디스는 한동안 두 사람을 멍하니 쳐다보다가 조용히 문을 닫고 묘지로 가는 다른 쪽 길을 택했다.

*

알렉스와 올리버는 회랑 한가운데 있는 수도원 정원 벤치에 나란히 앉았다. 두 사람은 말없이 손을 잡고 있었다. 너무나 끔찍한 일이 많이 일어났고, 그런 이야기를 꺼내기에는 아직 기억이 너무나 생생했다.

"내가 그때 왜 자기 말을 듣지 않았을까? 이런 일이 일어난 건 다 내 잘못이야. 그리고 어쩌면 마크하고 저스틴도 잘못됐을지 몰라."

알렉스가 조용한 목소리로 입을 열었다. 올리버는 고개를 옆으로 돌려 알렉스를 쳐다보았다. 배터리 파크에서 처음 만났을 때, 그리니치 빌리지에서 우연히 다시 만났을 때, 그리고 함께 보낸 첫날밤이 떠올랐다. 이 모든 일이 다른 생에서 일어난 것 같았다.

"마크는 어떤 일에 끼어드는 건지 알고 있었어. 저스틴과 나도 마찬가지고. 위험한 일이라는 건 다들 알고 있었어." 올리버가 말했다.

알렉스는 마치 듣지 못한 듯 그의 말에 아무런 반응도 보이지 않았다. 창백한 얼굴에는 허망한 표정만 남았다. 올리버는 알렉스의 어깨에 팔을 올렸다. 알렉스는 그에게 살짝 기대 눈을 감았다.

"모든 일이 다 끝나면 어떻게 할 생각이야?" 올리버가 물었다.

"모르겠어. 난 이제 아무것도 모르겠어. 자기는 뭐 할 생각인데?"

알렉스가 피곤한 목소리로 물었다.

"뉴욕에서 할 일은 끝난 것 같아. 로프트를 팔고 부모님 댁으로 들어갈 생각이야. 아버지도 이제 나이가 드시고 해서 어쩌면 내가 고기잡이배를 물려받든지. 그리고 책을 쓸 생각이야. 소재는 정말 무궁무진하니까."

알렉스는 살짝 미소를 짓더니 다시 눈을 떴다.

"나하고 같이 메인으로 가자. 당분간만이라도……."

올리버가 제안했다.

"메인이라……. 여기서 아주 먼 곳인 것 같긴 하네."

알렉스는 한숨을 내쉬었다. 두 사람은 다시 한동안 말이 없었다. 창백한 12월의 해는 수도원 교회탑 뒤로 사라지고 쌀쌀해졌다.

"지금 이런 말을 할 타이밍이 아니라는 건 알아. 하지만 내가 자기를 얼마나 좋아하는지 알아주면 좋겠어."

올리버가 속삭였다. 알렉스는 입술을 깨물고 침을 꿀꺽 삼키더니 올리버를 쳐다보았다.

"나도 많이 좋아해, 올리버. 하지만……."

알렉스는 말을 하다 말고 적절한 말을 찾는 듯했다.

"알렉스, 난 절대로 자기한테 부담을 줄 생각은 없어. 그리고 자기가 나한테 빚지고 있는 것도 없고. 하지만 자긴 내가 지금까지 만나본 최고의 여자야. 자기가 날 사랑하지 않는다고 해도 괜찮아. 하지만 시도도 하지 않고 포기한다면 나 자신을 용서할 수 없어."

올리버는 슬픈 미소를 지었다. 알렉스는 고개를 옆으로 돌려 올리버를 쳐다보았다.

"너는 시장님을 사랑하는구나, 그렇지?"

올리버가 나직한 목소리로 물었다. 알렉스의 초록색 눈빛은 의중을 알 수 없었지만, 알렉스는 결국 천천히 고개를 끄덕였다.

"그런 것 같아."

"그분도 널 사랑해. 시장님하고는 내가 대적을 못 하겠다."

"올리버, 우리가 다른 상황에서 만났다면 정말 좋았을 텐데. 그리고 내가 세르지오를 거들떠도 보지 말았어야 했는데. LMI, 시스타프렌즈, 그리고 기타 등등하고도 인연을 맺지 말아야 했어. 가끔은 독일에서 아예 여기로 오지 말아야 했다는 생각까지 들어."

알렉스는 갑자기 올리버의 목을 끌어안고 안겼다. 올리버는 알렉스를 꼭 껴안아주었다.

"무슨 깊은 뜻이 있을지 누가 알겠어."

올리버는 알렉스의 얼굴을 부드럽게 들어 올리고 오래도록 쳐다보았다.

"우리 계속 친구로 남겠다고 약속해줄 거지?"

"그래, 약속할게. 우리는 가장 좋은 친구로 남을 거야. 영원히."

알렉스는 진지하게 고개를 끄덕였다.

"그럼 됐어."

올리버는 미소를 지으며 조심스럽게 볼에 입을 맞추었다. 교회 종소리가 울리기 시작했다.

"우리 그만 들어가자. 안 그러면 감기 걸리겠어." 올리버가 말했다.

두 사람은 벤치에서 일어났고 알렉스는 재킷 주머니에 손을 찔러 넣었다.

"난 산책 조금만 더 하다가 들어갈게. 잠깐 혼자만의 시간이 필요해." 알렉스가 말했다.

"알았어. 그럼 이따가 보자." 올리버는 고개를 끄덕이며 말했다.

올리버는, 고개를 숙이고 어깨가 처진 채 안뜰을 지나 어두운 회랑으로 사라지는 알렉스의 뒷모습을 지켜보았다. 피폐해지고 괴로워하는 모습을 지켜보는 것은 마음이 아팠지만 알렉스에게 지금 위로가 되어주고 필요한 사람은 자신이 아니라는 것을 이미 깨달았다.

*

코스티디스는 가족 묘지로 향해 걸어가는 길에 아무와도 마주치지 않았다. 두꺼운 담장 뒤로 도시의 소음도 들리지 않았다. 개똥지빠귀 몇 마리가 높은 나무 위에서 지저귀고, 오래된 참나무 꼭대기에는 잿빛 다람쥐 두 마리가 놀고 있었다. 따뜻한 햇살이 눈을 녹여버렸는데 나무 아래와 담장 그늘이 지는 곳에만 눈의 흔적이 남아 있었다. 오늘 저녁에 다시 눈이 온다는 예보가 있었다.

코스티디스는 벤치에 앉아 온 가족의 이름이 새겨진 비석을 물끄러미 바라보았다. 아버지, 어머니, 형제, 이제 메리와 크리스토퍼까지. 가족을 잃은 슬픔에 갑자기 마음이 울컥해서 눈에 눈물이 맺혔다. 코스티디스는 고개를 뒤로 젖혀 하늘을 올려다보았다. 동쪽 하늘은 이미 거의 깜깜했다. 닿을 수 없는 먼 곳에서 차가운 별들이 반짝이기 시작했고 희미한 초승달이 밤이 되고 있음을 알렸다. 세르지오의 몰락을 의미할 밤이었다. 하늘에는 소리 없이 비행기가 지나 가는 모습이 보였다. 지는 태양이 비행기를 비추어 금속 비행기 몸체가 은색으로 반짝거렸다. 이 얼마나 평온하고 조용한 곳인가! 묘지는 고요와 평화의 오아시스였다. 이곳에서는 인생의 괴로움이나 고통 따위는 느낄 수 없다. 많은 망자들 사이에서 이렇게 혼자 앉아 있는 것이 코스티디스는 아무렇지 않았다. 모든 의심과 걱정을 언젠가는 이겨내게 될 것이라는 생각에 안도감이 들기까지 했다.

"오늘 그놈은 체포될 거요, 메리. 오늘은 내가 그토록 오래 꿈꿔왔던 날이오. 그런데 내가 기뻐해야 마땅하지만 그럴 수가 없구려. 내가

347

이기고 내가 승리를 거둔 것인데 승리가 너무나 씁쓸하구려."

코스티디스가 나직이 말했다. 그는 12월 저녁, 살을 에는 듯한 추위에 오돌오돌 떨었다.

"아 메리, 왜 난 당신하고 크리스토퍼를 위해서 더 많이 시간을 내지 못했을까? 당신을 행복하게 해주지 못했다는 생각이 자꾸 드는구려. 난 왜 그렇게 일에 파묻혀 살면서 당신을 혼자 외롭게 만들었는지. 당신은 그 많은 세월 동안 한 번도 불평을 하지 않았고 그래서 나도 별로 개의치 않았소. 그런 나 자신을 용서할 수가 없구려."

코스티디스의 볼에 눈물이 주르륵 흘러내렸다.

"난 우리에게 아직 많은 시간이 남아 있는 줄 알았소. 그런데 갑자기…… 갑자기 시간이 사라져버렸지. 메리, 나를 용서해줄 수 있겠소? 어차피 다 헛된 말이고 너무 늦은 거 알아요. 하지만 내가 달리 할 수 있는 기회가 있다면 그러고 싶소."

코스티디스는 너무나 사무치게 외로워서 온몸이 아팠다. 양손에 얼굴을 파묻고 훌쩍거렸다. 상실감보다, '너무 늦었다'라는 생각보다 끔찍한 것은 바로 죄책감이었다. 메리에게 잘해주지 못한 것에 대한 대가를 치러야 했다. 그는 다시 행복해질 권리가 없었다. 그럼에도 코스티디스는 가족을 잃은 슬픈 감정에 알렉스를 향한 그리움이 섞이는 것을 어쩔 수가 없었다. 아내의 무덤 앞에서 다른 여자를 떠올리는 것이 부적절하고 배신하는 것 같다고 코스티디스는 생각했다.

이때 코스티디스는 갑자기 무언가 움직임을 느끼고 고개를 들었다. 손을 다운재킷에 찔러넣고 고개를 숙인 채 길을 따라 걸어가는 알렉스를 발견한 코스티디스의 심장은 저도 모르게 뛰기 시작했다. 알렉스도 코스티디스의 시선을 느꼈는지 고개를 들고 다가와 코스티디스 앞에 멈춰 섰다.

"여기 계신지 몰랐네요. 오늘 저녁 체포 현장에 같이 계실 줄 알았는데." 알렉스가 조용히 말했다.

"아니에요. 그건 이제 내가 관여할 일이 아니에요."

코스티디스는 고개를 저으며 손등으로 얼른 눈가를 훔쳤다. 알렉스는 코스티디스를 한참 동안 쳐다보았다.

"앉아요."

코스티디스가 말했다. 알렉스는 망설였다.

"제가 방해가 되는 게 아닌지 모르겠어요."

코스티디스는 알렉스가 왜 그러는지 이해했다. 알렉스는 코스티디스가 부인, 가족과 조용히 나누는 대화를 방해하고 싶지 않았다.

"괜찮아요."

코스티디스는 손을 내밀었고 알렉스는 벤치에 살짝 엉덩이를 걸쳤다. 어둑어둑해져서 알렉스의 얼굴은 다시 예전만큼이나 아름답게 보였다. 두 사람은 한동안 말없이 앉아 있었다.

"오늘 저녁 현장에 같이 계시는 게 좋겠어요. 바로 그 순간을 위해서 그렇게 많은 세월을 싸워 오신 거잖아요."

결국 알렉스가 먼저 입을 열었다.

"그랬을까요? 만약 그랬다면 잘못된 거예요. 내 삶의 거의 모든 것을 그 대가로 바쳐야 했으니까."

코스티디스는 어깨를 으쓱하며 말했다. 알렉스는 코스티디스를 향해 고개를 돌렸고 두 사람은 서로를 쳐다보았다.

"시장님, 시장님께 고맙다는 말을 하고 싶어요. 저를 위해서 해주신 모든 게 말이에요."

알렉스는 수줍게 코스티디스의 손을 잡으며 말했다.

"아니, 그럴 필요 없어요. 내가 할 수 있는 최소한의 일이었으니까요."

알렉스의 슬프고 의기소침한 눈빛은 코스티디스의 마음을 그대로 투영하는 듯했다. 두 사람은 그렇게 한참 앉아 있었다. 가혹한 운명의 장난을 당한 두 사람, 가까스로 목숨을 건진 사람들이라 이와 비슷한 것을 겪어보지 않은 사람처럼 삶을 결코 가볍고 피상적으로 바라볼 수 없었다. 그들은 자신이 겪은 일 때문에 낙인이 찍히고 아웃사이더로 살아가야 할 운명이었다. 코스티디스는 자신이 완전히 변했다는 것을 알고 있었다. 예전에 목숨만큼 중요하게 생각했던 것, 즉 명예나 사람들의 시선, 절대적인 정의 같은 것은 이제 안중에도 없었다.

절대적인 정의란 없다. 이 세상에는 완벽하거나 절대적인 것은 없다. 이제 남은 것이 아무것도 없기 때문에 어떻게든 살아가야 한다. 인생의 절반 이상을 살았고 대단한 성공과 승리를 거두고 만끽하기도 했다. 가파르게 성공가도를 달렸고 모든 것에 감사했다. 이제 앞으로의 계획은 소박했다. 하지만 알렉스는? 알렉스는 아직 너무 젊다! 그런 끔찍한 경험을 안고 살아갈 수 있을까? 언젠가는 그런 일을 잊을 수 있을까?

"왜 그때 제가 시장님의 말을 듣지 않았을까요?"

알렉스가 침묵을 깼다.

"우리가 시티 플라자 호텔에서 만났을 때 말인가요?"

"네, 그자를 조심하라고 충고하셨지만 전 듣지 않았죠."

"글쎄, 유감스럽게도 살아가면서 고통스러운 일을 직접 겪어야만 깨닫게 되는 일이 있어요. 좋은 충고가 경험을 대신할 수 없으니 말이에요." 코스티디스는 어깨를 으쓱하며 말했다.

"하지만 전 너무 많은 실수를 저질렀어요. 도도하고 교만하고 성공에 눈이 멀어서 너무 많은 잘못을 저지르고 말았어요."

알렉스는 한숨을 쉬었다.

"알렉스 양이 잘못한 건 없어요. 세르지오와 레비가 죄를 저질렀고, 이제 그에 합당한 처벌을 받는 거예요. 세인트존도 자기가 어떤 세계에 발을 들이는지 알았을 거예요. 세르지오의 제국은 어차피 언젠가는 무너졌어요. 알렉스 양이나 넬슨의 진술 여부와 상관없이."

"그래서 전 너무 침울해져요. 죄책감이 들어 견디기 힘드네요."

"나라고 다를 것 같아요? 나도 늘 자책하며 살아가요. 왜 내 가족은 죽고 난 계속 살아가야 하는지 모르겠어요. 그에 대한 답은 없고."

알렉스는 코스티디스를 뚫어지게 쳐다보았고 코스티디스도 마찬가지였다.

"알렉스 양이 다시 뉴욕으로 돌아온 날 난 정말 기뻤어요. 알렉스 양이 무사해서 안도했고. 난 알렉스 양을 향한 감정에 사로잡혔어요. 그런데 갑자기 아내가 죽어서 다시는 행복해질 수 없다는 생각에 마음이 불편했어요."

코스티디스는 침묵했다. 그는 반년 동안 자기 자신의 고통 속에 파묻혀 살다가 다른 사람(알렉스)이 근심과 곤경에 빠진 상황을 직면하고 나서야 비로소 앞으로 어떻게 살아가야 할지 깨달았다. 그렇게 살 수 있을지 여부는 자기 자신에게 달려 있었다. 알렉스는 한숨을 쉬었다. 차가운 공기에 입김이 하얗게 구름처럼 뭉게뭉게 새어나왔다.

"세르지오가 유죄 판결을 받게 될까요?"

"네, 이번에는 빠져나가지 못할 겁니다. 하지만 알렉스 양이 그 과정에서 겪어야 할 일을 생각하면 정말 안타까워요. 지루한 소송이 이어질 거고, 언론한테도 시달리게 될 거고, 또 세르지오의 변호인 측에서는 알렉스 양을 어떻게든 깎아내리고 조롱해서 진술의 신빙성을 떨어트리려고 할 거예요." 코스티디스는 확신에 차 있었다.

"전 상관없어요. 오히려 반대로 제게는 명예회복이 될 거예요. 그놈은 나한테 너무나 깊은 상처를 주고 치욕을 안겨줘서 내 온몸이 복수하고 싶은 마음으로 활활 타오르고 있어요. 그놈이 나한테 한 짓보다 심한 건 없을 거예요. 내 안에 무언가가 깨져버렸어요, 영원히. 그런 일도 당했는데 그보다 심한 게 뭐가 있겠어요?"

알렉스는 잡은 손을 놓고 말하면서 부르르 떨었다.

"추운가보군요. 그만 안으로 들어갑시다." 코스티디스가 말했다.

두 사람은 자리에서 일어나 천천히 아무 말 없이 수도원 건물을 향해 걸어갔다. 교회 측면 출입구에 다다르자 알렉스는 멈춰 섰다. 밖은 어느새 거의 깜깜해졌다.

"우리 다시 보는 거죠?"

알렉스가 물었다. 창백하고 갸름한 얼굴에 눈이 유난히 커 보였다. 코스티디스는 조금 전에 벤치에 앉아 알렉스의 어깨에 팔을 둘렀던 올리버를 떠올렸다.

"그게 과연 좋은 생각인지 잘 모르겠군요."

코스티디스는 올리버를 염두에 두고 대답했다.

"하지만 저는 시장님을 다시 만나고 싶어요." 알렉스가 속삭였다.

"알았어요. 케빈 신부님을 잠깐 뵙고 와야 하는데 1시간 정도 걸릴 거예요." 잠시 망설이던 코스티디스가 말했다.

두 사람은 수도원 교회 안으로 들어갔다. 향과 잣나무 가지 향기가 교회 안에 퍼져 있어 조금 있으면 크리스마스임을 느낄 수 있었다. 지나가는 노신부의 발걸음 소리가 대리석 바닥에 울렸다. 중앙 제단이 있는 곳에서 교회의 측랑으로 꺾어 들어가 작은 문을 통해 수도원 건물과 이어지는 회랑으로 들어갔다. 두 사람은 그곳에서 헤어졌다.

수도원에 있는 자기 방으로 돌아가면서 알렉스는 세르지오를 떠올렸다. 오늘 밤은 세르지오의 밤이었다. 작년 연회에는 그의 파트너로 참석했다. 화려한 파티에 대한 기억은 여전히 생생했다. 그때 알렉스는 얼마나 교만하고 자신감에 차 있었던가! 오직 성공에 눈이 멀고 영원히 그렇게 지속될 줄 알았다. 그리고 세르지오……. 알렉스는 그를 떠올리며 또다시 부들부들 떨었다. 세르지오는 아마 이 시간쯤 세인트 레지스 호텔로 향하고 있을 것이다. 잘생긴 얼굴에 말끔하게 차려입고 오늘 저녁에 벌어질 일에 대해서는 아무것도 모른 채 유쾌하게 가고 있을 것이다. 아니면 지금쯤 무언가 눈치를 챘을까? 혹시 어디서 또 정보가 새어나간 건 아닐까? 미리 귀띔을 받고 지금 전용기를 타고 남아메리카나 유럽으로 향하고 있는 것은 아닐까? 알렉스는 그자가 또다시 교묘하게 빠져나갈지도 모른다는 생각에 소름이 돋았다. 세르지오 비탈리가 자유롭게 돌아다니는 한 알렉스에게 안전한 곳은 없다. 두꺼운 수도원 담장으로 둘러싸인 이곳도 마찬가지였다.

*

  세르지오 비탈리는 커다란 연회실 연단에 서서 만족스러운 표정으로 주위를 둘러보았다. 세르지오가 설립한 비탈에이드 재단이 올해 장애 아동 후원을 위해 개최하는 대규모 자선 행사는 성공적이었다. 이미 15번째로 개최되는 연회였다. 해가 갈수록 연회는 점점 호화로워졌고, 이곳에 초대받고 싶어 하는 인사가 많아졌다. 비탈에이드 재단이 주최하는 연회는 단연 뉴욕의 겨울을 장식하는 하이라이트였다. 이번에도 참석을 사양하는 사람은 거의 없었다. 뉴욕 사교계에 발을 들이고 싶은 사람이라면 1천 장 정도에 불과한 초대장을 탐내기 마련이었다.

세르지오는 미소를 지었다. 샤론 카프리아티는 비록 까칠하긴 하지만 자기 일 하나는 정말 똑 부러지게 잘해냈다. 단 48시간 만에 완벽한 환상의 나라를 만들어낸 것이다. 눈이 쌓인 파빌리온과 숲, 얼음 조각, 수백만 개의 달하는 작은 조명등과 촛불은, 크기만 하고 별 매력이 없던 연회장과 로비, 그리고 주위의 여러 연회실을 동화 속 나라로 변신시켰다. 유명 영화배우와 텔레비전 스타, 스포츠 스타, 모델, 가수, 유럽 귀족, 그리고 뉴욕 정계와 경제계의 주요 인사 946명이 모여 연회를 즐겼다. 심지어 워싱턴DC와 올버니에서도 손님들이 참석했다. 이들을 위해 세인트 레지스 호텔 호화 스위트룸을 준비했지만 이들이 연회를 즐기느라 잠자리에 들지는 알 수 없었다. 뷔페는 고급 레스토랑 셰프들이 준비한 최고의 음식으로 차려졌다. 로비에 있는 분수대에서는 최고급 프랑스산 샴페인이 뿜어져 나왔다.

세르지오 비탈리는 빈센트 레비가 올해에는 연회에 참석하지 않은 것에 대해 신경 쓰지 않았다. 클래런스 화이트워터도 올해 없고, 넬슨 반 미렌도 없지만 어쩔 수 없는 일이었다. 몇 명은 가고, 몇 명은 또 새로 오기 마련이었다. 그리고 세르지오는 필요 여부의 관점에 따라 새로운 사람을 선택하는 데 탁월한 안목이 있었다. 야망을 품은 젊은 검사가 자신을 어찌 해볼 생각이었으나 세르지오는 별로 개의치 않았다. 예전에는 코스티디스가 자신을 어찌 해보려고 했고 이제는 다른 사람이었지만 그럴 기회는 없을 것이다. 자신이 더 많은 인맥과 연줄을 갖고 있었다. 이번 연회는 그의 흔들리지 않은 막강한 권력을 보여주는 가장 좋은 증거였다. 가끔 폭풍우가 몰아치다가 가고, 또 어떤 이들은 소용돌이에 휩쓸리고 떠내려가지만 세르지오는 그에 맞섰다. 아무도 그를 건들 수 없었다.

*

눈에 띄지 않은 짙은 색 쉐보레 차량 안에는 4명의 남자가 앉아 들어오는 손님들을 지켜보았다. 차는 세인트 레지스 호텔 건너편에 세워져 있었다. 네 사람은 긴장한 얼굴로 서로 별 말이 없었다. 10시가 조금 넘자 마침내 무전기로 그들이 기다리던 소식이 들렸다.

"모든 요원이 각자 자리에 배치되었습니다. 건물 전체를 차단했습니다." 스푸너 보안관이 손에 든 무전기에서 째지는 소리가 들렸다.

"세르지오 부하들은?" 스푸너가 물었다.

"아직까지 아무것도 눈치 채지 못하고 있습니다. 지금 호텔 안에서 진행되는 행사에 정신이 팔려 있습니다."

로이드 커너스 검사는 고든 엥겔스와 눈빛을 주고받았다.

"좋아, 그러면 이제 우리가 들어갑시다."

커너스는 결정을 내리고 발치에 있던 서류 가방을 들어올렸다. 심장 박동 소리가 목까지 느껴졌다. 너무 긴장한 나머지 손이 땀으로 축축했다. 이제 때가 됐다. 이제는 절대 실수가 있으면 안 된다. 스푸너 연방보안관은 무전기 버튼을 눌렀다.

"모두 들어라. 작전명 '쥐덫' 발효. 우리는 주출입구로 들어간다. C팀과 D팀은 우리를 따라 오고, 입구, 엘리베이터, 로비를 차단한다. 사람들의 이목을 끌지 않도록, 알겠습니까?"

그는 부하들의 회신을 기다리더니 고개를 끄덕였다. 네 남자는 차에서 내려 55번 스트리트와 5번 애비뉴가 만나는 곳에서 길을 건너 프랑스 궁전을 본떠 지은 호텔 안으로 들어갔다. 더 위쪽에 주차된 다른 차량에서 또 남자 4명이 내려 이들과 합류했다. 뉴욕에서 열리는 대규모 사교 행사가 늘 그렇듯 차단막 뒤에는 구경꾼과 사진사와 방송국 사람들이 몰려들었다. 스푸너는 행사 경호원들이 호텔 출입을 엄격히 제한할 것임을 이미 염두에 두고 있었다. 이번 작전에 참여하는 모든 사람은 자기가 맡은 일을 잘 알고 있었다.

화려하게 장식된 로비 입구에서부터 근사한 연회복을 차려입은 경호원들이 이들을 제지했다.

"초대장을 보여주시겠습니까?" 한 경호원이 물었다.

"연방보안관입니다." 엥겔스가 신분증을 꺼내 보여주었다.

"초대장이 없으면 들어가실 수 없습니다."

어깨가 넓은 금발의 남자가 유감스럽다는 듯 어깨를 으쓱했다.

"비키세요. 맨해튼과 뉴욕주 남부 구역 담당 연방검사입니다. 업무 수행 중입니다." 로이드 커너스가 말했다.

"죄송합니다만 제가 지시받기로는……"

"무슨 일이오?"

물개 같은 콧수염과 음흉한 표정의 땅딸막한 남자가 금발머리 보디가드 뒤에서 나타났다. 그 뒤에는 또 무서운 표정의 경호원 부대가 우르르 등장했다.

"대체 누구기에 초대장도 없이 여기 들어오겠다는 거요?"

물개 콧수염이 난 남자가 무뚝뚝하게 물었다.

"세르지오 비탈리 씨를 만나러 왔소."

로이드 커너스도 똑같이 무뚝뚝하게 대응했다.

"회장님은 지금 바쁘세요. 월요일에 사무실로 찾아오세요."

여러 명의 검사와 연방보안관이 출동했는데도 전혀 기죽은 기색이 없는 땅딸보가 말했다.

"꼭 이렇게까지 하기를 원한다면 할 수 없죠."

커너스는 희미한 미소를 지었다. "연방보안관, 공무집행 방해로 이 사람들을 체포하세요."

커너스는, 입을 벌린 채 우두머리가 손목에 수갑이 채워지는 모습을 쳐다보느라 정신이 팔린 경호원들 틈을 헤집고 안으로 들어갔다.

＊

"끝내주네. 최상류층의 파티가 이런 모습이었군! 정말 굉장해!"

스푸너 연방보안관은 연회장 안으로 들어가자 감탄의 휘파람을 불었다. 제복을 입은 웨이터들이 쟁반을 들고 화려하게 장식된 테이블 사이를 열심히 오갔다. 테이블에는 고급스러운 디자인의 파티복을 입은 여성들과 턱시도나 연미복을 차려입은 남자들이 앉아 가재 수프와 연어 무스, 필레미뇽(쇠고기 안심 스테이크-편집자 주), 그리고 송로버섯을 음미하고 있었다.

"저는 편안한 바비큐가 더 좋아요."

로이드 커너스는 무미건조하게 말하며 커다란 연회장 안을 훑어보았다. 카자엘리는 지나가면서 새우 하나를 집어 들었다.

"그건 도둑질일세."

그의 상관인 고든 엥겔스가 눈을 깜빡거리며 경고했다.

"음식물 절도라고 할 수 있죠."

카자엘리가 히죽 웃었다. 무대 위에서는 오케스트라가 조용하게 연주를 하고 있었고 테이블에 앉아 있는 사람들도 모두 기분이 아주 좋아 보였다.

"오늘 얼마나 많은 보험사들이 애를 써야 할지 모르겠군. 온갖 보석이 다시 금고로 무사히 돌아갈 수 있을지 모르겠어."

스푸너 연방보안관이 특유의 빈정거리는 말투로 말했다.

"세르지오를 찾아보세요. 우리가 잡기 전에 누가 미리 알려주면 안 되니까요."

커너스가 말했다. 그는 속으로 몹시 흥분했다. 혹시라도 무언가 잘못되고, 세르지오가 도망쳐버린다면 지난 몇 주간의 노력은 모두 허사가 되는 것이다. 그리고 그렇게 되면 내일 당장 사표를 써야 했다. 커너스는 미국 중서부 시골 도시에서 변호사로 사는 것을 생각해보다가 얼굴을 찌푸렸다.

"저쪽에 있어요! 발코니 쪽 테이블에 앉아 있어요."

로이스 셰퍼드가 속삭였다.

"나도 봤어요. 자, 이제 잡으러 갑시다!"

커너스는 단호한 표정으로 고개를 끄덕였다. 이들이 파티 손님들 틈을 거칠게 헤집고 지나가자 손님들은 언짢은 눈초리를 보냈다.

"부정부패 일당이 한자리에 다 모였네요. 다 합치면 천년 형은 거뜬하겠는데요. 우리가 한꺼번에 데리고 갈 수 없어서 아쉬울 뿐이지." 스푸너 연방보안관이 씩 웃으며 말했다.

*

손님용 방은 신부들이 사용하는 작고 소박한 방보다는 조금 크고 샤워 시설과 변기가 있는 작은 욕실이 딸려 있어서 검소한 수도원에서는 상당히 호화로운 축에 속했다. 프랭크 코헨은 알렉스가 포틀랜드 스퀘어 호텔에 남겨둔 트렁크를 아침에 가져다주었다. 알렉스는 옷을 벗고 뜨거운 물로 샤워를 했다. 여전히 자신의 몸에서 남자들의 역겨운 땀 냄새가 배어 있는 것 같아서 샤워하고 싶은 생각이 간절했다. 샤워를 마치고 몸을 다 말리자 문에서 노크 소리가 들렸다. 알렉스는 몸에 수건을 두르고 문을 조금 열었다. 어둑한 복도에 서 있는 코스티디스를 보자 알렉스는 심장이 뛰었다.

"나요."

"들어오세요."

코스티디스는 잠시 망설이더니 안으로 들어갔다.

"뭐 마실 거라도 대접할 게 없네요."

알렉스가 멋쩍은 미소를 지었다.

"괜찮아요."

코스티디스가 문 앞에 멈춰 섰다. 알렉스는 지난 며칠간 자신만 힘들었던 것이 아님을 깨달았다. 코스티디스의 피곤한 얼굴, 그리고 짙은 그림자가 드리운 피곤한 눈이 보였다. 코스티디스는 아주 창백했고 얼굴은 쇠약해 보였다.

"많이 피곤해 보이시네요." 알렉스가 나직이 말했다.

"많이 피곤하긴 해요. 정말 피곤해요. 다시 잠을 푹 잘 수 있었으면 좋겠어요. 어떤 날에는 너무 기진맥진해서 잠이 드는데 매일 밤 똑같은 끔찍한 꿈을 꿔요. 폭발 장면이 보이고, 그러면 잠이 완전히 달아나서 다시 잠들 수가 없어요." 코스티디스는 한숨을 쉬었다.

"여기 잠깐 앉으세요."

알렉스가 앉으라고 손짓하자 코스티디스는 침대 가장자리에 앉았다. 방이 작아서 다른 데 앉을 곳이 없었다.

"낮에는 일하느라 생각이 다른 데 가 있어서 그런 대로 견딜 만한데 혼자 있으면 외로움이 몰려오고 온갖 잡생각이 떠오르는군요."

코스티디스의 목소리는 체념으로 가득했다. 알렉스는 천천히 고개를 끄덕였다. 알렉스도 똑같은 상황을 겪고 있기 때문에 그를 너무나 잘 이해할 수 있었다. 낮에는 두려움이 덜했지만 어둡고 조용한 밤이 찾아오면 두려움의 악령들이 깨어났다. 남자들의 웃음소리와 목소리가 들렸고, 남자들의 잔인하고 무심한 눈이 보였다. 모든 말 하나하나가 뇌에 각인된 듯 기억이 났고 심장 박동이 빨라지면서 온몸에서 식은땀이 났다. 상어들이 득실거리는 수조에서 내가 가장 똑똑했다고 생각했던 교만에 대한 정당한 대가였는지도 모르겠다. 저도 모르게 팔에 소름이 돋았다.

"추운가보군요."

팔에 소름이 돋은 걸 발견한 코스티디스가 말했다. 난방이 별로 따뜻하지 않아서 작은 방은 상당히 서늘했다.

"잠깐 실례할게요. 금방 옷 좀 입고 올게요."

"내가…… 내가 그만 가는 게 좋겠어요."

"아니에요. 가지 마세요. 잠깐만 더 있다가 가세요."

알렉스는 코스티디스의 팔을 붙잡았다. 코스티디스는 올리버 스케릿을 떠올렸다. 자신이 여기 있는 것은 옳지 않다는 생각이 들었다.

"알렉스 양, 나는……."

"잠깐만 기다리세요. 부탁이에요. 금방 다시 올게요."

알렉스가 그의 말을 자르며 부탁했다.

"알았어요." 코스티디스는 주저하더니 고개를 끄덕였다.

알렉스는 작은 욕실 안으로 사라졌다. 스웨트 셔츠와 트레이닝 바지를 입고 젖은 머리를 헤어드라이어로 말렸다. 몇 분 후에 방으로 다시 들어오자 코스티디스가 침대에 누워 깊이 잠들어 있었다. 알렉스는 코스티디스의 자는 모습을 바라보면서 깊은 애정을 느꼈다. 깨울까? 아니다. 코스티디스는 너무 피곤하고 지쳐 있었다. 단 몇 시간만이라도 푹 쉬기를 바랐다. 알렉스는 조심스럽게 신발을 벗고 넥타이를 푼 후 이불을 덮어주었다. 그러고는 바닥에 앉아 등을 벽에 기대고 무릎을 팔로 감싸 안았다.

결국 이렇게 되고 말았다. 뉴욕에서 가장 영향력이 있고 유명한 코스티디스와 월스트리트 스타인 똑똑한 알렉스 존트하임, 너무 높이 날아오르려고 했던 이카루스처럼 이들은 절망의 가장 깊은 골짜기로 추락하고 말았다. 이들은 명예를 얻고 성공을 이루었지만 거기서 남은 것은 과연 무엇일까? 야망이 두 사람을 다 외롭게 만들었다. 알렉스는 자신이 무엇 때문에 일주일에 100시간이나 일을 했는지 이해할 수 없었다. 정말 그렇게 중요한 일이었을까? 성공에 현혹된 기분 외에 맥 빠진 뒷맛밖에는 남지 않았다. 야망에 눈이 먼 나머지 성공과 명예의 빛나는 외형 뒤에 무엇이 숨어 있는지 보려고 하지 않았고, 동전의 뒷면으로부터 눈을 돌려버렸다. 모든 경고를 무시했다. 알렉스는 마크와 저스틴, 그리고 그녀에게 사랑을 고백한 올리버를 떠올렸다. 올리버를 따라서 메인으로 갈까?

그 순간 코스티디스가 움직였다. 잠든 그의 모습은 무척 평온하고 평화로워 보였다. 그는 알렉스에게 늘 낯선 사람이던 세르지오와는 달리 이제 낯설지 않았다. 함께 보낸 하룻밤 때문이 아니었다. 그날 밤 두 사람의 우정은 새로운 국면에 접어든 것이다. 코스티디스와 함께 있으면 알렉스는 편안하고 위안을 받는 느낌이었다. 그 누구보다도 코스티디스를 신뢰했고 자신의 약한 면을 보여주는 것을 꺼리지 않았다. 코스티디스 앞에서는 어떤 역할을 연기할 필요가 없었다. 너무 강하거나 냉정할 필요도 없었으며 있는 그대로 자신의 모습을 보여주기만 하면 되었다. 그리고 알렉스는 자신이 코스티디스를 사랑한다는 것을 알면서도 두 사람 사이에 거리가 있음을 느꼈다. 두 사람 사이에는 뉴욕 전체가 놓여 있었다. 앞으로 살아가려면 알렉스는 뉴욕에 등을 돌리고 떠나야 하지만 코스티디스는 그럴 수가 없었다. 코스티디스가 유권자에게 한 약속보다 훨씬 많은 것이 그를 붙잡고 있었다. 어느 날 뉴욕의 시장 직에서 물러난다고 해도 그는 절대로 뉴욕을 떠나지 않을 것이다. 이 도시는 코스티디스의 삶이라는 것을 알렉스는 진즉에 알아차렸다.

너무 졸려서 눈이 저절로 감기려고 했을 때 시계는 자정 근처를 가리켰다. 알렉스는 불을 껐다. 밤하늘의 달빛만이 작은 방 안을 희미하게 밝혀주었다. 알렉스는 이불을 들어 침대 안으로 들어가 코스티디스 옆에 누웠다. 위로가 되어주는 코스티디스의 온기를 느꼈다. 코스티디스가 자면서 움직이자 알렉스는 그의 몸에 팔을 올려 안기고 머리를 그의 어깨에 올렸다. 이런 소중한 시간을 만끽하기 위해 계속 깨어 있기로 다짐했지만 몇 분 만에 스르르 잠이 들어버렸다.

*

세르지오 비탈리는 모나코 공주와 억만장자 사이먼 골드슈타인의 미망인인 카산드라 골드슈타인 사이에 앉아서 파티를 한껏 즐기고 있었다. 그가 앉은 테이블에는 그 외에도 뉴욕 건설업계의 큰손 찰리 로젠버그, 석유 재벌 제임스 얼 프라이버그 3세, 내무부 장관인 올리버 크라비츠, 상원의원인 테드 윌링스와 프레드 호프만, 로드즈 주지사, 원 와이먼 의원, 〈타임〉지 발행인 캐리 뉴버그, 할리우드의 디바 리자 게이너, 그 밖의 귀빈들이 자리를 함께했다. 로이드 커너스는 이 사람들 속에 테이트 젠킨스도 섞여 있는 것에 그다지 놀라지 않았다. 하지만 커너스가 발코니로 향하는 작은 계단을 올라오는 것을 가장 먼저 본 젠킨스 FBI 부국장은 상당히 놀란 눈치였다. 젠킨스는 창백해졌다. 커너스가 테이블에 다가간 순간 마치 신호라도 보낸 듯 오케스트라 연주가 끝났다.

"세르지오 비탈리 씨?"

커너스는 목소리를 가다듬었다. 조금 전만 해도 느꼈던 긴장감이 사라진 것을 깨달았다. 그는 수백 번도 넘게 이런 상황을 상상해왔는데, 이제 현실이 되고 나니 마치 자신이 좋은 역할을 맡은 배우처럼 느껴졌다. 세르지오가 고개를 들었다.

"저는 맨해튼 검찰청 소속 로이드 커너스 검사입니다."

"알고 있소."

세르지오는 이렇게 말하며 억지 미소를 지었지만 눈빛은 여전히 차가웠다. "그런데 당신 이름이 내 손님 명단에 올라가 있는 기억은 없는데 말이죠."

"맞습니다. 저는 오늘 저녁 공무 수행으로 방문했습니다. 잠시 얘기를 했으면 합니다."

커너스 검사가 말했다. 로드즈 주지사와 호프만 상원의원은 당황한 표정을 지었다. 마음 같아서는 쥐구멍이라도 찾아 들어가고 싶은 듯 보였다. 세르지오는 검사의 등장에 전혀 동요하지 않는 눈치였다. 그것은 세르지오 체포 작전 정보가 전혀 미리 새나가지 않았다는 뜻이었다.

"내가 지금 손님들하고 같이 있는 거 안 보입니까? 지금은 시간이 없어요. 하지만 뷔페는 마음껏 즐기다 가세요. 만날 검찰청 구내식당 밥만 먹다가 뷔페를 먹어보면 아주 새로울 거요."

세르지오가 고압적으로 말했다. 찰리 로젠버그와 제임스 얼 프라이버그 3세가 이 말을 듣고 웃었다. 하지만 그 외에는 아무도 웃지 않았다.

"하지만 지금 반드시······." 커너스가 다시 입을 열었다.

"이보세요, 커너스 검사. 지금은 시간이 없단 말이오. 월요일에 내 사무실로 오세요." 세르지오의 얼굴에서 친절한 가면이 벗겨졌다.

이때 고든 엥겔스 부장관이 스푸너와 카자엘리와 함께 계단을 올라오는 것을 보자 세르지오는 눈을 가늘게 떴다. 세르지오는 테이트 젠킨스를 쳐다보았지만 그는 돌처럼 굳어버린 듯 테이블만 물끄러미 응시했다. 테이블에서 오가던 대화는 멈추었다.

"좋습니다. 정 그러시다면 할 수 없죠. 세르지오 비탈리 씨, 당신 앞으로 체포영장이 발부되었습니다."

커너스 검사는 어깨를 으쓱하며 말했다.

"뭐? 장난이 지나치군요. 쫓겨나기 전에 부하들을 데리고 얼른 나가요!"

세르지오는 그 자리에서 굳어버리며 얼굴이 붉게 달아올랐다. 하지만 커너스는 눈 하나 깜짝하지 않고 체포영장을 펼쳤다.

"세르지오 비탈리 씨, 스테파노 바렐리 씨 살해 혐의로 체포하겠습니다."

커너스가 사무적인 목소리로 말했다. 테이블 주위에는 정적이 흘렀다.

"이게 무슨 짓이오?"

세르지오의 얼굴이 검붉게 변했다. 손님들은 민망해서 입을 열지 못했고 그와 눈이 마주치는 것을 피했다. 스푸너와 카자엘리는 테이블을 돌아서 세르지오 뒤에 멈춰 섰다.

"연방보안관입니다."

스푸너는 세르지오 코밑에 신분증을 들이밀었다. "일어나시겠습니까?"

세르지오는 마치 벌레를 쫓는 듯한 손짓을 했지만 결국 일어났다.

"어떻게 감히 나를? 이건 말도 안 되는 짓이야!"

세르지오가 버럭 소리를 질렀다. 얼굴은 붉어졌다가 하얘졌다를 반복했고 이마에는 땀방울이 맺혔다.

"이제 가실까요, 세르지오 비탈리 씨? 당신을 체포하겠습니다."

커너스가 싸늘하게 말했다. 세르지오는 커너스를 말없이 쳐다보더니 손님들을 향해 몸을 돌렸다.

"이건 뭔가 대단한 착오가 있는 게 분명합니다. 금방 해결이 될 겁니다."

스푸너는 그 순간을 포착해서 그의 손목에 수갑을 채웠다. 세르지오가 화난 표정으로 뒤돌아보았다.

"어서 갑시다."

"묵비권을 행사할 권리가 있으며……."

카자엘리는 의례적인 구속 절차를 읊었지만 세르지오는 화난 눈빛으로 노려보았다.

"그런 건 안 해도 다 알아. 난 지금 당장 내 변호사를 만날 거네!"

어느새 다른 테이블에 앉은 사람들도 주최자인 세르지오에게 무슨 일이 생겼다는 소문이 퍼졌다. 거대한 연회장 안은 바늘이 떨어지는 소리가 들릴 정도로 적막이 흘렀다.

"당신, 두고 봐!"

세르지오는 스푸너에게 연행되어 가면서 커너스에게 쏘아붙였다. 커너스 검사는 그저 어깨만 으쓱하고 가려던 찰나 고든 엥겔스가 이들을 불러세웠다.

"잠깐만 기다려주세요. 아직 할 일이 남았어요."

커너스는 테이트 젠킨스를 향해 걸어가는 엥겔스를 의아하게 쳐다보았다.

"젠킨스 씨, 미합중국의 이름으로 당신을 체포합니다. 당신은 국가를 배반한 스파이 행위, 그리고 범죄 조직 후원에 가담한 혐의가 있습니다. 그밖에 살인 방조와 데이비드 주커먼에 대한 살인 방조 혐의가 추가됩니다." 엥겔스가 다가가 말했다.

젠킨스 FBI 부국장은 말없이 자리에서 일어났다. 무표정한 얼굴이 모든 것을 시인하다는 것을 말해주고 있었다. 이제 게임은 끝났다. 커너스는 입을 벌린 채 엥겔스를 멍하니 쳐다보았다.

"카자엘리 연방보안관, 이 사람을 체포하고 행사할 수 있는 권리에 대해 알려주세요." 엥겔스가 말했다.

"어떻게 된 일인지 잘 이해가 안 가네요." 커너스가 중얼거렸다.

"우리는 오래 전부터 젠킨스가 이중 플레이를 하고 있다는 의심이 있었어요. 그런데 엊그제 젠킨스가 세르지오와 통화하는 것을 감청하게 됐죠. 우리가 필요했던 결정적인 증거였어요. 젠킨스는 몇 년 전부터 세르지오에 붙어 협조해왔어요." 엥겔스가 조용히 말했다.

"믿을 수가 없군요. 시장님 말씀이 사실이었어요."

커너스는 경악한 표정으로 고개를 저었다.

"그렇습니다. 코스티디스 시장님은 수년 동안 제대로 짚고 계셨어요. 결정적인 증거가 없는 것이 불운이었지만."

엥겔스가 확인을 해주었다.

비탈에이드 재단이 개최하는 자선 연회에 참석한 손님들은 믿어지지 않는다는 표정으로 주최자인 세르지오와 손님이 손목에 수갑을 찬 채 연행되는 모습을 지켜보았다. 아무도 자리에서 움직이지 않고 아무 말도 하지 않았다. 이들이 로비로 향해 올라가는 계단으로 사라진 후에야 손님들은 정신이 들면서 웅성웅성 거리며 떠들썩한 소란이 벌어졌다. 커너스는 미소가 새어나오는 것을 간신히 억눌렀다. 그는 성공했고 승리는 완벽했다. 물론 세르지오를 비밀리에 체포할 수도 있었지만 의도적으로 굴욕적인 장면을 연출한 것이었다. 커너스 검사는 다만 사람들 앞에서 세르지오가 체포되는 장면을 코스티디스가 보지 못해 안타까웠다.

이때 로비에 갑자기 마시모 비탈리가 나타났다.

"대체 무슨 일이에요?"

아버지와 젠킨스가 수갑을 찬 채 검사와 연방보안관에게 연행되는 모습을 본 마시모가 소리쳤다.

"누구시죠?" 커너스가 물었다.

"마시모 비탈리입니다."

"우리가 당신 아버지를 체포했습니다. 가능한 빨리 변호사를 선임하는 것이 좋을 겁니다. 구할 수 있는 최고의 변호사 말이죠. 당신 아버지는 지금 무엇보다 변호사가 시급히 필요할 테니까."

지금 자신이 처한 불쾌한 상황에 화가 난 세르지오가 커너스를 노려보았다. 스푸너 연방보안관이 계속 걸어가라고 옆에서 재촉했다.

"아버지! 제가 어떻게 할까요?" 마시모가 흥분하며 소리쳤다.

"당장 브루이너한테 전화 걸어!"

세르지오가 걸어가면서 말했다. "그리고……."

그리고? 넬슨은 이제 세상을 떠나고 없고 화이트워터 판사도 마찬가지다. FBI와의 소중한 연줄이었던 테이트 젠킨스는 수갑을 찬 채 뒤따라오고 있고, 존 드 랜시도 자리에서 물러난 듯 보였다. 세르지오 비탈리는 서서히 사태의 심각성을 깨달았다. 이번에는 빠져나오는 것이 그리 녹록하지 않을 것을 직감했다. 지금까지 수갑을 차고 연행까지 된 적은 한 번도 없었기 때문이다.

"아버지!" 마시모의 목소리는 절망스러웠다.

"어서 갑시다. 어서요!" 스푸너 연방보안관이 다그쳤다.

마시모는 멈춰 서서 연행되는 아버지와 보안관들의 뒷모습을 속수무책으로 지켜보았다. 경호원과 호텔 직원들도 멍하니 쳐다보기만 할 뿐이었고 연회장 문을 열고 호기심 가득한 눈길로 지켜보던 손님들은 서로 속닥속닥 거리기에 바빴다.

"꼭 이렇게 할 거요? 후문으로 나가도 되잖소?"

스푸너가 주출입구를 향해 걸어가자 세르지오가 항의했다.

"안 됩니다. 이제부터 쇼가 펼쳐지는걸요. 당신처럼 유명한 분의 격에 맞게 말입니다."

스푸너는 흡족한 미소를 지으며 말했다. 세르지오는 차가운 미소를 지으며 어깨를 쫙 폈다. 그는 기다리던 사진기자들의 플래시 세례에도 무표정으로 일관하면서 기자들과 WNBC, WCNY의 카메라, 그리고 모여든 구경꾼들을 무시하고 지나쳤다. 로이스 셰퍼드가 리무진 뒷문을 열었고 스푸너가 세르지오를 차에 태웠다.

"날 함부로 만지지 마! 앞으로 당신이 벌금통지서나 돌리게 만들어주겠어!" 세르지오는 화를 내며 쏘아붙였다.

"그거 재미있겠군요." 스푸너가 무심하게 대답했다.

그는 세르지오와 함께 뒷좌석에 앉았다. 커너스는 흥분한 기자들과 간단한 인터뷰를 했다. 세르지오는 얼음처럼 차갑게 굳은 얼굴로 기자들이 제대로 된 사진을 찍기 위해 차창을 두드릴 때에도 한 번도 쳐다보지 않았다. 커너스가 조수석에 앉자 차는 곧장 사이렌을 울리며 출발했다. 두 번째 차에는 고든 엥겔스와 테이트 젠킨스를 태운 차가 뒤따라갔고 그 뒤에도 다른 차들이 쭉 따라왔다.

커너스는 안도의 한숨을 내쉬었다. 그는 해냈다! 마지막 순간까지 작전의 성공 여부를 확신하지 못했는데 코스티디스가 수년 동안 하지 못한 일을 마침내 그가 해낸 것이다. 그는 뉴욕의 은밀한 대부인 세르지오 비탈리를 체포했다. 증거는 명백했고 중요한 증언을 해줄 증인들이 살아 있었다. 그리고 무전기를 통해 루카와 실비오도 체포되었다는 소식이 전해졌다. 세르지오는 이 소식에 아무런 반응을 보이지 않다가 한참 후에 경멸적인 목소리로 말했다.

"당신들 대단히 즐거웠지, 그렇지? 그 얼간이는 이 소식을 들으면 너무 좋아서 아마 바지에 오줌을 쌌을 거야."

"누구 얘기를 하는 겁니까?" 커너스가 싸늘하게 물었다.

"그 빌어먹을 코스티디스 새끼 말이지. 이게 다 그 새끼 때문이잖아!" 세르지오의 눈빛에는 살기가 느껴졌다.

"당신이 체포된 이유는 말이죠, 최소한 한 명을 살해했고, 알렉스 씨에게 잔인한 가혹 행위를 했기 때문입니다."

앞좌석에 앉아 있던 커너스가 몸을 돌려 말했다.

"말도 안 되는 소리. 날 어디로 데려가는 건가? 난 천 명이나 되는 손님을 접대하는 중이었는데 내 돈을 훔쳐가서 사기를 친 그깟 년 때문에 날 체포하다니! 내가 이번 일에 대해 법무장관에게 직접 항의할 거야!" 비탈리는 고개를 저으며 말했다.

"마음대로 하십시오."

커너스의 얼굴에서 미소가 사라졌다. 알렉스의 처참했던 얼굴, 그리고 두려움과 경악에 사로잡혀 있던 모습이 떠올랐다. 그리고 남편이자 아버지인 코스티디스가 세르지오에게 방해된다는 이유로 죽은 메리와 크리스토퍼가 떠올랐다. 그리고 쓸모가 없어지고 위험인물이 되자 곧바로 제거당한 데이비드 주커먼과 재커리 세인트존을 떠올렸다. 그리고 로스앤젤레스의 변호사를 비롯한 숱한 피해자를 떠올렸다. 모두 저기 뒷좌석에 앉아 있는 자가 시킨 짓이었다.

"우리는 이제 당신 지문을 채취하고 사진을 몇 장 찍을 겁니다. 그런 다음에 나라에서 대주는 비용으로 숙박을 하게 될 겁니다. 평소 익숙하던 잠자리만큼은 편하지 않겠지만 앞으로 100년 쯤 머물러야 하니까 슬슬 익숙해지는 게 도움이 될 겁니다."

"나는 단 24시간도 구치소에 머물지 않을 거야!"

세르지오는 버럭 소리를 질렀지만 당당함은 사라지고 분노 대신에 씁쓸함이 자리 잡았다.

"그건 내일 일찍 판사가 결정할 겁니다. 당신이나 내가 아니라."

*

코스티디스는 한밤중에 깜짝 놀라서 깼다. 몇 초 뒤에 자신이 어디에 있는지, 그리고 혼자 침대에 누워 있는 게 아니라는 것을 알고 놀랐다. 옆에는 알렉스가 누워 깊은 잠에 빠져 있었다. 그때 문득 자신이 알렉스를 찾아왔다는 기억이 떠올랐다. 너무 피곤하고 지친 나머지 그냥 잠이 들어버렸는데, 알렉스가 신발을 벗겨주고 자도록 내버려둔 모양이었다. 코스티디스는 미소를 지었다.

손목시계는 새벽 2시 반을 알렸다. 로이드 커너스 검사가 떠올랐다. 커너스는 세르지오를 체포하는 데 성공했을까? 코스티디스는 알렉스가 깨지 않게 조심스럽게 일어나서 발뒤꿈치를 들고 욕실로 들어가 문을 닫고 불을 켰다. 그리고 거울 앞에 다가가 얼굴을 살펴보았다. 지난 6개월 동안 악몽과 지옥의 세계에서 보냈는데 이제는 그곳에서 벗어나 다시 살고 싶었다. 모두 알렉스 덕분이었다. 알렉스에게 느끼는 강한 감정은 긴 밤을 보낸 후의 부드럽고 희미한 불빛, 눈물과 죄책감의 계곡에서 빠져나오게 해주는 가느다란 희망의 빛줄

기였다. 이해할 수 없고 자신이 어찌 할 수 없는 일에 너무 오래 매달렸고 무의미한 자기 연민에 빠져 있었다. 하지만 이제는 미래를 위한 결정을 내려야 할 시간이 왔다. 오늘밤 커너스에게 가기로 약속을 했지만 그러지 않기로 결심했다. 그는 세르지오를 보고 싶지도 않았고 무슨 일이 있었는지도 알고 싶지 않았다. 이상하기는 했지만 정말로 세르지오가 어찌 되든 아무런 상관이 없었다. 어차피 내일 아침 일찍 다 알게 될 것이다. 코스티디스는 재킷과 셔츠, 바지를 벗고 불을 끄고 다시 조용히 침대로 돌아갔다. 작은 창문으로 들어오는 희미한 불빛에 알렉스가 깬 것이 보였다.

"시장님?" 알렉스가 잠에 취한 목소리로 속삭였다.

"네." 코스티디스는 침대 가장자리에 앉아 알렉스를 쳐다보았다.

"너무 피곤하고 지치신 듯해서 안 깨웠어요."

알렉스가 조용히 말했다.

"고마워요."

코스티디스가 대답했다. 알렉스가 미소를 지었다. 코스티디스는 알렉스의 잠에 취한 모습도 정말 아름답다고 느꼈다.

"지금 몇 시예요?" 알렉스가 물었다.

"3시 15분 전."

"그럼 몇 시간 더 잘 수 있겠네요."

알렉스가 이불을 들어 올렸다. 코스티디스는 침대 안으로 들어가 옆에 누웠다. 알렉스가 코스티디스의 품에 폭 안겼다.

"그자를 체포하는 데 성공했을까요?" 알렉스가 속삭였다.

"모르겠어요. 하지만 그랬을 것 같군요."

수도원 교회 종이 울리며 3시 정각을 알렸다.

"시장님?"

"네?"

"여기 같이 계셔서 아주 기뻐요."

코스티디스는 알렉스를 품에 더 꼭 껴안았다. 쇳덩어리같이 딱딱해졌던 그의 심장이 제자리로 돌아온 것은 이 여자 덕분이었다. 그를 마비시켰던 내면의 싸늘함은 사라졌다.

"나도 기뻐요."

코스티디스는 속삭이며 조심스럽게 상처 난 알렉스의 얼굴을 쓰다듬었다.

"우리가 언젠가 다시 정상적인 생활을 할 수 있을까요?"

"그러기를 바라요. 정말 그러면 좋겠군요."

코스티디스가 나직한 목소리로 말했다. 두 사람은 아주 가까이서 한참 동안 말없이 쳐다보았다.

"이제 어떻게 할 계획이죠?"

코스티디스는 내심 알렉스가 어떤 대답을 할지 두려웠다.

"LMI에 사표를 내고 이 도시를 떠날 거예요."

알렉스가 말했다. 코스티디스는 천천히 고개를 끄덕였다.

"이해해요. 어디로 갈 생각이에요?"

"아마도 일단은 부모님이 계시는 독일로 갈 것 같아요. 생각을 할 시간이 필요해요. 올리버는 자기를 따라서 메인으로 가지 않겠냐고 물었어요." 알렉스는 코스티디스를 쳐다보았다.

"그래서 같이 갈 건가요?"

코스티디스는 대답이 어떻게 나오든 마음이 아프다거나 실망하지 않을 것이었다. 알렉스가 갈 줄 알고 있었다. 알렉스는 상처를 치유할 시간이 필요했다.

"어쩌면요. 올리버는 정말 좋은 친구예요. 시장님은 어떻게 하실 거예요?" 알렉스가 물었다.

"나는 시장 임기가 아직 1년 남았어요. 언젠가 이 일도 다 지난 일로 묻히겠죠. 삶은 계속될 것이고 나는 내 일을 계속 할 거예요."

"시장님은 뉴욕을 절대 떠나지 않으실 거죠, 그렇죠?"

알렉스가 조용히 물었다.

"그런 생각을 많이 해봤어요. 난 다른 곳에서 살아본 적이 없어요. 하지만 그간 일어난 사건들을 생각해보면 나도 이 도시를 떠나는 게 좋지 않겠냐는 생각도 들어요."

"그러면 이 도시는 역대 최고의 시장님을 잃게 될 텐데요. 그리고 시장님은 얼마 못 가서 소음과 고층빌딩 숲과 정신없이 돌아가는 뉴욕의 일상을 그리워하시게 될 거예요."

알렉스는 그의 볼을 부드럽게 쓰다듬으며 말했다. 코스티디스는 조용히 웃었다.

"그렇게 생각해요?"

"네. 이 도시는 마치 병 같아요. 한번 감염되면 절대로 헤어 나올 수가 없어요." 알렉스가 이렇게 대답하며 미소를 지었다.

"알렉스 양은? 그 병에 걸렸어요?" 코스티디스가 물었다.

알렉스는 코스티디스를 더 잘 볼 수 있게 얼굴을 돌렸다. 미소가 사라졌다.

"저는 다른 병에 걸린 것 같아요. 하지만 이 도시와 많이 관련되어 있기는 해요."

알렉스가 진지하게 말했다. 코스티디스는 심장이 두근거렸다.

"그래요? 그게 무슨 병이죠?"

알렉스는 손으로 턱을 받쳤다.

"아무한테도 말씀하지 않겠다고 약속하면 알려 드릴게요."

"절대로 얘기 안 한다고 약속하죠. 뭔데요?"

"저는 뉴욕시장님하고 사랑에 빠졌어요." 알렉스가 속삭였다.

"정말?"

알렉스는 말없이 고개를 끄덕였다.

"그 사람도 당신하고 사랑에 빠졌대요."

그러자 알렉스의 얼굴에 환한 미소가 번졌고 코스티디스는 갑자기 너무나 강한 행복감이 밀려와 벅찰 정도였다. 코스티디스는 알렉스에게 다가가 입에 부드럽게 키스를 했다.

"언젠가 다시 뉴욕으로 돌아올 생각은 해봤어요?"

코스티디스가 물었다. 알렉스의 미소는 더 환해졌고 코스티디스의 눈을 빤히 쳐다보며 대답했다.

"당신을 갖기 위해서 반드시 이 도시로 돌아와야 한다면 어쩔 수 없이 그래야겠죠."

코스티디스는 너무나 감격하고 기대에 차고 행복에 겨워 심장이 터질 것 같았다. 그는 알렉스를 힘껏 끌어안았다. 알렉스는 코스티디스를 사랑했고, 코스티디스도 알렉스를 사랑했다. 그리고 내일 알렉스가 떠난다고 해도 그것은 끝이 아니라 새로운 시작이라는 것을 알고 있었다.

알렉스와 올리버는 수도원 휴게실에서 세르지오 비탈리가 간밤에 체포되었다는 WNBC 아침뉴스를 시청했다. 세르지오가 수갑을 찬 채 세인트 레지스 호텔에서 나와 대기 중인 차량에 실려 체포되는 장면이 방영되었다. 알렉스는 세르지오의 표정에서 그가 살인적인 분노로 끓고 있다는 것을 느끼고 온몸에 소름이 돋았다. 알렉스는 승리감을 만끽한다거나 기쁨 같은 것이 아니라 깊은 안도감을 느꼈다. 이제 끝났다.

언론은 커너스 검사가 대규모 자선 연회 행사에 모인 많은 손님 앞에서 세르지오 비탈리를 체포한 것과, 세르지오에게 적용되는 혐의를 모두 나열하며 보도했다. 알렉스의 이름도 언급되면서 사진까지 등장하기도 했다. 알렉스에게 적용되던 살인 혐의와 그 외에 모든 혐의도 벗겨졌다. 다음 뉴스는 세르지오가 교도소의 판사에게 가는 장면이었다. 세르지오는 이제 근사한 턱시도를 입고 있지 않았고,

화가 난 것이 아니라 그저 표독스럽게 보였다. 어느새 그는 뇌물 공여와 관련된 음모가 다 드러났다는 것을 알게 되었을 것이고, 어쩌면 넬슨이 자살하기 전에 남긴 유서 테이프와, 심복인 루카와 실비오도 구속되었다는 사실도 알게 되었을 것이다. 지난밤에 14명이 구속되고 유럽으로 도주하려던 빈센트 레비도 체포되었다. 하지만 가장 기쁜 소식은 마크와 저스틴이 살아 있다는 것이다. 경찰이 브루클린에 있는 세르지오의 창고 건물에서 녹초가 된 상태의 두 사람을 다행히도 발견했다. 그리고 다음 화면에는 시청 계단에 서 있는 닉 코스티디스 뉴욕시장이 등장했다. 알렉스는 오늘 아침에 자신이 안겨 있다가 깨어난 그 남자를 보자 저도 모르게 미소를 지었다. 코스티디스는 예전의 모습을 거의 찾았다. 반짝거리는 눈에 에너지가 넘쳐 보이고 확신에 차고 강해 보였다. 코스티디스는 정말 최고의 시장이었다.

"알렉스?"

알렉스는 움찔하며 올리버를 쳐다보았다.

"이제 악몽이 마침내 다 끝난 것 같아."

그는 미소를 지으며 알렉스를 향해 손을 뻗었다. 알렉스도 미소를 지으며 그의 손을 잡았다.

"나하고 같이 메인으로 갈지 생각해봤어?"

"응, 하지만 일단은 부모님이 계시는 집으로 갈 생각이야."

알렉스는 더 활짝 미소를 지으며 대답했다.

"그런 다음에는?"

"그러고 나면 자기하고 가재 낚시를 하러 갈 시간이 생기겠지."

"메인에는 가재 말고도 많아. 자기한테 다 보여줄 거 생각하니 벌써 기대돼." 올리버가 히죽 웃었다.

"나도."

알렉스는 미소를 짓더니 다시 코스티디스가 등장하는 텔레비전 화면으로 시선을 돌렸다. 언젠가는 어두운 그림자는 다 사라지고 악몽도 아주 먼 기억으로 남을 것이다.

"어쩌면 어느 날 다시 뉴욕으로 돌아올지도 모르겠어."

알렉스는 텔레비전을 끄기 위해 자리에서 일어났다.

"자, 올리버. 내가 커너스 검사한테 전화해서 우리한테 언제 차를 보내줄 수 있는지 물어봐야겠다. 그러면 가장 먼저 마크하고 저스틴을 만나러 가자.

'타우누스 시리즈'로 독일에서 명실상부한 미스터리의 여왕으로
자리매김하고 한국에서도 많은 인기를 얻고 있는 작가 넬레 노이하
우스가 남편의 소시지 공장에서 일하면서 틈틈이 소설을 썼다는 얘
기는 이제 널리 알려져 있는 유명한 일화다.

그런데 글을 쓰는 것을 못마땅해 하는 남편의 눈칫밥을 먹으면서
밤마다 졸린 눈을 비비며 썼다는 바로 '그 소설'이 〈상어의 도시〉다.
저자는 자신의 데뷔작을 이렇듯 눈물겹게 완성했다. 하지만 열악한
조건에서 온갖 구박을 받아가며 힘겹게 완성한 이 소설을 선뜻 출판
해주겠다고 나서는 곳이 없어 또 다시 실의에 빠진다. 출판사로부터
외면을 당한 저자는 결국 자비로 500부를 출판하고 소시지공장을
방문하는 손님들에게 알음알음 책을 팔기도 하고 독자들과는 동네
서점을 돌며 낭독회를 통해 만났다. 신통찮은 반응에도 굴하지 않고
저자는 계속해서 소설을 쓰는 작업에 매진을 하고 결국 〈백설공주에

게 죽음을〉으로 '대박'을 터트려 세계적인 베스트셀러 작가로 등극할 수 있게 되었다. 그 덕분에 이전 작품들도 새롭게 조명을 받고 다시 출판되는 기쁨을 누리게 되었다. 저자의 이런 불굴의 의지와 열정에 박수를 보내지 않을 수 없다.

이 책은 저자의 데뷔작으로 뉴욕을 배경으로 펼쳐지는 돈과 권력을 향한 암투를 그리고 있다. 독일 출신의 알렉스 존트하임은 성공하겠다는 일념 하나로 뉴욕 월스트리트에 발을 들인다. 그리고 열정을 다해 일한 덕분에 능력을 인정받고 승승장구하며 LMI에 스카우트되어 M&A 팀장으로 두각을 나타낸다. 뉴욕 상류층 사회를 접하게 된 알렉스는 부유하고 권력있는 사람들과 알고 지내는 자신이 자랑스럽고 비로소 성공했다는 것을 실감한다. 막강한 재력가인 세르지오 비탈리와 가까워지면서 뉴욕 최상류층의 삶을 만끽하지만 그 이면에 돈과 권력을 향한 무자비한 일들이 자행된다는 것을 알게 되면서 알렉스는 서서히 회의를 품게 되고 빠져나오려하지만 점점 더 깊이 빠져들면서 생명의 위협마저 받게 된다. 결국 범죄와의 전쟁을 선포한 닉 코스티디스 뉴욕 시장과 손을 잡고 거대한 부정부패 조직에 맞서며 파란만장한 사건들을 겪는다.

정계와 경제계에 만연한 부정부패의 고리, 내부자거래를 통한 부당이득, 유령회사, 마피아, 테러, 살인 그리고 사랑, 야망, 질투, 두려움, 가족을 잃은 상실감과 슬픔 등 저자는 이 작품에 정말 많은 것을 담으려고 애쓴 흔적들이 보인다.

사실 저자가 이 작품을 쓰기 시작한 시기만 해도 지금처럼 인터넷이 발달했던 때가 아니라 정보를 수집하기가 쉽지 않았음에도 불구하고 이 소설에 등장하는 조금은 어려운 소재와 뉴욕을 배경으로 설정한 이야기를 쓰기 위해 얼마나 많은 연구와 조사와 노력을 기울였는지 짐작하고도 남는다. 물론 첫 작품이다 보니 조금은 미흡하고 과욕을 부린 듯한 장면들도 보이지만 이 작품은 넬레 노이하우스가 지금처럼 세계적인 베스트셀러 작가가 될 수 있었던 성공의 밑거름이 되어준 작품임은 분명하다.

'타우누스 시리즈'에 등장하는 피아 형사와 보덴슈타인 수사반장만큼이나 알렉스 존트하임과 닉 코스티디스도 많은 사랑을 받기를 바라며 독자 여러분들이 저자의 기존 작품들과는 조금은 다른 매력의 작품 속으로 빠져들 수 있기를 기대해본다.

2014년 여름
서유리